《金瓶梅》的世相与人情

孟昭连 著

岳麓書社 · 长沙

清　佚名　《清宫珍宝皕美图》　见娇娘敬济销魂

清 佚名 《清宫珍宝皕美图》 玉箫跪受三章约

清 佚名 《清宫珍宝皕美图》 李瓶儿许嫁蒋竹山

清 佚名 《清宫珍宝皕美图》 守孤灵半夜口脂香

清 佚名 《清宫珍宝皕美图》 傻帮闲趋奉闹华筵

清　佚名　《清宫珍宝皕美图》　应伯爵替花邀酒

前言

《金瓶梅》是我国古代一部著名的长篇小说。它的“著名”，除了在思想、艺术上有诸多独特之处，在很大程度上是因为它又是一部前所未有的“淫书”。所以伴随着它的问世及传播，所到之处不断地引起争论，直到400年后的今天仍然没有平息。《金瓶梅》还曾经被人视为“天下第一奇书”，它“奇”在何处？奇在书中有一个又一个难解之谜，引来一拨又一拨解谜之人。虽然有些问题已得到初步解决，但仍有一些谜直到现在也没有解开。

那么，《金瓶梅》到底是一部什么样的书？它只是一部“淫书”吗？我们应该如何看待它？这是些难以回答的问题，可能会有多种答案，但永远不会有结论。这也是《金瓶梅》“奇”的地方。我们知道，早在《金瓶梅》问世之初，当时文坛上的几个权威人物，如袁宏道、董思白、袁中道、谢肇淛等，他们或在往来的信件中，或在自己的著述中，就对《金瓶梅》的思想倾向表现出大相径庭的意见。贬之者谓其淫秽已极，丧心病狂，恨不得立即焚之而后快；誉之者则极力称扬，谓作者“亦自有意，盖为世戒”，传之后世，功德无量。实事求是地说，贬之者是站在传统观念的立场上，且攻其一点，不及其余，过于片面；而誉之者则能站在较为公正的立场上，能以辩证的观点，透过表面现象，深刻认识到它的思想认识价值及艺术贡献。如欣欣子在序言中就慧眼独具，指出作者写《金瓶梅》是有感而发，在对“时俗”的细致描写中隐喻着自己的深意。从《金瓶梅》的具体描写来看，这个“深意”就是对明代中期“朝野之政务，官私之晋接，闺闼之媟语，市里之猥谈”（谢肇淛《金瓶梅跋》）等黑暗丑恶现实的全面暴露和批判。后来的张竹坡又正确评价了《金瓶梅》是一部泄愤的世情书，是一部“史公文字”。清末文龙也认为《金瓶梅》“是殆嫉世病俗之心，意有所激、有所触而为是书也”。在他看来，作者倾全力要描绘的，是西门庆一生、一家的罪恶史，以作为解剖一代社会的横断面。他认为当时的社会，上自帝王、权臣、贪官酷吏，下至篾片、地痞、娼妓，形形诸色，无恶不作，无所不及，“致使朗朗乾坤，变作昏昏世界”。他们名之为人，实则“直与豺狼相同，蛇蝎相似。强名之曰人，以其具人之形，而其心性非复人之心性，又安能言人之言，行人之行哉”？因此，他不止一次发出深沉的慨叹：“成个什么世界！”认为《金瓶梅》所反映的是一个“混浊世界”，作者的目的就是要暴露这个世界。这个基本观点也受到二三十年代几位文史大家的赞同。鲁迅先生就认为“故就文辞与意象以观《金瓶梅》，则不外描写世情，尽其情伪”，“作者之于世情，盖诚极洞达，凡所形容，或条畅，或曲折，或刻露而尽相，或幽伏而含讥，或一时并写两面，使之相形，变幻之情，随在显见，同时说部，无以上之”（《中国小说史略》）。郑振铎认为小说“赤裸裸的毫无忌惮的表现着中国社会的病态，表现着‘世纪末’的最荒唐的一个堕落的社会的景象。而这个充满了罪恶的畸形的社会，虽经过了好几次的血潮的洗荡，至今还是像陈年的肺病患者似的，在恹恹一息的挣扎着生存在那里呢”（《谈〈金瓶梅词话〉》），对其思想成就是充分肯定的。

《金瓶梅》中的性描写，是令古今研究者为难的事。一股脑儿地把它说成是作者“诲淫”，固然有失公允；但完全加以肯定，所谓“欲要止淫，以淫说法”，恐亦难以服人。因为中国的传统道德观念似乎不允许以这种方式“戒淫”，真正的戒淫不如不写淫，或者是“以贞说法”，更容易为大家接受。在这一点上，文龙的观点值得借鉴。他首先肯定《金瓶梅》不是一部“淫书”，不能因为有性描写而否定它的巨大思想艺术价值。但同时他也不否认，书中一些“充量而言”的描写，有不好的作用，对青少年来说，“不可令其观之”；即使是中年人，“看亦可，不看亦可”。他的态度是审慎的，辨析也是可取的。他尤其强调站在什么角度，以何种心理来看待这些描写，是欣赏还是痛恶，是羡慕还是畏戒，“若能高一层着眼，深一层存心，远一层设想”，就会“痛恨之不暇，深恶之不暇”，“正不妨一看再看”。这种辩证而稳妥的态度，可供今天的读者借鉴参考。对《金瓶梅》的研究者来说，我觉得更重要的不是简单地下结论，说好或说不好；因为它已客观存在，简单地下结论无济于事。正确的做法是把它作为一种文学现象，深入研究小说中为什么要出现性描写（历史的和现实的）？它表现了一种什么样的心理（作者的和读者的）？它与小说的思想认识价值和审美效果有怎样的关系（有益还是有害）？不能一味否定了事。在这个问题上，鲁迅、茅盾等先生为我们做出了榜样。茅盾就细致考察了中国古代正史、野史上有关帝王的性欲描写，认为这类描写并不是《金瓶梅》的专利，历史上早已经出现了，《金瓶梅》不过是集大成者罢了；而鲁迅先生则从现实的角度认为“实乃时尚”亦是重要原因。

《金瓶梅》在艺术上取得的伟大成就，古今研究者都给予了崇高评价，即使一些认为《金瓶梅》是“淫书”的人，也不能不对它表现现实生活的深刻性和生动性给予肯定。事实上，如果说到文学上的现实主义，在中国古代长篇小说的发展史上，是《金瓶梅》开创了真正意义上的现实主义创作方法。《三国演义》《水浒传》都有不同程度的理想主义色彩，《西游记》就更不必说了。笔者欣赏郑振铎先生对《金瓶梅》的评价：“《金瓶梅》的出现，可谓中国小说的发展的极峰。在文学的成就上说来，《金瓶梅》实较《水浒传》《西游记》《封神传》尤为伟大。”“她不写神与魔的争斗，不写英雄的历险，也不写武士的出身，……她写的乃是在宋、元话本里曾经略略的昙花一现过的真实的民间社会的日常的故事。”因此说它“实是一部名不愧实的最合于现代意义的小说”（《插图本中国文学史》）。其实文龙也说过类似的话，他说《金瓶梅》所描写的“人为世间常有之人，事为世间常有之事，且自古及今，普天之下，为处处时时常有之人事，既不同《封神榜》之变化迷离，又不似《西游记》之妖魔鬼怪”，能令读者亲切感受到“天下确有此等人，确有此等事，且遍天下皆是此等人，皆是此等事，可胜浩叹哉！”(《文龙批评〈金瓶梅〉》) 这种深刻的艺术表现力，其实是很多小说家并不具备的，他们有意无意地改变了生活的原貌，加入了自己臆想出来的东西。只此一点，《金瓶梅》在小说发展史上亦应占有重要地位。

本书为一般读者而写，意在为只闻《金瓶梅》其名，而对它并无研究的《金瓶梅》爱好者提供一些参考性的意见。书中所谈到的问题，基本上涵盖了《金瓶梅》研究中的方方面面；但正像前面所说，既然《金瓶梅》研究中的很多问题都很难下结论，书中所谈，也只是笔者个人的心得，不妥之处，欢迎读者提出不同的看法。

本书所引《金瓶梅》原文，出自《金瓶梅词话》影印本，香港太平书局1982年版。书中的部分内容，在撰写过程中参考了《金瓶梅》研究的前辈或同行的有关著作，不敢掠美，特此声明。记忆所及，他们是刘辉、王汝梅、卢兴基、周钧韬、吴敢、胡文斌、王丽娜、陈诏等，谨致谢意！

孟昭连

于南开大学

目录

开端与流传

思想与艺术

世相与人情

开端与流传

《金瓶梅》的命名

一、书名的含义

《金瓶梅》一书是怎样得名的呢？看过此书的人都知道是以书中三个女主人公的名字连缀而成的。“金”指潘金莲。她原是张大户之婢，因与张大户有私，被主母发现，白送武大郎做妻。后遇西门庆，私通后合伙害死武大郎，嫁西门庆做妾，称为五娘。西门庆死后，又先后与琴童、陈经济、王潮儿私通，为书中第一淫妇，最后为武松所杀。“瓶”指李瓶儿。她原是西门庆结拜兄弟花子虚的妻子，被西门庆勾搭上手后，置花子虚于死地而不顾，嫁给西门庆做第六房妾。“梅”指庞春梅，她是潘金莲嫁西门庆之后的房中婢女，因被西门庆收用，地位较特殊。西门庆死后，也与陈经济有私，后嫁周守备为妾，以纵欲亡命。这三个女性都是《金瓶梅》书中的主要角色，所以从三个人的名字中各取一字，作为书名。

对此，明代袁中道在《游居柿录》中就指出过："所云'金'者，即金莲也；'瓶'者，李瓶儿也；'梅'者，春梅婢也。"东吴弄珠客在《金瓶梅序》中阐发得更为透彻："然作者亦自有意，盖为世戒，非为世劝也。如诸妇多矣，而独以潘金莲、李瓶儿、春梅命名者，亦楚《梼杌》之意也。盖金莲以奸死，瓶儿以孽死，春梅以淫死，较诸妇为更惨耳。借西门庆以描画世之大净，应伯爵以描画世之小丑，诸淫妇以描画世之丑婆、净婆，令人读之汗下。盖为世戒，非为世劝也。"这里是说以金、瓶、梅作为书名，犹如楚国史书用"梼杌"（本为恶兽名）称谓恶人，取记恶垂戒之意。用"金瓶梅"作为书名，就是要人们记住她们的丑恶，引以为鉴戒。鲁迅先生在《中国小说的历史的变迁》中解释《金瓶梅》书名说："因为这书中的潘金莲、李瓶儿、春梅，都是重要人物，所以书名就叫《金瓶梅》。"这一说法是正确的。作者在卷末的诗中云："西门豪横难存嗣，经济颠狂定被歼。楼月善良终有寿，瓶梅淫佚早归泉。可怪金莲遭恶报，遗臭千年作话传。"分别点出了书中的几个主人公金、瓶、梅及西门庆、陈经济、吴月娘、孟玉楼各自的不同结局。《金瓶梅》之后，以作品人物名字作书名曾风行一时，如《玉娇李》《平山冷燕》等。

除了上面的这种理解外，也不妨把"金瓶梅"理解为一幅具有深刻象征意义的画面，即金瓶中插着盛开的梅花的生动景象。其实，这倒并非完全无中生有的玄想，因为作品曾多次写到金瓶和梅花。第十回、第三十一回写西门庆办的宴席上的摆设均有"花插金瓶"；第七十六回写西门庆唤人"抬出梅花来，放在两边桌上，赏梅饮酒”；第六十七回写西门庆藏春阁书房里摆设有“笔砚瓶梅”；第七十二回写西门庆的书房里贴着一副对联：“瓶梅香笔研，窗雪冷琴书。”另外，第六十八回西门庆常嫖逛的郑家妓院房间里的摆设，第七十一回东京千户家里的宴席上，也都有“花插金瓶”。由此可知，书名“金瓶梅”不能说与这些描写毫无关系。那么“金瓶梅”象征着什么呢？从借代的意义去理解，“金瓶梅”无疑是指潘金莲、李瓶儿与庞春梅；但从象征的意义去理解，则不仅指她们三人，可以扩大到一切被男性玩弄的女性。无论是西门庆所处的时代，还是整个封建社会，金、瓶、梅这样的女子，实在不过是有权势、有金钱的男人们的玩物。《金瓶梅》作者在书中反复慨叹“为人莫作妇人身，百年苦乐由他人”，反映了对黑暗社会妇女不幸命运的同情。即以西门庆而论，光妻妾就有八人之多，此外还“专一飘风戏月，调占良人妇女，娶到家中，稍不中意，就令媒人卖了，一个月倒在媒人家去二十余遍”（第二回）。这众多被他奸占的妇女，除了充当西门庆的摆设与玩物，又到底有多少独立的人格价值，有多少幸福可言呢？在这种意义上说，书名“金瓶梅”三字，又何尝不是一切被权势们当作摆设与玩物的妇女的象征！

二、人物命名

《三国演义》写历史故事，人物多取自正史，并无太大改变。《水浒传》写英雄传奇，人物来自民间，至施耐庵手中小有变动，大体仍依原样。唯《金瓶梅》乃劈空杜撰，全无依傍，故人物命名亦花样翻新，颇多新意。《金瓶梅》中的人物，除部分袭自《水浒传》，部分来自正史或稍前的话本戏曲，大多是作者虚构的，而且，《金瓶梅》中虚构的人物多在命名中有所寓意，这是《三国演义》《水浒传》所没有的一个突出特点。张竹坡早已看出这一点，他在《寓意说》中指出："稗官者，寓言也。其假捏一人，幻造一事，虽为风影之谈，亦必依山点石，借海扬波。故《金瓶》一部，有名人物不下百数，为之寻端竟委，大半皆属寓言。"张竹坡论《金瓶梅》人物及其寓意，虽不免有牵强之处，然亦不乏真知灼见，比如他对书中某些人物全以谐音方式命名，就认为大有深意。他举出的人物比较合理者有：车淡—扯淡；管世宽—管事宽；游守—游手；郝贤—好闲；应伯爵，字光侯—硬白嚼，字光喉；谢希大，字子纯—谢携带，字只唇；祝日念—住十年；孙天化，字伯修—孙天话，字不羞；常时节—常时借；卜志道—不知道；吴典恩—无点恩；云离守，字非去—云里手，字飞去；贲第传—背地传；傅自新—负自心；韩道国—韩捣鬼；谢汝谎—向汝谎；李外传—里外传。另外还有白来创（味）、温必古（屁股）、钱劳（痨）、胡琰（谈）、胡糙（造）、张西材（希财）、宋仁（送人）等。

《金瓶梅》以谐音方式命名，是为了表达讽刺，其独特之处在于这种讽刺既刻骨入髓又含而不露，丑恶和卑贱掩饰在庄重和文雅的表象下面。比如应伯爵，字光侯，"伯爵"是何等庄重，然而其实际意义是"硬白嚼"，是"光喉"，亦即厚颜无耻地混饭吃。作者早在其刚出场时就规定了他的性格核心是“专一跟着富家子弟帮嫖贴食”，是一个实实在在的“食客”。常时节，从字面上亦看不出有什么不恭，但其寓意是“常时借”。此人以诈骗借贷为生，曾不止一次地向西门庆借银子，书中专有一回写“西门庆周济常时节”，而他则“得钞傲妻儿”。温必古，作为一个破落儒生，其名字温文尔雅，古色古香，看起来实在很贴切。但联系到他“好南风的营生”，则“温必古”者，“温屁股”也。作者在第七十六回借玳安之口揭穿了“温必古”的真正含义：“他有名的温屁股，一日没屁股也成不的。”他也正是因为有这种不良行为而砸了自己的饭碗，被主人骂作“狗背石的东西”赶了出去。《金瓶梅》这类人物命名既巧妙，又无不与其性格密切联系。很显然，它是作者煞费苦心创造出来的一种讽刺方式。它的巧妙之处在于表面上的名字与其隐含的讽刺意义既有读音上的联系，而字面上的含义却又相差万里。“伯爵”与“白嚼”，“必古”与“屁股”，雅俗分明，贵贱自见。两种截然对立的因素却被作者统一在一个人物的身上，字面之雅与读音之俗形成庄与谐的严重冲突，令人读了有啼笑皆非的感觉。

三、书中的地名

近年有的研究者热衷于从地理位置的角度探讨《金瓶梅》的作者及故事的发生地，将书中的描写与历史上某个地方的地理状况加以对照，从而得出《金瓶梅》为某某某所写，地理背景为某某的结论。就所谓《金瓶梅》的故事背景来说，目前较有影响的两种说法是“临清”说和“徐州”说。

“临清”说认为《金瓶梅》写到的地名与临清史志多有相符者，故《金瓶梅》是以临清作为描写对象的，所以作者也应该是个“临清通”。当然，临清确实出现于《金瓶梅》的故事中，而且是故事的发生地，作品人物的活动舞台。但我们还得承认，这里的临清仅仅是《金瓶梅》中的“临清”，是艺术化了的“临清”，而非现实中的临清。论者考证出的绝大部分所谓“临清地名”，在其他地方也有，有些也出现在其他的小说作品中。这些地名出现在《金瓶梅》中，究竟是作者按临清实际情况而写，还是运用的张冠李戴的手法，抑或是袭用他书，很难确定。试举几例：

1. 狮子街、水月寺

狮子街是西门庆活动的一个重要场所，他曾在这条街上为王六儿买了一栋房子，花子虚、李瓶儿亦曾住在这里，吴月娘等人观灯也在这里。有的研究者认为狮子街的命名是因隆庆元年所造的临清狮子桥而来。实际上，这一地名既非临清实际地名，亦非作者虚构，而是袭自《水浒传》。《水浒传》第二十六回写“武松斗杀西门庆”：“武松道：‘你要死，休说西门庆去向；你若要活，实对我说，西门庆在哪里？’主管道：‘却才和一个相识，去狮子桥下大酒楼上吃酒。’武松听了，转身便走。……且说武松径奔到狮子桥下酒楼前……”《金瓶梅》在抄袭这一段时小有改动：“武二道：‘你若要死，便不要说；若要活时，你对我实说，西门那厮如今在那里？……’那傅伙计是个小胆之人，见武二发作，慌了手脚，说道：‘都头息怒。……大官人本不在家，刚才和一相知，往狮子街大酒楼上吃酒去了。小人并不敢说谎。’武二听了此言，方才放了手，大叉步云飞奔到狮子街来。”很显然，《水浒》中的“狮子桥”被《金瓶梅》改成了“狮子街桥”（狮子街上的某一座桥），桥名变成了街名。作者如此改动并非笔误，而是有意识的行为，是为以下的故事情节埋下伏笔。既然“狮子桥”在《水浒传》中已经出现，而且是阳谷县的狮子桥，当然不可能再是隆庆年间才造的临清狮子桥；而狮子街只不过是作者在狮子桥的基础上改动虚构而成的故事场所，自然也就不是临清的狮子街。

另外，自南宋以来，临安城里的狮子巷是很有名的，这里是妓女集中的地方。此外尚有抱剑营街、太平巷、巾子巷等地，均为娼穴。所以提起狮子街，人们极容易想到妓女；反过来，提到妓女，人们也容易想到这些地名。《喻世明言》卷二十九《月明和尚度柳翠》就提到了上述地名，包括狮子巷。这篇小说虽然收入《喻世明言》的时间晚于《金瓶梅》，但这个题材早在金、元时就已经流传。金院本有《月明法曲》，元杂剧有《度柳翠》（王实甫）、《临岐柳》（李寿卿），明有《玉禅师翠乡一梦》（徐渭）、《度柳翠》（李盘隐），题材流传之广，几乎是尽人皆知。《金瓶梅》受到这些小说戏曲影响，不但是可能的，而且我们有充分的证据说明，是确定无疑的事实。

证据一：这篇小说的四处诗被《金瓶梅》移用。篇首“万里新坟尽少年”四句被用作《金瓶梅》第七十五回引首诗；“窗外日光弹指过”两句被用在《金瓶梅》第七十四回；“世间好物不坚牢”两句被用在《金瓶梅》第二十六回；“自到川中数十年”四句被用在《金瓶梅》第七十三回。

证据二：除狮子巷外，这篇小说中的水月寺也被《金瓶梅》移用。《金瓶梅》第九十六回写侯林儿“近来领着五十名人，在城南水月寺晓月长老那里做工”，陈经济被介绍到这里干了几天。小说《度柳翠》中是这样描写的：“月明和尚又大喝道：你要识本来面目，可去水月寺中，寻玉通禅师，与你证明。”后来柳翠到水月寺被度化而去。两个故事中的寺名都叫“水月寺”，住持一为“月明”，一为“晓月”，看来绝非偶合。联系到证据一，说是《金瓶梅》袭用《度柳翠》无可怀疑。

证据三：《度柳翠》中还有一个“胡僧”，这个名字也出现在《金瓶梅》中，为西门庆配春药的和尚正是胡僧。

有的研究者甚至将水月寺说成是“打上了临清独有的商业性印记”的地名，实际上并非如此。虽然临清汶河南岸曾有个水月庵，但《金瓶梅》中的水月寺肯定不是这一个，而是《度柳翠》中的水月寺。原因是，水月寺在《度柳翠》中第一次出现是这样描写的：“柳府尹遂将参见人员花名手本，逐一点过不缺，止有城南水月寺竹林峰住持玉通禅师，乃四川人氏，点不到。”而《金瓶梅》中所写也正是“城南水月寺”。其实这个水月寺是个真实地名，位于宋代临安西南梯云岭下，建于太平兴国二年（977），毁于元末。《古今小说》中的《新桥市韩五卖春情》中也曾写到这个寺：“和尚道：‘贫僧是桑菜园水月寺住持，因为死了徒弟，特来劝化官人。’”而这篇小说中的其他情节也被《金瓶梅》大量吸收。因此我们有理由认为，《金瓶梅》中的水月寺是移用了临安的水月寺，而非临清的水月庵。

2. 晏公庙、牛皮巷

《金瓶梅》中的地名被认为是临清所“专有”者，尚有晏公庙。《金瓶梅》第九十二回写“临清马头上有座晏公庙”，陈经济曾在这里做了几天道士。晏公庙当时在全国各地都有，非为临清独有。《西湖游览志余》载临安的晏公庙就颇有名：“晏公庙，在夹城寓崇果寺内，……洪武初，改奉晏公，相传为水神也。故军营、漕运之所，往往立庙。”可见晏公庙是河运之所的常见建筑。当时河南的开封、陈州也都有晏公庙，见《如梦录》。寺庙之类因重名者极多，本难确定究竟是写哪里的。再如《古今小说》中的《任孝子烈性为神》中也有一座晏公庙，根据作品内容，该是临安的晏公庙。值得注意的是，这篇宋元小说里还提到牛皮街，主人公任珪就住在这条街上。此街位于临安城东南的钱塘江边上，后来任珪因杀人被拉到牛皮街处斩。除了这两处地名外，“春梅”的名字也出现在这篇小说中，正好也是淫荡妇人梁圣金的仆女。另外，《金瓶梅》中的多首诗（“参透风流二字禅”“吃食少添盐醋”等）也见于这篇小说。因此，《金瓶梅》中的晏公庙和牛皮巷取自《任孝子烈性为神》的可能性更大。

3. 新河口、观音庵

《金瓶梅》中的“新河口”被有的研究者说成是临清地名，也有人说是徐州地名。但我们也可以在《清平山堂话本·错认尸》中发现相同的地名："乔俊在东京卖丝已了，买了胡桃、枣子等货，船到南京，上新河泊。"又有"你可趁天未明，把尸首驮去新河里"。前一"新河"在南京，后一"新河"又叫"新河桥"，在临安。同一篇小说里竟有两个"新河"，可见当时称"新河"的地名或河名不在少数。另外，这篇小说里也有一个观音庵，与《金瓶梅》相同。《金瓶梅》中的几首诗（"世间好物不坚牢""东岳新添枉死鬼""要人知重勤学""雪隐鹭鸶飞起见"）又见于这篇小说中。

类似的例子还有，永福寺见于《戒指儿记》，这篇小说的主要内容被《金瓶梅》移用在第三十回和第五十一回。

上述证据提示我们，《金瓶梅》中的地名并非按照某地实际情况来写，而是部分出自虚构，部分取自当时的小说、戏曲作品，而后者占的比重最大。也就是说，作者不是直接取自现实生活，而是间接取自文学作品。正因为作者并不真正熟悉这些地名的地理位置，所以除了借助于原作进行大致勾勒以外，不可避免地出现了宋、元、明地名混用及地理位置错乱的情况。如第七十一回写到的八角镇："比及刚过黄河，到水关八角镇，骤然撞遇天起一阵大风。"第七十二回却又说成"沂水县八角镇"。西门庆由东京开封回清河，根本不可能走到位于开封西南的八角镇。其实这里的"八角镇"是取自宋元小说《宋四公大闹禁魂张》（又称《赵正侯兴》，收入《古今小说》）。小说中写宋四公"离了客店，行一里有余，取八角镇路上来。到渡头，看那渡船却在对岸，等不来"。"明日天晓，离了客店，取八角镇；过八角镇，取板桥，到陈留县。"因小说人物是从谟县到开封去，所以必经八角镇。而《金瓶梅》作者在挪用时并未细察其地理位置，只知其是渡口，故写成“水关八角镇”。可证明这一点的是《金瓶梅》第八十九回的“风拂烟笼锦旆扬”八句诗见于这篇小说（同时亦见于《水浒传》第三回），而且这篇小说里的一首描写小娘子相貌的诗“黑丝丝的发儿，白莹莹的额儿”十二句，其儿化韵的写法极似《金瓶梅》第二回对潘金莲的描写。

正因为《金瓶梅》中的地名多来自宋元明小说，所以除一些带有明显地域特征者（如临清码头、临清闸之类）外，多为临安和开封的地名。原因是宋元小说多以这两地的人、事作为创作题材。《金瓶梅》作者在参照这些小说进行创作时，将其中的人名、地名乃至部分故事情节顺手编进自己的故事中。经过作者重新组织的这个虚构世界，只是一个艺术的空间，既非现实的临清，亦非临安或开封。

四、酒与服饰

人人都知道西门庆是个好色之徒，他奸淫过的妇女光有名有姓的就有二十多人；但人们往往忽视了西门庆除了女人之外，还有其他的嗜好。其实西门庆不光好色，他对饮食的讲究，也是中国古代小说史上众多典型人物形象中所罕有的。他是一个地地道道的“美食家”。比如饮酒，他几乎每餐必饮，而且饮的酒名目繁多，让人咋舌。有人统计过，全书明白指出酒的种类的地方共有 53 处，有老酒、南酒、葡萄酒、金华酒、茉莉酒、茉莉花酒、药五香酒、白酒、木樨荷花酒、河清酒、竹叶青酒、菊花酒、滋阴摔白酒、南烧酒、金酒、麻姑酒、双料麻姑酒、浙酒、豆酒、浙江酒、透瓶香荷花酒、黄米酒。据专家们考证，浙酒、浙江酒、南酒都是金华酒的通称，烧酒即白酒，茉莉酒可能与茉莉花酒是同一种，那么总数还有近 20 种，这确实是一个令人惊讶的数字。

在这些酒中，以金华酒出现的次数最多，是西门庆家族最常饮用的一种酒。用金华酒的场合主要有两种：一是西门庆家中饮宴所用，一般都有各式饭菜及鸡鸭鱼肉等荤食作为下酒菜；这显示了金华酒在西门庆家，是一种主要的宴席用酒以及日常用酒，配合荤菜小酌，颇似今日欧美饮食中的“餐用酒”。如第二十回：“只见迎春后边拿将来四小碟甜酱瓜茄，细巧菜蔬，一瓯顿烂鸽子雏儿，一瓯黄韭乳饼，并醋烧白菜，一碟火熏肉，一碟红糟鲥鱼，两银厢瓯儿白生生软香稻粳米饭儿，两双牙箸。……就教迎春：‘昨日剩的银壶里金华酒筛来。’”另一场合是送礼。如第三十五回：“韩道国送礼相谢，一坛金华酒，一只水晶鹅，一副蹄子，四只烧鸭，四尾鲥鱼。”从金华酒出现的场合及功用来看，金华酒在书中属高级酒类，西门庆家豪奢淫侈，所以时常饮用。明嘉靖年间，金华酒在北方备受欢迎。嘉靖时冯时化《酒史》有“金花酒”一条：“浙江金华府造，近时京师嘉尚。语云：晋字金华酒，围棋左传文。”可见它是可以附庸风雅的高级酒品。金华酒是一种偏甜的黄酒，性温，多饮无害，而味道香醇，自然受人欢迎，尤为妇女所喜爱，所以潘金莲、李瓶儿等都爱喝金华酒。西门庆则喜欢各种味道不同的酒类，大概与他喜新厌旧，追求新奇的个性有关。

西门庆对葡萄酒似乎有特殊的喜好。喝葡萄酒的场合，与金华酒、麻姑酒、豆酒也不同，一般不作筵席用酒，也不用荤菜，只以细巧果品下酒。第七十五回："一面教绣春：'你打了灯笼，往花园藏春轩书房内，还有一坛葡萄酒，你问王经要了来，斟那个酒我吃。'……如意儿道：'姐，你揭开盒子，等我拣两样儿与爹下酒。'于是灯下拣了一碟鸭子肉，一碟鸽子雏儿，一碟银丝鲊，一碟掐的银苗豆芽菜，一碟黄芽韭和的海蜇，一碟烧脏肉酿肠儿，一碟黄炒的银鱼，一碟春不老炒冬笋，两眼春槅，不一时摆在桌上。"李时珍《本草纲目》载葡萄酒"暖腰肾，驻颜色，耐寒"。看来西门庆好喝葡萄酒，似乎与身体保健还有点儿关系。

另外书中还提到两种药酒，一是药五香酒，一是竹叶青。药五香酒又称"五香烧酒"，高濂的《遵生八笺·酝造品》具体介绍了它的制作过程，其中含檀香、木香、乳香、川芎、没药、丁香、人参等中药。西门庆喝药五香酒是在与潘金莲淫戏葡萄架之前，喝竹叶青是在与王六儿淫纵无度之时，而且每次酒后的淫戏都有花样翻新的意味，看来这两种酒都有刺激性欲的功用。潘金莲和王六儿纵淫前往往喝烧酒。烧酒是一种烈性酒，《本草纲目》说其"辛甘大热，有大毒"。这两个女人为何喜喝烧酒？这与她们的性格有关。《金瓶梅》中的女性角色，在放纵淫欲方面，数潘金莲、王六儿为最。书中的性描写文字，有一大部分是写西门庆与潘、王的床笫行为的，而且写得淋漓尽致。这两个女人在色欲方面表现的性格，与烧酒之烈，颇有契通之处，可谓象征性的联系。

《金瓶梅》为何写了这么多的酒？当然不是为了卖弄学识，而是全书主旨的需要。《金瓶梅》是一部“盖为世戒，非为世劝”的书，书前的“四贪词”可看作是全书的总纲，而酒在“四贪”中是居首位的。词曰：“酒损精神破丧家，语言无状闹喧哗。疏亲慢友多由你，背义忘恩尽是他。　　切须戒，饮流霞，若能依此实无差。失却万事皆因此，今后逢宾只待茶。”可见作者对酒是深恶痛绝的。虽然作者以酒为人生之一戒，但他并不回避对它的描写，相反，却大书而特书，竭力表现西门庆妻妾们对酒色之欲的满足与纵恣，反映了作者对“食色性也”的兴趣与探索。因此，了解《金瓶梅》中的酒，是我们了解这部作品的一个环节。

《金瓶梅》对生活细节的描写十分丰富，诸如吃饭穿衣这样的小事，无不详尽写来。第三十一回，西门庆为蔡太师送厚礼，当上了山东提刑所的副千户，于是“每日骑着大白马，头戴乌纱，身穿五彩洒线揉头狮子补子圆领，四指大宽萌金茄楠香带，粉底皂靴”。这正是明代的职官服饰。《明史·舆服志》：“洪武三年定，凡常朝视事，以乌纱帽、团领衫、束带为公服。”《留青日记》中也载“洪武改元，诏衣冠悉服唐制，士民束发于顶，官则乌纱帽、圆领、束带、皂靴”。乌纱帽最初起于南朝刘宋时，为天子至士庶通服，以白纱或杂色纱制作，形制不定。明代规定以乌纱为官帽，其形前低后高，两旁有翅。所谓补子圆领即补服，明清时饰有官级徽志的官服，因领子是圆的，故称。书中也写作“员领”，或作“团领”。“补子”

是指官服的前胸和后背上各有一块补子，如补丁一样。这是明代在因袭前制基础上的一种特殊做法。补子多为织制，也有绣花、缂丝和印花的补子。补子上的花纹图案也是有规定的，文官用禽纹，武官用兽纹。《明会典》载明代武官一、二品用狮子补，三、四品用虎豹补，五品用熊补，六、七品用彪补，八品用犀牛补，九品用海马补；公、侯、驸马、伯用麒麟、白泽补。白泽如麒麟、凤凰一样也是古代传说中的神兽，治世时就会降临人间。以此标准来看，西门庆身穿狮子补岂不是一二品的官职了吗？其实不然。因为这种规定至明代中期以后，就不大有人严格遵守了，只要是武官，就都用狮补了。所以西门庆虽只不过是个五品官，可也“身穿五彩洒线揉头狮子补子圆领”。这也是明代中后期封建礼法渐弛，社会思潮有所变化的表现之一。

第四十一回乔大户要与西门庆攀亲家，西门庆有这样一段话：“既做亲也罢了，只是有些不搬陪些。乔家虽如今有这个家事，他只是个县中大户，白衣人。你我如今见居着这官，又在衙门中管着事，到明日会亲酒席间，他戴着小帽，与俺这官户怎生相处？甚不雅相。”西门庆刚靠贿赂当上个理刑副千户，便以“官户”自居，已经看不上乔大户了。他觉得“不雅相”的一个重要方面是乔大户“戴着小帽”，这也涉及明代的服饰问题。小帽，俗称瓜皮帽，以六块布拼成，当时称“六合统一帽”。《三才图会》载：“用帛六瓣缝成之，其制类古皮弁，特缝间少玉饰耳。此为齐民之服。”《枣林杂俎》载：“嘉善丁清惠宾……（隆庆时）令句容。父戒之曰：‘汝此行，纱帽人说好我不信，吏中说好我益不信，即青衿说好亦不信，惟瓜皮帽说好我乃信耳。'”其意是说你这个官做得好坏，官吏士人的话我都不听，只听平民百姓的，他们说好才是真好。这段话形象地说明瓜皮帽只有社会最底层的老百姓才戴它。第七十二回应伯爵对西门庆说：“吴大舅与哥是官，温老先戴着方巾，我一个小帽儿，怎陪得他坐？”应伯爵没有任何官职，所以只能戴小帽，与温秀才比起来，他深以为耻，觉得身份不配，所以不敢陪坐。

不论温秀才的学问如何，他戴着方巾就说明他是读书人。方巾，又称“四方平定巾”，为明代新创的一种巾式。《明会典》载：“洪武二十三年，制四方平定巾式颁天下。”《三才图会》云：“方巾，此即古所谓角巾也，制同云巾，特少云文，相传国初服此，取四方平定之意。”据《七修类稿》说，此种方巾系杨维桢所制：“今里老所戴黑漆方巾，乃杨维桢入见太祖时所戴。上问曰：‘此巾何名？’对曰：‘此四方平定巾也。’遂颁式天下。”它的形式是四角平直，方顶。后来或高或低，或方或偏，翻新的花样甚多。晚明时，巾式加高，故时有“头顶一个书橱”之说。按照明朝规定，不是读书人，只能戴小帽，是不准戴方巾的，但如果家中有一个中了科甲，他的宗族姻亲就都可以换上方巾，称“荫袭巾”。故当时又有“满城文运转，遍地是方巾”之谚。

比较而言，明代妇女的服饰更为复杂。第十五回写西门庆众妻妾赏灯，有如下一段描写：“楼檐前挂着湘帘，悬着彩灯。吴月娘穿着大红妆花通袖袄儿，娇绿段裙，貂鼠皮袄。李娇儿、孟玉楼、潘金莲都是白绫袄儿，蓝段裙。李娇儿是沉香色遍地金比甲，孟玉楼是绿遍地金比甲，潘金莲是大红遍地金比甲。”这一段不但写出了各人的装束，而且从中还可以看出，根据她们地位的不同，服饰也有所差异。吴月娘穿的显示出一派富贵气象，也突出了她主家娘子的地位。通袖，是指衣上的花纹图案布满胸背，并一直通到双袖。妆花也称装花，是一种复杂的纺织工艺，一般是在缎子上用挖花技术多彩显花，用色较多，色彩变化丰富。而李娇儿、孟玉楼、潘金莲穿的是白绫袄。绫有花、素之分，白绫即素绫。素绫采用单一的斜纹或变化的斜纹组织，花绫一般是斜纹地上起斜纹样的单层暗花。明代的松江织绫最有名。白绫色洁白，与蓝缎裙配起来，色彩明艳耀眼，有较好的效果。这种服饰与李娇儿等人的身份是相符的。而她们三个妾的主要服装相同，却又穿着不同颜色的比甲，以突出她们性格的不同。李娇儿是沉香色，有晦暗不明之感；孟玉楼绿色，显得宁静而稳重；潘金莲则是大红色，显得热烈而明快。

《金瓶梅》作者诸说

一、王世贞说

《金瓶梅》的作者问题，在《金瓶梅》研究中是最受注目的问题之一，也可以说是《金瓶梅》一书的“谜中之谜”。在众多说法中，王世贞说曾是占压倒倾向的一种说法；在现有史料中，直接指明《金瓶梅》作者姓名的，也以王世贞说为最早。这种说法究竟缘何而起的呢？明万历间沈德符的《野获编》卷二十五“词曲”条中说：“闻此（指《金瓶梅》）为嘉靖间大名士手笔，指斥时事，如蔡京父子则指分宜，林灵素则指陶仲文，朱勔则指陆炳，其他各有所属云。”他把《金瓶梅》作者说成是“嘉靖间大名士”。“名士”古时是指以诗文学问著称或有名望的人。看来沈德符并不确知到底为谁，所以只能模糊地说成“大名士”，而且是传闻。王世贞说就是根据他的这段话推出的。现在所知最早的记载见清康熙十二年（1673）

宋起凤的《稗说》。其卷三指出："世知《四部稿》为弇州先生平生著作，而不知《金瓶梅》一书，亦先生中年笔也。即有知之，又惑于传闻，谓其门客所为书。门客讵能才力若是耶？弇州痛父为严相嵩父子所排陷，中间锦衣卫陆炳阴谋孽之，置于法。弇州愤懑怼废，乃成此书。陆居云间郡之西门，所谓西门庆者，指陆也。以蔡京父子比相嵩父子，诸狎昵比相嵩羽翼。陆当日蓄群妾，多不检，故书中借诸妇一一刺之。"后来谢颐在《第一奇书金瓶梅序》中也认为："信乎为凤洲作无疑也。"

清代的一些笔记、杂著，又附会出王世贞为报父仇而作《金瓶梅》的动人故事。大意是说王世贞的父亲王忬藏有宋代张择端的《清明上河图》。奸相严嵩之子严世蕃强行索取，忬不舍，就找名手画了一张假的送给他。后被汤裱褙识破，告诉了严世蕃。蕃因此怀恨在心。后来王忬总督蓟辽一带，被严世蕃借故杀了。王世贞为父亲的冤死悲愤万分，一心想为父报仇，只是找不到机会。一天去拜会严世蕃，严问："民间有好看的小说吗？"原来严世蕃是个通俗小说爱好者。王世贞见问，答道："有。"又问："什么名字？"慌忙间，王世贞答不出，忽然看到桌上金瓶内供着一枝梅花，遂顺口答曰："金瓶梅。"又说："不过字迹漫漶不清，等我誊抄清楚，再送给您看吧。"回家后，王世贞构思了几天，借《水浒传》中西门庆的故事，暗喻严世蕃的淫乱行为。但严世蕃并没有看出王世贞作书的真正用心，看了反而十分高兴，爱不释手。据说严世蕃最喜欢修脚，王世贞就用钱贿赂修脚工，乘严世蕃看书专心致志的时候，故意将他的脚割破一点，并搽上使之溃烂的药，使他的脚渐渐糜烂，以致无法上朝。不久，蕃与其父严嵩都在皇上面前失宠，又被人乘机上了一本，终于被杀。

王世贞替父报仇而作《金瓶梅》的说法在清代十分盛行，人们也都确信不疑。一直到了 20 世纪 30 年代，历史学家吴晗根据明代史实，论证了这一传说的矛盾和不通之处，说明《金瓶梅》绝不是王世贞所作。由于吴晗的论证详尽可靠，具有很强的说服力，所以自此以后，王世贞说便基本上被否定了。但到了 1979 年，朱星发表《金瓶梅的作者究竟是谁》一文，重新为王世贞说翻案。他的论据是：1. 王是嘉靖间的大名士。2. 他不单是大名士，还能写小说。3. 他到山东做过官，熟悉山东的情况。4. 他是大官僚子弟，好色醉酒，有必要的生活经历。5. 他的知识面很广，有能力写出百回大书。不过朱星先生缺少直接证据，所以此文一发表，马上招来很多人的驳斥。看来如果没有新的资料说明问题，只是重复前人的说法，王世贞说是难以服人的。

二、李开先说

最早提出李开先说的是 1962 年出版的《中国文学史》（中国科学院文学研究所编），这部书的第 949 页说："有人曾推测作者是李开先，或王世贞，或赵南星，或薛应旂，但是都没有能够举出直接证据，李开先的可能性较大。"但书中并没有加以论证，所以也只能看作一种推测。1980 年，徐朔方著文认为："《金瓶梅》的写定者是李开先。"之后又有人写文章赞同他的观点。认为李开先写《金瓶梅》有何根据呢？

1. 李开先是“嘉靖间大名士”，与沈德符的说法不谋而合。李是山东章丘人，嘉靖八年（1529）进士，曾先后任户部主事、吏部考功司主事、稽勋司员外、文选司郎中、太常寺少卿、提督四夷馆。嘉靖二十年（1541），四十岁罢官回家。长期的阅历使他对官场内幕及社会现实有深刻了解，这为他创作《金瓶梅》创造了前提条件。他曾创作过传奇《宝剑记》及《市井艳词》等，对词曲和市井文学有极深的爱好和修养。

2.《金瓶梅》内有李开先《宝剑记》的不少内容，说明与李开先有密切关系。如小说第七十回俳优在朱太尉府唱过《正宫端正好》套曲，原是《宝剑记》第五十出的原文；第六十一回“我做太医姓赵”十八句，见《宝剑记》第二十八出；第六十七回《驻马听》“寒夜无茶”“四野彤霞”二曲，见《宝剑记》第三十三出……这种大段引用有近十处之多。另外他们还考证了李开先也有宿娼养妓的浪漫历史，这为他写西门庆的淫乐史提供了方便条件。李开先曾写过一首赠妾的诗，与西门庆称赞月娘的话相同。

不同意李开先说者认为此说起码有两点值得商榷：

1. 把小说写定的时间限于嘉靖年间似难成立。从吴晗、郑振铎以来，有不少人的考证说明《金瓶梅》成书于万历中期甚至更后。小说中所引的词曲就有不少是万历间作品。如第三十五回书童所唱的“残红水上飘”等四段《玉芙蓉》曲，是万历年间吴县人李日华所作。又如小说第六十三回海盐戏子演唱的《韦皋玉箫女两世姻缘玉环记》，不是元人乔吉的《玉环记》，而是明人的《玉环记》，从曲家著录及刊行年代来看，可证明是万历间的作品。李开先卒于隆庆二年（1568），若他是《金瓶梅》的作者，如何能引用万历间的作品呢？

2. 李开先的《宝剑记》脱稿于嘉靖二十六年（1547），早于《金瓶梅》几十年。后人采录前人作品本是很自然的事，但同一作者（且是当时很有名的文人）却将自己一部作品中的内容又原封不动地纳入另一部作品，这倒是很罕见的。若以书中出现某人作品来推断作者，不是很有说服力。

三、屠隆说

1983 年，黄霖在《金瓶梅作者屠隆考》一文中提出了屠隆说。屠隆（1542—1605），是明末有名的文学家，浙江鄞县（今宁波）人。万历五年（1577）中进士，后在安徽颍上县做知县，再到北京当礼部郎中。万历十二年（1584）十月他被人告发与西宁侯纵淫而罢官。黄霖提出如下理由证明屠隆是《金瓶梅》的作者：

1.《金瓶梅》第五十六回的《哀头巾诗》《祭头巾文》，出自《开卷一笑》（后称《山中一夕话》），此一诗一文为屠隆所作。此书卷一题“卓吾先生编次，笑笑先生增订，哈哈道士校阅”，卷二则题“卓吾先生编次，一纳道人屠隆参阅”。可见，笑笑先生、哈哈道士、一纳道人、屠隆是同一个人。

2.《金瓶梅》中流露出了不少南方特别是浙江的方言和习尚，作者应是浙江人。屠隆即为浙江鄞县人。

3. 屠隆的祖先在“宋中叶，避金难，始南迁句吴”，而“常州府……又名句吴”，“武进县，梁为兰陵”，可见兰陵正属句吴。因此，屠隆在《金瓶梅》作者化名“笑笑生”前加“兰陵”二字并非无因。

4. 万历二十年（1592）前后，屠隆的处境和心情：罢官、贫困、潜心佛道，其思想都与《金瓶梅》的创作宗旨十分一致。

5. 屠隆以“淫纵”事罢官，为人“佻荡不俭”，“放诞风流”，并认为文学作品为了达到“示劝惩，备观省”的目的，可以“善恶并采，淫雅杂陈”，而不必对“淫”的描写躲躲闪闪。屠隆这种情欲观正是产生《金瓶梅》的一个特殊的思想基础。

6. 屠隆与刘承禧、王世贞都有非同一般的关系，而刘、王均持有《金瓶梅》全本，可能为屠隆所赠。

对于屠隆说有人赞成，有人反对。赞成者认为“所提证言，极有继续推究价值”，“率多能够成立，比其他诸说之疑猜，符节多矣”。反对者考证《开卷一笑》中有记载清人事，不可能是明人所撰，所谓“李贽编次，屠隆参阅”之类都是书贩的假托，不可信；还考证了“笑笑先生”是清代人，并不是“兰陵笑笑生”，所以屠隆不会是《金瓶梅》的作者。另外还有人指出，黄霖提出的屠隆“哀头巾”一诗一文，是在《金瓶梅》的第五十六回中，而沈德符早就在《万历野获编》中说过“原本实少五十三回至五十七回”，这五回是“陋儒”补入的赝作。即使屠隆是这五回的作者，也不会是全书的作者。

四、贾三近说

在考证《金瓶梅》作者的诸多说法中，贾三近说曾经是一个引人注目的观点，是由张远芬在《〈金瓶梅〉作者新证》一文中提出的。在此文之前，张远芬曾发表《新发现的〈金瓶梅〉研究资料初探》《也谈〈金瓶梅〉作者的籍贯》和《〈金瓶梅〉的作者是山东驿县人》三篇文章，首先证明《金瓶梅》的作者非驿县人莫属。驿县，古称“兰陵”，即《金瓶梅》作者“兰陵笑笑生”的家乡，现属山东省枣庄市。那么，为什么说是贾三近呢？张远芬在《新证》一文中提出如下理由：

1.《金瓶梅》作者肯定是驿县人，贾三近符合这一条件。

2. 他完全有资格被称为“嘉靖间大名士”。

3. 把《金瓶梅》成书期限定在隆庆二年至万历二十年间比较合适。贾三近恰是隆庆二年中进士，亦于万历二十年去世，这正处在贾三近 34 岁至 59 岁的当口。事实上，也只有这样年龄的人才可能写出《金瓶梅》来。

4. 贾三近是皇帝近臣，官至兵部右侍郎，为正三品，他的“阅历、见识和经验”，无疑是足够写一部《金瓶梅》的。

5. 贾三近身为谏官，几乎是以“指斥时事”为业的。

6.《金瓶梅》运用大量驿县方言、北京方言，他在华北生活了 15 年，其余时间都是在驿县度过的。

7.《金瓶梅》中有几篇文字水平极高的奏章，说明作者精于此道。贾三近写过许多奏章，他对明代上层统治者的腐败、地方官吏的贪酷，不但认识极为深刻，而且和《金瓶梅》用具体形象所描绘出的明代社会是完全一致的。

8.《金瓶梅》中的宇文虚中就是贾三近的自我形象。第四十八回曾御史驳斥蔡京条陈的关于更盐钞法等七件事的情节，和贾三近驳中官温泰靖尽输关税、盐课于内军的事件十分相似。

9. 兰陵笑笑生十分熟悉元明戏曲。贾三近请告家居后，向父母“日进醴酏珍异，多置园亭花竹，征乐佐酒，以娱侍其意”，说明他有这方面的生活积累。

10. 贾三近前后三次共十年的时间在家中闲居，物质生活、时间条件，都有充分的保证，让他写出《金瓶梅》。

11. 贾三近是一个文学家，其著《左掖漫录》就是一部小说，似是《金瓶梅》最原始的初稿。

贾三近说一出，马上有人撰文说“张的考证说服力很强，虽然不能说是定论，但已使《金瓶梅》的作者呼之欲出矣”，“张远芬考证的贾三近的生平事迹，以及宦游处所、人生经历、习脾嗜好、著作目录等，使人觉得兰陵的贾三近实在是最接近兰陵的笑笑生的一个人物了”（马森《〈金瓶梅〉的作者呼之欲出》）。

但提出商榷者亦不少。赵景深认为张远芬提出的十个证据“都是猜想”。也有人对张说最重要的两点“兰陵”和“方言”加以驳斥，认为古称“兰陵”者非山东峄县一处，还有江苏武进，作者何必非峄县人莫属？另外《金瓶梅》中的方言也非峄县独有，就是张远芬所举的几个标准峄县方言，其实在鲁南、苏北、皖北，乃至豫东、晋东南地区都存在，所以仅以方言来判定作者的籍贯是靠不住的；再者，方言和人并不是永不变化的。

五、集体创作说

前面介绍的几种说法，虽然观点相异，但大部分观点的共同之处是认为《金瓶梅》是文人的个人创作，是在肯定此点的前提下，探讨这个进行独立创作的伟大作家到底是谁。与此不同的是，还有一种艺人集体创作《金瓶梅》的说法。1954年，潘开沛一鸣惊人，最早在《〈金瓶梅〉的产生和作者》一文中提出。他说"它（指《金瓶梅》）不是哪一个'大名士'、大文学家独自在书斋里创作出来的，而是在同一时间或不同时间里的许多艺人集体创造出来的，是一部集体的创作"，只不过最后经过了文人的润色和加工而已。理由是：

1.《金瓶梅》是一部平话（《茶香室丛钞》十七："《平妖传》《禅真逸史》《金瓶梅》，皆平话也……"），是说书人自己编的，并不是某一个文学家写给普通人看的。这在《金瓶梅》里，几乎处处都可以看到说书人自己的语调，可以证明这一点。

2. 全书每一回都穿插着词曲、快板、说唱。

3. 书中内容重复，穿插着无头脑的事，与原作旨意矛盾，前后不一致、不连贯、不合理，这是许多说书人不同的时间和相同的时间内个人编撰和互相传抄，不断地修改、补充、扩大、演绎的结果。

4. 从全书结构、故事和技巧来看，也可以看出是经过许多人编撰续成的。

5. 从作者的直接描绘和一些淫词秽语中，也可以看出是说书人的创作。

对于这个观点，当时徐梦湘、张鸿勋分别著文予以驳斥，重申了文人创作的传统观点。但到了1980年，徐朔方又重新提出《金瓶梅》不是作家个人创作，而是“民间说话艺人在世代流传过程中形成的集体累积型的创作”，然后“经作家个人写定的”。其理由是：

1. 每一回前都有韵文唱词。

2. 大部分回目以韵语作结束，分明是说唱艺术词话残余。

3. 小说正文中有若干处保留着当时词话说唱者的语气，和作家创作显然不同。

4. 第八十九回吴月娘、孟玉楼上坟，哭亡夫西门庆，各唱《山坡羊》和《步步娇》曲，春梅、孟玉楼哭潘金莲也各唱《山坡羊》诉苦。作为作家个人创作，这就难以理解。

5. 小说几乎没有一回不插入几首诗、词或散曲，尤以后者为多。

6. 有不少地方同宋元小说、戏曲雷同。

7. 全书对勾栏用语、市井流行的歇后语、谚语的熟练运用，有的由于在一般戏曲小说中罕见，现在很难精确地解释。对当时流行的民歌、说唱以及戏曲的随心所欲的采录，使得本书成为研究明代说唱和戏曲的重要资料书。如果不是一度同说唱艺术发生过血缘关系，是很难解释的。

8. 从风格看，行文的粗疏、重复也不像作家个人的作品。

徐文发表后，不少人著文对其“集体创作说”表示“很难苟同”。问题在于，“集体创作”和“个人创作”的根本区别在哪里？能否把书中说话人的语调和书中的诗词韵语视为“艺人集体创作”的标志？恐怕难以轻易下结论。小说史告诉我们，在白话小说的初期“话本”阶段，作品中多说书人的口吻，常用“看官听说”“且说”“话说”“却说”“且听下回分解”等套语，表明故事的叙述者就是说书场上的艺人。作为对说话艺术的模拟，作者不但叙述了故事的内容，而且假说书人的口吻对故事发表评论，不断进行道德说教，建立了“拟说书体”的叙事体制。这个体制在后来的小说发展中一直被继承下来，假拟的“说书人”在作品中的作用不但没有消失，反而大大强化了，说书套语也运用得更加频繁了。“三言二拍”就是最好的证明。长篇小说出现后，也没有创造出新的表现手法，仍然按着“拟说书体”的路数走下去，以至形成了固定不变的模式，即古代小说的传统形式——说书体。说书人口吻、诗词韵语以及一成不变的套语，这些都是说书体小说必备的因素。《三国演义》《水浒传》是这样，《西游记》《红楼梦》是这样，直到“五四”之前的大部分小说也都没有例外。难道都要把这些小说归入“世代累积型”作品？其作者都是历代的艺人？说书体与说话艺术不是一回事，说书体小说中的“说书人”与说书场上的说书人也不是一回事，它们虽然有联系，但有本质的不同，不可混为一谈。所以根据《金瓶梅》中的说书人语调和诗词韵语来判断其是“世代累积型”作品，是说书艺人集体创作的说法是很难成立的。

《金瓶梅》里的方言

《金瓶梅》是我国古代白话小说发展史上的一部“奇书”，它的“奇”除了表现在以高超的文学手法，极为真实地反映了那个时代的社会生活，让我们真切感受到文学的魅力外，还表现在语言上，作品中的人物是那样生动，与它的这种语言特点是密切相关的。可以说，它是我国小说史上第一部真正以口语写作的作品，在近代汉语的发展史中占有重要的地位。自 20 世纪 80 年代之后，《金瓶梅》研究进入了一个新的时期，方言研究成为其中的一个热点，一直延续到现在还是方兴未艾。

《金瓶梅》在语言运用上的特色，其实早在它刚刚问世之际就被发现了。较早透露出《金瓶梅》信息的明代万历年间的沈德符在他的《万历野获编》中说：“原本实少五十三回至五十七回，遍觅不得。有陋儒补以入刻，无论肤浅鄙俚，时作吴语，即前后血脉，亦绝不贯串，一见知其赝作矣。”所谓“时作吴语”，显然是指补刻的这五回，言下之意大部分原作则非以吴语创作，此理甚明。此外，这段话还告诉我们，《金瓶梅》在语言上的地方特色是很明显的，否则，沈德符不会特地将“吴语”作为后补的这五回与原作的重要区别。不过，他为我们留下了悬念，既然不是吴语，那是以何种方言而作呢？

一、主流——山东方言说

《金瓶梅》问世百余年后，陈相在为第一奇书本《金瓶梅》作跋时就发现书中有山东土白（张鸿魁《〈金瓶梅〉语音研究序言》引）。到了近代，黄人确认《金瓶梅》中用的是山东话：“小说固有文俗二，然所谓俗者，另为一种言语，未必尽是方言。至《金瓶梅》始尽用鲁语，《石头记》仿之，而尽用京语。”（朱一玄《〈金瓶梅〉资料汇编》）他不但认为《金瓶梅》用的是山东话，而且肯定它是最早以方言进行创作的古代长篇小说。进入现代，郑振铎先生对《金瓶梅》的方言问题提出自己的看法：“有许多山东土话，南方人不大懂得的”，“但我们只要读《金瓶梅》一过，便知其必出于山东人之手。那末许多的山东土白，决不是江南人所得措手于其间的。”（郑振铎《谈〈金瓶梅〉》）他在解放后出版的《插图本中国文学史》中仍然坚持这个观点：“《金瓶梅词话》的欣欣子序云：‘兰陵笑笑生作《金瓶梅传》，寄意于时俗，盖有谓也。’兰陵为今山东峄县，和书中之使用山东土白一点正相合。”（第六十章）吴晗先生也说：“《金瓶梅》用的是山东的方言。”（吴晗《〈金瓶梅〉的著作时代及其社会背景》）鲁迅先生也说：“还有一件，是《金瓶梅词话》被发见于北平，为通行至今的同书的祖本，文章虽比现行本粗率，对话却全用山东的方言所写，确切地证明了这决非江苏人王世贞所作的书。”（鲁迅《且介亭杂文二集》）此后，一直到20世纪的60年代，“山东说”一直是主流观点。如50年代赵景深：“书中山东话不少。”（《谈〈金瓶梅词话〉》）李西成：“《金瓶梅》是用山东方言写的。”（《〈金瓶梅〉的社会意义及其艺术成就》，1957）张鸿勋：“书中多用山东土语。”（《试谈〈金瓶梅〉的作者、时代、取材》，1958）中国科学院文学研究所《中国文学史》（1963）也认为：“作者十分熟练地运用山东方言。”颇耐人寻味的是，鲁、郑、吴都是浙江人，但他们都坚持《金瓶梅》用的是山东方言。但也应该看到，他们的结论都缺乏具体的求证过程，只能算是阅读后的一种直感。

进入80年代，又有赵景深先生仍坚持山东方言说：“这部书绝大部分是山东峄县话，而不是常州话。”（赵景深《评朱星同志〈金瓶梅三考〉》）吴晓铃先生也说：“书中大量出现山东方言（包括语音、语法和词汇），至于南方方言，经分析均由《水浒传》转引而来。”（吴晓铃《〈金瓶梅〉作者新考——试解四百年来一个谜》）而后张远芬先生用力最勤，他在推出《〈金瓶梅〉作者贾三近说》的同时，以多篇论文论证《金瓶梅》中的方言是山东峄县方言。他首先承认有些词语如胡博词、走百病儿、没脚蟹、不伏烧埋、鬼胡油等，峄县人并不懂，这样的词约不到200个，在他选出的800个方言词中不到1/4。但更多的如大滑答子货、石头猗剌儿、涎缠、戳无路儿、迷溜摸乱、啻啻磕磕、茧儿、掴混、格地地、猎古调儿等600多个词语，则是峄县人都懂的。为了进一步证明这些方言是峄县所独有的，他甚至还挑出十几个词念给峄县邻近的人听，据说他们都听不懂（张远芬《〈金瓶梅词话〉词语选释》）。

此后，陆续有张鸿魁、傅憎享、鲍延毅、王莹、张鹤泉、许进等支持山东方言说。在这种观点的内部也有分歧，有的主张是鲁南话（张远芬、鲍延毅、许进），有的主张是鲁西话（张鸿魁、王莹、张鹤泉）。

需要说明的是，持山东方言说者大多并不否认书中也有少量吴语，并认为这些吴语是在传抄、添补、刊刻过程中后加上去的，不为原始抄本所有。

二、次主流——吴语说

比较早提出《金瓶梅》所用语言为吴语者为清末陈蝶仙，他在《樽边录》中谓："《金瓶梅》及《隔帘花影》等书有呼'达达'字样。'达达'二字，不知所出，友人尝举以问余。余笑曰：此二字盖越谚，今犹习闻之。越人笑骂，尝有'妈同我达达'之语，是其'达达'之意，即犹'云云'之谓也。"（黄霖《〈金瓶梅〉作者屠隆考续》）到了40年代，姚灵犀在他的《瓶外卮言》中也对山东说提出怀疑，他说："……兹有质疑之处，全书用山东方言，认为北人所作，实不尽然。既叙述山东事，当然用当地土语。京师为四方杂处之地，仕官于京者多能作北方语，山东密迩京师，又水陆必经之路，南人擅北方语者所在多有。《金瓶》之俗语，亦南人所能通晓。为南人所作抑为北人，此可疑者一。”

进入80年代，朱星先生重提王世贞作《金瓶梅》的旧说，为了支持自己的论点，也涉及书中的方言问题，认为山东方言说并不准确。他说：“鲁迅先生、郑振铎先生、吴晗都被蒙过了”，“《金瓶梅》只有潘金莲等人在口角时才多用山东方言。西门庆说话就用北方官话，有的官场客套话还用文言。至于一般叙事，都是用的一般的北方官话，即所谓白话文”；“山东方言也很复杂，胶东、淄博、济南就有显著差别，因此笼统说山东方言，实是外行话。应该说《金瓶梅》中写妇女对骂用的是清河方言。”（朱星《金瓶梅考证》）他同时还举出一些词语如达达、鸟、忒、倘忽、一答里等，认为这些都是“吴方言”。

戴不凡先生也明确持吴语说，认为：“改定此书之作者当为一吴侬。此可于小说中多用吴语词汇一点见之。”所举词语有“掇、杌子、床、事物、黄汤、挺觉、花黎胡哨、小后生、劳碌、事体”等；不过，他也承认有些吴语词如“达达、安置、摺、哔哩礴剌”等，苏州人并不使用，所以他“颇疑为此书润饰加工之作者并非苏州一带之吴侬，而是浙江兰溪一带之‘吴侬’”（戴不凡《小说闻见录》）。

其后，黄霖在比较了《忠义水浒传》和《金瓶梅词活》的文字异同后指出，《金瓶梅》的作者“习惯于吴语”（黄霖《〈忠义水浒传〉与〈金瓶梅词话〉》），“《金瓶梅》的语言相当驳杂，其方言俚语并不限于山东一方，几乎遍及中原冀鲁豫以及苏皖之北，甚而晋陕等地，都有相似的语言与音声，中间又时杂吴越之语。”他举出的“小顽、吃（茶、酒）、家火、呆登登、馋劳痞、鸭、不三不四、阴山背后、洋奶、合穿裤、做夜作”等，认为“似乎都是吴语”（黄霖《〈金瓶梅〉作者屠隆考续》）。张惠英在《〈金瓶梅〉用的是山东话吗？》一文中首先指出有些日常用语，虽然山东话里常用，但河南、河北话里也有，所以这些只能算是北方话通语，如达达、花里胡梢、这咱晚、那咱晚、多咱、扯淡、拾掇、扁食等；她还认为另外的一些日常用语，可能也不是山东话，如库、拔步床（白步床、八步床）、毛司、黄芽菜、肉圆子、卵、厨下、老娘、抹牌、斗牌等。她举出的吴语词并不太多：田鸡、常时、丁香、人客、房下、原旧、膀蹄、白煠、下饭、擵。她的结论是：“《金瓶梅》的语言是在北方话的基础上，吸收了其他方言，其中，吴方言特别是浙江吴语显得比较集中。我们不妨称之为南北混合的官话。”

应该说明的是，所谓“吴语说”的持论者大多只是证明《金瓶梅》中有吴语，并不认为此书主要是以吴语写成的，这与“山东说”的观点有所不同。如戴不凡、张惠英都是如此。

除上述几种主要说法，其他还有山西方言说、河北方言说、河南方言说、江淮次方言说、东北方言说、徽州方言说，乃至远至陕西、甘肃、内蒙古、福建、湖南、江西、云南。

综观诸家说法及其争论，可以看出：其一，大都将方言研究与作者研究结合起来，研究方言的目的或隐或显地带着功利性，说白了就是要为提出作者新说找根据；其二，这些研究大都缺乏科学的方法，没有严密的考证而轻率地下结论，且各说各话，互不服气，颇有点“混战”的味道。当然我们也看到，与这种“瓶外学”研究形成鲜明对照的是，确也有部分语言研究者，以严谨的态度和科学的方法，以《金瓶梅》方言为对象，进行着真正的语言学研究。

如此众说纷纭的局面，让人喜忧参半。一部四百年前的小说，还能激起后世如此多的共鸣，引起大家如此热烈的争论，这显然是一件好事，表明了《金瓶梅》在创作上的成功，体现了文本自身的艺术生命力。人们对《金瓶梅》的巨大兴趣，固然与其独特的内容有关，更与它的写法，尤其是在语言上的创新有关。试想，我们竟然在一部数百年前的古代小说里“听到”了熟悉的“乡音”，“看到”了一些似陌生又熟悉的面孔，这是一种多么奇特的感受啊！但从另一方面来看，我们的研究似乎进入了一个循环的怪圈，照此下去永远也不会有实质性的研究结果。我们不得不思考：我们的研究方法是不是出了问题？如何走出目前的困境？

三、方言研究的误区

那么多人兴趣十足地进行着有关方言的争论，但就目前的《金瓶梅》方言研究的状况而言，显然是热情有余，科学性不足；外行人太多，专业人士不足。比如，什么是方言？如何确定一种方言？这种方言与那种方言的差别表现在哪里？对这些最基本的问题可能不少研究者并没有搞明白。这里我们不妨重温语言学家的说法：“方言是一种语言的地方变体，是共同语的分支。……一个大区域的方言，包括大体上近似的而有个别差异的许多地点方言。例如，官话方言是个区域方言或叫地区方言，天津话、济南话、武汉话、成都话等就是地点方言。”（黄景湖《汉语方言学》）袁家骅等在《汉语方言概要》中说：“近人研究汉语方言，着重语音系统的分析和比较，虽然不够全面，但在草创阶段还是切实可行的，因为长时期的书面语言的统一对各方言有很大的约束力，方言间的词汇语法异别往往是细微的，不是十分显著的。”

众所周知，语言具备三要素：语音、词汇、语法。就是说，一种语言与另一种语言的差别要从这三个方面表现出来，但三个方面的表现不是完全均衡的。方言作为共同语的一个分支也是如此。就汉语的各地方言而言，最一致的方面是语法。有的语言学家甚至认为：“除了某些小差别，例如在吴语方言和广州方言中把间接宾语放在直接宾语后边（官话方言里次序相反），某些南方方言中否定式可能补语的词序稍微不同，等等之外，汉语语法实际上是一致的。”（赵元任《汉语口语语法》）至于词汇，它的变化虽然比语法快一些，也还是基本一致的。这就是说，汉语各地方言之间的差异主要表现在语音上。比如吴方言与北方话，尤其是同属北方方言的山东话、河北话、天津话、北京话等，它们在词汇和语法上都大同小异，所不同的主要是语音。山东人学普通话，并没有多少新的词汇要学，一般来说主要在声调上作相应的变化，如“我们”在山东话里是普通话的第二声和第一声（wó mēn），只要变成普通话的第三声和第二声（wǒ mén）就行了。所以，判断方言的主要根据应该是语音，而非词汇。

令人遗憾的是，大部分所谓《金瓶梅》方言“研究者”都不明此理，功夫恰恰都用在词汇的搜集与解释上，只要发现一个“面熟”的词汇，不论“口音”对不对，就毫不客气地归入自己的方言内，将之视作自己的“研究发现”。显然，这是很荒唐的，当然也是非科学的，这也是造成同一个词汇，有人说是山东话，有人说是河北话，还有人说是吴语的混乱局面的根本原因。比如“一抹儿”这个词汇，在山东、山西、河北、北京、天津等地口语中都存在，而且含义也大同小异，但读音并不相同，当我们在《金瓶梅》中发现它的时候，我们有什么根据把它说成是山东话、河北话或者山西话呢？虽然在字面上我们似乎“认识”它，但它的声调是北京话的两个阴平呢，还是山东话的两个上声呢？这无从判断，所以也就无法确定它到底是哪一种方言。这种望文生“音”的毛病有时连语言学家也免不了。《金瓶梅》中有一个常用词“合气”，如《金瓶梅》第九回：“你可备细说与我：哥哥和甚人合气？……”第六十四回：“如今春梅姐又是个合气星，天生的都出在他一屋里。”这个词中的“合”应该如何读？我翻检了多部辞书，包括权威的《汉语大词典》，几乎无一例外都注为“hé”。但从现在仍然存在的语言现象看，并非如此。“合气”，吾乡徐州及周围地区读作“gé qì”，而不是“hé qì”。李申先生著的《徐州方言志》就收入了这个词，但他写成了“格气”，释为“因闹意见而生气”。其实“格气”即“合气”。《西游记》第八十三回：“你那索儿颇重，一时捆坏他，阁气。”这里把“合”写成“阁”，正说明二者应是同音。蒲松龄在《聊斋俚曲集》里则把这个词写成“咯气”，可见清代山东地区也是这个读音。吴振清《河北、天津方言中元曲词语例释》谓河北部分地区也有“合气”一词，“合”亦读为“gě”，声调有小异。事实上，口语中很可能就没有“hé qì”这个发音，这说明辞典编撰者不是在进行方言调查基础上注的音，而是想当然。

再者，对某一方言的确定必须具有排他性，确定《金瓶梅》的方言当然也是如此。语言学界有一句名言：“说有易，说无难。”仅知道某个词汇在自己熟悉的方言里有还不行，还要进一步知道它是否还存在于其他方言里；而要知道后一点，不进行全面的方言调查，不掌握丰富的方言资料是做不到的。就是说，你除了要证明《金瓶梅》中的语言与某方言相符，还必须证明它与其他方言都不符。但直到如今，没有一个研究者可以做到这一点。当然，也有人力图做到，最终还是无法说服人。如有的学者为了证明《金瓶梅》语言确属山东峄县方言，曾找了十几个方言词读给邻县人听，据说他们都不懂。而反驳者马上说，这些词语“看起来很有挑战性，但笔者请专门研究语言的同志协助调查，发现这些词语不仅和峄县同属淮北土语群的峄县邻邑如徐州人懂得，甚至不属于淮北土语群的其他华北次方言区的同志也懂得不少”（李时人《贾三近作〈金瓶梅〉说不能成立》）。有人从《金瓶梅》中找出一百个词语，当成所谓“东北方言词”加以释义（李凤仪《〈金瓶梅〉东北方言词一百例》），却被别人指出在这一百例中，至少有四十六例并不是东北方言，而是广泛通行于北方的词语，且在《现代汉语词典》上都是可以查得到的（李雪《〈《金瓶梅》东北方言100例〉指误》）。《金瓶梅》方言的研究者们似乎都在不断重复着这个错误，这也正是他们的结论难以服人的根本原因。

正因为是方言词，其中不少在官话中没有相对应的词，所以小说的作者常常信手拈来，它究竟应该如何读、如何解，这是一个令人十分头疼的问题。但往往有人不懂装懂，自以为是，结果就不免出笑话。比如最早的一位“吴语说”主张者陈蝶仙，把书中极常见的“达达”释为吴语的虚词，作“云云”解，就很可笑。“达达”在《金瓶梅》全书中出现六十余次，是书中最活跃的称谓之一。其实这个称呼通行的地域十分广，西至陕西，南到江浙一带，很多地方是把爸爸称作“达达”的，只是读音稍有变化而已。在《金瓶梅》中，女人呼“达达”往往是在与西门庆通情之时。如第二十一回：“西门庆情极，低声求月娘叫达达；月娘亦低声睥帏睚枕，态有余妍，口呼亲亲不绝。”第二十六回：“妇人搂抱着西门庆脖子，说道：‘我的亲达达，你好歹看奴之面，奈何他两日，放他出来。’”而将此处的“达达”作“云云”解，就使这些情节不知所云了。

再如《金瓶梅》第六十四回写了玳安的一段话，极言李娇儿、潘金莲之吝啬：“只是五娘和二娘慳吝些。他当家，俺每就遭瘟来，会把腿磨细了。会胜买东西，也不与你个足数，绑着鬼，一钱银子拿出来只称九分半，着紧只九分，俺每莫不赔出来！”有人把“会胜”解为“划算”的借字，“绑着鬼”解为“碰着鬼”，“绑”是“碰”的音转，然后断言这是安徽徽州方言，别人都不懂的。然而“绑着鬼”在书中出现了四五次，以“碰着鬼”来解释就使语感很强的句子完全不通，本来很生动的口语变成了病句。再如第六十三回有这样一句:“递了三钟酒与韩先生，管待了酒饭。江漆盘捧出一匹尺头、十两白金与韩先生，教他先攒造出半身。”句子本来也很通顺，有人自己读不懂，却故作曲解，把“江”说成“端”的徽州读音，是动词（程启贵《〈金瓶梅〉研究奇人苛洞》)。明代方以智《物理小识》载:“漆不取液则自毙,……种宜腊月。朝鲜国有黄漆树，似棕，六月取汁，漆物如金。今广漆则黄，江漆则黑。”此处“江漆”与“广漆”相对，很明显是指一种漆，“江漆盘”即用江漆髹涂的盘子。若把“江”理解为动词，后面还有一个动词“捧”字，此句还成什么话?

四、北方人，还是南方人

在对《金瓶梅》作者的讨论中，近年又新派生出作者究竟是北方人还是南方人的争论。既然一时还搞不清它的作者到底为谁，那么先为他划定一个大致范围也许是有益的。30年代之前，由于王世贞说占主导地位，而王世贞又是江苏太仓人，所以并未出现这个问题。自吴晗1934年发表《〈金瓶梅〉的著作时代及其社会背景》一文后，作者是山东人的说法便流行开来。如前所说，鲁迅、吴晗、郑振铎等早期研究者都基本上肯定了作者必为山东人。但随着研究的深入，最近几年又有人提出作者是南方人。如朱星重提的王世贞说，戴不凡的“吴侬”说，黄霖的屠隆说，都主张《金瓶梅》作者是南方人。还有人专门著文对《金瓶梅》中的“吴语”进行详尽的考证分析，得出作者必为南方人的结论。

总的来看，《金瓶梅》运用的是山东或周围地区的方言，这是没有什么疑义的。一个基本的事实是，南方人对书中的大量方言读不懂，有人自以为读懂了，其释义却与原意相差甚远。如果是南方人所著，他是如何学会并熟练运用这些北方方言的？这恐怕是南方论者遇到的第一个难题。有人提出周立波是湖南人，照样可以写乡土气息很浓的《暴风骤雨》，以说明南方人当然也可以写出《金瓶梅》。其实不然。周立波是遵照《在延安文艺座谈会上的讲话》精神，走与工农相结合的道路，有意识地去深入东北农村，观察农民生活，学习农民语言；况且《暴风骤雨》并没有多少给人印象深刻的东北方言词。我们有什么根据说明《金瓶梅》的作者也经过类似的一个有意识地学习山东方言的创作过程呢？还有人提出南方人到山东做官，也可能学会山东方言。这也是没有说服力的。一般做官年龄已到成年，在这种年龄很难学会某一地区很具特色的方言，更不要说在作品中熟练运用了。若仅仅为了创作一部小说而去学一种方言，也是很难想象的；除非他也有周立波那样的创作目的和创作意识。况身居官位之人，也没有机会观察到下层社会那么丰富的社会生活。

第二点应引起注意的是，作品中有不少故意有辱南方或南方人的描写，这也可以说明作者不是南方人。第七十一回称南方为“南蛮地”；第三十三回称湖州客人是“蛮子”“何蛮子”“何二蛮子”；第十六回骂川、广商人为“贼蛮奴才”；第三十四回、三十五回骂苏州书童为“蛮奴才”“蛮小厮”“贼蛮奴才”；第七十五回骂扬州人春鸿为“贼小蛮囚儿”“怪小蛮囚儿”。当然，如果仅仅根据作者对南方人或北方人的爱憎态度来判定作者的籍贯，那无疑是一种简单化的做法。问题是，“南蛮地”“蛮子”“贼囚蛮子”这类轻侮乃至谩骂之词，不是一般的褒贬词语，而是带着强烈的地域观念，明显反映着中原人对南方人的歧视色彩。作品中写了一个南方文人温秀才，是一个好“南风”的同性恋者，潘金莲骂他作“温蛮子”，玳安则叫他“温屁股”，画童儿回禀：“他只要哄着小的，把他那行货子放在小的屁股里。”把如此腌臜事有意识地安排在这个可怜的南方文人身上，恐怕不会是他的同乡文人所为吧？第四十九回写西门庆为了讨好蔡御史，将两个妓女董娇儿与韩金钏儿献给他过夜，并事先叮嘱她俩：“他南人的营生，好的是南风，你每休要扭手扭脚的。”这种对南方人的狠心戏弄，能是南方文人写出来的吗？

《金瓶梅》是“世代累积型”作品吗

在近几十年的《金瓶梅》研究中，有人提出了一个颇受注意的观点，即《金瓶梅》不是个人创作的长篇小说，而是像《三国》《水浒》一样，是一部“世代累积型”的作品。此观点最早出现于50年代，由潘开沛先生提出，当时并未受到太多注意；但近年来经过几位先生的反复论证，已成为《金瓶梅》成书问题上一个颇有势力的说法。笔者在研究了有关文章之后，感到论者提出的论据虽有数十条之多，但有说服力者尚无一条。本文拟对其中的几个观点谈谈自己的看法，作为与几位先生的商讨意见。

一、何谓“世代累积型”

“世代累积型”的提出是基于这样一种文学现象：“中国小说戏曲史的另一引人注目的现象是相当多的作品在书会才人、说唱艺人和民间无名作家在世代流传以后才加以编著写定。文人的编写有时在重新回到民间、更为丰富提高之后，才最终写成。”（徐朔方《论金瓶梅的成书及其它·前言》）毫无疑问，论者指出的这种现象确实是存在的，以“世代累积型”来概括某些作品的成书方式也是很恰当的。

但我觉得要把“世代累积”作为与“个人独创”相区别的一种基本创作方式和一种小说基本类型来认识，对其内涵应该给予严格的规定。如果没有理解错的话，“世代累积”理应包括以下几点：

1. 小说中的主要人物是世代流传的；

2. 小说中的主要情节是世代相延的；

3. “世代”是一个较长的历史过程，比如说，要经过朝代的更替；

4. 更重要的，这一切必须有史料根据。

《三国演义》显然是符合这几个条件的。书中的主要人物均是历史上的真实人物，有关他们的记载可以说史不绝书；不但正史有传，民间流传亦既广且长。即使是一些次要人物，也是于史有征的历史人物。至于三国故事，远自隋唐，直至元代，经过历代各类艺人的努力，内容愈来愈丰富、愈来愈完整，为罗贯中创作《三国演义》提供了大量素材。《三国志平话》已为我们展示出《三国演义》的大致轮廓，而元杂剧中的众多三国戏，则使《三国演义》的基本情节更为丰富，人物性格更为丰满，使它更具备了引人入胜的艺术效果，云其“世代累积”，可以说名副其实。当然，这并不影响作者运用增删、移植、更改乃至张冠李戴的手法，对世代累积的题材加以改造，以符合自己的创作需要；也不影响作者运用想象，虚构出一些东西加入作品中。《水浒传》的情况与此相仿，只是《水浒》的主要人物除宋江、方腊等及其事迹正史有载外，大多数人物与故事都是民间创造的；至元代，这些流传的传奇人物和故事也初具规模，《大宋宣和遗事》和有关水浒故事的说书、戏曲可为明证。与《三国》相比，施耐庵创作《水浒》虽也以世代流传的人物、故事作框架，但其虚构的东西更多，在现实生活中的取材更多，“史”的味道则远逊于《三国》。所以人们才一称为“演义”，一称为“传奇”。尽管如此，《水浒》的主要人物、故事宋、元以来就广泛流传，并为施耐庵所运用，仍应视为“世代累积”的小说。

二、人物是世代流传的吗

答案是否定的。原因很简单，没有丝毫史料可以说明这一点。即使从作品人物的具体分析中，我们也不能得出这种结论，而只能得出相反的结论。

1. 关于西门庆、潘金莲

两个最主要的人物西门庆和潘金莲，虽在《水浒》中已经出现，但大家都承认，《金瓶梅》中的西门庆、潘金莲，绝不是《水浒》中的西门庆、潘金莲。不但作者赋予他们的生活内容有多寡之别，更重要的是他们的性格本质是根本不同的，分别体现着完全不同的时代特征。西门庆在《水浒》中只不过是一个好色的生药铺主人，而且很快成为武松拳脚之下的短命鬼；在《金瓶梅》中，他却躲过武松的惩罚，又过了很长一段花花绿绿的人生，成为新时代的主人公，最后才死于自己燃起的欲火炽焰之中。潘金莲也由一个好淫的短命妇人，变为性格复杂的小说主人公。他们在《金瓶梅》中所做的一切，都是《水浒》所不曾有的，也是不可能有的。如果二人在《水浒》成书之前就是世代流传的人物，他们的生活内容不可能如此贫乏，《水浒》的作者也不可能将其安排为转眼即逝的次要人物，何况，我们并未发现《水浒》之前的正史、说书、戏曲中有关西门庆、潘金莲的任何踪迹。更可能的倒是，西门庆与潘金莲的奸情，是《水浒》作者为表现武松的刚直性格而临时虚构的。施耐庵创作《水浒》，既有对世代累积素材的运用，又有自己的虚构创作，西门庆、潘金莲及茶坊王婆的故事，应属于后者。

虽然持论者“设想”：“与其说《金瓶梅》以《水浒》的若干回为基础，不如说两者同出一源，同出一系列水浒故事的集群，包括西门庆、潘金莲故事在内。”（徐朔方《〈金瓶梅〉成书补证》）但面对《金瓶梅》前几回对《水浒》几乎是原封不动地抄袭，以及西门庆、潘金莲身上浓烈的明代生活气息，这种“设想”是没有说服力的。另外我们还需注意，据沈德符记载，《金瓶梅》作者还写过一部《玉娇李》，亦为西门、金莲、武大故事，然寓意正与《金瓶梅》相反：“武大后世化为淫夫，上烝下报；潘金莲亦作河间妇，终以极刑；西门庆则一騃憨男子，坐视妻妾外遇，以见轮回不爽。”（《万历野获编》）如果“世代累积”说能够成立，那么与《水浒》并行流传的非仅

《金瓶梅》，势必还要有一个《玉娇李》；而后二者在《金瓶梅》成书前均无丝毫信息。这是不符合民间流传故事的一般逻辑的。道理很简单，前人不可能只著录《水浒》故事，而放掉与之相联系的《金瓶梅》故事和《玉娇李》故事；更何况，后者对听众的吸引力比《水浒》还要强烈。在没有证据的情况下，我们只能认为《金瓶梅》故事是“从《水浒传》潘金莲演出一支”（袁中道《游居柿录》）而成的，西门庆、潘金莲是从成书后的《水浒》中化出，不会有其他可能。

2. 孟玉楼的命名

如果说西门庆、潘金莲尚与《水浒》有所牵连，能使人作出与《水浒》并行的“设想”的话，那么我们再来看另一个主要人物孟玉楼。孟玉楼是一个贯穿全书的人物，与西门庆、潘金莲、陈经济等人物关系密切，是整个故事不可缺少的人物，在作品结构中的重要作用自不待言。孟玉楼的命名来自两句诗：“金勒马嘶芳草地，玉楼人醉杏花天。”西门庆为孟玉楼打的簪子上就刻着这两句。这支簪子曾被陈经济捡到，后来拿着到严州欲图讹诈玉楼。声称这簪子上刻着你的名字，如何却到我手里？结果阴谋没有得逞，却被官府抓住痛打了一顿。我查出这两句诗出自《清平山堂话本》中的《西湖三塔记》。原文写奚宣赞被西湖白蛇精捉去，险丧性命，归来后“寻得一闲房，在昭庆寺弯，选个吉日良时，搬去居住。宣赞将息得好，迅速光阴又是一年，将遇清明节至。怎见得：家家禁火花含火，处处藏烟柳吐烟。金勒马嘶芳草地，玉楼人醉杏花天。”《金瓶梅》只录后两句，并以“玉楼”作为孟玉楼的名字。当然，“金勒马嘶芳草地，玉楼人醉杏花天”两句亦见于其他话本小说，我所以肯定《金瓶梅》是抄自《西湖三塔记》，是因为与此首紧挨的另一首诗亦为《金瓶》借用，原诗为：“百禽啼后人皆喜，惟有鸦鸣事若何？见者都嫌闻者唾，只为从前口嘴多。”诗中“鸦鸣”本为奚宣赞出门打猎听到的乌鸦叫声。此诗被《金瓶梅》作为回后诗用在第九十一回，写李衙内的妾玉簪儿见新娶玉楼，心中不快，常常吵闹；以“鸦鸣”喻之，写其不得人心。《西湖三塔记》收在《清平山堂话本》，是宋元作品还是明人作品难以肯定。一般认为应为宋元作品，因元代郑经有同名杂剧，虽已不传，内容应该大体相同。也就是说，当《西湖三塔记》与《武行者》《花和尚》等《水浒》故事同时流行的时候，孟玉楼这个人物尚未“出世”。而与之相关的诸多人物和情节当然也就不会存在。既然如此，怎么可能有一个与《水浒》同时流行的《金瓶梅》故事呢？更何况，即便是《水浒》，在宋元时也还没有形成一个完整的故事，而只是以互不关联的散篇流行，《武行者》《花和尚》《青面兽》等在元罗烨的《醉翁谈录》中仍分属“公案”“朴刀”“杆棒”，属于不同题材的作品；将这些散篇串连在一起而成《水浒》，是后来的事情，有施耐庵的创作之功。另外，作为《金瓶梅》的一个骨干人物，孟玉楼的命名竟是来源于一首文人气十足的诗，也说明她不可能是一个长期流传于民间的人物，在现存的宋元小说中，我们还找不到一个作品人物是以这种方式命名的。换句话说，这是典型的文人作家的虚构创作方式。

3. 应伯爵、常时节、温必古之流的命名

更能说明本文观点的是几个帮闲人物的命名。首先应该说明，应伯爵等人在作品中的地位，并不是像论者所云，乃“一些次要角色”。《金瓶梅》的主旨是“借西门庆以描画世之大净，应伯爵以描画世之小丑”（东吴弄珠客《金瓶梅序》），缺了这些人物，《金瓶梅》便不成其为《金瓶梅》了。值得注意的是，他们的命名尤为奇特，完全用谐音的方式：应伯爵（硬白嚼）、常时节（借）、卜志道（不知道）、韩道国（捣鬼）、白来创（哧）、吴典恩（无点恩）、温必古（屁股）、游守（手）、郝贤（好闲）等等，全书共有二十余人。前此的小说，尤其是话本小说，虽然作品人物常有绰号，如《水浒》，但用谐音的方法为人物命名却没有见到。从张竹坡始，研究者早已指出这是一种奇特的讽刺方式。其独特之处在于利用语音的相同或相似，而字面却不相同，进行含蓄的讽刺。而这种方式只能是一种文字技巧，而非语言技巧。也就是说，它只能在文字创作中运用，而不能在讲说艺术中运用；它产生的独特讽刺效果只能在书面阅读中为读者所领悟，而不能在说书场上为听众所理解。从字面上看，这些名字的含义或冠冕堂皇，或温文尔雅，看不出有任何贬义；只有在阅读过程中，在联系到这些人物的性格特征的情况下，才会发现字面下隐藏着另外的内容，才能探知其中蕴含着强烈的讽刺意义。如应伯爵字光侯，外号应花子。“伯爵”“光侯”是何等庄重！然其谐隐的实际意义却是“白嚼”“光喉”，也就是混饭吃。作者在应伯爵刚出场时就规定了他的性格核心是“专一跟着富家子弟帮嫖贴食”，是个实实在在的“食客”。常时节，从字面上看不出有什么不恭，但其寓意是“常时借”，他曾不止一次地向西门庆借银子，书中专有一回写他“得钞傲妻”。温必古，作为一个破落儒生，名字温文尔雅、古色古香，但联系到他“好南风的营生”，则温必古原来是“温屁股”！他也正是因为这个不良习惯，被西门庆赶出家门。崇高的下面隐藏着卑劣，庄重在不知不觉中滑向了轻薄，这正是谐音的妙用。显然，这是作者煞费苦心创造出来的一种讽刺方式，而且也只能是一种书面文学中的讽刺方式。正因为这种讽刺方式能产生双重的艺术作用，所以屡为后来的文人作家所效法，甚至连曹雪芹这样的高才都没能例外。但如果这一切都发生在说书场上，那将会怎样呢？说书艺人在讲说过程中一直以“应白嚼”“温屁股”“不知道”“白来咊”等称呼自己的人物，成何体统？岂不变成了一场粗俗的恶作剧？其独特的深刻而又不失含蓄的讽刺效果又如何为听众所领会？

这一问题看起来不甚起眼，所以至今并未引起有关《金瓶梅》成书论者的注意。但我以为，从文体学的角度来看，它是区分文人创作和艺人创作、书面文学和口头文学的分水岭，是《金瓶梅》非艺人创作、非说唱艺术、非“世代累积型”作品的铁证！

4. 关于狄斯彬等明人

《金瓶梅》中还出现了不少明代真实人物，据有关研究者考证，这样的人物有十六人之多。如明正德三年进士韩邦奇，六年进士尹京，十六年进士王炜，嘉靖八年进士任贵，十一年进士何其高，十四年进士王烨，二十六年进士曹禾、狄斯彬、凌云翼，二十九年进士黄甲，三十八年进士赵讷等。甚至西门庆的亲家陈洪和陈经济也是明代实有的人物。既然是“世代累积”故事，为何加入了这么多离作者年代很近的现实人物？如嘉靖时的狄斯彬，在书中充当苗天秀一案的审官，此案贯穿四十七、四十八、四十九三回，是揭露西门庆贪赃枉法罪行的一个重要关目。苗天秀故事借用流传很广的包公案，主人公本为包公，《金瓶梅》却换成狄斯彬。如何理解这种现象？全为巧合似不可能，如果说是某个“整理写定者”成书时加入，他粗疏得连书中的明显漏洞和重复之处都未来得及改正，却又不厌其烦地做这种移花接木的工作，究竟有什么必要呢？但作为独创之作，他要借宋事写明代社会，书中出现明人不但是可能的，而且是必然的。

三、情节是世代相延的吗

与《三国》《水浒》《西游记》不同，《金瓶梅》既未写惊天动地的历史大事，又没写英雄豪杰的传奇行为，更没有狐妖神怪的奇异故事，它写的是“市井之常谈，闺房之碎语”，妻妾之争风，优人之卖俏，帮闲之吹牛，全属不起眼的小事，似乎很难分出情节的主次。相比较而言，像“西门庆与乔大户结亲”“潘金莲共李瓶儿斗气”“西门庆迎请宋巡按”“李瓶儿痛哭官哥儿”“西门庆东京庆寿旦”“西门庆大哭李瓶儿”之类，应该说是较为主要的情节；而这些情节，在《金瓶梅》成书之前从不见著录。事实上，前人不可能著录，因为《金瓶梅》本来写的就是明人明事。“世代累积”论者有一个很奇怪的逻辑：既承认“《金瓶梅》是一部假托宋朝、实写明事的长篇小说。无论是典章制度、人物事件，还是史实习俗、方言服饰，无一不打上明代社会生活的鲜明印记”（刘辉《〈金瓶梅〉研究十年》），却又坚持《金瓶梅》故事是“世代累积”而成的。实在很难令人明白，明人明事怎么可能在明代之前就“世代累积”呢？怎么可能在《水浒》故事流传时期就与之并行呢？具体到作品内容，书中除了出现不少明代人，还有大量明代历史事件及社会生活，如太仆寺马价银、皇庄、皇木、太庙、佛教与道教、商业、世俗等，正是这些才构成了《金瓶梅》的全部内容。如果说这些内容都是入明之后才在原有故事基础上加上去的，且不说这还能否算作“世代累积”，而被人“设想”出来的《金瓶梅》说书故事，在宋元时期还能剩下多少可资讲说的内容呢？至于说这些全是某位“写定者”改写某一“祖本”而成，也无可能。因为他需要改动的并不是某几个人物或某几个情节，而是从“典章制度、人物事件”到“史实习俗、方言服饰”都要加以改变。如此大规模地改动，究竟是一次“整理”，还是重新创作呢？

对于《金瓶梅》中出现的大量他书情节及诗词歌赋，“世代累积”论者认为不是抄袭借用，而是在说书阶段的相互“蹈袭”，不但与《水浒》的关系是“彼此渗透，相互交流”，与其他话本、曲集的关系也“难以区分孰先孰后”。如《金瓶梅》与《志诚张主管》的关系，论者认为“既不是《金瓶梅》抄袭

《志诚张主管》，也不是《志诚张主管》摹仿《金瓶梅》。两者来源都很早，难以分清先后”。笔者认为并非如此，其实二者先后关系十分清楚。《志诚张主管》见于《京本通俗小说》，一般认为是宋元旧作，曾被冯梦龙《警世通言》收入，题为《小夫人金钱赠年少》，一作《张主管志诚脱奇祸》。在《志诚张主管》里，主人公为小夫人、张主管（张胜），在《金瓶梅》里，这篇话本小说被一分为三，前半部插入第一回，小夫人变成了潘金莲；后半部分安插在第一百回，小夫人又变成了春梅，张主管换成了李主管；而小夫人带出来的一百单八颗西洋珠，则又与李瓶儿有联系。也就是说，《志诚张主管》的小夫人，在《金瓶梅》中一变而为金、瓶、梅。如果《金瓶梅》在先，号称使得“宋元旧种，亦被搜括殆尽”（凌濛初语，《初刻拍案惊奇序》）的冯梦龙，在收入此篇时，作品女主人公理应是潘金莲，或李瓶儿，或春梅，而不该是小夫人。因这三个人中的任何一位，其故事都要比小夫人丰富，也更吸引人。况在《金瓶梅》中，张胜还有寻找陈经济，杀死陈经济的不少情节，冯梦龙收入时没有必要全部删去，而且将其名字换成李庆。不仅如此，《志诚张主管》中的多首诗词亦出现在《金瓶梅》的不同回目中，如“乌云不整，唯思昔日豪华；粉泪频飘，为忆当年富贵。秋夜月蒙云笼罩，牡丹花被土沉埋”本为张主管见到的小夫人形象，在《金瓶梅》第一百回变成韩爱姐江南寻父时的形象描写。这就是说，《志诚张主管》中的小夫人，起码与《金瓶梅》中的四个女主人公有联系。这究竟是《金瓶梅》作者将《志诚张主管》拆开分别插入有关情节呢，还是民间艺人将《金瓶梅》有关情节收拢为一篇《志诚张主管》呢？我觉得结论是十分明显的。当然，如果我们将《金瓶梅》与其他话本的关系也稍作分析，就会看出全是这种情况而无一例外。因此，可以有把握地说，是《金瓶梅》抄袭了这些话本，而非相反，亦非“相互”；《金瓶梅》在个人创作的基础上，又移用了嘉靖、万历时期流行的话本小说情节。

有人说：“个人创作出现明显的抄袭现象，那是不名誉的事。”(《〈金瓶梅〉成书新探》)“只有当作品能给作者带来精神或物质的报酬，或两者兼而有之的情况下，才会出现抄袭。”(《再论〈水浒传〉和〈金瓶梅〉不是个人创作》)笔者认为不能以今人的名利观念去衡量古代文人，尤其是古代小说家。古代小说的地位历来十分卑下，为正宗文人、正人君子所不齿；即使到了明代，小说地位已有所改变，靠创作小说以求名利的人也还没有；以刻书渔利那是出版商的事，也没听说他们付给作者稿酬。明清的那么多小说（包括《红楼梦》）连作者的真实姓名都不愿署（或不敢署），怎么会有名利？而以《金瓶梅》这类小说求名利，更无异于缘木求鱼。至于说到“不名誉”，对古代小说家来说不存在这个问题。曹雪芹如果懂得这是“不名誉的事”，何必抄用《金瓶梅》的那么多情节，有时连原话都不变？李开先可谓正宗文人，如果他就是那个“写定者”，在别人的作品中大段大段地塞入自己的《宝剑记》以及同时代的他人著作，岂不是“不名誉的事”吗？再如《金瓶梅》抄录了大量他书上的诗词曲，有人便断言这是“说唱艺术的特有手法”，只有民间说唱艺人才会这样做，文人创作不会有这些东西。

事实根本不是如此。这里我们可以用凌濛初为其创作的《初刻拍案惊奇》所写的“凡例”来说明：“小说中诗词等类，谓之蒜酪，强半出自新构，间有采用旧者，取一时切景而及之，亦小说家旧例，勿嫌剽窃。”（尚友堂原刊四十卷本《初刻拍案惊奇》）凌濛初无疑是位文人作家，他用自己的创作体会表明：

1. 文人创作的小说亦是要有诗词的；

2. 这些诗词有一部分是抄袭别人的，因为这是小说家的“旧例”，故不要认为是“剽窃”。

这就有力地说明，抄袭借用不是说书艺人的“专利”，文人作家出现这种情况也是正常的，谈不上什么名誉不名誉，也与作者“精神或物质的报酬”没有什么关系，完全不值得大惊小怪，更不应该据此推断《金瓶梅》为艺人之作，是“世代累积型”作品。

事实上，我们有更多的证据证明《金瓶梅》绝非“世代累积”之作，限于篇幅，只能留在另文中论述。关于书中的某些漏洞和重复之处，我同意这样一种观点，即《金瓶梅》作为第一部个人独创的长篇小说，是“仓卒成书”（周钧韬语），很可能是创作出一部分，便传抄出来一部分，以致他没能就全稿进行统一的整理。有关《金瓶梅》的最早资料，如袁宏道的“后段在何处？抄竟当于何处倒换？”袁中道的“见此书之半”，沈德符的“遇中郎京邸，问曾有全帙否？”薛冈的“友人关西文吉士以抄本不全《金瓶梅》见示”等等，都显示了《金瓶梅》不是一次成书，见到全书是以后的事情。在一段较长的创作过程中，写出部分被传抄出来，后面的创作出现某些不接榫甚至小有重复之处，应该说是在情理之中的；而其对他书的模仿、抄袭也正是文人初创时常有之举。

《金瓶梅》的抄本与刻本

一、以抄本流传

《金瓶梅》问世后，最初是以抄本形式流传的，没有刊刻出版。从现存有关《金瓶梅》早期流传情况的记载来看，可以推知当时还处于传抄阶段。如沈德符《万历野获编》所记："今惟麻城刘涎白承禧家有全本，盖从其妻家徐文贞录得者。"屠本峻《山林经济籍》记："往年予过金坛，王太史宇泰出此，云以重资购抄本二帙。"综合这些记载观之，当时的抄本已经有不少。不过我们这里所介绍的，不包括这些抄本。因为我们只是从古人的记载中得知有过这些抄本，但并未流传下来，没有实物可以证明。我们只介绍正式刻板印行，并流传至今的版本。

像不少古典名著一样，《金瓶梅》的版本也很复杂。一般说来，学术界公认有三大版本系统：词话本系统、崇祯本系统、第一奇书本系统。所谓“系统”，是从大的方面来说的，就是说这些版本之间有较大的差异；而每个“系统”内，还有版本与版本的区别，只是差异较小罢了。

《金瓶梅》最早刊刻于哪一年？这是学术界仍有争论的问题。最先透露出《金瓶梅》刊刻消息的是明代沈德符。他在《万历野获编》中说：“丙午，遇中郎京邸，……又三年，小修上公车，已携有其书，因与借抄挈归。吴友冯犹龙见之惊喜，怂恿书坊以重价购刻；马仲良时榷吴关，亦劝予应梓人之求，可以疗饥。予曰：‘此等书必遂有人板行，但一刻则家传户到，坏人心术，他日阎罗究诘始祸，何辞置对？吾岂以刀锥博泥犁哉！’仲良大以为然，遂固箧中。未几时，而吴中悬之国门矣。”根据这段记载，鲁迅先生曾做推算：“万历庚戌（1610），吴中始有刻本，计一百回，其中五十三至五十七回原阙，刻时所补也。”

但近年有的研究者认为鲁迅先生对沈德符的这段话理解有误，不同意庚戌说。丙午，是指明万历三十四年（1606）；又过了三年，即万历三十八年（1610），沈德符从袁小修处借抄。马仲良榷吴关是万历四十一年（1613），又过了几年（“未几”），吴中才出现了《金瓶梅》的最早刻本。准确时间应该是万历四十一年以后的“未几时”，应当就是带有万历四十五年丁巳（1617）东吴弄珠客序刊本的《金瓶梅词话》。简言之，《金瓶梅》最早刻于万历四十五年（1617）。

最早的刻本出现后，出版商们根据不同的需要或不同的审美趣味，对原作加以修改，或增删内容，或添加插图，或加以评点，形成了不同的版本。词话本、崇祯本、第一奇书本就是这样产生的。

二、词话本及其发现

现存《金瓶梅》的最早刊刻本就是词话本。为何称为词话本？因为它的全称叫做《新刻金瓶梅词话》，所以研究者们简称其为“词话本”。另外又因为它出自明万历丁巳年，所以又有人称为“万历本”或“丁巳本”。此本共一百回，十卷二十册，长 21.5 厘米，宽 13.8 厘米。正文每半页十一行，每行二十四字。白绵纸印刷。无插图，也无评语，正文有涂改处。原第五十二回缺 7、8 两页。卷首有欣欣子的序。这篇序言应视为评论《金瓶梅》的第一篇专论。序者首先指出《金瓶梅》乃“发愤”之作，是“寄意于时俗，盖有谓也”；而后又高度评价了《金瓶梅》在取材上的不同寻常之处：“此一传者，虽市井之常谈，闺房之碎语，使三尺童子闻之，如饫天浆而拔鲸牙，洞洞然易晓。”序后署“欣欣子书于明贤里之轩”。下面又有廿公的一篇跋文，驳斥了《金瓶梅》是“淫书”的说法，针锋相对地提出“今后流行此书，功德无量矣”。次下有东吴弄珠客的序，一方面认为《金瓶梅》是“秽书”，另一方面又认为《金瓶梅》中的那些污秽描写“盖为世戒，非为世劝也”。

再下是一首词和“四贪词”，咏酒、色、财、气。目录之下即为正文。

词话本的主要特点是保持了作品初期的原貌。它没有经过后人的删削、修改，也没有随便增添什么东西，最能反映作者的真正思想、艺术水平及审美观念。如性欲描写，词话本全部保留着作者写作时的原样，没有任何删节，所以又有人称词话本为“全本”，就是说它的内容全。再如在语言上，词话本运用了大量山东方言，显得狂放恣肆，极有表现力。尽管有些地方显得粗俗了一些，却也从另一面透出原始、质朴、稚拙的美来。另外，作为文人创作的第一部长篇小说，词话本也明显表现出某些不成熟的东西，如叙事的重复，前后情节的矛盾，缺乏必要的加工锤炼等。崇祯本和第一奇书本对这些弱点进行了加工改造，取得了较好的艺术效果。

《金瓶梅》名“金瓶梅词话”，那么什么叫作“词话”？有的研究者认为“词话”即有说有唱之意。“词”泛指诗、词、曲等韵文而言；“话”指散文。“词话”是一种说唱文学，这正可以说明《金瓶梅》本来就是说唱体的，是艺人们集体创作的。有的研究者不同意这种说法，认为《金瓶梅》的早期记载都说它是小说而非说唱文学。如袁中道说：“思白曰：‘近有一小说，名《金瓶梅》，极佳。’”“词话”在当时不过是作为小说、话本的同义语使用的。《古今小说》的《蒋兴哥重会珍珠衫》中说：“看官，则今日听我说《珍珠衫》这套词话……”也把小说当作词话。所以不能据“词话”二字，把《金瓶梅》说成是说唱体。

还需要说明的是，现在存世的《新刻金瓶梅词话》，是否就是《金瓶梅》的最早刻本呢？在不少人看来，二者是等同的。但也有人认为此前还有一个旧刻本，所以词话本才称为

"新刻"。问题就是对这个"新"字如何理解?《说文》:"新，取木也。"段注:"取木者，新之本义，引申之为凡始基之称。"故《博雅》又释之"初也"。也即是说，按照"新"的本义及引申义,"新"即"初","新刻"就是"初刻"。依此，则明著"新刻"的词话本之前并无刻本。但也有人将此处的"新"理解为"重新"，重，再也。故"新刻"就是"重刻""再刻"，所以词话本之前还应有一个刻本。另外见到《金瓶梅》最早刻本的沈德符等人，都没有提到欣欣子序中所说的"兰陵笑笑生"，反而提出"闻此为嘉靖间大名士手笔"的说法。这说明最早刻本上并没有欣欣子的序文，与现存的词话本不同。麻烦是，至目前为止，并没有发现词话本之前的那个刻本，它究竟是否存在，还只是停留在猜想和推测上。

笔者倾向于支持词话本是《金瓶梅》的最早刻印本的意见。除了这个观点早已得到了诸多专家的认定，另一个重要原因是，笔者近年写过几篇关于《金瓶梅》中的疑难词辨析的文章，发现书中大量讹误字，基本上都是形误字，具体地说是与正字草书字形相近而产生的。如"缕"误为"结","都"误为"老","雪夜"误为"濡汲","直挺挺"误为"直捉捉","重齍(筛)"误为"番曬(晒)"等。其中有些字，在工整的楷书中谈不上相似，但在草书中字形相似度更高，致误的可能性也大大增加，如"山""正"误为"即","意"误为"欲","以"误为"亦"等皆是。比如第七十八回有这样一段话:"我见那水眼淫妇，矮着个靶子，两是半头砖儿也是一个儿，把那水济济眼挤着，七八拿杓儿舀。"其中"两是半头砖儿"不通，“两”即是“好”的误刻。“好是”，恰是也，“恰是半头砖儿”这就通了。楷书的“好”与“两”完全不像，但在草书中，“好”（）与“两”（）竟是如此相似，让人想不到！这说明书中形误字是刻工雕版时面对着书写潦草的底本时产生的，若面对的是一个雕刻工整的“最早刻本”，则不可能出现大量形误字。应该说，对于现存词话本是初刻本的说法，这是一个有力证据。

《金瓶梅词话》虽是最早的一个版本，但其被发现却是20世纪30年代的事，比其他几个版本都晚。清代康熙以来，社会上最流行的是经张竹坡评改的第一奇书本，现在国内各大图书馆所藏的《金瓶梅》大多是各式各样的第一奇书本。《词话》发现前，人们根本不知道还有这么一个本子，而且是至今传世的最早的版本。说起它的发现，还有点儿传奇色彩。1931年冬，北京文友堂（琉璃厂的一个古书铺）的太原分号，在山西各地收购古旧书，在介休县收购到一本木刻大本的《新刻金瓶梅词话》，无图。当时并没有立刻认识到它的重要价值，只当作一般古书看待，价钱定得很低。但到了北京，经过专家们鉴定，才知道古代第一奇书的最早版本被发现了，立刻在学术界引起了轰动，它的身价也即时上升，定为八百元。当时的古代小说研究专家郑振铎、赵万里、孙楷第等都去看过。后由北平图书馆出价二千银元收购入藏。民国二十二年（1933）孔德学校图书馆主任马廉（隅卿）先生采用集资登记的办法，以古佚小说刊行会名义影印了120部，每部30元。原书第五十二回缺7、8两页，由崇祯本配补，但微有不能衔接处；又把崇祯本每回前的图共200幅，合印成一册添附。这样共装成两函21册。抗战期间，原书曾寄存于美国国会图书馆，1975年归还台湾，现藏台湾。1957年，文学古籍刊行社又根据影印本再版，共印了2000部，每部定价40元，内部发行。现在研究者私人所有的词话本，多为这次的影印本。人民文学出版社1985年出的《金瓶梅词话》删节本，就是根据1957年的影印本作底本校点整理的。《金瓶梅词话》的发现，使人们一改以第一奇书本为原本的旧看法，认清了它的真面目，这对提高《金瓶梅》研究的科学性、准确性，是有重大意义的。因此，《金瓶梅词话》的发现，被视为《金瓶梅》研究乃至整个古代小说研究领域的一件大事。

三、崇祯本

传统所谓之崇祯本，全称《新刻绣像批评金瓶梅》。全书一百回，二十卷。此书长20.8厘米，宽13.6厘米。卷首有弄珠客的序和廿公的跋。有眉评、旁评。每回前有图两幅，均根据此回内容绘制，共二百幅；每幅下均署刻工姓名。

何以称为“崇祯本”？这一说法来自郑振铎《谈〈金瓶梅词话〉》一文。郑先生在文中说：“那部附插图的明末版《金瓶梅》，确是比第一奇书高明得多。第一奇书即由彼而出。明末版的插图，凡一百页，都是出于当时新安名手。图中署名的有刘应祖、刘启先（疑为一人）、洪国良、黄子立、黄汝耀诸人。他们都是为杭州各书店刻图的，《吴骚合编》便出于他们之手。黄子立又曾为陈老莲刻《九歌图》和《叶子格》。这可见这部《金瓶梅》也当是杭州版。其刊行的时代，则当为崇祯间。”主要从附图署名的刻工，推断此本为崇祯年间所刊，所以称为崇祯本。

但近年有人不同意将《新刻绣像批评金瓶梅》简称为崇祯本，因为没有什么直接证据说明此本刊于崇祯年间，也有可能刊于天启年间或者清初，故也有人称此本为“天启本”。说它也可能刊于清初，是因为清顺治原刊本《续金瓶梅》的附图刻工，亦有名黄顺吉、刘孝先者，他们和刘启先、黄子立同为一家，也可能是同一代人。另外，没有崇祯年间或稍后的任何人，提到有这样一部《金瓶梅》行世。相反，清初丁野鹤在《续金瓶梅·凡例》中还明确记载：“小说类有诗词。前集名为《词话》，多用旧曲。今因题附以新词，参入正论，较之他作，颇多佳句，不至有套腐鄙俚之病。”他见到的仍是词话本，而非带绣像的崇祯本。因此，称其为崇祯本仅是一种习惯叫法，并不能说明它是崇祯时刊印的。

崇祯本是与词话本有重大不同的本子，是由后代文人在词话本的基础上作了大量修改而成的。其修改工作大致包括两个方面：一为删削与刊落，一为修改与增饰，以前者为主。具体来说，有以下几点：

1. 在情节上，词话本第一回是“景阳冈武松打虎，潘金莲嫌夫卖风月”，武松打虎的情节，基本上是全抄自《水浒传》。崇祯本第一回是“西门庆热结十弟兄，武二郎冷遇亲哥嫂”，删去了直接描写武松打虎场面的文字，改由应伯爵口中说出，使故事变得更为简练、紧凑。第八十四回，词话本题目为“吴月娘大闹碧霞宫，宋公明义释清风寨”，崇祯本上句同，下句作“普静师化缘雪涧洞”，题目与故事情节更加吻合。

2. 词话本名曰“词话”，回前回后或正文中有大量诗词韵语，说书人口吻较浓，且有“且听下回分解”之类的套语，显示出浓厚的说书体色彩。而崇祯本不再称“词话”，将文中的韵语刊落三分之一，也不用“下回分解”之类的词语，带着明显的向近代小说转化的痕迹。

3. 词话本卷首有欣欣子序、廿公跋、东吴弄珠客序，崇祯本只有东吴弄珠客序。

4. 词话本的题目文字粗俗，上下句字数有时不整齐，对仗不工；崇祯本上下句相对整齐工巧。词话本正文中山东方言土语很多，用字“俺们”“你们”均作“俺每”“你每”；崇祯本改得较为通俗易懂，改“每”为“们”。

5. 词话本无图无评，崇祯本有二百幅插图及眉评、旁评。

从词话本到崇祯本，反映了古代小说艺术的发展和进步。虽然其中不乏妄改之处，但总体来看，崇祯本在艺术上有很大提高，说明修改者的小说观念比兰陵笑笑生是有所前进了。

至于这位修改者是谁，现在还不十分清楚。有的研究者认为此人很可能就是李渔。理由是：

1. 首都图书馆所藏的《新刻绣像批评金瓶梅》第一百回图后有一“题”，前几行已漫漶不清，只有结尾和题署尚清晰完整，结尾几句是：“须知先世种来因，速觉□，出迷津，莫使轮回受苦辛。”下署“回道人题”。“回道人”是李渔的化名，他原名仙侣，“回”字是由“吕”字衍化而来。他在自己的小说《十二楼·归正楼》第四回里，也用了“回道人评”。

2. 张竹坡的第一奇书本无一不署“李笠翁先生著”，而第一奇书正是根据《新刻绣像批评金瓶梅》的文字而评的，这就无异于明确告诉人们李渔正是《新刻绣像批评金瓶梅》的作者。

如果此说能够成立，所谓“崇祯本”就不是刊刻于崇祯年间，而应当是清初，最早不能超过顺治十五年（1658）。

四、第一奇书本

第一奇书本即张竹坡评本，全称为《皋鹤堂批评第一奇书金瓶梅》。在词话本发现之前，它是广泛流行于国内外，影响最大的本子，现在国内外各大图书馆所藏的《金瓶梅》，大多属于第一奇书本。

第一奇书本又可分为两种，一种是带回评的，另一种不带回评。首都图书馆所藏康熙乙亥（1695）刻本及在兹堂、皋鹤堂本，皆为同一版式。扉页上端为“康熙乙亥年”，版心为“第一奇书”，署“李笠翁先生著”。还有一种皋鹤堂梓行本，版心为“第一奇书金瓶梅”，并有小字“姑苏原刻”，署“彭城张竹坡批点”。上面这些都属没有回评的。后来影松轩本、崇经堂本、六堂藏本及各种本衙藏本接踵而出，都是带回评的。它们的特点除了增加回评外，又附上了崇祯本的插图，成为张竹坡批评《金瓶梅》最完整的评本。

第一奇书本最大的特点是在崇祯本的基础上，加上了眉批（在正文上端的空白处加批语）、旁批（在正文左右的空白处加批语）、夹批（在行间加批语）、回评（在每一回正文前加批语）等批评性文字，对小说的各个方面加以评论，帮助读者理解、欣赏作品。这是我国古代小说批评的主要形式。张竹坡的批评，言简意赅，洞察入微，正如谢颐在序中所云："今经张子竹坡一批，不特照出作者金针之细，兼使其粉腻香浓，皆如狐穷秦镜，怪窘温犀，无不洞鉴原形。"

除了各种批之外，第一奇书本还有很多附录，而且排列次序混乱，毫无章法，各本相异，花样百出。一般有以下几项：凡例；第一奇书非淫书论；《金瓶梅》寓意说；竹坡闲话；家众杂录：西门庆家人名数、西门庆家人媳妇、西门庆淫过妇女、潘金莲淫过人目、藏春芙蓉镜、西门庆房屋；杂录小引：冷热金针、苦孝说；批评第一奇书《金瓶梅》读法；第一奇书目录；第一奇书《金瓶梅》趣谈。这些附录中所谈的内容，有些是不正确的，难以为现代读者所接受。但值得注意的是，它的这些批评文字，不同于"批"，是属于专论性质的，与现代小论文已很近似，这就突破了那种随感式的只言片语的评点形式，在古代小说批评史上是有重要意义的。

在这些附录之前，有一篇署为"时康熙岁次乙亥清明中浣，秦中觉天者谢颐题于皋鹤堂"的序，对张竹坡的批评给予高度评价，也是崇祯本所没有的。谢颐显系一化名，是序中"解颐而谢"一语的缩语。有人考证谢颐乃张潮的化名。当年张竹坡评点《金瓶梅》时曾与张潮有过往来，且关系密切。他给张潮的信中有云："捧读佳序，真珠璀玉璨，能使铁石生光。小侄后学妄评，过龙门而成佳士，其成就振作之德，当没世铭刻矣。谢谢。""佳序"可能就是指谢颐序。

张竹坡批评的第一奇书本一出，马上就获得了成功。清初刘廷玑评论说："彭城张竹坡为之先总大纲，次则逐卷逐段分注批点，可以继武圣叹，是惩是劝，一目了然。"对读者阅读《金瓶梅》是有很大助益的。所以第一奇书本刊刻问世后，马上就取代了词话本、崇祯本而风行一时。仅从康熙三十四年至乾隆十二年（1695—1747）50余年内，相继问世的第一奇书本竟多达二十余种，成为《金瓶梅》问世以来，刊刻版本最多的鼎盛时期。

《金瓶梅》的批评本

一、张竹坡何许人也?

知道《金瓶梅》的人，往往知道有个张竹坡；研究《金瓶梅》的人，更是少不了研究张竹坡。张竹坡何许人也？他为什么与《金瓶梅》的关系如此密切？虽然早在《第一奇书》出版时，书上就印着“彭城张竹坡批评”的字样，刘廷玑《在园杂志》中也有记载，但古称彭城的徐州是否有个张竹坡？比如有人就说张竹坡是安徽歙县人，甚至还有人说张竹坡只是当时书商的化名。但在20世纪80年代，这个问题彻底解决了！吴敢先生在徐州发现了《张氏族谱》上记载的竹坡小传，及其弟张道渊所撰《仲兄竹坡传》，和张竹坡的诗文等，全面揭开了张竹坡家世生平的秘密。这对推动《金瓶梅》批评和整个古代小说理论的研究，起到巨大的推动作用。

张竹坡，名道深，字自德，竹坡是他的号。徐州铜山县人。生于康熙庚戌年（1670）7月26日，卒于康熙戊寅年（1698）9月15日，只活了29岁。但在他短短的一生中，却做出了流传千古的盛事，这就是评点了第一奇书《金瓶梅》，为我国古代文学事业作出了杰出贡献。

据张竹坡的弟弟张道渊撰写的《仲兄竹坡传》记载，竹坡从小聪明异常，刚学会说话就表现出对音乐、声调的很强的理解能力。6岁就会作诗。一天家中来客，客人吟诗一句“河上观音柳”，叫竹坡对下句。竹坡应声而出：“园外大夫松。”反应之快，令满座皆惊。所以父母对他十分钟爱。其弟也赞其有一目十行、过目成诵的才能。竹坡15岁时，曾参加过一次乡试，不中。接着父亲去世。其父名张翃，字季超，号雪客；一生奉母家居，不欲宦达；能诗善文，解律工画。他也不长寿，死时才42岁。竹坡因父死哀伤过度，以致染病在身。竹坡身体素质本来就不好，病后就愈甚了。所以他的伯父当时就给竹坡家人说：“侄气色非正，恐不永年，当善自调摄。”不想竟被他言中。竹坡是个好饮的人，因病也只好戒掉。竹坡天性狂放不羁，不愿老死牖下，24岁时听人说到北京诗社盛况，欢喜雀跃。随即赴京，成日与友人结社会诗，长章短句，写了百余首，一时技压群雄，被誉为“竹坡才子”。

竹坡对小说稗史有特殊的爱好，尤其是对《水浒传》《金瓶梅》，不但阅读速度极快，而且表现出极高的审美鉴赏能力。看过《金瓶梅》后，他对弟弟说：“《金瓶》针线缜密，圣叹既殁，世鲜知者，吾将拈而出之。”于是闭门不出，开始了对《金瓶梅》的评点。竹坡才气横溢，只用了短短十几天的时间，就写下了十余万字的批评文字。有人告诉他说，如果把这些评点文字卖给书商，一定能获重价。但竹坡回答得很干脆："吾岂谋利而为之耶？吾将梓以问世，使天下人共赏文字之美，不亦可乎。"他把自己的评点视为一种崇高的精神劳动，要使天下人都得到美好的精神享受，这是何等崇高的境界！

康熙三十四年（1695），张竹坡携刊刻好的《金瓶梅》评点本往南京，引起了很大轰动，"远近购求，才名益振。四方名士之来白下者，日访兄以数十计"，常常是高朋满座，以致引起了经济上的拮据，但他在精神上得到了满足。就在这时，他结识了张潮等人，并评点了张潮的《幽梦影》。张潮是清初著名的文学家和出版家，对张竹坡评点刊刻《金瓶梅》给予过积极支持，所以竹坡对张潮非常尊重，称其为"老台叔""昭代之伟人""儒林之柱石"，以小侄、学生自称。竹坡在对《幽梦影》的评点中，表现出较具近代色彩的宇宙观、反迷信思想和积极的人生态度。

康熙三十七年（1698），一日竹坡大呼曰："大丈夫宁事此以羁吾身耶！"遂将身边的书籍置于旅舍，空身北上。他要去干什么？我们不得而知。但根据他狂放不羁的性格来推测，他似乎不愿一辈子做个穷愁潦倒的文人，他要去闯天下，干一番轰轰烈烈的大事业。他的愿望并没有实现。走到永定河工地，他遇到故友。老友建议他在工地上效力，竹坡居然同意了，愿意一试身手。于是他白天督理公务，晚上秉烛达旦读书，常常"十昼夜目不交睫"，不觉疲倦。谁知夜以继日的辛劳断送了他年轻的性命。工程竣工以后，一天晚上他突发疾病，吐血数升，等同伴们叫来大夫，未及药沸，竹坡奄然气绝，时年 29 岁。卒后葬铜山县丁塘先茔。

张竹坡是我国古代伟大的小说评点家。他一生穷愁悲苦，赍志而殁。他多次提到自己的贫困处境："小子穷愁著书""迩来为穷愁所迫"。但正是在这样的逆境中，他评点《金瓶梅》，为我国古代文学理论的发展作出了巨大的贡献。这是值得后人，特别是古典文学研究者永远纪念的。

二、张竹坡的理论贡献

张竹坡对《金瓶梅》的评点，开创了《金瓶梅》研究的新阶段。明万历年间的《金瓶梅》早期传抄和刊刻阶段，虽有欣欣子、袁宏道、谢肇淛等一批人，对《金瓶梅》进行了最初的评价，但多为只言片语，也未广泛流传。天启崇祯年间，是《金瓶梅》的改写和评点阶段，《新刻绣像批评金瓶梅》（即崇祯本）上已经有少量的评语，认为《金瓶梅》是一部"世情书""非淫书"。张竹坡的评点，在继承前人成果的基础上，打破了旧的看法，对《金瓶梅》作了全面分析，形成了自己的体系。他的评点不但有读法、回前评语、眉批、夹批，而且增加了专论，各篇专论分别阐述了泄愤说、真假论、寓意说、苦孝说、非淫书论等观点。具体来说，张竹坡的理论贡献表现在以下几点：

1. 正确评价了《金瓶梅》是一部泄愤的世情书，是一部史公文字，驳斥了"淫书"论。向来的评者往往被《金瓶梅》中的性描写遮住了眼目，简单地认为它是“淫书”，看不到它的现实主义成就。张竹坡首次从理论上肯定《金瓶梅》对时代黑暗现实的揭露和批判，认为作者“必大不得于时势”，借书中的描写表达自己的愤懑之情，所以《金瓶梅》像《史记》《水浒传》一样，也是一部不愤不作、发愤而作的泄愤书，是一部“史记”。他正是要通过评点，“悯作者之苦心”，赞作者为“才富一石”的伟大作家。竹坡在清朝统治者对知识分子采取高压政策，大兴文字狱，儒士形成逃避现实、远祸保身的风气下，能把暴露封建社会政治黑暗，揭露世情之恶，直斥时事的《金瓶梅》提到与《史记》同等的地位，肯定其写实价值，给予崇高评价，表现出极其可贵的、大胆的叛逆精神。对书中的淫话淫语，张竹坡认为必须搞清作者的目的是归罪西门庆，并非在于诲淫。读《金瓶梅》要静坐三日，放开眼光，把一百回当作一回读，也就是要从整体上、全局上认识它的主要倾向，不要只着眼于淫话淫语。他甚至认为“凡人谓金瓶是淫书者，想必伊只知看其淫处也”。这样的认识可谓独具眼光。

2. 总结了《金瓶梅》的写实成就，确立了现实主义小说艺术观念。张竹坡继承了金圣叹批评《水浒传》的某些观点，但又有了长足的发展。如在文学与历史的区分上，金圣叹虽以“因文生事”和“以文运事”区别之，但又认为写历史比写小说难。张竹坡则认为写小说难于写历史。《金瓶梅》来自现实生活，又不同于现实生活。艺术真实是“明珠”，生活事实是“海水”，小说要“以文章夺化工之巧”。张竹坡评价《金瓶梅》云：“做文章不过是情理二字。今做此一篇百回长文，亦只是情理二字。”他认为《金瓶梅》成功的奥秘，就在于符合生活的真实面目：“其各尽人情，莫不各得天道。即千古算来，天之祸淫福善、颠倒权奸处，确乎如此。读之，似有一人亲曾执笔，在清河县前，西门家里，大大小小，前前后后，碟儿碗儿，一一记之，似真有其事，不敢谓操笔伸纸做出来的，吾故曰得天道也。”（《〈金瓶梅〉读法》）这里所说的“天道”，是指天生的自然状态，亦指生活的本来面貌。“得天道”就是完全写出生活的真实。如何达到真实呢？他认为要以生活事实为依据（“依山点石，借海扬波”），运用虚构想象（“假捏”“幻造”），达到典型概括（“因一及全”“因一人写及一县”）。所以他反对有人把《金瓶梅》视为“西门庆之大帐簿”，斥之为“其两眼无珠，可发一笑”。基于这种关于文学真实性的见解，他十分推重《金瓶梅》的白描手法。他说：“读《金瓶》，当看其白描处，子弟能看其白描处，必能自做出异样省力巧妙文字来也。”他认为作者的白描手法“笔蓄锋芒而不露”，能产生“摹神肖影，追魂取魄”的艺术表现力。

3. 总结了《金瓶梅》刻画人物性格的艺术特点，提出了若干塑造人物形象的方法。张竹坡对《金瓶梅》评点的一个重要内容，是深刻分析了作品中的人物性格，在此基础上概括出古代小说典型形象塑造的重要原则。如他指出《金瓶梅》写人物“犯笔而不犯”的特点：“《金瓶梅》妙在善用犯笔而不犯也。如写一伯爵，更写一希大，然毕竟伯爵是伯爵，希大是希大，各人的身分，各人的谈吐，一丝不紊。”就是写人物的同中之异，即使是同一阶层、同一身份的人物，也要努力写出他们各自的特点和个性来。西门庆有六个妻妾，但她们的性格、习惯无一雷同。要做到人物形象性格各异，张竹坡还主张要讨得“此一人的情理”。所谓“情理”就是指人物性格的本质特征，只要抓住了这个特征，“于一个人心中，讨出一个人的情理，则一个人的传得矣”，这样的人物才真实可信。第三十回写李瓶儿生孩子，阖家欢喜，只有潘金莲一人例外：“这潘金莲听见生下孩子来了，合家欢喜，乱成一块，越发怒气生，走去了房里，自闭门户，向床上哭去了。”用这一细节写潘金莲的嫉妒性格，可谓有出神入化之妙。所以竹坡于此批云：“夫写其生子，……而金莲妒口，又白描入骨也。”另外，竹坡还主张在对立中，在各种关系的矛盾中刻画人物性格的特点，提出“抗衡”与“危机相依”的观点。如瓶儿死后，接写金莲与如意儿的争宠矛盾，竹坡评曰：“惠莲在先，如意儿在后，总随瓶儿与之抗衡，以写金莲之妒也。”第二十六回写来旺儿大骂潘金莲之后，潘金莲便千方百计地向西门庆进谗言，要将来旺儿置于死地。她假装站在西门庆的立场上，不断地陈说利害关系，终于使西门庆下定决心，将来旺儿遣回原籍。宋惠莲则因此而想不开，上吊自杀。潘金莲设下的奸计因此得以圆满实现，张竹坡就此评道：“一路写金莲之恶，真令人发指，而其对西门一番说话，却入情入理，写尽千古权奸伎俩也。”实际上，潘金莲除了淫荡外，阴险毒辣是她的性格中的重要因素。这一回写潘金莲表面看来似乎阴毒得有些过分，实际上符合她的性格逻辑。全书的描写都说明，为了争宠，她什么事情都是能干出来的。张竹坡认为由于兰陵笑笑生真正做到了“讨出一个人的情理”，才写出那么多栩栩如生、个性鲜明的人物形象。所以清人刘廷玑评价《金瓶梅》“若深切人情世务，无如《金瓶梅》，真称奇书”“凡写一人，始终口吻酷肖到底”（《在园杂志》）。

再如对《金瓶梅》的人物出场，竹坡也有一番精彩的分析：

今看作者，惟西门庆一人是直说，他如应伯爵等九人，是带出。月娘三房是直叙，别的如桂姐、玳安、玉箫……来保、王婆诸色人等，一齐皆出，如喷壶倾水。然却是说话做事，一路有意无意，东拉西扯，便皆叙出，并非另起锅灶，重新下米，真正龙门能事。若夫叙一人而数人于不言中跃跃欲动，则又神工鬼斧，非人力之所能为者矣。何以见之？如教大丫头玉箫拿蒸酥是也。夫丫头则丫头已耳，何以必言大丫头哉？春梅固原在月娘房中做小丫头也，一言而春梅跃然矣，真正化工文字。（《金瓶梅》第一回回评）

竹坡认为《金瓶梅》作者处理人物出场方式极尽变化，主要人物正面出场，而次要人物是“带出”；有的是单独出场，有的则是“一齐皆出”；有的是以人带出事来，有的却是以事带出人来。如果小说人物出场方式一律都是所谓“另起炉灶”，人物既显呆板，文章也显得板滞。如春梅的出场，竹坡便认为作者运用了伏笔“影写”。他说：“写春梅何不于首卷内直出其名哉？不知此作者特特为春梅留身分故也。既为丫鬟，不便单单拈出，势必如玉箫借拿东西，或传话时出之，如此，则春梅扫地矣。然则俟金莲进门，或云用银自外边买来亦可。不知一部大书，全是这三个人，乃第一回时如何不点出也。看他于此等难处，偏能不费丝毫气力，一笔勾出，且于不用一笔处勾出。”竹坡认为春梅是“金、瓶、梅”三个主要人物之一，地位极其重要，所以出场方式亦不寻常，既非直叙，也非旁出，而是通过月娘让“大丫头”玉箫拿蒸酥的情节，影射出还要有一个“小丫头”，这就是春梅。春梅虽然没有在第一回里正面出场，但作为本书的女主人公之一，作者已经点出了她的存在，埋下了伏笔。竹坡对这些变化有致的人物出场方式极为赞赏，叹为“天仙”“鬼怪”“神工鬼斧”。另外竹坡还用“扎头发”与“喷壶”作比，认为这些人物出场方式与作品的整体结构也是大有关系的。

类似这样的艺术技巧，不是每个读者都能看出来的。张竹坡以一个艺术鉴赏家的慧心，画龙点睛，无疑会大大提高读者的鉴赏能力。而文学艺术的发展进步，从来都是在作者和读者、理论与实践相互促动中实现的。所以从实质上来说，这种重技巧，从技巧中寻找美的观念，必然会促进小说艺术水平的进一步提高。《红楼梦》及《儒林外史》两部杰作在艺术上的成功，不能说与此没有关系。刘廷玑谓张竹坡的《金瓶梅》评点“可以继武圣叹”，确非过誉。张竹坡的小说理论，是在继承李贽、金圣叹的基础上建立起来的，而且在某些方面有所发展。当然，也有不及圣叹处。同样，竹坡的小说思想对后一代的小说家和理论家也产生了重要影响。如曹雪芹、脂砚斋等对《红楼梦》的创作和评点，就受到张竹坡关于真假、冷热、色空、盛衰、荣枯等论述的影响。张竹坡的小说思想，不但在

《金瓶梅》研究中，而且在整个文学思想的发展史上，都是占有重要地位的。

三、文龙批评《金瓶梅》

一般人对张竹坡评点《金瓶梅》比较熟悉，尤其是研究者更是无人不知，因为自清代以来，人们所见到的《金瓶梅》，大多是张竹坡批评的第一奇书本；但对于文龙批评《金瓶梅》，一般读者恐怕就比较陌生了。文龙是谁？他何时批点过《金瓶梅》？因为文龙的评点文字是近些年才发现的，所以知者不多。作为20世纪《金瓶梅》研究的重大发现之一，文龙批评《金瓶梅》是刘辉先生于1985年发现的。据其自述："文龙批评《金瓶梅》，过去从未为人知晓。笔者最近在北京图书馆查阅《金瓶梅》版本时，才在清'在兹堂'刊本《第一奇书》上，得见文龙手写的回评及眉批、旁批，为数约六万余言。尤其是回评，独立成篇，对《金瓶梅》的思想、艺术、人物形象，作了全面的评论与探索。文字简洁易晓，文笔活泼流畅。保存亦较完好，残缺极少。这一发现，对于《金瓶梅》的研究，乃至中国小说批评史的研究，无疑是一个重要的收获。"此后，刘辉先生对文龙批评进行系统研究，有论文多篇，深入挖掘文龙批评对《金瓶梅》研究及古代文学思想的贡献。

据刘辉先生研究，文龙字禹门，本姓赵。汉军，正蓝旗人。约生于道光十年（1830）。曾任南陵、芜湖知县。文龙一生酷爱小说，自称有"闲书癖"。他曾说："谁谓闲书不可看乎？修身齐家之道，教人处世之方，咸在于此矣。”他自述幼年就知道《金瓶梅》一书，“幼年既闻有此书，然未尝一寓目也”。直到他成年后的咸丰六年（1856）到山东昌邑公干，才在一个学署中“纵览一遍”。后来他在安庆书肆中碰到，竟因囊中羞涩付不起书价而失之交臂。光绪五年（1879），友人邵少泉送他一部在兹堂刊本《皋鹤堂批评第一奇书金瓶梅》，终使他得偿所愿，很快便以眉批、旁批、回评、附记等多种形式，对此书加以评点，一共写下了六万余言的批评文字。关于《金瓶梅》的主旨，文龙开宗明义：“是殆嫉世病俗之心，意有所激、有所触而为是书也。”（《金瓶梅》第七十二回批）由于文龙多年为官，对官场内幕比较清楚，所以在他看来，《金瓶梅》是一部愤世嫉俗之作，作者就是要通过笔下的故事，表达对社会愤激的批判意图。他认为书中虽然有些是直接影射时事，而且就是他在官场上亲见亲闻的，但小说更主要的是通过西门庆一生、一家的罪恶和毁灭史，作为解剖所处的那个社会的横断面。小说作者笔墨所涉极广，无论是权臣、贪官、酷吏，还是篾片、地痞、娼妓，形形诸色，无所不及，就是这些人“致使朗朗乾坤，变作昏昏世界”。文龙认为，作者所写不但是确实存在的，而且遍天下都是。这些从上到下的权臣恶霸，名之为人，实则“直与豺狼相同，蛇蝎相似。强名之曰人，以其具人之形，而其心性非复人之心性，又安能言人之言，行人之行哉！”（朱一玄《金瓶梅资料汇编》）他还联系自己为官的经历，不止一次发出深沉的慨叹：“成个什么世界！”视《金瓶梅》为整个“混浊世界”，应当说文龙强烈肯定了《金瓶梅》批判社会的主旨。

《金瓶梅》中有大量淫秽描写，随着它的问世，“淫书”之名如影随形。即使在社会思想比较开放的明代，一些早期阅读过此书的文人也不例外，发出“坏人心术”“决当焚之”的声音。但文龙不这样看，他果断地说：“或谓《金瓶梅》淫书也，非也。淫者见之谓之淫，不淫者不谓之淫，但睹一群鸟兽孳（孶）尾而已。”（朱一玄等《金瓶梅古今研究集成》）“但观其事，只男妇苟合四字而已。此等事处处有之，时时有之。”（朱一玄《金瓶梅资料汇编》）他认为书中所写男女情事，虽然有过分夸张渲染之嫌，但毕竟是生活中客观存在的，此为“人之常情”。他把西门庆与诸妻妾的男女之情，分为有情而无缘与有缘而无情。他认为西门庆与瓶儿之间就是有情而无缘，所以对著名的“醉闹葡萄架”一节，他还采取了相当宽容的态度，认为“久已脍炙人口”，“充其量而实写出耳”。至于作者是否在有意诲淫，文龙认为与读者阅读此书的目的有关。他说：“生性淫，不观此书亦淫；性不淫，观此书可以止淫。然则书不淫，人自淫也；人不淫，书又何当淫乎？”（朱一玄《金瓶梅资料汇编》）也就是说，淫者确实可能会从中学习宣淫的技巧，而正人君子则不会因为阅读了此书而变成淫者。更有意思的是，文龙对待书中的淫秽描写颇有辩证的认识，一方面肯定《金瓶梅》不是一部“淫书”，同时又清醒地指出，书中一些“充量而言”的描写，有不好的作用，对青少年来说，“不可令其观之”；即使是中年人，“看亦可，不看亦可”。文龙的态度是审慎的，辨析也是可取的。他特别强调站在什么角度看待这些描写，是欣赏还是痛恶，是羡慕还是畏戒，他主张“若能高一层着眼，深一层存心，远一层设想”，就会“痛恨之不暇，深恶之不暇”，“正不妨一看再看”。他还说：“阅者直可与作者心心相应，正不必嗤其肆口妄谈。若所谓二才子、三才子、七、八、九、十才子者，千金小姐，知书达礼，十五六岁，一见俊俏小伙，便想许定终身。斯真狗屁牛屎，为此书之大罪人也。”（朱一玄《金瓶梅资料汇编》）这种见解，让人想起《红楼梦》中贾母批判才子佳人小说的话：“父亲不是尚书，就是宰相。生一个小姐，必是爱如珍宝。这小姐必是通文知礼，无所不晓，竟是个绝代佳人，只一见了一个清俊的男人，不管是亲是友，便想起终身大事来，父母也忘了，书礼也忘了，鬼不成鬼，贼不成贼，那一点儿是佳人？”（《红楼梦》第五十四回）其实文龙也是《红楼梦》和才子佳人小说的热心读者。文龙对待《金瓶梅》中淫秽描写的这种辩证态度，对《金瓶梅》在当今社会的出版、阅读、批评，仍不乏参考借鉴的价值。

文龙肯定《金瓶梅》的现实主义精神。他曾不止一次地指出，《金瓶梅》“既不同《封神榜》之变化迷离，又不似《西游记》之妖魔鬼怪”，它所描写的“人为世间常有之人，事为世间常有之事，且自古及今，普天之下，为处处时时常有之人事”（朱一玄等《金瓶梅古今研究集成》）。这些生活中习以为常的人和事，经过作者的高度概括和典型创造，使读者亲切感受到“天下确有此等人，确有此等事，且遍天下皆是此等人，皆是此等事，可胜浩叹哉！”（朱一玄等《金瓶梅古今研究集成》）他称赞《金瓶梅》人物“栩栩欲活，历历如见”，并对作者塑造人物形象的技巧进行了深入分析。如他对西门庆的评价是“势利薰心，粗俗透骨，昏庸匪类，凶暴小人”，“无恶不作”，“恶贯满盈”，“若再命之不死，日月亦为之无光，霹雳将为之大作”。但作为艺术典型的西门庆，文龙又认为“其名遂与日月同不朽”。他分析道：“《水浒传》出，西门庆始在人口中；《金瓶梅》作，西门庆乃在人心中。《金瓶梅》盛行时，遂无人不有一西门庆在目中、意中焉。其为人不足道也，其事迹不足传也，而其名遂与日月同不朽，是何故乎？作《金瓶梅》者，人或不知其为谁，而但知为西门庆作也；批《金瓶梅》者，人或不知其为谁，而但知为西门庆批也。西门庆何幸，而得作者之形容，而得批者之唾骂。世界上恒河沙数之人，皆不知其谁，反不如西门庆之在人口中、目中、心意中。是西门庆未死之时便该死，既死之后转不死，西门庆亦幸矣哉！”（朱一玄等《金瓶梅古今研究集成》）作为丑恶的反面典型形象，同样可以是不朽的，这一观点，有胆识，有魄力，有见地！这在古典小说美学领域中，是一个崭新的命题。

有趣的是，文龙对《金瓶梅》的看法与其老前辈张竹坡颇有不同，有时似乎针锋相对，颇有些论战的味道。比如书中写西门庆的正妻吴月娘，一般读者的感觉是作者多用正笔，塑造的吴月娘给人以庄重、正派的印象。但张竹坡对吴月娘的印象极差，甚至把她说成是“奸险好人”，如月娘好佛，竹坡认为是作者表面写其好佛，实则写其“隐恶”；月娘晚年守节，竹坡也说她是“守得不正经的节”；连月娘在花园里走走，张竹坡也说这是作者“大书月娘之罪”。文龙对此十分不满，他认为竹坡这是无根之谈，是对月娘的偏见：“然则自家妇女不可游自家花园矣，何罪月娘之深也？作者未必有此心，批者不知从何处看出，或者先生令正终日坐在床上不出房门也。”他最后一句反问道：“你都是让自己老婆每天坐在床上连门也不出吗？”言下之意是竹坡连西门庆都不如，西门庆尚且让吴月娘到自家花园走动，你的老婆却连这点自由也没有！文龙对张竹坡一口咬定孟玉楼是作者“自喻”的说法尤为不屑：“批书者总以玉楼为作者自况，不知从何处看出，而一口咬定，惟恐旁人不理会，时时点出，是可怪也！”在孟玉楼再嫁西门庆的问题上，文龙也采取了竹坡对吴月娘责之甚严的态度，嫌玉楼此事做得太过草率，起码太过匆忙：“夫死不满两年，家资颇颇过得，宗保亦是乃夫胞弟，纵不能守，亦何必如此其亟，且又若此之草草也。岂一见西门庆，便魂飞魄散，如潘金莲不能自主，如李瓶儿不能自由耶？妇人急色若斯，便非善良。”他认为孟玉楼既有貌又有财，竟然“一见一个白净小伙，便以终身相许”，这是明明白白的自轻自贱行为，所以《金瓶梅》“何取乎而以之自况也”，是不可能以之自喻的。由此可见，文龙与张竹坡的分歧，主要源于二人对作品中的某些人物形象有所偏好，各有道理，但都不太全面。事实上，兰陵笑笑生笔下的人物，与《三国》《水浒》相比，具有较强的复杂性。鲁迅先生曾评《红楼梦》说：“其要点在敢于如实描写，并无讳饰，和从前的小说叙好人完全是好，坏人完全是坏的，大不相同，所以其中所叙的人物，都是真的人物。”事实上，脱胎于《金瓶梅》的《红楼梦》，这种塑造人物的方法，是从《金瓶梅》学来的。张竹坡与文龙，都习惯了“好人完全是好，坏人完全是坏的”的小说审美观，有意无意地确定了自己心目中的“好人”和“坏人”，而忽视了人物性格的“另一面”。就此而言，张竹坡和文龙的小说观念与兰陵笑笑生比起来，不能不说还是稍逊一筹。

文龙批评《金瓶梅》还有关于小说理论批评的论述，涉及方法论、小说艺术的审美特征等。其理论虽有一定的时代和阶级局限以及片面性，但总体来看，思想活跃，内容丰富，不乏真知灼见，值得我们认真研究。

《金瓶梅》的素材来源与成书

一、素材来源

《金瓶梅》是中国小说史上第一部由文人独立创作的长篇小说，但它又不是严格意义的“独立”创作，因为它借鉴、移用了前代或同时代不少文学作品的内容。这一点，它既不同于《三国演义》《水浒传》，也与现代意义上的小说创作有所区别。对这个问题的研究，最早始于20世纪50—60年代，日本、美国的学者就作过探源研究，如韩南写过《〈金瓶梅〉探源》一文，其后中国学者魏子云、戴不凡等陆续加入。近年则以周钧韬先生用力最勤，成果最丰，正如吴敢先生所说：“周钧韬则用30万字，考证了250个问题，分为宋明史实、《水浒传》、话本拟话本、戏剧剧本、民间散曲小调等5类，对韩南《金瓶梅探源》作了全面的发挥，其考录全面，论析独到，与蔡著以及孟昭连《金瓶梅诗词解析》可同为《金瓶梅》溯源的压台之作。”本小节文字，多参考周钧韬先生的研究成果。

（一）《水浒传》

1.《金瓶梅词话》的第一回至第六回武松打虎、杀嫂的情节，基本上照抄《水浒传》第二十三回至第二十七回的文字。在《水浒传》中，这两个情节对塑造武松的勇敢刚直性格十分重要。但在《金瓶梅》中，作者仅用它作一个引子，由此而演绎出一个完全不同的故事。《金瓶梅》作者在借用这两个情节时，也作了一定的改动。如《水浒传》对武松上景阳冈前如何不听酒家劝告，如何偏饮十五碗好酒的描写，在《金瓶梅》中只以一笔了之。打虎的地点也由阳谷县，变为清河县。武松打虎后封赏、做都头的情节，在《金瓶梅》中作了大段删节。西门庆的身份及潘金莲的身世、文化素养，在《金瓶梅》中也都有了变化。有些改动较大，如《水浒传》中武松杀嫂并打死西门庆后被充军，但在《金瓶梅》中，西门庆把潘金莲娶到家里，并躲过了武松的追杀，痛痛快快地过了一生；武松杀嫂也是发生在遇赦回家以后。这些改动都是为表现主题服务的，因为《金瓶梅》的主题与《水浒传》完全不同，所以作者的这些改动是必要的。

2. 另外,《水浒传》的其他文字也被《金瓶梅》大量袭用，尤其是一些写人状物的韵文。如《金瓶梅》第二回写潘金莲外貌的一大段韵文“黑鬒鬒赛鸦翎的鬓儿”，系抄自《水浒传》第四十四回，本来是写潘巧云的。《水浒传》第四十五回有三段文字被用在《金瓶梅》的第八回。《金瓶梅》第九回，抄了

《水浒传》第二十三回的一首诗。像这类诗词韵语，《金瓶梅》直接抄自《水浒传》的有数十处之多。

（二）《刎颈鸳鸯会》

《刎颈鸳鸯会》是一篇宋元话本小说，收入明洪楩编的《清平山堂话本》中。此话本的入话写临淮武公业爱妾步非烟与人通奸，事败自杀。正话叙淫妇蒋淑真前后与三男子通奸，前二者纵淫身亡，后者与其成奸时为其夫所杀。《刎颈鸳鸯会》的入话部分有宋人卓田的词“丈夫只手把吴钩”和一段议论，被抄入《金瓶梅》第一回。但《金瓶梅》又增写了一段项羽宠幸虞姬、刘邦宠幸戚夫人而误国的说教。

（三）《戒指儿记》

《戒指儿记》也是《清平山堂话本》中的一篇话本小说，叙丞相陈太常之女陈玉兰与对衙阮三郎私会，赠以戒指儿。后无由再见，阮三相思成疾。在尼姑王守长的帮助下，阮三与玉兰在庵中相会。阮三乃久病之人，一时情浓，脱阳而死。后双方家长涉讼。

《金瓶梅》第三十四回西门庆给李瓶儿讲他遇到的一个案子，就是这个故事。第五十二回西门庆揭薛姑子的丑行，把《戒指儿记》故事中的尼姑王守长改为薛姑子，骂她“不合假以作佛事，窝藏男女通奸，因而致死人命”。

（四）《五戒禅师私红莲记》

话本《五戒禅师私红莲记》也收入《清平山堂话本》。《金瓶梅》第七十三回写吴月娘听薛姑子说佛事，讲了五戒禅师私红莲的故事。原话本的入话“禅宗法教岂非凡”四句在《金瓶梅》中变成薛姑子口中的偈语，字句有较大变化。故事的主体部分也作了简化。五戒犯了色戒，明悟以“莲花为题”作诗以劝诫。五戒奉和一诗，并写了《辞世颂》坐化而去。

（五）《志诚张主管》

话本小说《志诚张主管》收在《京本通俗小说》中，叙东京开绒线铺的张员外，娶从王招宣府中出来的小夫人。小夫人与铺中的主管张胜有情，赠以钱物。但张胜胆怯，将此事告其母知道后不辞而别。后来小夫人寻得张胜，又赠以一百单八颗西珠，愿结为夫妻。原来这是小夫人的鬼魂。

《金瓶梅》在几处抄袭了该故事的情节，小夫人的形象与《金瓶梅》中的几位女性主人公都有联系。一处是将小夫人的身世改成潘金莲的身世。原话本说张员外家富，忽一日拍胸长叹：“我许大年纪，无儿无女，要十万家财何用？”遂托人说媒，娶得小夫人。这小夫人是从王招宣府出来的，“王招宣初娶时，十分宠幸；后来只为一句话破绽些，失了主人之心，情愿白白里把与人”。《金瓶梅》第一回将之作为潘金莲的身世，说金莲“从九岁卖在王招宣府里”，王招宣死后又转卖给张大户。只因主家婆不容，张大户赌气将金莲给了武大。

原话本中小夫人赠给张主管钱物的情节，被《金瓶梅》第一百回抄入，作为春梅所为。春梅嫁周守备后，因守备出征，于是与李安通情，并派养娘送与他衣服钱物。李安接受后回家告知母亲，并遵母命往青州避祸去了。原来的小夫人成了春梅，张胜成了李安。

原故事中的小夫人与《金瓶梅》中的李瓶儿也有联系。小夫人从王招宣府带出来一百单八颗西珠，在《金瓶梅》中成了李瓶儿所为之事。

《志诚张主管》中的几首诗也被《金瓶梅》抄用。如“乌云不整，唯思昔日豪华；粉泪频飘，为忆当年富贵。秋夜月蒙云笼罩，牡丹花被土沉埋”本是张主管见到的小夫人形象，在《金瓶梅》第一百回变成韩爱姐江南寻父时的形象描绘。

（六）《新桥市韩五卖春情》

《新桥市韩五卖春情》为宋元话本小说，后被冯梦龙收在《古今小说》第三卷。这篇小说叙富家子弟吴山被暗娼韩金奴勾引，淫欲过度而致病，三次梦见僧人拘命；后为亡僧设醮追拔而免死。

《金瓶梅》抄录了这个故事的有关情节插入第一回、第九十八回、第九十九回之中。原故事写吴山见屋后河边泊着两只船，船上人将箱笼搬进自己家里，正觉奇怪，有一小娘子出面，于是得以与韩金奴相识通情。这一情节被《金瓶梅》放到第九十八回，作为陈经济遇见韩爱姐的描写。抄录的这一段甚长，有数千字之多。

另外《金瓶梅》第七十九回的一首诗“二八佳人体似酥”见于《新桥市韩五卖春情》中，并见于《水浒传》第四十四回。

为《金瓶梅》借用情节的小说尚有《杨温拦路虎传》《西山一窟鬼》《百家公案》等。

（七）《琵琶记》

南戏《琵琶记》，元末高则诚作。叙蔡伯喈进京应试，妻子赵五娘在家侍奉公婆。伯喈中状元，招赘于牛相府。家中二老饿死。五娘进京寻夫，得牛女之助而团聚。第二十一出有一套曲《梁州序》，写夏天傍晚雨过天晴后的景色，为牛女、蔡伯喈所唱。《金瓶梅》第二十七回写李瓶儿私语翡翠轩，潘金莲醉闹葡萄架，“正饮酒中间，忽见云生东南，雾障西北，雷声隐隐，一阵大雨来，轩前花草皆湿”，“少顷雨止，天外残虹，西边透出日色来”。这时西门庆拍手，孟玉楼弹月琴，众人齐唱《梁州序》，即移用的《琵琶记》中的曲子。将二者对照，可以看出作者在抄录时小有改动，亦有误抄、漏抄和误刻之处。

（八）《香囊记》

南戏《香囊记》为明初邵灿所作，叙张九成得罪秦桧，使金被羁十年。因其所佩香囊于战场丢失，败军拾得，误报九成死。其妻邵贞娘避贼流离，复失香囊，为赵运使之子拾得，遣媒欲强娶贞娘。贞娘控告于观察使，观察使即九成。《香囊记》

第六出中《朝元歌》“花边柳边”曲，为《金瓶梅》第三十六回抄用。这一回写西门庆结交蔡状元，请了三个旦、两个生，在席上唱《香囊记》。蔡状元点名令苟子孝唱此曲。《金瓶梅》同一回蔡状元又叫书童唱《锦月堂》“红入仙桃”“难报母氏劬劳”两曲，原出《香囊记》第二出《庆寿》中。

（九）《南西厢记》

《西厢记》原为元王实甫所作，叙莺莺、张生故事。后为明人崔时佩、李景云改为南曲，即《南西厢》。该剧第十七出红娘唱《宜春令》《五供玉枝花》等数曲，被《金瓶梅》第七十四回移用。这一回写西门庆迎接宋御史、安郎中，在厅上饮酒，安郎中让戏子唱了这几支曲子。

（十）《玉环记》

《玉环记》是明人传奇剧本。该剧第六出有《驻云飞》曲，为韦皋嫖院时所唱。《金瓶梅》第十一回写西门庆梳笼李桂姐，李唱了这支曲。《金瓶梅》第三十六回苟子孝和书童所唱两曲出《玉环记》第十二出。

另外《金瓶梅》中有戏子搬演戏曲的描写，往往略叙这些戏曲的某些情节，抄引一些人物对话。第六十三回李瓶儿死，亲朋祭奠筵宴，请了一帮海盐子弟搬演戏文，“搬演的是《韦皋玉箫女两世姻缘玉环记》”，下面就简单介绍了剧情，并引用原剧中的唱曲，分别出自《玉环记》第六出、第十一出。《金瓶梅》在引用剧本情节及曲辞时，作了较大的删节。

（十一）《宝剑记》

《宝剑记》是明代传奇作品，作者是李开先。该剧取材于《水浒传》中林冲故事，又进行了再创作。《金瓶梅》采录《宝剑记》的文字甚多，故此有人推测李开先是《金瓶梅》的作者或写定者。

1.《金瓶梅》第七十回写朱太尉升官荫子，群僚备大礼前来庆贺，有一段韵文“官居一品”描写高太尉的权势和富贵。这段韵文原在《宝剑记》第三出，是末白形容高太尉的文字。

2.《金瓶梅》第七十九回写西门庆贪欲得病，危在旦夕。吴月娘请吴神仙为其算命，并为自己圆梦，移用了《宝剑记》第十出的一段文字。原文是写林冲做了个不祥之梦，于是请先生算命，算命先生便说出四句断语，并为其圆梦。圆梦部分的文字改动较大，因为原剧是为林冲圆梦，而《金瓶梅》是为吴月娘圆梦，所以作者作了相应的变化。接着又抄了原剧中的一首下场诗“卦里阴阳仔细寻”。

3.《金瓶梅》第六十一回写李瓶儿有病，请赵太医前来诊病。赵太医出场时有一段自嘲文字“我做太医姓赵”，原在《宝剑记》第二十八出，是为高俅的儿子高朋诊病的赵太医所念。赵太医为高朋开的药方在《金瓶梅》中成了为李瓶儿开的药方。

4.《金瓶梅》第六十七回写西门庆在书房与温秀才、应伯爵饮酒赏雪，命春鸿唱了两支写雪景的南曲“寒夜无茶”和“四野彤霞”。这两支曲子原在《宝剑记》第三十三出，是林冲流配沧州看守草厂时，一日大雪，腹中饥馁，去前村沽酒时所唱。

5.《金瓶梅》第七十四回写吴月娘听薛姑子宣《黄氏女卷》，开头有一段骈文“盖闻法初不灭”，系引自《宝剑记》第四十一出。

6.《金瓶梅》第九十二回有一段文字写西门大姐自缢而死，系取自《宝剑记》第四十五出，本来是写丫鬟锦儿佯作林冲之妻嫁高朋后自尽的文字。

7.《金瓶梅》第七十回有正宫《端正好》套曲，写高俅罪恶。此曲原在《宝剑记》第五十出，原来也是控诉高俅的，为林冲所唱。

8.《金瓶梅》第六十八回写薛姑子和王姑子为李瓶儿断七念经，两人相互欺骗，争要经钱。这时作者有一段“看官听说”的文字，讽刺僧尼恶行。《宝剑记》第五十一出也有一段相似的文字，可能系《金瓶梅》作者对原文改动较大所致。

（十二）《怀春雅集》

《怀春雅集》是明代卢梅湖所作的小说，叙书生苏道春游灯会时遇一绝色美人，不禁朝思暮想。经打听，知女为致仕相国潘万斛的独生女潘玉贞，是一才女，著有《海棠集》。苏以计拜潘相国门下，欲寻机与玉贞一述衷情。玉贞早知苏的来历，亦颇有好感，但对他的爱情攻势却防范甚严。潘相国死，临死嘱夫人将女许配苏道春。后苏生在春选中高第，终于与玉贞完婚。婚后玉贞劝夫要挺身报效国家。不久朝廷命苏道春以武将协助边事，后又为都元帅，率兵与敌交战。兵败后身陷敌营，忠贞不屈。敌见其难以劝降，乃放归。朝廷封其为魏国公，玉贞为魏国夫人。后有三子，俱官至金紫光禄大夫云。

欣欣子《金瓶梅序》中曾提到《怀春雅集》，但它与《金瓶梅》到底有何关系，研究者们原来一直不清楚。近年经港台学者梅节、陈益源考证，原来《金瓶梅》也采录了《怀春雅集》的不少内容。经查，《怀春雅集》中的20余首诗词为《金瓶梅》所移用，分布于第五十九回、六十六回、六十七回、六十九回、七十一回、七十二回、七十七回、七十八回、八十回、八十四回中，或作回前诗，或作回末诗，或作回中证诗。《金瓶梅》作者在引用时，有不少抄错的地方，故常有不通之处。现在查出这些诗词的真正出处，对校勘《金瓶梅》，正确理解其原意，显然是很有价值的。如《金瓶梅》第八十回有“可怜无瓜秋波眼”句，“无瓜”似难解，现经查《怀春雅集》知，应为“无似”，因“似”与“瓜”的草书形近而误。第七十二回“寒暑相推春复秋”中的“推”字虽亦可通，但原文应是“催”，致误原因相同。

二、研究成书的意义

《金瓶梅》作为小说，它独特的描写内容、高度的艺术技巧，它的社会认识价值和美学价值，以及它对古代小说思想发展的贡献，已经受到研究者的充分肯定和高度评价。《金瓶梅》正在逐步改变以往在小说史上的尴尬地位，越来越变得像是一门“显学”，成为一个专门的研究领域。随着研究的深入，《金瓶梅》之谜正在一个个破解，一些误解在澄清，人们对《金瓶梅》的认识愈来愈趋深刻。比如对《金瓶梅》的性描写，将其简单地视为“诲淫”或“低级趣味”而不屑一顾者已经不多，人们开始把这种惊世骇俗的描写内容与当时社会思潮、社会风气的剧烈变动联系起来，与当时的文人心态、市民审美心理联系起来，从而得出了更为理性的新的结论。再如对《金瓶梅》的艺术成就，它对古代小说技巧的突破和贡献，虽然相对来说研究者们对此问题花费的笔墨较少，但所涉及者，均能持以公正之心，实事求是地予以肯定性评价。这一切，都是十分令人欣慰的。

然而，在我们为这些成绩感到欣慰的同时，却又被另外一些问题纠缠得精疲力尽，比如《金瓶梅》的作者及成书问题是近年来的一个研究热点。关于这个问题，近年来有不少“金学”名家已经提出了若干众所周知的观点，例如所谓“世代累积”说、“艺人创作”说、“联合创作”说、“词话”说、“评话”说等，一反前人的传统看法，颇给人耳目一新之感。笔者亦曾在几次《金瓶梅》学术讨论会上，对这个问题略抒己见，以求教于海内外专家，但观点却与上述各种论断正好相反。那么研究这个问题有何意义呢？

首先必须承认，《金瓶梅》确实存在一些令人不易理解的问题，这是研究的前提。比如有人认为《金瓶梅》原本是说唱话本，是因为《金瓶梅》中确实存在着一般所认为的“非小说因素”，有些章节甚至可以说是大量存在。这些因素包括：小说中夹带着大量诗词韵语，说书人口吻的明显存在，说书套语的重复运用，以曲代言的表现手法等。这些“非小说因素”既为《金瓶梅》增添了多姿多彩的艺术效果，也为认识《金瓶梅》的本来面目增加了困难。这些因素是怎样出现的？应该怎样认识它？它能说明什么问题，又不能说明什么问题？如果不能解决这些问题，那么就很难正确地认识《金瓶梅》。

研究者们之所以执着于这样一个题目，花费了大量精力进行探讨，还在于《金瓶梅》的成书问题对确定其在小说史上的地位，对关于作者的探讨，对《金瓶梅》美学风格的研究，都有着至关重要的作用；更进一步地说，它对我们认识整个古代小说的发展规律和历史都是有影响的。举例来说，如果《红楼梦》是一部由民间艺人联合创作，或是由某个文人再加整理而成的作品，尽管它有现在这样相同的面貌，但它在小说史上的地位应该也是会大打折扣的，它究竟还能不能算作中国古代小说的“高峰”，也是令人怀疑的，而对曹雪芹的评价当然也应该是另外的样子；与此同时，我们对整个古代小说艺术发展轨迹的认识，肯定与现在有所不同。而当我们将《金瓶梅》作为小说加以研究的时候，当我们在寻觅某一位神秘的作者并为他的高度才华而惊叹的时候，尤其是当我们为《金瓶梅》在小说史上确定一个恰当位置的时候，我们也许正在受到历史的哂笑：《金瓶梅》本来并非小说，而是一部说唱艺人的联合创作；《金瓶梅》已在小说史上占有一定位置，但它更应该在说唱文学史上占有更重要的位置……试想，如果事实正是如此，那么我们对《金瓶梅》的研究，究竟还在多大程度上具有小说研究的性质和价值呢？那么我们就该自问，是否我们一开始就步入了误区，做着本来不该做的事情呢？这一系列连锁反应的后果，要么是使我们对古代小说的认识形成变革，要么是对我们的认识造成混乱。因此说，研究这个问题意义重大。

思想与艺术

《金瓶梅》对中国小说思想的变革

鲁迅先生认为中国小说发展史上有几次重大变革。唐传奇是第一次变革:“小说亦如诗，至唐代而一变，虽尚不离于搜奇记逸，然叙述宛转，文辞华艳，与六朝之粗陈梗概者较，演进之迹甚明，而尤显者乃在是时则始有意为小说。”(《中国小说史略》)第二次变革是宋话本的出现，“实在是小说史上的一大变迁”(《中国小说的历史的变迁》)。前者相对于六朝志怪强调唐传奇的“有意为小说”，即自觉的小说意识的觉醒，标志着中国古代小说的成熟；后者则重点指宋元话本在描写题材及艺术形式上由奇幻、怪异向现实通俗方面的变化，可看作古代小说发展方向的重要转变。

毫无疑问，这两种变革都标志着中国小说思想的重大进步。长篇小说《金瓶梅》的出现，再一次打破宋元以来白话小说的某些模式，使中国古代小说的发展方向出现了又一次新的转折。它主要表现在：完全摆脱传奇、神魔题材的羁绊，把平凡而现实的世情生活作为审美对象，开拓了新的审美领域，完全改变了传统的审美意识；公然以赤裸裸的性描写冲击“存天理、灭人欲”的宋明理学，带有强烈的人性解放色彩；讽刺基调的形成，开中国古代讽刺小说的先河。

一、开拓新的审美领域

任何艺术创作都是审美活动。不同审美对象的确定，则是不同审美思想的主要标志。中国古代小说的审美对象随着时代的发展不断变化。六朝之前，明确的小说观念尚没有产生，“小说”的内容极为驳杂，史事、杂论、巫医、术数等都成为作者的描写对象，表现出“合丛残小语”的特征，说明这时的小说思想还处于一种混沌状态。但到了六朝时期，自觉的小说观念开始出现，不但产生了小说虚构意识，而且对小说的审美娱悦作用有了明确认识，标志着真正的小说观正在形成。六朝小说把虚幻、怪异的神鬼故事和名人轶事逸闻作为自己的观照对象，并开始出现把神话传说历史化，人神合璧的历史小说（如《穆天子传》）。唐传奇除了部分作品继承六朝小说“搜奇记逸”的传统，仍然用“奇”吸引读者外，另外一些作品则开始把笔触由神鬼世界移到人间，塑造了不少现实的人的形象。这种描写对象的转移，标志着唐传奇的作者对小说本质的认识进一步深化。文学的本质是人学，要把人、人类社会作为自己主要的审美对象。宋元话本又前进了一步，它不但写现实的人，而且多是极普通的下层群众，“取材多在近时”，主人公多为新兴起的市民阶层的人物，以他们的喜怒哀乐感动读者，小说审美意识由猎奇变为对平凡人生的体察。

明初，在宋元话本的基础上又陆续出现了《三国》《水浒》《西游记》三部名垂千古的长篇。它们以宏伟的结构、众多的人物、史诗般的容量出现于文坛，使小说审美功能实现了一次新的飞跃。长篇小说不同于志怪传奇用一个奇异的神鬼故事或一次哀艳动人的人生遭际赢得读者的惊诧或同情，亦非白话短篇以现实生活中的一人一事来满足市民阶层特有的审美兴趣，而是以无数各具形态的人物和错综复杂的事件构成一幅历史的长卷，再现了整整一个社会或一段历史时期。读者面对包罗宏富的审美对象，不仅从审美角度，而且从哲学、政治、军事、历史等方面获得巨大的收益。《三国》《水浒》均是如此。《西游记》稍稍不同，它除了审美作用外，更主要的是以庞大的象征体系给人以深刻的哲理上的思考。《金瓶梅》正是在这种背景下诞生的。我们之所以认为它的出现是小说发展史上的又一次重大变革，首先是指它给予读者的审美对象既不同志怪传奇，亦有异于宋元话本，简言之，《金瓶梅》在前两次变革的基础上，又一次改变了中国古代小说的发展方向，它以细腻而深刻的“世情”描写，为小说创作开拓出一片新的审美领域，为中国小说思想增加了新的内容。

比较地说，《三国》《水浒》均是在宋元话本基础上产生的，是话本小说发展到成熟阶段的必然成果。《三国》取材于历史，以遥远的三国故事作为描写对象，在金戈铁马的征战杀伐中塑造一大批叱咤风云、气势磅礴的英雄人物，再现了一个血与火的时代。他们中有圣明的贤君，智勇双全的忠臣，也有残忍狡诈的霸主，背信弃义的势利小人。但他们同是那个时代的主人，共同造就了一段独特的历史。作者崇敬他们、赞扬他们，把自己的审美理想凝聚在历史英雄人物的形象塑造之中。在罗贯中看来，美存在于历史，存在于千百年前的英雄人物身上，存在于金鼓震天的厮杀战场上。忠勇、刚毅、智慧、力量，成为作者塑造人物的审美标准。《水浒》也是取材历史上的真实事件，但虚构成分更多些。施耐庵的审美意识似有不同，他并不注重题材的历史感，而是着重于对忠义、豪迈、悲壮性格的刻画。他笔下的人物，缺乏《三国》人物的历史启迪力量，却以强烈的传奇色彩博得读者的喜爱。

如果把关羽、张飞称作“英雄”的话，李逵、阮小二毋宁叫作“好汉”更为恰切。征战疆场的“英雄”离读者较远，易激起人们的崇敬感；打抱不平的“好汉”与读者关系较近，易使我们产生亲切感。但《三国》《水浒》有一个共同点，二者对人物形象的塑造，某些情节的描写，并未完全遵循现实主义的原则，而是充满浓烈的理想主义色彩，浸透着中国传统的道德观念。

《金瓶梅》则不然。《金瓶梅》虽然由《水浒》中西门庆和潘金莲的故事引出，但容纳了完全不同于《水浒》的审美内容，表现了迥然相异的审美观念。在《水浒》里，西门庆、潘金莲都是次要人物，是为塑造主要人物武松的粗豪性格服务的，故事本身并不具备深刻的社会意义。与《水浒传》描写的以梁山好汉为中心的波澜壮阔的社会生活相比，西门庆、潘金莲的风流韵事只算是一个完全不引人注意的偏僻角落。但也很显然，这个故事却比大碗喝酒、大块吃肉、打家劫舍、拔树举鼎的梁山英雄更具人间生活的色彩，更接近现实的人生。

《金瓶梅》作者以一个非凡的艺术家的识见恰恰看准了这个不起眼的角落，开掘出一个全新的审美领域。在兰陵笑笑生看来，美不在水泊梁山，不在宋江，不在武松，而在西门庆、潘金莲、应伯爵，在以他们为主角的现实生活中。虽然这里既无惊天动地的大战场面，亦无帷幄之中的远虑深谋，有的只是吃饭穿衣、朋来客往、打情骂俏、争风吃醋、吹牛撒谎、逢迎拍马，但在这种平凡而又平淡的世俗生活中同样隐藏着深厚的审美内容。

西门庆在《水浒》中不过是一个好色的生药铺主人，很快就成为武松拳脚之下的短命鬼——在众多的梁山豪杰面前，邪恶势力只能是短命的。但在《金瓶梅》里，他不但没有轻易死于非命，反而在商场、官场、情场里连连得意，成为集官、商、霸于一体的头面人物。他不择手段地聚敛钱财，又用钱财换来政治上的权力，反过来再用权力作为进一步攫取金钱的后盾；而政治、经济上的暴发又成为他淫靡无度的巨大资本。

西门庆就是这样一个由权欲、财欲和色欲凝聚而成的怪胎。这个怪胎不可能出现于《水浒》，而只能在《金瓶梅》所反映的特定环境里滋生、繁衍。如果说刘备、曹操、宋江、李逵等人物更容易激起我们对历史的回忆和反思，对正义的赞颂和献身的话，那么西门庆的审美认识价值，则更多地表现在引导读者认识新生的市民阶层在那个刚刚出现的人欲横流的社会是如何猎取权力、金钱和女色，又是如何迅速走向幻灭的；进而启发人们从这种幻灭中体悟人生的真谛。

潘金莲也是如此。《水浒》作者没有留给她太多的表演机会，她的性格较为单薄，至多算一个勾引奸夫害死本夫的邪恶妇人。但在《金瓶梅》里她成了主角，淫荡、凶狠、自私、阴险，但也聪明、伶俐、讨人喜欢；她既是一个凶恶的害人者，又是个可怜的受害者，她曾经想得到真正的爱情，但终于堕落为一个淫侈无度的荡妇，并烧死在欲焰里。总之，她的身上既有丑的污秽，也有美的光点，她是一个复杂的人。其他人物大都如此。

《金瓶梅》作者第一次以完全冷静客观的旁观者身份观察社会，描摹人生。既然新的时代再也不会出现曹操、刘备、宋江、武松式的英雄豪杰，不会演出赤壁大战、三打祝家庄那样威武雄壮的"话剧"，艺术家就只能把自己的目光转向现实的人生，在自己的周围寻觅新的审美对象。

兰陵笑笑生正是把小说的描写对象，由重大的历史事件变成柴米油盐衣食起居的日常生活，小说的主人公也由令人崇敬的帝王将相、传奇英雄变成贪官恶仆、奸夫淫妇、帮闲娼妓、尼姑道士等三教九流各色人等。一次寻常的家庭宴饮，一起因争风吃醋而起的妻妾争斗，几句溜须拍马的谀词，甚或泼妇的骂街、帮闲的恶谑，都可能蕴含着丰富的社会内容和审美价值。欣欣子在《金瓶梅》序中说："虽市井之常谈，闺房之碎语，使三尺童子，闻之如饫天浆而拔鲸牙，洞洞然易晓。"所谓"市井常谈""闺房碎语"给人的美感不同于《三国》《水浒》，它不是以惊天动地的雄壮场面和可歌可泣的英雄业绩给人刚劲、雄健、崇高、悲壮的感受，而是以一个家庭的“大大小小，前前后后，碟儿碗儿”的细密描写引起读者亲切、真实、生动、细腻的美感。这是两种完全不同的美感。但却同样具有审美价值。

《金瓶梅》对中国小说审美思想的变革是与明代中期整个文学艺术领域的审美意识的变化有联系的。明初，拟古主义文艺思潮盛行，诗文讲究“文必秦汉，诗必盛唐”，主张要像“摹临古帖”一样去模仿古人。长篇小说多以历史为题材，可能与这种拟古主义风气有一定关系。但到了明代中期，一批思想家、文学家在哲学、文艺领域起而反对拟古主义。李贽的“童心说”，公安派的“性灵说”，都是针对复古主义而发的，对文学由拟古到写实的转变起到至关重要的作用。李贽的前辈王艮曾以“百姓日用即道”的著名命题反对程朱理学，李贽也极力鼓吹“吃饭穿衣，即是人伦物理”，肯定普通百姓的日常生活不仅具有哲学意义，而且也有重要的审美意义：“作生意者但说生意，力田作者但说力田，凿凿有味，真有德之言，令人听之忘厌倦矣。”（《焚书·答耿司寇》）只要具有“童心”，表达人的真情实感，即使写“百姓日用”也是好文章。袁宏道也说：“今之诗文不传矣；其万一传者，或今闾阎妇人孺子所唱‘擘破玉’‘打草竿’之类，犹是无闻无识，真人所作，故多真声。”（《小修诗叙》，《袁中郎全集》卷一）他们把“百姓日用”“吃饭穿衣”“妇孺所唱”这些原本不值一提的“人情物理”都带入文学的殿堂。《金瓶梅》正是在这种哲学和文学思潮的影响下出现的。因此，《金瓶梅》描写内容的巨大变化不仅是小说观念的一次飞跃，而且反映了整个文学思想和审美意识的空前进步。自此之后，“百姓日用”，小民的饮食起居、喜怒哀乐成为小说戏曲的普遍题材，逐渐形成一股“世情小说”的强大洪流，中国古代小说真正走上面对现实生活反映普通人思想感情的现实主义道路。

二、欲、色欲、人性：对宋明理学的强大冲击

《金瓶梅》问世以后，因其惊世骇俗的性描写而被目为“淫书”，几百年来，屡遭劈板、删改、查抄的命运。直到现在，《金瓶梅》仍不能以它的本来面目面世。性描写既是《金瓶梅》的突出特点，也几乎成了它的致命“污点”。现代的研究者们对这个敏感问题也是仁智各见，难于统一。这个关系到对《金瓶梅》作出正、反两种完全不同评价的关键问题，确实需要进一步深入研究。我认为，《金瓶梅》的性描写问题不能孤立看待，必须放在整个小说发展的进程中，尤其应放到明代中后期正在巨变的整个社会思潮中去考察，才能给予正确的评价。

上面已约略提到，明代中晚期是一个在哲学、文学、艺术等领域发生重大变革的时代。宋代兴程朱理学，为封建统治秩序和伦理道德寻找哲学上的根据；明初继之。宋明理学只承认“天理”即封建伦理道德，不承认“人欲”即人的生存发展的自然要求，提出“存天理，灭人欲”。与之相适应，文学领域提倡“文以载道”，把文学纳入维护封建道统的轨道，文学实

际上变成了“道学”。这时，无论哲学还是文学领域，人、人性、人的价值都受到了蔑视；特别是人欲，简直被视为洪水猛兽。

但到了明代中期，随着哲学领域进步思想流派的出现，宋明理学的一统局面受到强大冲击。与“理学”相左的陆王“心学”之后，王艮、李贽诸人以“心即理”作为突破口，大大阐发人“心”即人的自然要求、自然欲望的合理性，认为百姓的日常生活，吃饭穿衣都是“道”，都是符合“天理”的。换言之，“人欲”与“天理”并没有矛盾，二者是统一的。李贽说：“穿衣吃饭，即是人伦物理；除却穿衣吃饭，无伦物矣。世间种种皆衣与饭类耳，故举衣与饭，而世间种种自然在其中，非衣食之外更有所谓种种绝与百姓不相同者也。”（《焚书·答邓石阳》）所谓“世间种种”除了吃饭穿衣之外，还包括人的其他各种欲望，比如，“好货”“好色”“勤学”“进取”等，这些欲望，既正当，又合理。这种前所未有的对人的天然之性的肯定，虽然被当时的正统派诬为“左道惑众”，但却受到下层人士、知识分子和市民阶层的欢迎，“四方从游日众，相与发挥百姓日用之学”。

除李贽外，其他文坛名将如徐渭、汤显祖、冯梦龙、袁氏兄弟等也都充当了社会新思潮的主力军，并且迅速转化为自己的文学思想。例如徐渭的“凡利人者，皆圣人也”，汤显祖的“主情说”，冯梦龙的“情真说”，无不针对理学的禁欲主义要求在文学作品中宣泄人欲，顺应自然。以“三言”“二拍”为代表的明代短篇小说，正是这种思潮的形象反映。

如果我们把《金瓶梅》的性描写放在上述的背景下去考察，庶几可以获得较为正确的认识；至少不致将这些描写以“诲淫”的罪名一笔骂倒。

很奇怪，《金瓶梅》主人公对色欲的疯狂追求，大家都注意到了，并自然而然地目之为“诲淫”；但对书中另外两种人类欲望——权欲和财欲的描写，往往未加注意，或者说虽然注意到了却得出完全不同的结论：暴露，批判。

实际上，像“三言”“二拍”一样，《金瓶梅》也是明代中后期社会现实和新思潮的形象记录。它既以极为冷峻的写实态度精雕细刻出人们对欲望的向往和追求，又以传统的儒家观念表示对这种现象的忧虑和担心。作者的主旨是既要读者看到那个特定时代人欲横流的残酷现实，又要读者从《金瓶梅》主人公由追求到幻灭的历程中思索人生的真正价值。

这种创作意图其实在小说开头的“四贪词”中已明白无误地告诉读者。西门庆的一生是追求酒、色、财、气的一生，《金瓶梅》就是为他疯狂追求的全过程立传。

为了满足自己的财欲，他开生药铺、缎子铺、绒线铺，到江湖上走标船，扬州兴贩盐引，还勾结官府逃避赋税，放高利贷，甚至趁奸娶李瓶儿、孟玉楼的机会侵吞她们的家产，使金钱大量集中于自己手中。但西门庆不是为了钱而敛钱，他不是守财奴，他懂得如何利用金钱去取得更大的利益。他不仅用金银贿赂官府，逃避罪责；而且用金钱买到了一个理刑官的官位。当他掌握一部分权力之后，更是贪赃枉法，无所不为。他的权欲也得到了满足。财欲、权欲的满足，使他的色欲变得更为膨胀，他除了一妻五妾外，丫头、使女、仆妇都逃不出他的糟践；而且还包占王六儿，奸通林太太，甚至还有书童、王经之流的男宠。西门庆的色欲实际是一种对女人的占有欲，本质上和权欲、财欲是一样的。

他对女人的占有并不以姿色作标准，他毫无审美眼光，有时甚至不加选择，只要能满足他的占有欲就行。他与林太太的苟且就是如此。林太太作为一个有儿有媳的中年寡妇，本没有什么吸引人的地方。但她的显赫门第引起西门庆的强烈占有欲。西门庆虽身为理刑官，但无法与招宣府的地位相比，这使西门庆的心理上产生两种感觉：羡慕和自卑。对于一个声称“咱只消尽这家私，广为善事，就使强奸了常娥，和奸了织女，拐了许飞琼，盗了西王母的女儿，也不减我泼天富贵”的人来说，这显然是不能容忍的。占有了林太太，他的心理就会获得某种平衡和满足。至于与奶妈如意、贲地传的老婆等女佣的关系，虽与林太太有别，但无不是为了满足自己的占有欲。

在西门庆看来，作为一个要权有权、要钱有钱的人，他对女人的占有是理所当然的。西门庆显然非常精通权、财、色三者相辅相成的关系。他利用金钱得到权力，再利用权力得到更多的金钱和女色。西门庆在追逐权欲、财欲和色欲时所表现出的疯狂性十分惊人，可以说在以前的文学作品中还不曾见到。

西门庆的种种恶行也非个人行为，可以说他代表着一个阶级。资本主义经济的萌芽使市民、商贾成为时代的骄子，像西门庆那样集官、商、霸于一身的暴发户自然是有恃无恐。金钱、权力变得空前重要，对色欲的追求也变得从来没有过的强烈和公开。贪欲像一股猛烈的浪潮，把程朱理学禁欲主义的樊篱冲得支离破碎。不仅下层如此，上层统治阶级内部更是如此。

明神宗深居宫中享乐腐化，几十年不接见朝臣，王公大臣多有死于酗酒与妇女手中者。兰陵笑笑生面对的就是这样一个上自皇帝宰相下至市井小民“以欢宴放饮为豁达，以珍味艳色为盛礼”(《博平县志》四）的社会。他“寄意于时俗”,“拨遣”自己心中的“忧郁”，除了以真挚的“童心”把这些丑恶的东西和盘托出，又能干些什么呢？

人们往往指责《金瓶梅》对性欲的描写过于细腻、夸张，其实，何止这一类描写？笑笑生对西门庆权欲、财欲的描写不也是如此吗？如对他的吃喝宴饮，几乎每餐必书，极尽铺张描写之能事，同样使人觉得过于琐碎、重复以至难以卒读。但没有人会斥之为“诲饮”“诲食”，何以对性描写的过细以“诲淫”目之？

欣欣子在《金瓶梅》序中说：“譬如房中之事，人皆好之，人皆恶之。人非尧、舜圣贤，鲜不为所耽。”作为人类的自然天性，只要人类存在，这种行为就不会消失。然而很奇怪，既然性欲是一种合乎天性的要求，是“人皆好之”的行为，而且每日都在发生，但人们很忌讳谈到它，特别是忌讳在书中看到它。

中国描写性欲的文学自古就有，但因时时受到压抑，始终无法发展起来。实际上，这正是“人欲”和“天理”（即封建的伦理道德）之间的矛盾。“人欲”总是无法战胜“天理”，起码在文学领域是如此。但到了明代中期，当存“人欲”去“天理”成为一种社会思潮和社会现实的时候，人们终于鼓起在文学作品中描写性欲的勇气。如果兰陵笑笑生不是面对这样的现实，不是受到这种人文主义思潮的影响，《金瓶梅》中的性描写或许将会是另外的样子。

我们在谈到《金瓶梅》的性描写产生的背景，并肯定它对于宋明理学具有冲击作用的同时，还应注意到另外一个问题，即兰陵笑笑生通过赤裸裸的性描写所表达的忧患意识。笑笑生为何要写《金瓶梅》？欣欣子说：

窃谓兰陵笑笑生作《金瓶梅传》，寄意于时俗，盖有谓也。人有七情，忧郁为甚。上智之士，与化俱生，雾散而冰裂，是故不必言矣。次焉者，亦知以理自排，不使为累。惟下焉者，既不出了于心胸，又无诗书道腴可以拨遣，然则不致于坐病者幾希。吾友笑笑生为此，爰罄平日所蕴者，著斯传，凡一百回。其中语句新奇，脍炙人口，无非明人伦，戒淫奔，分淑慝，化善恶，知盛衰消长之机，取报应轮回之事，如在目前。

很清楚，作者由于对“时俗”产生了“忧郁”，只好以写书来“拨遣”他对社会、人生的忧虑。他何以忧虑？现实社会的“人伦”“淫奔”“淑慝”“善恶”等道德秩序方面的问题引起了他的不安。于是他要用西门庆的种种恶行警醒世人，使大家知“祸因恶积，福缘善庆”“乐极生悲”的道理。似乎很矛盾：

一方面，正如上文所言，作者以惊世骇俗的露骨性描写宣泄人欲，猛烈冲击了宋明理学的禁欲主义；另一方面，作者却又对道德的沦丧感到“忧郁”，力图正“人伦”，戒“淫奔”。其实，这正是一个问题的两个方面。作为一个封建文人，兰陵笑笑生的道德伦理观念不能超出历史的规定性，他绝不是一个封建伦理道德的彻底叛逆者。

欣欣子的序及作者在叙述过程中不断介入故事表达的主观意识都强烈说明，他的部分创作是为了维护正常的伦理秩序。他既反对程朱理学“存天理、去人欲”的禁欲主义，也反对西门庆淫欲无度的纵欲主义。为前者，他敢于进行露骨的性描写；为后者，他不断对主人公的淫行加以谴责和批判。

这正是刘廷玑所云“欲要止淫，以淫说法；欲要破迷，引迷入悟”（《在园杂志》）的笔法。也是当时和后世的小说作家常常运用的笔法。如冯梦龙在当时的人文主义新思潮中是一员健将，对程朱理学深恶痛绝，主张“借男女之真情，发名教之伪药”（《山歌序》）。他的“三言”就不避性描写，有些描写甚至不比《金瓶梅》逊色。但同时，作者的“喻世”“警世”“醒世”的意图又很明显，我们不能认为他们在鼓吹纵欲主义。反理学的勇士李贽被人目为“狂士”“异端”，对理学进行了全面攻击；但对基本的封建伦理规范，如忠孝节义等，他并没有超越。每个人都存在于一定的历史中，他没有能力超越历史。

当然，作为审美对象，我们希望作者的描写都能给读者以美的感受。《金瓶梅》的性描写显然不具备这样的美学效果。作者不懂得，因此也不能把“性”上升到“情”的高度。

明末清初的某些才子佳人小说的一个重大进步就是看到了《金瓶梅》的这个弊病，开始把粗恶的性欲发泄，转变为真诚的感情表达，净化了作品人物的灵魂和作品的氛围，至《红楼梦》，粗俗的性欲已完全被淘汰，代之而起的是美好而纯净的爱情和诗一般的韵致，小说艺术达到了完美的境界。

这当然与时代生活的变迁有关，也与作家的审美意识的提高有关。与兰陵笑笑生的纯粹写实不同，曹雪芹在现实生活中又加入了理想主义的调和剂，从而使现实变得如此光明、美好和富有诗情画意。

三、讽刺的基调

张竹坡把《金瓶梅》称为“一部炎凉书”，廿公称其“曲尽人间丑态”。《金瓶梅》不仅以极为锋利的写实笔法再现了那个社会各种丑恶的外部现象，也以冷峻、严肃的态度剖开了人物的肮脏心灵，并给以尖锐的讽刺，写尽了那个时代的人情冷暖、世态炎凉。

讽刺，不仅是作者塑造人物的手段，而且成为贯穿《金瓶梅》全书的基调。我认为这是《金瓶梅》对中国小说思想的又一变革。人们往往把《儒林外史》看作是中国“讽刺小说之祖”；其实，第一次把讽刺作为全书基调的是《金瓶梅》，而不是《儒林外史》。

《金瓶梅》是部暴露的书，笑笑生目光所及除了黑暗、丑恶、无耻之外，似乎没有一丝亮光，这就决定了他在叙事过程中的冷眼旁观和讽刺的态度。相对而言，他在写西门庆、潘金莲、吴月娘等人物时，多采取较冷静、客观的“作者旁观”方式；写应伯爵之类的帮闲人物时，则运用强烈的讽刺、嘲谑口吻。在以前的文学作品里应伯爵这类人是没有资格充作主人公的，因为他们既不能像古代英雄那样令人崇敬，又不像平民百姓那样使人感到亲切。兰陵笑笑生毕竟有非同寻常的审美能力，他首次看到了解剖这类人的卑劣心灵同样具有巨大的审美价值和认识意义。无疑，这是具有开创意义的。

应伯爵之辈是一个特殊的阶层。他们不事生产，却有吃有喝；身居下位，却又混迹于上层社会之中。他们出卖灵魂，泯灭良心，对上逢迎溜须，助纣为虐，无所不用其极；对下狐假虎威，落井下石。这实在是一批人类的渣滓，道德沦丧的产儿。然而他们又像极其灵敏的晴雨表，反映着人情的冷暖，世态的炎凉。作者运用"追魂摄影"的白描手法，往往三言两语就雕画出他们的丑恶行径和阴暗心理。

讽刺，如果仅仅当成制造笑料的方法，那是浅薄的。兰陵笑笑生是把讽刺作为解剖人生、透视人物心灵的武器来运用的，所以他不仅对应伯爵、韩道国这样的小丑使用讽刺，就是对西门庆这样的"大官人"，也同样使用讽刺嘲弄的笔法。

第三十四回西门庆和应伯爵谈论衙门公事，伯爵道："……哥，你自从到任以来，也和他（指夏提刑）问了几桩事儿？"西门庆道："大小也问了几件公事。别的倒也罢了，只吃了他贪滥蹋婪的，有事不问青水皂白，得了钱在手里就放了，成什么道理！我便再三扭着不肯：'你我虽是个武职官儿，掌着这刑条，还放些体面才好。'"

多么庄重、堂皇！然而此话出自西门庆之口，实在是出人意料。乍一听，他似乎是个清廉刚正的执法官。但仔细推想，他从一个地方豪绅、普通商人爬到交通权贵、巴结官府的官僚、恶霸，到底干了多少伤天害理的勾当！他哪里有资格谈论什么“刑条”，什么“青水皂白”！如此冠冕堂皇的话从这个恶棍嘴里说出，不仅产生了滑稽可笑的讽刺效果，也深刻揭示了西门庆恶鬼充圣人的虚伪本质。

第六十九回也有一例。西门庆和吴月娘谈起王三官，很为王招宣府生下这样的不肖子孙而感慨：“…… 你又见入武学，放着那功名儿不干，家中丢着花枝般媳妇儿，自东京六黄太尉侄女儿不去理论，白日黑夜，只跟着这伙光棍在院里嫖弄，把他娘子头面都拿出来使了。今年不上二十岁，年小小儿的，通不成器！”

俨然敦厚的长者口吻！这种话出自这个嫖娼宿妓的老手口里，尤显得荒唐无稽！连吴月娘都感到了这一点，所以马上给了他一个回击：“你不曾溺胞尿看看自家！乳儿老鸦笑话猪儿足，原来灯台不照自！你自道成器的，你也吃这井里水，无所不为，清洁了些甚么儿！还要禁的人！”使西门庆讨了一个老大的没趣。

讽刺可以产生多种艺术效果。它既可以指出美好事物的不足，引起读者的善意微笑，又能无情撕下丑恶事物的假面具，使读者在笑声中认清虚假后面的真实。《金瓶梅》的讽刺多是后者，而非前者。讽刺艺术的最佳境界应该是“含泪的笑”，是喜剧后面的蕴含着巨大的悲剧因素，是笑过之后的痛苦沉思，人们是这样评价《儒林外史》的，我们同样可以在《金瓶梅》中找到这样的片段。

兰陵笑笑生也常利用讽刺剖析那些受侮辱、受损害的“小人物”被扭曲了的心灵，在看似浅薄的戏谑里埋着深沉的悲剧内容。如书中的宋惠莲，一个与西门庆通奸的女佣，表面上看来，她的灵魂够肮脏无耻的了，为了改善自己卑微的地位，她与西门庆勾搭成奸，甚至以与主子有奸作资本，狐假虎威，得意忘形，做出许多与自己身份不相称的事情。她不但打扮得花枝招展，吆五喝六，打牙犯嘴，甚至居然混入主妇们的行列说三道四，指指点点。

于是，她终于受到潘金莲、孟玉楼、惠祥等人的嫉妒、羞辱与痛骂。靠卖身于主子改善地位，并且立即显示出自己的满足和扬扬得意，表现了宋惠莲的浅薄和愚蠢。然而这并不是宋惠莲的全部。后来西门庆在潘金莲的挑唆下要害死来旺，并最后终将他递解原籍，宋惠莲便显示出她性格的另一面。

她一面大哭着为来旺鸣冤叫屈，一面破口大骂西门庆“就是个弄人的刽子手，把人活埋惯了，害死人还看出殡的”，是不凭“天理”，她后悔自己上了圈套，在事实面前终于看清了西门庆的狰狞面目，于是主动抛弃了幻想和用惨重代价换来的一点“特殊”地位。

回过头来看她原来的行为，我们会觉得“浅薄”的后面还深藏着一个地位卑微的人希图获得与人平等资格的良苦用心和作出的重大牺牲。鄙贱的身份并没有泯灭宋惠莲对自我价值的追求，但悲惨的结局使她的追求染上了浓厚的悲剧色彩。宋惠莲的悲剧显然不仅是一个逗人发笑的“噱头”，它含着令人深思的人生问题。

讽刺在《金瓶梅》中并不仅仅表现为一种手法，它是一种风格，一种气氛，一种贯穿全书的基调。我们固然可以在夸张的对比和外露的冷嘲热讽的口吻中发现讽刺，但更多的时候它是隐蔽在冷峻的写实中。只有作者对人间的丑恶和黑暗有了全面察觉和深刻省悟之后，只有在作者满腔悲愤无处发泄而只好寄之于书的时候，这种讽刺才会产生，才会变得如此有力。《金瓶梅》开中国古代讽刺小说的先河，为《儒林外史》的出现打下了坚实的基础。严格地说，只有把握贯穿《金瓶梅》全书的讽刺基调，才能认识《金瓶梅》的全部认识价值和审美价值，深刻理解兰陵笑笑生的创作动机，并正确评价《金瓶梅》在中国文学发展史上的地位。否则，我们只能把它看成“美丑不分”“爱憎不明”的自然主义作品，看成“导淫宣欲”“坏人心术”的“淫书”。

《金瓶梅》与明代社会

一、明代的金钱社会

研究者公认，《金瓶梅》故事表面上是从《水浒传》而来，号称写的是宋代故事，其实所反映的是明代而非宋代。明代的中国社会正在发生着深刻的变化，从经济结构、生活方式，到精神面貌，都开始了某种质的变化，预示着一个“天崩地解”的时代即将到来。大量历史文献曾生动地描绘过这一过程，并且一致指出商业在这一变化中所起的关键作用。所谓“逐末游食，相率成风”（《博平县志》），“商贾既多，土田不重”（顾炎武《天下郡国利病书》），并由此造成农村破产、城市富足的两极发展状况。

与历史材料所述的一样，《金瓶梅》所写的清河、临清这一带也已进入了商业繁荣的社会。这里商肆林立，人们生活富足，许多人过着穷奢极欲的生活，出入茶楼妓馆，听着“异调新声”。人物的中心，就是那个暴发户商人西门庆。除他以外，作为帮闲兄弟的应伯爵原也是“开细绢铺的应员外儿子，没了本钱，跌落下来”（第十回）。妻妾中的孟玉楼，原夫姓杨，是因贩布富起来的，他开的铺子，“一日不算，银子搭钱两大笸箩”，还开着个雇有二三十名染工的染坊。兄弟孟锐也做长途贩卖的生意，是个能干的小伙子，年方二十六岁，就要远抵“荆州买纸，川广贩香蜡”，再计划“从河南、陕西、汉州去，回来打水路，从峡江、荆州那条路来，往回七八千里地”（第六十七回）。还有那个韩伙计，原来也是开绒线行经商的，只因“如今没本钱，闲在家里”（第三十三回）。清河的商人不远千里到江南川广采货，江南川广的客商也源源不断地把丝绸绒线从产地运来，一派川流不息的繁忙景象。作品写到临清，说“这临清闸上，是个热闹繁华大马头去处，商贾往来，船只聚会之所，车辆辐辏之地，有三十二条花柳巷，七十二座管弦楼”（第九十二回）。南来北往的贸易，使西门庆和周围富有人物享用着当时最时新的衣着用品。西门庆进贺蔡太师寿诞，都是南方采购来的精工细料，“锦绣蟒衣，五彩夺目；南京纻段，金碧交辉”（第三十回）。西门庆第一次做官，骑着大白马，头戴乌纱，身穿“五彩洒线揉头狮子补子员领”，得意扬扬地游街。等到他升任正千户后，竟堂堂正正地穿起皇帝送给何太监，他又从何太监手里得到的“青段五彩飞鱼蟒衣”来。应伯爵看见那龙“张爪舞牙，头角峥嵘，扬须鼓鬣，金碧掩映，蟠在身上”，竟“吓了一跳”。一个五品提刑千户，公然穿着这一品蟒衣，岂是儿戏。但在当时“市井贩鬻厮隶走卒，亦多缨帽缃鞋，纱裙细裤”的时代，人们对这种越制的行为，也已经司空见惯了。礼教的观念正在被冲破，人们无所顾忌。此外像西门庆厅堂“地下铺狮子滚绣球绒毛线毯”（第四十九回），以及作品多次提到的“绒袍”“绿绒蟒衣”“绿绒彩衣”“青螺绒蟒衣”等绒制品，也都是毛纺织品。这个时期西洋的货物通过海运，也源源进入国内，到了清河市民的手中，譬如李瓶儿拥有的“一百颗西洋大珠”，李桂姐家被盗的“水银镜子”，西门庆常用的出自“南方勉甸国”的“勉铃”，蒋竹山生药铺的波斯产冰片，西门庆进献蔡太师的“西洋布”等等，不一而足。

《金瓶梅》里描写的游宴无度，笙歌作乐，山珍海味，逐日变化着的衣着，都是当时讲求挥霍奢靡的市民生活的反映。第四十六回写西门庆诸妻妾都有貂鼠皮袄，潘金莲却没有，因此十分气恼。第五十二回写西门庆在床上时，还许诺潘金莲“到明日买一套好颜色妆花纱衣服与你穿”，而潘金莲却提出要“昨日见李桂姐穿的……他每都有”的那一条裙子。第七十七回，冬令到来，西门庆妻妾们各有一条贵重的貂皮做的围脖儿，小妓女郑爱月也不甘落后，指着向西门庆索要。这种争奇斗胜，反映了商业社会的风气和人们的心理。甚至那个穷得精光的常时节，得了西门庆周济的十二两散碎银子之后，除了买了等着下锅的一点儿米和一块羊肉之外，不惜花去六两五钱银子买回五件衣服，装扮自己和老婆，着实“欢天喜地过了一日”，小市民的心理写得多么生动！

在《金瓶梅》里，我们看到，在西门庆权势所到的地方，一切封建的尊卑等级的秩序都被破坏殆尽，代之以赤裸裸的利害关系和冷酷无情的“金钱交易”。“金令司天，钱神卓地”，金钱像魔鬼一样成为这个社会左右乾坤的力量。西门庆凭着自己的生辰担、金钱、女人，出入当朝太师府第，交结豪门，并让自己这样一个不通文墨的商人穿上五品朝服，出入宫廷。他霸居一方，一大群大小官僚和太监都来巴结他，过路的巡按、御史、状元都屈尊与他交往，身为皇亲的乔大户，不惜来与西门庆攀亲。在金钱这一恶魔的作用下，形形色色的妇女可以抛弃一切廉耻，并置宗法社会的伦理观念于不顾，投身到西门庆的怀中，在一夜之间的献身中，去满足西门庆的需要。包括那个颇有身份和地位的“上等妇人”林太太，也愿以自己半衰的姿色去取得西门庆的欢心和自己的本能需要。封建制度下的道貌岸然，一切被“温情脉脉的纱幕”所掩盖的欲念和伪善，统统被金钱这个混世魔王打得落花流水而现出原形。总之，商业社会的金钱规律成为人们行为的准则。这就是《金瓶梅》，这就是《金瓶梅》所反映的明代社会。

二、书中的明代史实

《金瓶梅》是由《水浒传》的有关情节作引子生发开来而形成的另一个完全不同于《水浒传》的故事。《水浒传》写的是宋代故事，所以《金瓶梅》表面上也是写宋代之事，但实际上却是托宋朝而写明事。也就是说，作者不是反映历史，而是表现现实，《金瓶梅》是现实题材的杰作。因此，我们在《金瓶梅》中可以找到明代的人物，也可以轻易地发现明代的史实，以及明代的风俗习惯。30 年代，吴晗在《金瓶梅的著作时代及其社会背景》一文中，曾列举出作品中出现的马价银、皇庄、皇木、番子等，详细考证，说明确是明代之事。

《金瓶梅》第七回，孟玉楼说："常言道：世上钱财倘来物，那是长贫久富家。紧着起来，朝廷爷一时没钱使，还问太仆寺借马价银子支来使。"吴晗征引《明史》卷九十二《兵志马政》："隆庆二年提督四夷馆太常少卿武金言，种马之设，专为孳生备用……穆宗可金奏，下部议。部请养卖各半，从之。太仆之有银也自成化时始，然止三万余两。及种马卖，银日增。是时通贡互市，所贮亦无几。及张居正作辅，力主尽卖之议……国家有兴作赏赉，往往借支太仆银。"由此可知，太仆寺之有马价银，始自明成化年间。吴晗认为朝廷向太仆寺支借马价银是在万历十年以后，但也有学者认为早在嘉靖时就发生过朝廷支借马价银的事。《明实录》嘉靖十七年十二月："一动支马价缺官柴薪银三十万两，先送工所雇役支用。"嘉靖十八年闰七月："给济太享殿、慈庆宫等大工之用，仍借支贮库及马价银四十万两有奇。"

《金瓶梅》里有个看皇庄的薛太监，权势甚盛，出门时鸣锣开道，地方军政长官都要怯他一头。那么何谓皇庄呢？即明朝皇室所有的庄田。据《明史·食货志》载，皇庄始于明永乐年间，成祖在顺天府丰润县内设仁寿宫庄。宣德年间有清宁、未央宫庄。后来愈演愈烈，皇室大量搜刮民田，分封给诸王、公主等，正德时达极盛。皇庄给人民造成极大的祸害，《明史·食货志》说："王府官及诸阉丈地征税，旁午于道，扈养厮役，廪食以万计，渔敛惨毒不忍闻。驾帖捕民，格杀庄佃，所在骚然。"《金瓶梅》中的薛太监，就是专门为皇室看皇庄的，所以十分摆谱，地方官民对他只能敬而畏之。

《金瓶梅》第三十四回有关于皇木的描写："西门庆告诉：'刘太监的兄弟刘百户因在河下管芦苇场，撰了几两银子，新买了一所庄子，在五里店拿皇木盖房。……'"所谓皇木指明代内廷大兴土木，派官吏往各处采办大木，大木就称皇木。这也是明代的一件祸国殃民的恶政。《明史·食货志》载，嘉靖二十六年派工部侍郎刘伯跃到川湖贵州一带采皇木，"湖广一省费至三百三十九万余两。又遣官核诸处遗留大木，郡县有司以迟误大工，逮治褫黜非一，并河州县尤苦之"。到了万历年间，采皇木活动比嘉靖年间有过之而无不及，弄得"公私交困"。

《金瓶梅》中有"女番子"之名。第二十八回陈经济道："你老人家是个女番子，且是倒会的放刁……"所谓"番子"即明代东厂中的番役，为非作歹尤甚。《明史·刑法志》载："东厂之属无专官，掌刑千户一，理刑百户一，亦谓之贴刑，皆卫官。……其下番子数人为干事，京师亡命诓财挟仇视干事者为窟穴，得一阴事，由之以密白于档头，档头视其事大小，先予之金。"由于番子专干刺探官民隐私的勾当，所以人们便把那些放刁挟诈者称为番子。

除了这些《明史》有载的历史事实可以说明《金瓶梅》是假历史而写现实的作品，另外明代一些流行的唱曲也在《金瓶梅》中有明确反映。如《金瓶梅》中出现最多的《山坡羊》，全书大约出现了 20 次以上。其他尚有《寄生草》《驻云飞》《锁南枝》《耍孩儿》《醉太平》《傍妆台》《闹五更》《罗江怨》《落梅风》等。沈德符的《野获编》曾记载这些曲子在明代流行的情况："元人小令行于燕赵，后浸淫日盛。自宣正至成宏（弘）后，中原又行《锁南枝》《傍妆台》《山坡羊》之属。……自兹以后，又有《耍孩儿》《驻云飞》《醉太平》诸曲，然不如三曲之盛。嘉隆间乃兴《闹五更》《寄生草》《罗江怨》《哭皇天》《乾荷叶》《粉红莲》《桐城歌》《银纽丝》之属，自两淮以至江南，渐与词曲相远，不过写淫媟情态，略具抑扬而已。"

三、书中的历史人物

《金瓶梅》是一部文人虚构想象之作，所以它的主要人物都是虚构出来的。如西门庆、潘金莲、吴月娘等等，虽有些民间传闻，但很难说历史上确有其人。至于书中大量的次要角色，有的是用谐音的方法隐喻着作者的爱憎褒贬，如应伯爵（硬白嚼）、吴典恩（无点恩）、韩道国（韩捣鬼）等；另一些则是信手拈来，随意编个名字，并无什么深意。

但又因为《金瓶梅》是由《水浒传》演绎而来，托名写宋事，所以书中也有不少于史有征的历史人物，主要集中在第十七、十八、四十八、四十九、六十五、七十、七十七、一百回中，共 130 余人。据陈诏先生《金瓶梅小考》考证，大约可分为以下几类：

第一类属于《宋史》有传的人物，有数十人。除了沿袭《水浒传》而来的宋徽宗、蔡京、童贯、高俅、杨戬等人外，还有不少《水浒传》没提到的，如王安石、苏东坡、米元章、宋妃娘娘、朱缅、蔡攸、张邦昌、李彦、林灵素等。《金瓶梅》第六十九回写到王招宣府后堂供着他祖爷太原节度使、邠阳郡王王景崇的影身图。这个王景崇实是王景的误刻。《王景传》载于《宋史》卷二五二，他生前封为邠阳郡王，死后追封为岐王，与小说所写比较吻合。第六十五回还写了个宋乔年，张竹坡在《金瓶梅寓意说》中认为是个编造出来的假名。其实，宋乔年实有其人，他是蔡京的姻亲，仕宦生涯几起几落，与蔡京有密切关系。《宋史》卷三五六有他的传。

第二类是《宋史》无传的北宋人物，他们的材料记载在其他史籍中，或在别人的传里提到过他们的名字。如第七十回写到蓝从熙，见《宋史·蔡京传》，曾做过节度使。同一回中写到的孟昌龄，曾任都水使者，也在《蔡京传》里有载。其他还有胡师文、赵霆、辛兴宗、王禀、杨惟忠等，共 17 人。

第三类属于《明史》有传的人物。《金瓶梅》虽托名写宋事，实际上写的是明代现实，所以他在书中有意识地窜入部分明代的官员，有的还是与作品产生时代十分接近的赫赫有名的大人物。如第六十五回写到的徐州刺史韩邦奇，《明史》卷二〇一有他的传。第四十八回写阳谷县丞狄斯彬审理苗员外被害一案，这个狄斯彬的事迹附在《明史·马从谦传》内，当时有提督中官杜泰吞没巨款，马从谦和给事中孙允中、御史狄斯彬弹劾杜泰，符合小说所写的“为人刚而且方，不要钱”（第四十八回)。

第四类是《明史》无传但可考的明代人物。像温玺《第七十七回)、陈文昭(第十回)等。第六十五回还写到一个山东左参政何其高，有的研究者认为“陈四箴”“何其高”是《金瓶梅》作者对万历时大理寺左评事雒于仁上疏规劝皇上戒除酒色财气一事的褒扬，是谐音寓意的假名。其实这是一个历史上的真实人物，其传记材料见《龙津原集》卷一，康熙《山东通志》里也有他的名字。

有些研究者在探讨《金瓶梅》作者时称，这位不知名的作者应该是一位或某几位民间说书艺人，或者是没有什么文化知识的下层文人。从《金瓶梅》中出现的如此多的历史人物来看，这种说法恐怕是难以成立的。如果作者不具备相当的历史知识，不研究一下《宋史》，显然无法获知这许多与蔡京有瓜葛的历史人物。书中涉及的明代人物，上限在成化年间，下限在万历年间，多半是嘉靖时期的进士。这些历史人物还有一个特点，即山东籍或在山东任过职的官僚特别多，如蔡京、侯蒙、张叔夜、韩邦奇、王炜、凌云翼、陈文昭、何其高等等，都多少与山东有些关系。这也说明，作者极有可能是山东人，或是在山东有长期经历，对山东官场有较多了解的人。

四、书中的宗教描写

《金瓶梅》写宗教的地方不少，佛教、道教都写到了。主人公西门庆虽说是个天字第一号的淫人，却常常出入于宗教场所。如他对道教颇信奉，与吴道官过从甚密，经常到玉皇庙去打斋建醮。他对寺庙相当大方，“每生辰节令，疏礼不缺”。在为官哥儿寄名的斋醮中，他一次封送吴道官十五两经钱，还送了丰厚的寄名之礼，又备办了道众的衬施及阡张香烛，这显示出他对道教的虔诚，上香行礼，也毕恭毕敬。他也信奉佛教。永福寺长老募捐修庙，西门庆一次就捐了五百两白银。第五十七回写莲华庵薛姑子劝舍《陀罗经》，向西门庆宣传“宝衣随愿至，玉食自天来”，并能“获福无量”“灾去福来”的西方极乐世界。西门庆一时被她的甜言蜜语打动了，便拿出三十两足色银子，交给了薛姑子和王姑子。从这些描写中，可以看到西门庆对道士、僧尼有时颇信奉、尊重，对他们表示自己的友好，并真心实意地把自己的心愿寄托在他们身上。

西门庆是一个十分现实的人，他对宗教的虔诚并不是来源于精神上的信仰，而是有现实目的的。道士、僧佛们对西门庆的心理很清楚，也很会投其所好。第三十九回为官哥儿寄名时，吴道官曾捉刀代笔，写出西门庆的心愿：除报答天泽皇恩、荐拔祖考外，最要紧的保佑官哥儿“出幼圆满”，“续箕裘之胤嗣，保寿命之延长”；再一个就是保佑自己“日近清光，出入金门而有喜；时加美秩，褒封紫诰以增荣”，也就是要升官发财。

事实上，西门庆对宗教采取了实用主义的态度，他除了将自己的心愿寄托于佛道以期相佑，对宗教的教义从来都没有真正信奉过，更没有打算遵照而行，有时候甚至强烈表现出对神的蔑视和亵渎心理。这一点吴月娘很清楚。第五十七回吴月娘虽说嘴里劝他要“发起善念，广结良缘”，但心里却是担心他“只是那善念头怕他不多，那恶念头怕他不尽”。他回答得很干脆：“咱闻那佛祖西天，也止不过要黄金铺地；阴司十殿，也要些楮镪营求。咱只消尽这家私，广为善事，就使强奸了常娥，和奸了织女，拐了许飞琼，盗了西王母的女儿，也不减我泼天富贵。”原来他做“善事”的目的不是行善，倒是为了掩饰自己的罪恶和进一步作恶！

比起西门庆来，吴月娘对佛道的信奉虔诚得多。吴月娘的一个重要生活内容便是听姑子们宣卷，这在书中有充分的描写。如第三十九回后半就专写“吴月娘听尼僧说经”。饭后，“月娘分付小玉，把仪门关了，炕上放下小卓儿，众人围定，两个姑子在正中间，焚下香，秉着一对蜡烛，都听他说因果”。第五十一回又写吴月娘“要听薛姑子讲说佛法，演颂《金刚科仪》”。吴月娘听佛法有时几乎通宵达旦，不但自己听，还动员身边的人一起听。他劝西门庆“发起善念，广结良缘”，而且与潘金莲等人比起来相对善良，我们可以理解为是她听佛法的结果。不过，吴月娘也有搞实用主义的时候。先是王姑子为她出主意：“你老人家养出个儿来，强如别人。你看他前边六娘，进门多少时儿，倒生了个儿子，何等的好！”吴月娘听了有理，便吃了薛姑子配下的助孕药，并按照薛姑子算定的日子与西门庆合房，结果怀了孕，生下孝哥儿，巩固了自己的地位。这是她听佛法之外的收获。当然，吴月娘听佛法不光是信佛，是为了懂得更多的教义，有时也是为了娱乐。因为她听的宝卷是一种说唱文学的别支，与说书、唱曲有密切关系，娱乐功能是很强的。何况负责讲唱的王姑子和薛姑子在宣讲宝卷的同时，还不时插入笑话，甚至有时是荤笑话。这无疑增加了对西门庆家的女眷们的吸引力。

潘金莲对佛道是不信的，她对吴月娘喜听的佛卷不感兴趣，而且对尼姑们没有起码的尊重，相反，有时根本不给她们留面子。她逼着王姑子讲“荤故事”，并当面揭露王姑子有丈夫。她不相信念经能治好官哥儿的病，也不相信吴神仙为她算出的凶命。她甚至敢说：“算的着命，算不着行。想着前日道士打看，说我短命哩怎的哩，说的人心里影影的。随他，明日街死街埋，路死路埋，倒在洋沟里就是棺材！”说得何其大胆！

《金瓶梅》写了不同人物对宗教的不同态度，而作者本人对宗教是什么态度呢？虽然书中不乏因果报应、轮回观念，但总体来说对宗教是基本否定的，作者对宗教，尤其对宗教的代表道士、僧尼是采取讽刺态度的。薛、王二姑子虽是西门庆家的常客，而且极受吴月娘的尊敬和厚待，但西门庆对她俩却不以为意，时不时地给她们以难堪。书中虽然花了不少笔墨写这两个姑子不辞辛苦宣卷念经的佛行，但她们的真实用意却令人怀疑。她们两人都十分贪财，有时为争财而撕破面皮吵闹。第五十八回曾写李瓶儿拿出一对银狮子要交给薛姑子让她印《佛顶心陀罗经》，多亏心细的孟玉楼从中看出有诈，加以阻拦，才没被薛姑子骗去。为李瓶儿断七念经，两个姑子相互欺骗，都想揽得这宗好事。先是王姑子得了五两银子，一匹绸子，答应为瓶儿念《血盆经忏》。而薛姑子则瞒着王姑子买礼物贿赂吴月娘，捷足而先登。她俩还为印经争份钱，因分账不公而相互揭短。所以作者这样评论："看官听说：似这样缁流之辈，最不该招惹他。脸虽是尼姑脸，心同淫妇心。只是他六根未净，本性欠明，戒行全无，廉耻已丧。假以慈悲为主，一味利欲是贪。不管堕业轮回，一味眼下快乐。哄了些小门闺怨女，念了些大户动情妻。前门接施主檀那，后门丢胎卵湿化。姻缘成好事，到此会佳期。"（第六十八回）书中还写了一些好色的僧人。如第八回写报恩寺的和尚见了潘金莲"一个个都昏迷了佛性禅心，一个个多关不住心猿意马，都七颠八倒，酥成一块"；而碧霞宫的住持石伯才是个道徒，不但好色贪淫，还勾结官府，劫道抢人，如同强盗。所以作者劝告世人："但凡人家好儿好女，切记休要送与寺观中出家，为僧作道，女孩儿做女冠、姑子，都称瞎男盗女娼，十个九个都着了道儿。"（第八十四回）对道士、僧尼的痛恨之情溢于言表。

《金瓶梅》的喜剧意识

一、庄与谐

戏曲和小说是两种不同的艺术，二者的表现方式有很大差异；这在西方文化中表现得更为明显。虽然中国古代小说与戏曲有很多共通之处，但二者相互借鉴吸收也必须遵循各自的艺术规律，经过一番慎重的改造功夫。《金瓶梅》对戏曲科诨的吸收，既非生硬的抄袭模仿，也不是只言片语的套用，严格地说，兰陵笑笑生是学到了古代戏曲的喜剧意识，将插科打诨的表演手段运用到叙事艺术中，成为作者进行批判讽刺的武器，并使全书形成了整体性的喜剧风格。而且，《金瓶梅》中的谐谑因素比戏曲中的科诨有更多的表现形式和艺术功能。

利用叙事者介入故事表现作者政治的、道德的批判态度，是中国传统小说的一大特色。在章回小说里，往往是以说书人口吻，以“看官听说”作为标志引起对情节或人物的褒贬态度。这在《金瓶梅》中亦是随处可见。如第三十回写蔡太师接受了西门庆送去的生辰礼物后，便奉送他一个理刑副千户的官职，这时作者便由客观叙述转入主观评论，批判“徽宗天下失政，奸臣当道”“卖官鬻爵，贿赂公行”的黑暗现实。第八十四回写西门庆死后应伯爵马上投靠新主子，作者对帮闲子弟、势利小人的评论等。但在作者叙述或主观评论中加入谐谑因素，却是《金瓶梅》开其先河。第七十一回写西门庆随何千户进朝，作者先用一段长达六百余字的韵文描写了朝仪的整肃，接着又以说书人口气介绍宋徽宗：“这帝皇果生得尧眉舜目，禹背汤肩。若说这个官家，才俊过人，口工诗韵，目类群羊；善写墨君竹，能挥薛稷书；道三教之书，晓九流之典。”使人感受到朝廷宫禁所特有的庄重森严、奢华富贵之气。虽然对皇帝的描写未免有夸张之嫌，但以之表达一个卑贱文人对天子的尊重，也还算恰当的。然而有意思的是，作者的描写并未到此为止，他在最后又插入一句：“朝欢暮乐，依稀似剑阁孟商王；爱色贪杯，仿佛如金陵陈后主。”孟商王是五代后蜀君主孟昶，他与南朝陈的国君陈叔宝，都是以酒色误国而闻名于世的人。这里作者将宋徽宗与二者相比，把他说成一个酒色之徒，可谓十二分的不恭。前后两种态度是如此矛盾，描写的却是同一个人物，这本身就形成了一种带有滑稽意味的对立情势。那么究竟何者为真，哪一个是假？很明显，先比作尧舜禹汤，不过是貌似恭敬；后说成是酒色之徒，才是作者真正的嘲讽态度。作为古代的君王，尧舜禹汤和孟商王、陈后主代表了两种本质完全不同的类型，前者是人民理想中的贤君形象，后者则是误国殃民的昏君典型，二者根本不可能统一于一体。考之历史上的宋徽宗，昏庸暴虐，穷奢极欲，哪里有半点儿尧舜禹汤的影子，倒比孟商王、陈后主有过之而无不及。所以尽管有对徽宗天子的诸多褒扬之词，那实在不过是对他的莫大讽刺，暗喻着作者冷峻的批判态度。第六十九回写林太太也是用的同样的笔法。作者通过西门庆的视觉观点先写王招宣府的辉煌气象，又用一段华丽的文字写尽了林太太的贵夫人派头，但最后笔头一转，竟说她“就是个绮阁中好色的娇娘，深闺内合毯的菩萨”。情势的转换是如此突然，庄重在不知不觉中滑入了轻薄，不能不令读者哑然失笑。不过与上例不同的是，对林太太的前后描写虽然对立，但在本质上却有其统一性。高贵的门第、尊贵的派头、漂亮的长相，只是外在的、表面化的，淫荡才是作者给她规定的真实性格。这是对立的统一。兰陵笑笑生打破了中国古代小说写英雄虎背熊腰、写小人尖嘴猴腮的简单化程式，真正遵循了现实主义的逻辑，敢于写出真实的人物，复杂的性格。作者正是在这种表与里的对立中实现自己的讽刺意图，在庄重与轻薄、美好与丑恶的巨大反差中给读者一个滑稽的笑。

中国是一个幽默感较少的民族，尤其是儒家思想孕育出的历代文人，他们在“文以载道”信条的指导下，无不将自己的作品看成政治或道德的教化工具，很难想象会在其中加入引人一笑的谐谑成分。虽然小说不比诗文正统，但在《三国演义》《水浒传》中也难得发现多少笑料。兰陵笑笑生很显然是想冲破这种观念的束缚，第一次将戏曲中的科诨纳入小说，使其成为叙事艺术的新因素。这对于那些早已养成善恶、美丑、忠奸泾渭分明的欣赏习惯的读者，确实会产生某种不协调的感觉。比如第八十回写了西门庆死后，应伯爵等帮闲祭祀的情节，有人便认为“作者的玩笑实在开得太大，但他如嘲弄他的英雄，同时他也是在嘲弄自己，因为他已费了很大气力把西门庆写成一个我们信得过的人物”（夏志清《〈金瓶梅〉新论》）。应该承认，这并非他一个人的感觉。究竟应该如何理解《金瓶梅》的这种“低级喜剧”（同上）呢？笔者认为，重要的不在于以既成的审美习惯对它进行过多的指责，而是要从兰陵笑笑生的人生观与小说创作观念上去寻找它出现的原因，进而对它在小说中的地位及全部美学价值作出中肯的评价。《金瓶梅》作者是一个看透人生的人，他写《金瓶梅》基本上是站在一个愤嫉的“过来人”的立场上，对经历过的一切进行无情的讽刺、百般的嘲弄。他不同情任何人，更不同情主角西门庆。他虽然写出了西门庆性格的真实性，使其成为“我们信得过的人物”，但又何曾使西门庆改变过被无情嘲讽的地位？作为作品的第一主人公，他既是个称霸一方的封建统治阶级的一员，又是个千古未闻的第一色狂形象，这本身就是一个尖锐的讽刺。试观他的一生，从勾引潘金莲始到死在潘金莲的身上终，作者何曾放过对他加以嘲弄的机会？当他死后，作者借水秀才的一篇祭文，把他作为欲的代表、生殖器的化身加以“赞颂”和“悼念”，不正是抓住人物形象本质的神来之笔吗？不错，“西门庆之死是整部小说中极可怕的一景”，但绝不是令人悲痛的一景，事情本身不可能引起任何一位读者的同情。因此，这段隐喻极为明显的调侃文字，绝不会令读者“讨厌”和“不安”。对西门庆是如此，对李瓶儿也应作如是观。李瓶儿常常被人认为是作者十分同情的人物，有损于这种同情心的谐谑文字被认为是不合时宜的。例如李瓶儿病危时请来的赵太医以一段打油诗作自我介绍，便使有的研究者“不安”，认为：“在写了这一段滑稽文字之后，又如何能希望读者再同情垂死的李瓶儿和她那心烦意乱的丈夫呢？”（夏志清《〈金瓶梅〉新论》）问题是，李瓶儿是不是一个令人同情的角色？回答应该是否定的。虽然李瓶儿的懦弱个性和遭遇不无悲剧的色彩，但从作者的整体观念上来看，她仍然是一个被嘲讽的对象。如果不是这样，作者在前几十回将她写成一个无耻淫荡的悍妇，那样凶残地对待自己的丈夫，以使他“因气丧身”，便是无法理解的；而一次又一次将那些不堪入目的性交场面放在她与西门庆之间进行，也应该是作者有意识的行为。更何况，作为“金、瓶、梅”三个主角之一，她是淫妇的形象，而不是受损害被同情的角色。作者的这种创作意图在全书结束时的诗里说得很明白：“楼月善良终有寿，瓶梅淫佚早归泉。可怪金莲遭恶报，遗臭千年作话传。”在兰陵笑笑生看来，瓶儿的病和死，是其性格的必然，是她自作自受，压根儿便不应该赢得读者同情的眼泪，所以即使在她病危时，仍不放弃对她的嘲讽。

二、自嘲

通过作品人物之口进行“自我嘲讽”，以刻画人物性格，产生滑稽效果，也是兰陵笑笑生常用的一种方式。利用插科打诨进行讽刺，是戏曲中丑角的基本功能，这在古今中外概莫能外，但能否“自嘲”，则被戏曲研究者认为是中外丑角的一个重要差异。中国古代戏曲中的丑角，尤其是那些代表受谴责的“反面人物”的丑角，除了担负嘲讽他人的职能外，总是适时地进行自我嘲弄，从而显示出独特的审美功能。如《清忠谱·创祠》中一个阴阳先生出场念道：“在下本姓姓赵，小峰是我贱号。祖居世代兰溪，一向江湖走跳。起先算命嚼蛆，近习堪舆之教。……日日假忙，说道某乡绅叫管家来邀；时时捣鬼，说道某官府着农民相召。止不过油嘴花唇，无非要骗人钱钞。”以惊人的坦率作夫子自道式的自我揭露。这往往成为戏曲丑角扮演的贪官、劣绅、庸医、媒婆、恶僧等出场即念的“定场诗”。《金瓶梅》作者显然受到这一戏曲表现方式的影响，也把自嘲形式纳入书中，成为刻画人物、进行讽刺的一个有力手段。

《金瓶梅》中的自嘲，一种是完全模仿戏曲。除了上面已提到的太医赵捣鬼出场时念的那一类打油诗，还有接生婆蔡老娘的一段念白。第三十回写李瓶儿要生孩子，全家一片忙乱。西门庆叫来安儿去请接生婆。过了半日，蔡老娘才姗姗来迟。月娘刚一搭话，这婆子便道：“我做老娘姓蔡，两只脚儿能快。身穿怪绿乔红，各样鬏髻歪戴。……横生就用刀割，难产须将拳揣。不管脐带包衣，着忙用手撕坏。活时来洗三朝，死了走的偏快。因此主顾偏多，请的时常不在。”满口胡言乱语，竭力贬损自己的接生本领。一般来说，在戏曲中这种程式化的定场诗由于违反生活的逻辑，其作用主要是用来表达作者的讽刺意图并引起观众的愉悦，与人物性格的关系不一定十分密切。它的讽刺对象与其说是某个戏剧人物，倒不如说是某些类型的人物更恰当。像蔡老娘的自嘲诗，主要讽刺的是那些愚昧无知、不负责任的收生婆，不一定就是指蔡老娘。从下文的描写来看，她为李瓶儿接生按部就班，有板有眼，母子均告平安，并没有发生她自己所说的那些可怕情景。赵太医的“自嘲”相对来说与其性格较为接近。他进门先以“我做太医姓赵”一首自嘲诗表白了自己医术的庸劣，之后在给李瓶儿诊脉的过程中进一步表现出刚才的自嘲并非完全胡说，他确实是个不通医术的江湖骗子。他先是“全凭嘴调”，胡猜一气，又将瓶儿的病症诊为男症，最后竟开出了毒性极强的药方来。他缺乏基本的医术，更没有起码的医德。他进得门来，便一直“死”呀“活”呀乱说一气，全不顾一点儿病人的忌讳。瓶儿认出他是太医，他便说：“不妨事，死不成，还认的人哩。”何老人对他的药方提出异议，他又说：“自古毒药苦口利于病。若早得摔手伶俐，强如只顾牵经。”结果引起西门庆的暴跳，骂他“这厮俱是胡说，教小厮与我扠出去”！他只得了二钱银子，飞奔而逃。这一段原在李开先《宝剑记》中，被作者挪用到小说中来，只有少量改动，但仍保留了强烈的喜剧效果。在有些人看来，赵太医的出场，就像在一个十分典雅尊贵的沙龙里，或是一群温文尔雅的绅士中，突然跑进一个庸俗的小丑，恶作剧一番之后又匆匆离去，不免有点儿煞风景。尤其是对于那些抱着西方或现代的小说观念，欲在《金瓶梅》中寻找认同的“严肃”读者来说，书中这类“闹剧”般插曲常常使他们感到失望。但对于习惯了戏曲中这类噱头的中国古代读者来说，能在小说中得到戏曲般的享受，自会产生一种我们难以理解的艺术美感。

以西方叙事理论观之，赵太医、蔡老娘这类人物相对于艺术作品主角来说，只属于“半戏剧化人物”。他们缺乏独立的、完整的性格，作者设置他们，在某种意义上，只是为了表达作者的某种意识，当这一职能完成后，便宣告退场，甚至不再重新出现。《金瓶梅》中还有不少谐谑因素是作品中的“戏剧化”人物发出的，一般都与人物个性紧密相关，既能产生戏谑效果，又能深化读者对艺术形象的理解和认识。像应伯爵等帮闲的插科打诨，说笑话，讲绕口令，以及作者的漫画式描写，都属于这一类。第十二回写西门庆梳笼李桂姐，应伯爵、谢希大等人跟着饮酒奉承，集中表现了他们如何凭着机智和干练的口才赢得主子的欢心。先是应伯爵说了一曲《朝天子》，单道各色茶的好处，最后一句是“醉了时想他，醒来时爱他，原来一篓儿千金价”。谢希大紧接着利用谐音的方法将话岔开去，说：“大官人使钱费物，不图这‘一搂儿’，却图些甚的？”话说得粗一些，好在没有文化的西门庆并没有过高的审美趣味，偏偏喜好听这类笑话。下面谢希大又讲了一个泥水匠墁地的笑话，骂妓院老鸨“有钱便流，无钱不流”，把矛头指向李桂姐。李桂姐也不示弱，马上回敬了一个老虎请客的故事，揭露应伯爵一帮人“只会白嚼人，就是一能”。应伯爵似觉下不来台，顺势要做东道请客，几个帮闲马上闹剧般地凑份子，当下就请西门庆和桂姐吃酒。下面作者又用夸张的漫画式笔法，涂抹出他们贪婪不堪的吃相，一桌席不消一刻便风卷残云般地“吃了个净光王佛”。整个场面确实像一幅讽刺性极强的漫画，通过他们的自身表演为每个人塑像。作者使用了极其刻薄的语言，把众帮闲说成“犹如蝗蝻”“好似饿牢”“食王元帅”“净盘将军”，以入木三分的形象刻画表现他们的贪馋心理。到了应伯爵的时代，食客早已失去古代冯谖那样的政治见识与才能，堕落为专门帮闲凑趣的乞食者。不过他们都很机智伶俐，能见风使舵，会触景生情，知道怎样讨主子欢心。他们的目的其实卑微得很，只不过赚顿吃喝，以求果腹；至多不过再挣上几两银子，养活家小而已。总的来说，他们虽有很拙劣的表现，心境也应该是悲凉的；靠出卖灵魂求生，毕竟不能心安理得。兰陵笑笑生既然对整个人生都是抱着讽刺的态度，对这批人当然更不会放过。一方面，作者无心隐瞒他们都有一个聪明的脑瓜和能说的嘴巴，常常在笑声与哄闹中显示自己的机智和幽默；但更没有忘记他们性格中的劣根性，总是不失时机地摹画出他们的种种丑态，让读者在笑声中看到他们卑污的灵魂。正是在这一点上说，《金瓶梅》的谐谑因素不仅仅是逗人一乐的笑料和噱头，笑声背后往往有更深一层的意蕴，有令人思索的东西。

三、“含泪的笑”

古今的美学家都认为悲喜剧比纯粹的喜剧或纯粹的悲剧更具有震撼人心的力量。喜剧当然首先应该给人以笑，但这并不是它的全部。优秀的喜剧作家从来不满足于观众的“一笑了之”，他们总是不懈地追求悲喜剧的完美融合，追求喜剧的悲剧性效果，追求“含泪的笑”。《金瓶梅》当然还算不上这样的佳构，但书中确实不乏“含泪的”“笑料”和令人心酸的“噱头”。当我们看到应伯爵跑到西门庆家蹭饭吃，却被主人以一个恶作剧搞得狼狈不堪时，究竟感到的是好笑还是悲凉？“常时节得钞傲妻儿”既有可笑之处，不也包含着可恨可痛的内容吗？再以另一个被作者嘲弄的对象水秀才为例。第五十六回写西门庆要找个有才学的人写写算算，应伯爵即推荐了他的朋友水秀才，并向西门庆作了介绍。整个介绍过程一直充满戏谑的语气，表现出作者对这个人物的讽刺态度。应伯爵先以几分幸灾乐祸的口吻说出水秀才的困顿境遇：胸中才学赛过班、马，却屡试不中；家中本小有田产，如今已卖光当尽；两个孩子先后病死，老婆偷汉又弃他而去。为了说明他的才学，应伯爵又念了他的一篇祭头巾的诗文。这诗文据查是引自明末的笑话集《开卷一笑》。作者把它放在应伯爵口中说出，其讽刺态度是不言自明的。诗文以夫子自道式的第一人称，哭诉了大半生陷于科举泥淖不能自拔的痛苦遭遇。主人公自幼就学，意气风发，饱尝寒窗之苦，受尽了多少惊吓，一心在科举仕途上大展宏图。谁知到头来“两只皂靴穿到底，一领蓝衫剩布筋”，一生的艰难凄楚都是白费，多少年的冷淡辛酸并没有换来一官半职，也没有改变受人欺侮的卑微地位。无可奈何之际，主人公将满腔的悲愤转嫁到头巾之上，怒斥它“后直前横，你是何物，七穿八洞，真是祸根”，下决心“就此拜别，早早请行”。

行文中虽有强烈的调侃嘲讽意味，但它更能震撼人心的是，一个满头白发的封建儒生对吞噬了他的青春的科举制度的控诉！应伯爵是把它作为一个笑话讲给西门庆听的，而我们从兰陵笑笑生那里得到的，除了一个“笑话”之外，更主要的是一个旧时代知识分子的悲剧故事，它不但能引起我们的巨大怜悯和同情，更能激起我们对中华民族知识分子的悲剧命运和历史的沉痛思索和无限感慨！水秀才在《金瓶梅》中是个没有正面出场的不起眼的人物，作者没有更多的直接描写说明对这个形象究竟是嘲讽还是同情，但更可能是两种态度兼而有之。水秀才除了以祭头巾诗文进行自嘲，同时又受到西门庆、应伯爵的嘲笑外，后来又做了一次辛辣的嘲讽者，就是前面已经提到的在西门庆死后，他为西门庆撰写的一篇令人啼笑皆非的祭文，名为悼念死者，实为死者的生殖器大放悲声。我总觉得在兰陵笑笑生的创作观念里，存在着难以说清的矛盾和冲突。他总是把庄重与诙谐、崇高与滑稽、善良与邪恶混淆起来，使人无法分辨。他用严肃的态度书写着诙谐，又在诙谐的背后隐含着悲剧的内容。他憎恨虚假和伪装，不允许自己的笔粉饰人生，要么在那些道貌岸然的达官贵人脸上涂上几道杂乱的色彩，要么在庄严崇高的氛围里加入一些滑稽的“作料”，使全书既体现出典型的写实主义风格，又有浓厚的喜剧色彩。

《金瓶梅》的叙事技巧

一、“无微不出”的细节描写

与西方小说相比，中国古代小说似乎不注意细节描写和心理描写。但随着小说艺术的发展，细节与心理的作用逐渐被作家认识。到了《金瓶梅》，白话小说的细节描写已经有长足的进步。这里我们对照一下《水浒传》与《金瓶梅》对武松杀嫂这一情节的处理方式：

那妇人见头势不好，却待要叫，被武松脑揪倒来，两只脚踏住他两只胳膊，扯开胸膛衣裳，说时迟，那时快，把尖刀去胸前只一剜，口里衔着刀，双手去斡开胸脯，取出心肝五脏，供养在灵前。胳查一刀，便割下那妇人头来，血流满地。（容与堂本《水浒传》第二十六回）

相同的情节，《金瓶梅》的描写就有不同：

那妇人见头势不好，才待大叫，被武松向炉内挝了一把香灰，塞在他口，就叫不出来了，然后脑揪番在地。那妇人挣扎，把鬏髻簪环都滚落了。武松恐怕他挣扎，先用油靴只顾踢他肋肢，后用两只脚踏他两只胳膊，便道：“淫妇，自说你伶俐，不知道你心怎么生着，我试看一看！”一面用手去摊开他胸脯，说时迟，那时快，把刀子去妇人白馥馥心窝内只一剜，剜了个血窟窿，那鲜血就邈出来。那妇人就星眸半闪，两只脚只顾登踏。武松口噙着刀子，双手去斡开他胸脯，扑扢的一声，把心肝五脏生扯下来，血沥沥供养在灵前。后方一刀，割下头来，血流满地。(《金瓶梅词话》第八十七回)

《水浒传》89字，《金瓶梅》则扩充为200余字，把武松手刃潘金莲的过程写得更为细致。其不同主要表现在武松的动作增多了（塞香灰、踢肋肢、骂）。《水浒传》只把视点落在武松身上，《金瓶梅》则在二者之间游动，也写出了潘金莲被杀时的挣扎苦相（鬏髻簪环滚落、鲜血冒出、星眸半闪、两脚登踏)。《金瓶梅》和《水浒传》的着重点是不同的。《水浒传》重在写武松，《金瓶梅》则是将潘金莲作为叙事的焦点人物。在兰陵笑笑生的笔下，潘金莲的一举一动，一颦一笑，都是细加刻画的；而当她的生命行将结束时，作者当然更不愿吝惜笔墨。试想美丽而凶狠的潘金莲，她的鬏髻簪环、她的皓齿明眸和白馥馥的胸膛曾引得多少狂蜂乱舞；但如今却是“簪环滚落”，“星眸半闪”，白馥馥的心窝上被剜了一个窟窿！这是多么强烈而又可怕的对照！作者把这个血淋淋的杀人场面展示给读者，细细地玩味着潘金莲的痛苦，显然包含着对这个邪恶女人的憎恨，似乎只有用这种惨不忍睹的结局方可使她抵消自己一生的罪过。武松在这里再也不是梁山泊的起义英雄，作者只把他写成一个普通的杀人刽子手。杀嫂场面的细致刻画，将其性格中残忍的一面推向极致。

精彩的细节描写，在《金瓶梅》中俯拾皆是，对表现人物的独特性格起到画龙点睛的艺术效果。张竹坡对兰陵笑笑生的这一成功的艺术手法给予很高评价："文笔无微不出，所以为小说之第一也。""千古稗官家不能及之者，总是此等闲笔难学也。"所谓"闲笔"者，正是一些具有独特作用的细节描写。例如写官哥儿死后，李瓶儿走回房里，"见炕上空落落的，只有他要的那寿星博浪鼓儿还挂在床头上，一面想将起来，拍了卓子，由不的又哭了"（第五十九回）。寿星博浪鼓儿，是官哥满月时薛太监送的喜礼。此时官哥儿已死，作者偏偏从这个博浪鼓儿入手，写出李瓶儿睹物伤情的无限悲痛，可谓奇绝笔法！所以张竹坡在此批道："小小物事，用入文字，便令无穷血泪，皆向此中洒出。真是奇绝文字。"（第五十九回夹批）像这类看似"闲笔"的细节，其实涵蕴着作者的艺术匠心，在故事中起着不可替代的作用。再如写潘金莲有一个习惯动作：跐着门槛嗑瓜子儿。每一次出现这个动作，都包含着不同的含义，反映着主人公的不同心境。第十五回，潘金莲嫁给西门庆后，与孟玉楼等登楼观灯，"那潘金莲一径把白绫袄袖子搂着，显他遍地金掏袖儿，露出那十指春葱来，带着六个金马镫戒指儿，探着半截身子，口中磕瓜子儿，把磕了的瓜子皮儿都吐下来，落在人身上"。一副轻佻、卖弄的心理！新婚燕尔，身入荣华富贵之家，她又怎能压抑住内心的得意和满足！

在这个“看灯的人挨肩擦背，仰望上瞧”的难得场合，不赶紧炫示夸耀自己的虚荣，更待何时呢？但当她的强硬对手李瓶儿就要为西门庆生下贵子的时候，潘金莲虽然表面上“用手扶着庭柱儿，一只脚跐着门槛儿，口里磕着瓜子儿”，似乎显得悠闲自得，毫不在意，但当他听到孩子生下来时，终于掩饰不住内心的嫉妒和仇恨，跑进房内关起门失声痛哭起来。此时跐着门槛儿嗑瓜子的细节，正表现了她虚弱不堪的心理。李瓶儿母子相继死后，潘金莲成为胜利者，实现了她专宠的目的。这时，她又恢复了昔日的自得：“穿着一身锦段衣裳，搽抹的如粉妆玉琢，正在房中炕上，脚登着炉台儿，坐的磕瓜子儿。”（第七十六回）这是胜利者的姿态，充满自信和骄傲。对于封建时代的妇女来说，跐着门槛嗑瓜子之类的动作是不雅的，只有泼妇和悍妇才会有。《红楼梦》中的王熙凤也常有这个动作。曹雪芹显然注意到《金瓶梅》的这个细节对刻画潘金莲的独特性格有不可忽视的作用，所以移用到王熙凤身上，塑造了另一个心狠手辣的“冷美人”形象。曹雪芹强调小说要记述“家庭闺阁中的一饮一食”，主张描写那些“琐碎细腻”的生活细节，反对小说只“传其大概”。应该说，这是他总结了《金瓶梅》一类人情小说的细节描写的经验后提出来的创作主张。

细节描写既是现实主义文学的标志之一，也是模仿艺术的一个重要的组成部分。细节描写的大量增加和迅速成熟，并不单纯是小说技巧问题，它反映了古代小说观念的一个变化，即中国传统的偏重“叙事”的小说正在向“模仿”体小说转化。这是古代说书体小说向现代小说体小说发展的一个重要步骤。

模仿是西方美学思想的一大支柱，来源于亚里士多德的“文学起源于模仿”说。亚里士多德说：“首先模仿就是人的一种自然倾向，从小孩时就显出。……人一开始学习，就通过模仿。每个人都天然地从模仿出来的东西得到快感。”（《诗学》第四章）他认为文学的审美价值就在于它是客观存在的模仿物：“人们看到逼肖原物的形象而感到欣喜。”（同上）而要达到模仿的逼真、生动，细节的真实描写是必不可少的。因此，在这种意义上说，细节描写的成功就意味着整个小说艺术的成功。《金瓶梅》既没有令人崇拜、敬畏的英雄人物，又没有引人入胜的传奇故事，只是写了一群道德沦丧的男女，一些平凡的家庭生活，为什么能产生巨大的艺术力量呢？部分原因正在于它以一个又一个令人信服的细节描写“再现”了生活的“原物”，人们从这些艺术化了的“原物”上获得了“快感”，即艺术的美感。

二、作品人物的眼睛

在宋元说话基础上发展起来的白话小说，是典型的“叙述”体文学。作者从来不隐瞒自己的真实身份，不断以“看官听说”的形式介入作品，进行公开的理性说教或对人物、情节进行阐释、评论、说明，故事中的一切都是经过作者之口转述，而非自动展现。《三国演义》《水浒传》体现了这种叙述体小说的基本特征。《金瓶梅》虽然并未完全摆脱说书体小说的形式，但其运用戏剧化手法模仿生活的成分大大增加。读者对作品中的虚构世界更多的是通过作品人物的“自我表现”直接观察，而不需由作者的转述间接领会。显然，模仿比叙述更具生活的真实感。

张竹坡曾指出《金瓶梅》的一个重要艺术手法：“窗内淫声，和尚偏听见；私琴童，雪娥偏知道……墙头密约，金莲偏看见；惠莲偷期，金莲偏撞着……用险笔以写人情之可畏，而尤妙在既已露破，乃一语即解，绝不费力累赘。此所以为化笔也。”（《金瓶梅读法》十四）他认为在作品人物的视觉和听觉中叙事，是以险笔写“人情之可畏”，并为以后情节发展埋下伏笔。其实，把叙事任务交给作品人物，巧妙利用各种感官功能作为独特的叙事观点，也是作者的一种模仿技巧，它比作者亲自叙述更显得客观真实。我们先来看作者如何利用作品人物的眼睛作为叙事的角度。

《金瓶梅》第九回有如下一段描写：

月娘在坐上，仔细定睛观看：这妇人年纪不上二十五六，生的这样标致。但见：眉似初春柳叶，常含着雨恨云愁……看了一回，口中不言，心内暗道：“小厮每家来，只说武大怎样一个老婆，不曾看见。今日果然生的标致，怪不的俺那强人爱他。”

这妇人坐在傍边，不转睛把眼儿只看吴月娘：约三九年纪，因是八月十五日生的，故小字叫做月娘。生的面若银盆，眼如杏子……这妇人一抹儿多看到在心里。

这一场景是潘金莲嫁到西门庆家后的第一幕。一边是“仔细定睛观看”，另一边是“不转睛”地看，组成一幅饶有兴味的画面，双方的相貌都由对方的视觉中映出。吴月娘何以要“仔细定睛观看”？仅仅是为证实小厮们对金莲长相的赞赏吗？非也。虽然作者把吴月娘写得宽宏大度，但这个“仔细定睛观看”，正说明她在用心探究“俺那强人”为什么要爱她；起码要在金莲的容貌上证实一下是否值得“俺那强人”的爱。结果承认金莲确实“生的标致”，弄清了西门庆爱她的原因。对于刚到陌生环境的潘金莲来说，最迫切的是对这个新环境的了解；而最直接的方法，莫过于亲眼观看。作者将吴月娘和李娇儿等众妇人的长相放在潘金莲的眼中呈现，是充分体现她亦急于见到这些人的心情。虽然双方都急于见到对方，了解对方，但目的却不尽相同。月娘难道仅仅是为了探讨西门庆爱潘金莲的原因吗？当然不是。从她的口气里可以发现，她是受到一股妒火的驱使。而金莲则是在谋求对策，她本能地感觉到，几个强劲的对手早已在这里等着她，她必须尽快地找出对策来，否则便难有立足之地。像潘金莲这样有心计的女人，很清楚自己面对的这几个女人，不仅是自己的伙伴，更是对手。张竹坡又云：“内将月娘众人俱在金莲眼中描出，而金莲又重在月娘眼中描出。文字生色之妙，全在两边掩映。”（《金瓶梅》第九回回评）对读者来说，等于利用双方的眼睛看到对方的相貌，易产生身临其境之感，比由作者口中叙出更具艺术效果。

《金瓶梅》对景物和场面的描写，也多用人物的视觉观点，并多有“只见”“但见”作前导词。如：“吴月娘在家整置了酒肴细果，约同李娇儿、孟玉楼、孙雪蛾（娥）、大姐、潘金莲，众人开了新花园门，……但见：正面丈五高，心红漆绰屑；周围二十板，砧炭乳口泥墙……”（第十九回）“但见：万里彤云密布，空中祥瑞飘帘，琼花片片舞前檐……”（第一回）有时还利用人物视觉观点的不断变换，展现一连串的动作行为，使情节内部的各种因素紧密地联系在一起。如第七十九回：

到次日起来，头沉，懒待往衙门中去，梳头净面，穿上衣裳，走来前边书房中，笼上火，那里坐的。只见玉箫早辰来如意儿房中，挤了半瓯子妳（奶），径到厢房，与西门庆吃药，见西门庆倚靠床上，有王经替他打腿。王经见玉箫来，就出去了。打发他吃了药，西门庆使他拿了一对金裹头簪儿，四个乌银戒指儿，教他送到来爵媳妇子屋里去。（第七十九回）

如果把这一连串动作分割一下，则是：①叙述人见西门庆在书房里坐着。②西门庆见玉箫儿在如意儿房中挤奶。③玉箫儿见王经替西门庆打腿。④王经见玉箫儿打发西门庆吃药。⑤叙述人见西门庆使玉箫送东西。①是叙述人的视角，②③④的场面都放在作品人物的视觉中写出，到了⑤又回到叙述人的视点上来。

用人物视觉观点反映描写对象，在《三国演义》《水浒传》中已多有运用，但《金瓶梅》运用得更多，也更熟练。这种写法的长处在于更容易造成模仿的“幻觉”，更接近生活本身的真实。就生活的实际情形来说，任何事情的发生都必须亲眼看到或亲耳听到，才易于承认这件事确曾发生过，也即是说，必须有见证人。而小说中的事件，多是由叙述人（作者）反映的，读者承认叙述的真实要有一个前提，即叙述人必须是诚实的。叙述人固然是一位“全知的神”，但比较而言，人们宁愿相信作品中戏剧化了的人物，更相信自己的眼睛或耳朵。

作品人物视觉观点所反映的东西，不仅具有客观真实性，同时也不可避免地蒙上人物的主观色彩，有时这种主观色彩比客观性更重要。在我们所举的吴月娘和潘金莲对看的例子里，两人眼中看到的一切，实际上已染上一些她们个人的情感。再如第二回潘金莲和西门庆初次相见：

妇人便慌忙陪笑，把眼看那人，也有二十五六年纪，生的十分博浪：头上戴着缨子帽儿，金玲珑簪儿，金井玉栏杆圈儿，长腰身穿绿罗褶儿，脚下细结底陈桥鞋儿，清水布袜儿，腿上勒着两扇玄色挑丝护膝儿，手里摇着洒金川扇儿，越显出张生般庞儿，潘安的貌儿，可意的人儿，风风流流从帘子下丢与奴个眼色儿。

西门庆眼中的潘金莲则是：

黑鬒鬒（鬓鬓）赛鸦翎的鬓儿，翠湾湾的新月的眉儿，清冷冷杏子眼儿，香喷喷樱桃口儿，直隆隆琼瑶鼻儿，粉浓浓红艳腮儿……

作者巧妙运用了儿化韵的修辞手法，细致地描写二人的衣着、长相，共用了26个“儿”字。这种细密的刻画有介绍出场人物外表的作用，但更主要的，特别是一连串儿化韵的运用，与其说是描绘二人的形貌，不如说是二人相互挑逗、吸引的感情流露；正是这富有弹性的感觉中，透出他们轻佻、浮荡的性格。

三、“金莲怒骂”与“伯爵笑话”

利用作品人物的言语叙事，也是一种模仿的方式；亦即柏拉图所云“诗人竭力造成不是他本人在说话”，而是由别人在讲话，担当叙事角色的假象。言语作为一种传达信息的工具，在生活中无时无刻不发挥重要作用。在小说中，只有把言语作为一种叙事观点，即作家反映现实生活的独特角度，而不是仅仅充当故事人物之间的交际工具，它才显得更有意义。张竹坡对《金瓶梅》的言语叙事观点甚为称赞，在第三十五回评道：

此回单为书童出色描写也，故上半篇用金莲怒骂中衬出，下半篇用伯爵笑话中点醒也。

书童是个供人玩乐的男宠，与西门庆有暧昧关系。对这个特殊人物，作者不正面描写，而放在“金莲怒骂”和“伯爵笑话”中叙出，确是奇绝笔法。张竹坡还对崇祯本《金瓶梅》将武松打虎情节放在应伯爵口中说出大为赞赏：

《水浒》上打虎，是写武松如何踢打，虎如何剪扑。《金瓶梅》却用伯爵口中几个“怎的怎的”，一个“就象是”，一个“又象”，便使《水浒》中费如许力量方写出来者，他却一毫不费力便了也，是何等灵滑手腕。

不同叙事观点的运用，与作者要达到的艺术目的密切相关。《水浒传》写的是武松，对能表现其豪勇性格的每一个细节都不愿放过，所以采取作者旁观的写法，对武松的一招一式、一拳一脚，虎的一扑一掀、一剪一吼都细加刻画，增加细节的真实感，以造成惊心动魄的气氛。《金瓶梅》是以西门庆、潘金莲等作为主要描写对象，将武松放在应伯爵口中叙出，就使情节变得更加精练、集中。从这一点来说，崇祯本《金瓶梅》确实比词话本更懂得人物言语的妙用。

再看一个例子。第六十四回李瓶儿死后，傅伙计与玳安有一段对话。当傅伙计闲话中说起西门庆发送李瓶儿之事，玳安说道："一来他是福好，只是不长寿。俺爹饶使了这些钱，还使不着俺爹的哩。俺六娘嫁俺爹，瞒不过你老人家是知道，该带了多少带头来？别人不知道，我知道。把银子休说，只光金珠玩好，玉带、绦环、狄（鬏）髻，值钱宝石，还不知有多少。为甚俺爹心里疼？不是疼人，是疼钱。"玳安是西门庆的心腹小厮，对主子侵吞花家财产之事知之甚详，而且肯定还知道更为隐秘的事，由他来道出西门庆心中的秘密，揭示他与李瓶儿关系的另一个侧面——金钱与爱情，显然具有较强的说服力。作者无意使读者对西门庆的性格实质与李氏关系产生误解，所以将玳安的话偏偏放在西门庆对李氏葬礼如何不惜钱财，对李氏如何伤悼的种种表演之后；表象与实质的强烈对照，产生了明显的讽刺效果。

上面的例子是从一个作品人物的言语观点表现另一个人物，即甲口说出乙。还有一种情况是以作品人物的言语表现他自身，有时还配以动作。比较而言，这种写法的戏剧化味道更浓一些。如李瓶儿要生孩子，潘金莲妒火中烧，十分恼怒，就是一段相当精彩的戏剧化表演。这一段几乎全由人物言语和动作组成，表现了潘金莲、孟玉楼、孙雪娥等几个人对李瓶儿生孩子的微妙态度，十分形象生动。特别是将潘金莲在一瞬间的心理变化，很有层次地展现给读者。一开始，她在李瓶儿怀孩子的时间上做文章，以证明大家不该盲目为这个“失迷了家乡”的“犊儿”高兴；继而又恶毒地诅咒“十分养不出来，零碎出来也罢”；再下来骂孙雪娥；最后，孩子下地了，潘金莲却在一片喜洋洋的气氛中，“向床上哭去了”。这一连串的镜头，完整而清晰地映照出潘金莲这个邪恶女人由嫉妒到恼怒，由恼怒到诅咒，由诅咒到绝望而痛哭的阴暗心理的整个活动过程。这里还夹着两处动作描写，是作者观察观点。一个是写潘金莲气急败坏地骂东骂西时“用手扶着庭柱儿，一只脚跐着门槛儿，口里磕着瓜子儿”，像一幅人物特写镜头，照出一个色厉内荏的泼妇形象。此时的潘金莲虽又气又恼，却故意装出一副毫不在意的样子，想用表面的平静掩饰心中的不安和妒火。二是写金莲“越发怒气生，走去了房里，自闭门户，向床上哭去了”，反映了她在事实面前终于绝望，暴露出一个“失败者”无奈的心理状态。

四、谐谑因素与插科打诨

不少研究者已经注意到《金瓶梅》与戏曲的密切关系，并成为研究《金瓶梅》成书与作者的一个途径。书中大量抄引的戏曲资料，以及充满全书的浓厚“戏曲意识”，充分说明二者的这种密切联系确实是存在的。因此，考察《金瓶梅》的谐谑因素，便很自然地使人联想到戏曲中的“插科打诨”以及丑角的其他表演。作为戏剧艺术的一个重要因素，“科诨”的产生是很早的，亦非中国戏曲所独有。代表戏剧萌芽出现的唐代“参军戏”的两个角色就是插科打诨、“务在滑稽”的；而标志中国戏曲成熟的宋杂剧，则“大抵全以故事世务为滑稽，本是鉴戒，或隐为谏诤也”（耐得翁《都城纪胜》）。我国古代的著名戏曲，几乎都有脍炙人口的科诨表演。如《望江亭》里的杨衙内，《救风尘》中的周舍，《秋胡戏妻》中的秋胡，《辕门斩子》中的杨延昭等，都以巧插科诨造成了喜剧风格，引起观众善意的微笑。即使像《窦娥冤》那样的悲剧主题，也穿插了楚州太守桃兀见到告状人时下跪的喜剧情节。清初戏剧理论家李渔曾指出科诨在戏剧中实际上是不可或缺的基本因素：“科诨二字，不止为花面而设，通场脚色皆不可少。”戏曲界有句行话：“无丑不成戏。”这些都说明科诨在戏曲中出现，是由戏曲艺术的本质决定的，因此它的出现带有必然性。戏曲的目的何在？李渔说：“传奇原为消愁设。”而科诨正是为人消愁解闷，增添欢乐的一剂良药。所以李渔又说：“插科打诨，填词之末技也。然欲雅俗同欢，智愚共赏，则当全在此处留神。文字佳，情节佳，而科诨不佳，非特俗人怕看，即雅人韵士，亦有瞌睡之时。作传奇者，全要善驱睡魔。……则科诨非科诨，乃看戏之人参汤也。养精益神，使人不倦，全在于此，可作小道观乎！”（《闲情偶寄》）古时戏曲冗长，明清之际的传奇有的长达几十出，一演就是几个小时甚至几天几夜，如果没有“善驱睡魔”的良方，其演出效果是难以想象的。所以有的戏曲理论家不仅看重科诨，甚至将其视为戏曲的“眼目”：“大略曲冷不闹场处，得净丑间插一科，可博人哄堂，亦是戏剧眼目。”

（王骥德《曲律》）好的科诨除了使观众开颜大笑，发挥精神调节的娱乐功能外，常常使人在捧腹大笑之余领悟到某些人生的哲理，得到思想上的启迪和教益，起到深化主题的作用。《窦娥冤》中的桃兀太守一面给告状人下跪，一面说："但来告状的，就是我衣食父母。"可称是一个引人发笑的"噱头"；但与窦娥临刑前所说的"这都是官吏每无心正法，使百姓有口难言"相印证，便使人们笑过之后产生更深的悲痛和愤懑。法国古代美学家狄德罗提出"流泪的喜剧"，即用"滑稽"的表演表达一个"崇高"的主题，笑过之后要有沉痛的思索。悲、喜两种美的形态融合为一体，无疑是科诨表演的最高境界。

《金瓶梅》何以会受到戏曲因素的影响？如果从中国古代小说与戏曲的关系考察，就会看到这种影响并不是偶然的。众所周知，中国古代小说的产生与西方截然不同。西方小说产生较晚，而且一开始就与戏剧艺术没有多少共同之处。中国古代白话小说是模拟说书艺术的产物，而说书本来就是百戏中分离出来的，一开始就与戏曲存在着天然的血缘关系，有很多共通的地方。比如它们有共同的演出场所勾栏瓦舍，搬演着同一题材的历史故事，甚至说书人也杂以歌唱的手段，并配合着适当的动作进行表演；观众均为社会底层的市民大众，有着共同的审美趣味。这些共同点决定了早期的话本作家一开始就没有将小说与戏剧两种艺术形式对立起来，而是吸收融合了某些戏曲的因素，丰富充实自己的表现手段。小说发展到明代，成熟的长篇章回小说已经出现，但戏曲对小说的影响仍然存在。对于《三国演义》《水浒传》，人们常常忽视其中的戏曲因素。其实，这两部杰作除了在取材上大量吸收宋元戏曲有关三国争战和水泊梁山的故事之外，其长篇章回体制的形式也分明遗留着戏曲的影响。如它的分回标目的叙事方法，一般认为是由讲史发展而来，“讲史不能把一段历史有头有尾地在一两次说完，必须连续讲若干次，每讲一次，就等于后来的一回”（游国恩等主编《中国文学史》)。这当然是有道理的。但现存的讲史话本如《三国志平话》等倒并无明显的分回，反不如当时或之前的剧本上的“折”“出”更为明确。王实甫的《西厢记》多达五本，全剧二十折外加五个楔子；杨景贤的《西游记杂剧》六本二十四出，而且每出均有题目。戏曲剧本这种由小到大、由简到繁的变化趋势和结构方法，对《三国演义》《水浒传》章回体制的形成是有重大影响的。相比较而言，《金瓶梅》比《三国演义》《水浒传》的戏曲因素更多，也更明显，尤其是谐谑因素。部分原因是它们的表现题材有区别。《三国演义》表现的是严肃的历史题材，是血与火的争斗，勇与力的拼杀。三国争战的历史给了后代的政治家、军事家和历代统治阶级多方面的经验和营养，也给了平民百姓丰富的历史知识和精神愉悦。但不论是谁，在回顾这段充满传奇色彩和英雄气质的历史的时候，都是怀着一种崇高和肃穆的心情，没有谁指望从三国的故事里发现令人捧腹的“噱头”。这种情况要求于罗贯中的，不是戏曲意识，而是历史意识，即用强烈的历史责任感写出三国争战的真实来，而不是用廉价的笑料去冲淡严肃的主题。应该说，罗贯中做到了这一点。《水浒传》虽然也取材于历史，但它更贴近现实生活，所表现的人物更接近于现实的人。作品要求于作者的，是写出梁山的英雄好汉们打家劫舍的传奇行为，它不需要《三国演义》那样的真实和严肃，所以施耐庵有可能在写出梁山英雄富于传奇性、刺激性的事迹的同时，不妨在某些人的脸谱上涂一层淡淡的喜剧色彩，从而形成这些人物性格的个性和全书整体风格的独特之处。《金瓶梅》之所以更多地具有戏曲因素，尤其是具有戏曲中的科诨因素，首先与表现的主题有关。《金瓶梅》写的不是什么惊天动地的大事，而是明代中后期这段特定历史时期的小民的平凡生活，是“市井之常谈，闺房之碎语”，是写“碟儿碗儿”、柴米油盐，妻妾们的打情骂俏，帮闲们的吹牛撒谎、阿谀奉承，是要“描画世之大净”“世之小丑”“世之丑婆净婆”，这样的题材显然更易于加进生活的“笑料”。生活中可笑的东西固然时时处处都存在，但作为现实生活的反映，小说在运用生活素材时遵循着不同的取舍原则。政治的历史的题材，把目光集中在伟人大事上，生活的“笑料”常被忽略；像《金瓶梅》这样的作品则反其道而行之，作家只是把笔触指向平凡的人生，甚至专门在生活的角落里寻觅被历史、传奇丢掉的“下脚料”，去构织一幅不加任何雕凿的人生图画。在这里，生活的一点一滴，人物的一颦一笑，都不会滑过作家的眼睛；而那些既具有生活的真实感又趣味横生的“噱头”，更会引起作家的注意。生活离不开笑，艺术更离不开笑。那些被大雅君子看不起的“笑料”，凝结着下层人民的智慧，表现了他们对生活的热爱、信心和乐观精神，在艺术作品中常获得其他生活素材所不能产生的审美效果。

五、《金瓶梅》中的“以曲代言”

《金瓶梅》除了有大量诗词，还有不少曲子，并出现了“以曲代言”的写法。这也是最容易引起人们误解的地方。“以曲代言”本来是戏曲和说唱艺术的表演手段，也是区别于其他文艺形式的主要标志。戏曲讲究唱念做打，唱是第一位的，剧中人物语言除了简短的念白外，全是唱出来的。说唱艺术除了剧中人物语言要用唱词来反映，说书艺人对故事情节的叙述（相当于小说中的作者叙述语言）也主要通过唱词。但小说中的人物语言为什么要用以曲代言的方式呢?《金瓶梅》如此套用戏曲和说唱艺术的表演手段，是否说明它本身正是或曾经是某种说唱艺术的形式呢？五十多年前，冯沅君先生谈到这个问题时说:“这些以韵语代语言的例子都应与《蒋淑真刎颈鸳鸯会》中的十篇商调〔醋葫芦〕有同样的功用或来源，虽然书中并无‘奉劳歌伴，先听格律，后听芜词’和‘奉劳歌伴，再和前声’等辞句。换句话说，这些代言语的韵语都是用以供‘说话’时歌唱的，至少也是这种体例的遗迹。不然的话，一个人在骂架的时候居然会骂出一支曲子出来，不是太不近情理吗？”近几年又有研究者提出《金瓶梅》的“词话”说、“评话”说、“世代累积”说等观点，无不把以曲代言的现象作为一个重要证据。其实，问题并非如此简单。冯沅君先生对以曲代言现象的结论有两个：一、这些韵语是艺人用来歌唱的，所以,《金瓶梅》原本可能是说唱艺术。二、也可能只是说唱体例遗迹，是《金瓶梅》作者模仿说唱写法而造成的。有些研究者只注意到第一个结论，而忽视了第二个结论；其实，这两个结论不仅是程度上的差别，而且是本质上完全不同的。笔者认为第二个结论是正确的，《金瓶梅》中的以曲代言正是模仿说唱或戏曲而形成的。即如以曲代言的人物描写方式，固然顽强地存在于说唱和戏曲艺术中，成为永恒不变的表达手段；但另一个不容忽视的事实是，这种表达手段早已被小说艺术吸收过来，成为自己的叙事方式之一。翻开《清平山堂话本》，我们会发现这种以曲代言的现象极为常见。话本作者为什么没有删去或修改这些以曲代言的地方呢？这只能说明作者并无小说不应该运用以曲代言手法的观念，他不认为作为书面阅读的小说与口头讲说的小说应该有什么区别。

《金瓶梅》的素材来源极为丰富，既有文言，也有白话，既有小说，也有戏曲及其他诗词曲赋，乃至佛曲、俗唱，囊括了古代的各种文体。据不准确的估计，《金瓶梅》引用他书现成文字的地方达几百处之多。这种现象在中国小说史上可以说是前无古人，后无来者。那么作者在引用这些体裁各异的文字时，必然要自觉不自觉地将各种不同的写法带进《金瓶梅》。如他引用《如意君传》，竟然完全保留了它的文言文法；他引用戏曲，也是对照剧本完整地抄写；他引用《志诚张主管》，几乎是一字不差，只将主人公改了名而已。如果兰陵笑笑生已经具备现代的小说观念，那么他本来应该懂得小说中是不该出现以曲代言形式的，只要他稍作改动，也是不难统一的；然而他没有这种观念，在他看来小说就像一只菜篮子，买到的什么菜都可以装进去，并且都是提供给读者的美味佳肴。他确实这样做了，于是留给我们这么一部文备众体的《金瓶梅》!

以曲代言在《西游记》中也有运用，而且数量不少。尤其是人物出场，总是用自报家门的形式，如第七回："大圣道：'我本：天地生成灵混仙，花果山中一老猿。水帘洞里为家业，拜友寻师悟太玄。……'"共十二句七言诗。第十七回："行者笑道：'我儿子，你站稳着，仔细听之！我：自小神通手段高，随风变化逞英豪。养性修真熬日月，跳出轮回把命逃。……'"竟然达六十四句七言诗。第十九回："那怪道：'是你也不知我的手段！上前来站稳着，我说与你听：我，自小生来心性拙，贪闲爱懒无休歇。不曾养性与修真，混沌迷心熬日月。……'"也是六十四句七言诗。第二十二回："那怪道：'我：自小生来神气壮，乾坤万里曾游荡。英雄天下显威名，豪杰人家做模样。……'"七言五十二句。这种以韵语自报家门的方式与《金瓶梅》中蔡老娘、赵太医的出场可以说毫无二致。用韵语对话在《西游记》中也极常见，如第十二回唐王与菩萨的对话，第九回渔翁张稍与樵子李定的对话。这些韵语中既有诗，也有词，也有赋文。此种方式与《金瓶梅》中西门庆与虔婆用《满庭芳》对骂，西门庆临死与吴月娘以《驻马听》对唱，简直如出一辙。

以曲代言不但出现于白话小说中，文言小说中也有它的身影。《杜骗新书》，明张应俞撰，是与《金瓶梅》同时代的一部文言小说集子。其中有一篇名《因蛙露出谋娶情》，写富人陈彩害死好友潘璘，谋娶其妻游氏，后被游氏发现，立誓为前夫报仇："游氏指骂二子曰：'你父奸谋孑岂昌，无端造恶忒强梁。险邪暗害同曹贼，天牖其衷自说扬。呈官告论清奸孽，斩他首级振纲常。我夫虽然归黄土，九泉之下也心凉。’”这种写法显然与西门庆用《满庭芳》骂虔婆是相同的。如果说白话小说中以曲代言有可能是说唱艺术的遗留的话，那么文言小说中也有这种现象，又该作何种解释呢？唯一可信的解释只能是，这些都是作者的有意模仿，并不意味着这些作品都曾经历过说唱艺术的阶段。

以曲代言的写法不但《金瓶梅》之前有，与《金瓶梅》同时代的小说中，及《金瓶梅》之后的小说中仍极常见。明末清初的不少才子佳人小说，人物出场、对话、表白心迹等，都常用韵语而不是散文。至于被称作“拟话本”的“三言二拍”，这种写法也屡见不鲜。乃至《儒林外史》《红楼梦》中，我们仍然可以找到这种写法。

这些现象说明，以曲代言虽然原本是说唱、戏曲的基本艺术手段，但它早在宋元时期就已经被有意模拟说书艺术的话本小说吸收利用；而后的文人作家创作白话小说，仍然秉承着模拟说书作为基本叙事程式，以曲代言的写法自然也被作为一种技巧加以运用，这就是中国古代小说出现这种“非小说因素”的根本原因。

《金瓶梅》的讽刺技巧

一、讽刺基调与讽刺技巧

鲁迅先生在《中国小说史略》曾认为，只有到了清代吴敬梓的《儒林外史》出，小说中“乃始有足称讽刺之书”。于是后来的论者纷纷把《儒林外史》看作“讽刺小说之祖”，好像《儒林外史》便是最早的讽刺小说。其实，《金瓶梅》的讽刺艺术已经相当成熟，其标志是不但出现了丰富多彩的讽刺手法，而且讽刺成为贯穿全书的基调。张竹坡早就把《金瓶梅》称作“一部炎凉书”，廿公称其“曲尽人间丑态”。《金瓶梅》不仅以极为锋利的写实笔法再现了那个社会各种丑恶的外部现象，也以冷峻、严肃的态度剖开了人物的肮脏心灵，并给以尖锐的讽刺，写尽了那个时代的人情冷暖、世态炎凉。如果我们把《儒林外史》视为中国古代“讽刺小说之王”的话，为其开先河者当为《金瓶梅》。

《金瓶梅》是部暴露的书，兰陵笑笑生目光所及除了黑暗、丑恶、无耻之外，似乎没有一丝亮光，真实的生活表象下，掩盖着大量的虚假和罪恶。兰陵笑笑生的创作目的就是无情地撕下这块肮脏的遮羞布，这决定了他必然要采取冷嘲热讽的无情态度。《金瓶梅》杰出的讽刺艺术首先表现在综合运用了多种讽刺手法，发隐抉微，尽其情伪。

对比是《金瓶梅》作者最常用的一种讽刺手法，如前后对比、言行对比、是非对比、庄谐对比等等。作者往往运用欲擒故纵的手法，让作品人物按照自己的惯性逻辑进行表演，然后迅速拆穿其假象，露出其丑恶的真实来；或者将两种完全相悖的场面、气氛、情理并列在一起，造成深刻的矛盾；或者以诙谐滑稽的语言、过分夸张的描写，使表现对象完全违背现实生活的逻辑，也可以形成讽刺。比如作者在第三十三回写好吹牛的伙计韩道国向别人吹嘘与西门庆的交情，说什么“言听计从，福祸共知”“彼此通家，再无忌惮”。谁知话音刚落，就有人捎信说，他的老婆与小叔子通奸，被人双双绑到衙门里去了。他只好连忙去找应伯爵，跪在地上百般求告，托他向西门庆求情到衙门里疏通一下。大而无当的吹嘘在一瞬间就变成了谎言，情势的转折是如此突然。其实韩道国作为一个地位卑微的伙计，根本没有资格和能力与西门庆建立“通家”的关系，但他为了满足自己的虚荣心，却毫不知羞地向别人炫耀虚构出来的“交情”，结果当场出丑。作者显然鄙视他这种庸俗丑恶的心理，于是用叔嫂通奸的残酷事实粉碎了他的虚荣心。《儒林外史》写严贡生向别人吹嘘自己如何清廉，却有家中小厮来报告关邻居家的猪被发现了的情节，显然借鉴了《金瓶梅》的这一手法。再如庄谐的对比。第六十九回和七十八回写西门庆奸通林太太，有十分露骨的性交场面描写，对西门庆这个嫖娼老手和好“干这营生”的林太太来说，本来并不奇怪。妙的是，作者偏偏把他们的奸行放在“节义堂”里进行。作者通过西门庆的眼睛写“迎门朱红匾上书‘节义堂’三字。两壁书画丹青，琴书消洒。左右泥金隶书一联：‘传家节操同松竹，报国勋功并斗山’”。正是在这令人肃然起敬的“节义堂”里，演出了一场粗恶不堪的丑剧。这里起码有两种强烈的对比：西门庆、林太太的淫行与“节义堂”环境的对比；王招宣前世“报国勋功”与现世林太太偷汉、王三官宿娼的对比。无论哪一种对比都足以深刻揭示这个贵族之家堂皇外衣下掩盖着的腐朽、丑恶的本质。女主人公林太太本“是个绮阁中好色的娇娘，深闺中合毯的菩萨”，却表白自己“诚恐抛头露面，有失先夫名节”；明知西门庆也是个色中饿鬼，却初次见面就勾搭成奸；非但如此，竟还要其子认为义父，要在他指教下“为个好人”！正是在这种强烈的对照中，人物的卑污灵魂被刻画得入木三分。

在大部分对比讽刺里，作者始终保持冷静、客观的态度，并不对讽刺对象加以主观评判。他只是真实地描绘出两幅情趣迥异的画面，让它们在对比、碰撞中闪耀出讽刺艺术的喜剧色彩。第三十四回，西门庆和应伯爵谈论衙门公事，伯爵道：“……哥，你自从到任以来，也和他问了几桩事儿？”西门庆道：“大小也问了几件公事。别的倒也罢了，只吃了他贪滥蹋婪的，有事不问青水皂白，得了钱在手里就放了，成什么道理？我便再三扭着不肯：‘你我虽是个武职官儿，掌着这刑条，还放些体面才好。’”此话出自西门庆之口，实在出人意料。乍一听，似乎他是个清廉刚正的执法官，但仔细想想，他从一个普通商人、地方豪绅爬到理刑的官位，到底干了多少罪恶勾当！他受贿行贿，贪赃枉法，坑害无辜，草菅人命，与清官相比，相差何啻万里！这样一个恶棍居然说出一通冠冕堂皇的议论，真是滑天下之大稽！作者正是用此堂皇之言，与其龌龊之行相对照，揭露西门庆恶鬼充圣人的虚伪本质。再如第四十九回写蔡御史在西门庆家酒足饭饱之后，西门庆叫了两个妓女陪宿。蔡御史一边假惺惺地说“恐使不得”，一边却“月下与二妓携手，不啻恍若刘阮之入天台”。风雅的言辞，掩饰着一颗淫荡而虚伪的心灵。两幅如此矛盾的画面放在一起，实在不胜滑稽！像这类冷静客观的对比描写，在《金瓶梅》中俯拾皆是。这里虽然没有作者的主观判断，但作者的创作意图却十分明确，而且比以作者的口吻进行夸张描写更具讽刺效果。这就是鲁迅先生所赞赏的“无一贬词，而情伪毕露”的手法。

过度夸张的描写也是一种讽刺手法，常常像一幅幽默的漫画，造成滑稽可笑的喜剧效果。但一般来说，它没有对比法的讽刺深刻有力，往往显得较为浮浅和直露。如写应伯爵等人在李桂姐院中吃饭的情形：

众人坐下，说了一声动箸吃时，说时迟，那时快，但见：

人人动嘴，个个低头。遮天映日，犹如蝗蝻一齐来；挤眼掇肩，好似饿牢才打出。这个抢风膀臂，如经年未见酒和肴；那个连二快子，成岁不逢筵与席。一个汗流满面，恰似与鸡骨朵有冤仇；一个油抹唇边，把猪毛皮连唾咽。吃片时，杯盘狼藉；啖良久，箸子纵横。杯盘狼藉，如水洗之光滑；箸子纵横，似打磨之干净。这个称为食王元帅，那个号作净盘将军。”（第十二回）

用工整的骈体文描绘了这群“帮嫖贴食”的食客颇为不雅的吃相，确实别有情趣，足以引起读者会心的微笑。作者以过度的夸张漫画式地涂抹了他们的形象，在一定程度上表现了作为帮闲阶级的可怜可悲。但读者同时也会感到笑过之后没有留下令人思索的东西。至于像第三十回蔡老娘自我介绍：“我做老娘姓蔡，两只脚儿能快。……横生就用刀割，难产须将拳揣。不管脐带包衣，着忙用手撕坏。”第六十一回写赵太医自称：“我做太医姓赵，门前常有人叫。只会卖杖摇铃，那有真材实料。行医不按良方，看脉全凭嘴调。……得钱一味胡医，图利不图见效。寻我的少吉多凶，到人家有哭无笑。”如此等等，更流于油滑，除了作为浅薄的笑料外，已经谈不上什么讽刺作用了。

讽刺是一门严肃的艺术，它不仅需要作者对人间丑态具有洞察秋毫的透视力，更需要作者有崇高的审美理想和杰出的艺术表现力。讽刺固然需要幽默，需要轻松明快的喜剧效果；但高明的讽刺绝不应至此为止，它还应该具有震撼人心的悲剧力量，“于歌笑中见哭泣”（祁彪佳《远山堂剧品》），“寓哭于笑”（李渔《闲情偶寄》）。《儒林外史》之成为讽刺小说艺术的千古绝唱，正在于它实现了悲喜剧的完美融合，达到了讽刺艺术的最高境界“含泪的笑”，我们同样可以在《金瓶梅》中发现这样的片段。兰陵笑笑生常常利用讽刺剖析那些受侮辱、受损害的“小人物”被歪曲的灵魂，在看似浅薄的戏谑里埋藏着深沉的悲剧内容。作者对应伯爵、宋惠莲两个人物的态度，都是在讽刺、嘲弄的背后隐含着同情和怜悯，“小丑”的面目上都有些许悲剧色彩。对西门庆、潘金莲又何尝不是如此呢！表面上看，作者对这两个抨击对象采取直接暴露的方式，没有多少含蓄的讽刺手法。但实际上，整部书就是写他们两个人的人生悲剧。兰陵笑笑生将《水浒传》中淫妇奸夫通奸的一段平常故事，生发改写为一部洋洋百万言的大书，本身就包含着讽刺意图。在《水浒传》中，一个好色的生药铺主人勾引上另一个好色的妇人，并合伙害死了那个懦弱的“本夫”武大郎，结果一报还一报，双双惨死在英雄武松的手下。这样的故事是如此平常，生活中几乎经常发生；而它的结局也是那样合情合理，任何一个读者都会觉得人心大快。但在《金瓶梅》里，西门庆不是死在武松的拳脚之下，而是死在潘金莲的身上，死在自己燃烧起的欲焰里。潘金莲也不是被武松擒获，而是自作多情，自己钻进了武松设下的圈套里。以纵欲而始，因纵欲而亡，这是他俩的共同特征。试想，这样的艺术构思，不是对他们的绝大讽刺吗？甚至我们还可以进一步推想，作者其实并不仅仅是对这几个人，也不仅仅是对《金瓶梅》中的人物，而是对全部世人，对整个人生进行莫大的讽刺。他认为人生就像一场花花绿绿的剧，世人就是贪婪的剧中人；他们因为某种目的来到世上，又为了同样的目的瞬间即逝。这一切多么可笑！多么可悲！这使得他在整个创作过程中，一直采取冷眼旁观的态度，对人世间的众生相进行刻薄的讽刺挖苦，毫不留情地揭开他们的疮疤。但我们也应该看到，兰陵笑笑生并不是一个完全绝望的人，即使面对着如磐的黑暗和罪恶，他仍没有完全失去对生活的信心和对美的追求；而这种信心和追求又反过来加重了他对人生的幻灭感和作品的悲凉气氛。两种相互矛盾又相互促进的因素，紧紧地纠缠在一起，贯穿《金瓶梅》的始终。这就是讽刺在《金瓶梅》中不仅仅表现为一种手法，而且是一种风格、一种气氛、一种贯穿全书的基调的根本原因。可以说，只有在作者对人间的丑恶和黑暗有了全面察觉和深刻省悟之后，只有在作者满腔悲愤无处发泄而只好寄之于书的时候，这种讽刺才会产生，才会变得如此有力。严格地说，《金瓶梅》开中国古代讽刺小说的先河，为《儒林外史》的出现打下了坚实的基础。只有把握贯穿全书的讽刺基调，才能看到《金瓶梅》的全部认识价值和审美价值，正确理解兰陵笑笑生的创作动机，全面而准确地评价《金瓶梅》在中国文学发展史上的地位。

二、讽刺艺术的影响

《金瓶梅》的谐谑因素既是作者讽刺批判的武器，也造成了全书的喜剧性风格。这种嬉笑怒骂的写法，对后世小说，尤其是讽刺、谴责小说产生了重要影响。吴敬梓受惠于《金瓶梅》，才写出了讽刺小说的杰作《儒林外史》，清代的《醒世姻缘传》《歧路灯》等人情小说以及晚清的谴责小说也从中吸取了丰富的营养。一方面是这些小说在取材上都与《金瓶梅》有相近之处，即以平凡的现实生活作摹本，以描写人生的丑恶为目的，冷静的讥讽和无情的嘲骂是绝好的手段。但更主要的，是这些作家都从《金瓶梅》中汲取了谐谑嘲讽的意识，从而构成了他们创作观念中的新因素。他们大多不再拘泥于前辈作家那种对社会、道德的强烈责任感和严肃的“参与意识”，而是与生活拉开了一定的距离，尽可能作为一个清醒的“旁观者”，对人生社会进行细致入微的观察和精雕细刻，对丑恶的东西加以冷峻的嘲讽。他们发现丑、塑造丑的能力大大增强，讽刺技巧有长足的进步。讽刺贵含蓄，作者要有能力使读者与讽刺的对象保持适当的“讽刺距离”。清末谴责小说的作者便不懂得这个道理，往往是“笔无藏锋”，攻击不留余地，实际上是取消了读者与作品人物间的“讽刺距离”，这正是他们的作品给人以“形同谩骂”的感觉的根本原因。以此标准来衡量，《金瓶梅》也有类似的不足，作者有时玩笑开得太大，也不分场合，未免给人以啼笑皆非之感。就像孙述宇先生所说的，有时人的嘴巴笑常了便很难合得拢。像第五十四回所写“应伯爵隔花戏金钏”那样的低级趣味还是有的。这些不同于性描写，作者的本意是在制造“笑料”，却实在让人笑不起来。当然对此我们不必过多指责，作为第一部文人创作的题材迥异的开创性长篇作品，他的一切都处在摸索和试验之中，不可能一下子达到很高的境界。况且与谴责小说相比，只就讽刺技巧与谐谑效果来说，仍然是高出后者一大截的。兰陵笑笑生的可贵之处在于一开始就发现了客观描写比主观介入更含蓄，更具讽刺谐谑效果。而清末小说家则由于强烈的政治责任感和批评精神，过多地用主观色彩强烈的夸张、比喻等修辞手段对待作品人物，有时甚至作者直接出面进行嘲讽、讥诮、谩骂，剥夺了属于读者进行想象的那部分权利，使被讽刺的作品人物失去了起码的真实性，作为审美对象，自然要变得索然无味了。

《金瓶梅》中“四贪词”的寓意

一、影射说

《金瓶梅》开篇有“酒、色、财、气”四首词，合称为“四贪词”。四贪词冠于书首，一般认为这是作者的一种劝诫方式，其作用就像每一回的回前诗一样。四贪词中所咏，既是作品主人公西门庆所为，也是作者对世人的劝诫，奉劝世人好自为之，不要重蹈西门庆的覆辙。这是一般人的理解。

那么这四首词是否还有更深的含义呢？有的学者就此提出了“影射”说，认为四贪词不是一般意义上的劝诫，而是与历史上的具体事件有联系，是作者以影射的方式进行讽谏。魏子云先生这样说：“因为这四贪词还牵连到明史上的一个典实，两相比论，颇能勾起一些微妙的联想。那就是万历十八年（1590）大理寺评事雒于仁曾疏四箴以进谏。”（《〈金瓶梅〉的问世与演变》）“《金瓶梅词话》第一回，引述刘、项与之戚夫人、虞姬的‘豪杰都休’等事，特别是戚夫人的要求废嫡立庶事。对万历一朝来说，它显然是影射神宗的宠爱郑贵妃与其子福王常洵。更可以说是明喻、明指，已不止是影射与隐指。”（《〈金瓶梅〉编年说》）“试想，常洛太子的册立，自万历十四年一月争起，一直吵到二十九年十月，足足十五年有余，上章疏请的臣子，直指郑氏之宠者比比。像雒于仁的《四箴疏》都敢上言，怎的不会有人借小说的形式以讽谏呢！它（《金瓶梅》）最早问世传抄的时间是万历二十四年，正是三王并封的事件才过不久的时期。所以，我们可从而推想到袁中郎当年读到的《金瓶梅》，可能是一部有关政治讽喻的说部，袁中郎不是赞誉着说：‘胜枚生《七发》多矣’吗！”（《〈金瓶梅〉的问世与演变》）这种说法把《金瓶梅》在一定程度上看成了“政治小说”，其根据是明朝宫廷内部发生的一次争权夺利的斗争，当时曾有大臣上书过《四箴疏》，正与《金瓶梅》卷首四贪词有相似之处；巧的是，《金瓶梅》中有一个人物名字也叫“陈四箴”。另外，写刘项故事也与西门庆的身份不符，该是暗指某些皇帝才对。

那么《金瓶梅》究竟有没有如此“深刻”的含义呢？一般理解并无这种含义，这完全是一些人牵强附会造成的；此说的根据也脆弱无力，难以服人。比如“丈夫只手把吴钩”这首词，并不是《金瓶梅》作者的创作，它的真正作者是宋人卓田，原题是《眼儿媚·题苏小楼》。这首词的真正意思无非是说女人是祸水，再刚强的男子，在女色的面前都要吃败仗。这其实是个很陈旧的滥调，在小说戏曲中极常见，何况《金瓶梅》用这首词也不是直接抄引自作者，而是从话本小说《刎颈鸳鸯会》的入话中抄来的。《刎颈鸳鸯会》的主题就是写女色亡身，劝人不要为女色所惑。小说主人公是张秉中和蒋淑珍，与帝王毫无关系，不能因为词中出现了刘项，就认为一定是影射政治或宫廷。像《水浒传》第二十六回写到潘金莲与西门庆合谋害死武大，作者就引了一首《鹧鸪天》，其中有“请看褒姒幽王事，血染九泉是尽头”，难道我们能因为词中出现了幽王、褒姒，就说《水浒传》也是影射宫廷事件的吗？

关于四贪词，也不能与雒于仁的《四箴疏》拉扯到一块。文学作品中出现酒色财气，不是《金瓶梅》的发明，也不是《四箴疏》的发明，它很早就出现了。周密的《癸辛杂识续集》中引龚开作《宋江三十六赞》中对武松的赞词就是“酒色财气，更要杀人”。至于元明戏曲小说中写到酒色财气的就更多了。仅《全元散曲》就有不同曲牌题为“酒色财气”的作品多种，明代《盛世新声》与《雍熙乐府》中也不少，这些作品的主旨都与《金瓶梅》中的四贪词差不多。

另外说四贪词与明神宗宠郑妃与其子福王常洵，也与史实不符。万历末年郑贵妃擅宠，欲废嫡立幼，为此曾长期争论。光宗朱常洛即位不久即死去，很快即由朱由校即位。但《金瓶梅》中写的北宋末徽宗和钦宗之间并没有这种争论；而且一是三代人，一是两代人，没有什么相类之处。再说光宗朱常洛的母亲原本是个宫人，根本不像吕后那样有实权，那样心狠手辣。郑贵妃与戚夫人也不相类，戚夫人与赵王如意都惨死于吕后之手，而朱常洛则最终继承了帝位。

小说是虚构艺术，它的情节虽然可能借助于某些历史事件，但当它进入小说的虚构世界后，就不能再把它看成历史。即便历史小说也是如此，更何况非历史小说呢？真正杰出的小说家，在创作之初就不会受真人真事的约束，它可能会借助于某些真人真事，但要从中提炼出更突出、更具典型意义的东西，要从个别走向一般，这样他的作品才具有普遍的意义。作为小说的阅读者或研究者，如果不按照这个规律去欣赏，去研究，反而去与历史事件相比附，就辜负了作者的一片苦心，也难以正确理解作品的真实含义。

二、色欲、财欲与权欲

我们不主张对四贪词的理解与历史事件联系起来，但其对主要人物尤其是西门庆性格的概括，及其表达全书宗旨的作用还是应该承认的。如前所说，以酒色财气作为主旨的文学作品甚多，都将四贪作为人生的鉴戒；联系到《金瓶梅》对主要人物的性格塑造及最后结局，可以肯定兰陵笑笑生确实是以四贪词提纲挈领，并作为故事发展主线的。

《金瓶梅》首先写了“色”，代表人物当然就是故事主人公西门庆。作者把他写成以勾引潘金莲始，以葬身于潘金莲的欲焰里终，暗喻着西门庆的人生悲剧，实际上主要是色欲造成的。他用钱买官，因官而更有钱，不断上升的财势和权势使他的色欲变得更为膨胀和毫无节制。为了纵欲，他不顾死活。什么尊卑上下、礼义人伦，他全都不顾。他除了有一妻五妾，丫头、使女、仆妇都逃不出他的糟践；他还包占着妓院的娼妇，奸通林太太；甚至还有书童、王经之流的男宠。西门庆的色欲早已超过了正常的生理需要，近乎病态，正像他的财欲、权欲是对钱财、权力的占有一样，他的色欲也是一种对女人的占有欲。财富和官位固然能使他神气十足，趾高气扬，但仅仅如此还不够，他还要用对女人的大量占有来表明自己的力量，满足自己的狂妄自大之心。一个明显的表现是他缺乏起码的审美眼光，不仅不懂得情为何物，甚至连女人的姿容也不论。用书中冯妈妈的话说：“你老人家坐家的女儿偷皮匠，逢着的就上。”如意儿、王六儿、叶五儿，既无姿色，又无技艺，而且也不年轻，但西门庆都纳之不拒，因为她们肯做别人不愿做的事，肯说别人说不出口的话，能满足西门庆的虚荣心和自豪感。对西门庆来说，听到那些卑躬屈膝的话比性行为本身更能得到快感。这些淫妇的媚语，也是西门庆的一种特殊精神需要。如他与林太太的私通，表面上看是因为郑爱月的挑唆，要西门庆为报王三官争风之仇，但实际上对西门庆来说，更重要的恐怕是看中王招宣府这个高贵门第。他虽然由一个破落户上升为一县提刑官，但与世代封爵的王招宣府的显赫地位相比，却不能不相形见绌。对西门庆来说，这是难以容忍的，起码会是他人生的巨大遗憾。而占有了林太太，他的心理就会获得某种平衡和满足。因此，他不顾林太太已是个有儿有媳的中年寡妇，与其苟合。结果，他不但报了王三官的争风之仇，还成了他的义父；无疑，这给西门庆带来了巨大的胜利感。类似的胜利还有一次，是在西门庆通过馈送厚礼成为蔡太师的义子之时。表面上看，二者似乎毫无共同之处，但对西门庆来说，占有女人和得到权势是一回事，都是为了满足自己的贪欲。但他不明白，欲望无止境，而人生是有限的，没有理性的贪欲像一口陷阱，使人葬身其中。他以为人生的唯一内容就是满足自己的各种欲望。他聚财升官，占有女人，精力不够，就借助春药、淫器的力量。但即便如此，最后仍然没有填满这口贪欲的陷阱，自己反而被熬得油干灯灭。

中国古代文学中的性欲描写源远流长，但其兴盛则是在明代。初具规模的性欲小说《如意君传》出现于明万历年间，紧接着出现了集大成者《金瓶梅》，之后又有《绣榻野史》《闲情别传》《祁禹传》《浪史》等，更是变本加厉，专写风流猥亵情事。《肉蒲团》也产生于明清之际。至于偶尔以此类描写“点缀”作品者，就更多了。即如“极摹人情世态之歧，备写悲欢离合之致”（笑花主人《今古奇观序》）的“三言二拍”，作者虽声称不满于“一二轻薄恶少，初学拈笔，便思污蔑世界，广摭诬造，非荒诞不足信，则亵秽不忍闻，得罪名教，种业来生”的创作倾向，但作品中仍然出现了不少性欲描写，而且某些段落绝不逊色于《金瓶梅》。我们固然应该看到前代作家影响是出现性欲描写的原因之一，但它在明代的兴盛，当有更为现实的原因。鲁迅先生在论述《金瓶梅》“时涉隐曲，猥黩者多”的原因时说：“……而在当时，实亦时尚。成化时，方士李孜僧继晓已以献房中术骤贵，至嘉靖间而陶仲文以进红铅得幸于世宗，官至特进光禄大夫柱国少师少傅少保礼部尚书恭诚伯。于是颓风渐及士流，都御史盛端明布政使参议顾可学皆以进士起家，而俱借‘秋石方’致大位。瞬息显荣，世俗所企羡，侥幸者多竭智力以求奇方，世间乃渐不以纵谈闺帏方药之事为耻。风气既变，并及文林，故自方士进用以来，方药盛，妖心兴，而小说亦多神魔之谈，且每叙床笫之事也。”（《中国小说史略》）这一段著名论述常被研究者引用。茅盾、郑振铎等先生也均持此观点（见沈雁冰《中国文学内的性欲描写》、郑振铎《谈〈金瓶梅词话〉》）。现实生活是文学艺术的基础，是一切文学现象产生的首要条件；性描写当然也应该是现实社会“时尚”“风气”的反映。然而，这只是一般原因。对于封建统治阶级、达官贵族来说，荒淫无耻的生活作风是他们的共同特征，是各个朝代的普遍现象，非为明代所独有，例如唐玄宗和杨贵妃的艳闻，显然可以成为小说家们尽情发挥的题材。但在唐传奇中，完全没有这类污秽的描写。唐传奇写男女之情缠绵悱恻，哀艳动人，生动曲折，足称言情佳作。唐代陈鸿的《长恨歌传》和宋代乐史的《杨太真外传》写李杨爱情充满诗情画意，生动感人，绝不涉淫。武则天的风流艳事不也是到了明代才写成《如意君传》的吗？因此，性欲描写盛于明代，应该有更直接的原因，这个直接原因就是明代中后期兴起的人文主义思潮。

明代是一个思想开放的时代，也是一个人欲横流的时代。现实生活如此，文学作品也是如此。哲学领域内人们反对程朱理学“存天理，灭人欲”的反人性谬论，导致文学领域内出现了新的道德观念和审美观念，小说家改变了“文以载道”，小说人物只能以传统道德作为准则的陈腐观念，为小说艺术增加了新的特质。例如“三言”的作者冯梦龙继承李贽的“童心说”提出了“情真说”。他评价自己的作品：“子犹诸曲，绝无文采，然有一字过人，曰真。”（《太霞新奏》）主张“发于中情，自然而然”。他的“真”“情”其实都是由“欲”引发而来的。人欲是自然而生的，只有顺从人欲，写出的作品才会真，才有情。若按照封建伦理道德规范去创作小说，不敢越“文以载道”的雷池一步，就不会产生情真意切的艺术作品。所以他表示“借男女之真情，发名教之伪药”（《叙山歌》）。“三言”中确实写出了社会的真实、男女之真情，实现了作者的文学主张。《金瓶梅》也是如此。它实际上是明代中后期人欲横流的社会现实和高扬人欲的哲学思想的形象反映。作为与“理”相对的哲学范畴，“欲”的含义是十分丰富的，并不单指性欲。早在朱熹那里，欲就包括“或好饮酒，或好货财，或好声色，或好便安，如此之类，皆物欲也”（《朱文公全集》卷十二），因此，“欲，只是要窒”（《朱子语类》卷十二）。泰州学派所鼓吹的人欲，同样包含人类物质的和精神的两种欲望。何心隐所说的“性而味，性而色，性而声，性而安逸”之“性”，也含这两个方面。《金瓶梅》所表现的，正是商业经济刚刚萌芽这个特定历史时期，人们对物质欲望和精神欲望疯狂追求和实践的现实。人们往往注意到《金瓶梅》主人公对色欲的追求，并自然而然地目之为“诲淫”；但对另外两种欲望——权欲和财欲的描写，未加注意，或者说虽然注意到了，却得出了正面的结论：暴露、批判。其实，这是不公正的。对于《金瓶梅》作者兰陵笑笑生来说，色欲与权欲、财欲在作品中的作用是相同的，都是为了表现人欲横流的残酷现实，同时又出于传统的儒家观念，表示对这种现象的忧虑和担心。这个看似矛盾的创作意图在小说开头的“四贪词”中已明白无误地告诉读者。西门庆的一生是追求酒色财气的一生，《金瓶梅》就是为他疯狂追求的全过程立传，同时从反面为读者提供鉴戒。人们往往指责《金瓶梅》对性欲的描写过于细腻、夸张，其实，作者对西门庆权欲、财欲的描写同样如此。我们只有将性欲描写作为全部人欲描写的一部分来看待，才可看出它的真正含义，得出较为公允的结论，至少不致将这些描写以“诲淫”的罪名一笔骂倒。

《金瓶梅》把西门庆塑造成一个色魔形象的同时，还一直把对财的追求，作为西门庆性格的另一主要方面，不惜笔墨加以表现。虽然西门庆同时又是个无恶不作的官僚恶霸、纵欲无度的淫棍，但他的主要身份是商人，是个以聚敛钱财为职业的新兴资产者。他首次出场，作者就特地介绍他“近来发迹有钱，专在县里管些公事，与人把揽说事过钱”（第二回），之后也不断强调他的钱财。至于他聚财的方式，就更令人吃惊。他坐贾行商，开各种铺面，放高利贷，把揽讼词，“说事过钱”，进行长途贩运。韩道国到杭州一次就购一万两银子缎绢货物，来保到南京买货“连行李共装二十大车”。他还利用非法手段巧取豪夺。花子虚一次官司就被西门庆骗了“六十锭大元宝，共计三千两”，“四口描金箱柜，蟒衣玉带，帽顶绦环，提系条脱，值钱珍宝，好玩之物”。他通过李瓶儿之手偷运了三四十斤沉香、二百斤白蜡、两罐子水银、八十斤胡椒。他还利用提刑官的职权贪贿徇私，损公肥己。直到他临死时，还记挂着金钱，把家产资财的交代作为自己的遗嘱。仅从这个遗嘱推算，他的商业资本就达数万两之巨，全部资产有十万两左右。这笔巨额财富除了用作商业投资和贿赂官府外，就是满足西门庆在物质和精神两方面的欲望。

对西门庆花天酒地生活的描写，作者也花费了大量笔墨，可谓不厌其详。如对其吃喝宴饮，几乎每宴必书，书则必细。有些研究者认为"《金瓶梅》很不善于剪裁，对日常生活的描写，总是过于琐屑，几乎每顿酒饭，都要详记其名"（北京大学中文系《中国小说史》）。其实，《金瓶梅》的这个特点恐非单纯的技巧问题，它与作家的创作观念有密切关系。《三国演义》《水浒传》没有这类描写，主要也不在于罗贯中、施耐庵比兰陵笑笑生更善于剪裁，而在于他们没有生在高扬人欲的时代，他们的创作目的不是写人欲而是写天理，所以他们笔下的人物多是大忠大义、大智大勇，近乎不食人间烟火的"神人"，人类的饮食起居被摒弃于作者的视野之外。《金瓶梅》正好相反，它写现实的人，写他们不可遏制的人生欲望，天理却被抛到了一边。实际上这两种写法反映了两种不同的哲学思想和道德观念。

西门庆当然不满足于对钱财的追求，他对权力的追求，同样表现出新兴阶级特有的自信心和强大力量。明代再也不是门阀观念占统治地位的魏晋隋唐时期，金钱不但在经济领域内流通，满足人们物质的欲望，也侵入了政治领域，成为精神生活的主宰。"四贪词"中的"气"云："莫使强梁逞技能，挥拳捰袖弄精神。”当西门庆的钱财已多到酒、色都不能挥霍净尽的时候，他又用金钱打开了一条通往权力的路径，他要在政治舞台上“逞技能”“弄精神”。果然，他在政治领域同样表现出了才能，在很短的时间内便由一个普通商人爬上了统治阶级的队伍。其实，他的所谓“才能”也颇为简单，就是懂得金钱的妙用。书中有这样两句诗：“富贵必因奸巧得，功名全仗邓通成。”西门庆既不需要十年寒窗之苦，也不需要疆场征战之功，却轻而易举地得到了“功名”，满足了自己的权欲。有了官职，他更为神气。书中写他每日冠带上街，排军喝道，上媚达官贵戚，下压黎民百姓，真是权势逼人，炙手可热！但正在他飞黄腾达之际，却纵欲而亡，落得个“一时怒发无明穴，到后忧煎祸及身”的下场。兰陵笑笑生之所以为这个生药铺主人增加了一段官场的生涯，一方面固然有现实生活作依据，但更主要的，像大肆铺叙他对钱财的追求一样，是为了表现他对人生的另一欲望——权欲的疯狂追求和实现。

如果把《金瓶梅》中的性欲描写与对财欲、权欲的描写结合起来研究，而不是孤立地看待，就不会简单机械地对其仅作出道德评价，诬之为“诲淫”。在看似淫秽不堪的性欲描写的背后，深藏着丰富的社会内容，蕴含着作者对人生价值的深邃思考。这里该引用廿公的话：“不知者竟目为淫书，不惟不知作者之旨，并亦冤却流行者之心矣。”（《金瓶梅跋》）

三、"三言二拍"、《红楼梦》对《金瓶梅》情欲观的超越

男女之欲，自然之道，但《金瓶梅》写性欲却有自己的特点。如果将其与"三言二拍"、《红楼梦》相比，可以看出男女之欲在不同的作家笔下，表现出不同的层次，因而产生迥然相别的审美价值。最低层的乃《金瓶梅》之色欲，它带着某种动物性，表现得是那样强烈、露骨、肆无忌惮，又显得那样粗恶、鄙俗、不堪入目。这种性欲毫无"情"可言，它只是生理需要和占有欲的混合物，当然也毫无美可言。西门庆在追求色欲时所表现的特点，其实也是他全部性格的特点。他的一生所作所为，处处表现出原始动物的凶猛和新兴资产者的贪心。

在"三言二拍"里，虽然也不乏性欲描写，但大部分反映了市民阶级，更严格地说，反映了下层市民的情趣。《初刻》卷三十二"乔兑换胡子宣淫，显报施卧师入定"写胡生与铁生友善，一日突发奇想，商定互换妻子。铁生主动调戏胡妻不成，自己的妻子狄氏却被胡生勾引上手。后来胡生淫欲过度，染病丧身，铁生又把胡妻弄到手。虽然作者的主观意图是表现"一报还一报，皇天不可欺"，但客观上反映了当时"惯习骄吝，互尚荒佚"的流风已漫淫到下层市民之中。这种灭伦背理的换妻行为，在传统的伦理观念看来，是不可饶恕的罪恶。但对新兴的市民阶级来说，旧的伦理道德已不再成为制约其行为规范的枷锁，他们需要新的生活，需要完全不同于以往的精神享受。在这种唯乐原则的指导下，没有什么是不可能的，尤其在传统观念视为最神秘、森严的性领域。既然"性而味，性而

色，性而声，性而安逸，性也”，“声色、臭味……尽乎性于命之至焉者也”（何心隐），何必对男女之欲遮遮掩掩？何不光明正大而为之？所以他们对性欲的追求往往表现得极为大胆，理直气壮。《吴衙内邻舟赴约》（《醒世恒言》第二十八卷）中的吴衙内与贺小姐一见钟情，“吴衙内看了，不觉魂飘神荡，恨不得就飞到他身边，搂在怀中”；而贺小姐“看见吴衙内这表人物，不觉动了私心，想道：‘这衙内果然风流俊雅。我若嫁得这般个丈夫，便心满意足了。’……左思右想，把肠子都想断了”。市民阶级对男女之欲的向往和追求，已基本摆脱了封建的男女大防思想的束缚，显示出在新思潮催动下新的情欲观念的觉醒。虽然“三言二拍”中的市民情欲意识仍带着不同程度的低级、庸俗乃至粗恶的情趣，但它作为下层社会人性觉醒和解放的一部分，与西门庆那种物质与精神的贪欲和疯狂占有，是有本质差别的。如果说前者显示出市井小民对性、人性、自身价值的肯定，那么西门庆对女色的贪欲则导致自身的否定和毁灭。

“三言二拍”中还有一部分描写男女爱情的作品，如《卖油郎独占花魁》（《醒世恒言》第三卷）、《杜十娘怒沉百宝箱》（《警世通言》第三十二卷）等，表现出较高层次的情欲观，这更是《金瓶梅》所无法相比的。虽然作品的主人公仍然是小市民，但他们显然比胡生、铁生甚或高衙内具有更高的精神境界，对男女之欲的理解和追求更多地偏重丰富的精神内容，而非生理的、肉体的快感，生理上的“欲”上升为精神的“情”。卖油郎秦重结识莘瑶琴，最初亦是出于低级的性欲，觉得“人生一世，草生一秋。若得这等美人搂抱了睡一夜，死也甘心”，所以辛辛苦苦攒了十两银子，以一个狎客的身份跨进了妓院。同为嫖客，卖油郎与那些公子王孙不同的是，他有一颗善良忠厚之心，这决定了他与其他嫖客对待莘瑶琴的态度有本质的区别。吴八公子不把花魁娘子当人看待，当不能满足他的欲望时，肆意凌辱，横加摧残；他对莘瑶琴当然没有什么情可言，只是粗俗丑恶的生理欲望。卖油郎秦重对莘瑶琴则不然，尤其是秦重悉心照料醉后的花魁娘子而毫无怨言，表明他已从开始的肉体要求转变为在尊重人格基础之上的真心爱恋，粗俗的欲化为纯洁的情。正是这一点感动了花魁娘子，使她初步看到秦重的忠厚老实性格，并产生了对他的同情之心。受到吴八公子的凌辱后，她更认清了“豪华之辈，酒色之徒，但知买笑追欢的乐意，那有怜香惜玉的真心”，完全抛弃了原有的“若是衣冠子弟，情愿委身事之”的幻想，终于对秦重表示了真心爱慕之情。他们的爱情基础是人格的平等和相互尊重，而不是金钱、门第，更不是占有。其实，这也恰恰是欲和情的根本区别。杜十娘的爱情最后以悲剧告终，关键在于李甲没有摆脱封建地主阶级的传统观念，没有建立起对杜十娘人格的信任和尊重；而这一点是杜十娘极为重视并全力追求的。杜十娘性格的核心与其说是对爱情的忠诚，倒不如说是对自身人格的重视。她对李甲产生爱情，是“见李公子忠厚志诚”，对爱情“海誓山盟，各无他志”，值得托付终身。她需要的不是金钱、地位，只求跳出火坑，获得自由的人格和自由自在的生活权利。为此她不惜拿出自己用屈辱和血泪挣来的积蓄，自赎自身。故事中的柳遇春曾感叹：“此妇真有心人也。既系真情，不可相负。”但杜十娘没想到李甲中途负心，以千金之资将她卖于孙富。当她看透了李甲的肮脏灵魂，她震惊了，绝望了，只好怀着满腔悲愤，抱着无价之宝，跳入滔滔江水之中，表示了对李甲对社会的抗议。如果杜十娘尽早亮出自己的财宝，李甲将她转卖的事肯定不会发生，她获得平等人格的希望也会顺利实现。但她知道那是金钱的力量，她不需要用金钱换来的“人格平等”。李甲觉得金钱最重要，为了金钱可以出卖灵魂和良心；杜十娘以为人格、感情最宝贵，金钱买不到真正的感情。杜十娘的认识其实反映了作者冯梦龙的观念。他曾这样说过：“六经皆以情教也。……岂非以情始于男女？凡民之所必开者，圣人亦因而导之，俾勿作于凉，于是流注于君臣、父子、兄弟、朋友之间而汪然有余乎！异端之学，欲人鳏旷以求清净，其究不至，无君父不止，情之功效亦可知已。”（詹詹外史《情史类略·叙》）他甚至认为情是万物发展的起因与动力，是维系万物的内在线索。“天地若无情，不生一切物。一切物无情，不能环相生。……万物如散钱，一情为线索。……无奈我情多，无奈人情少。愿得有情人，一齐来演法。”（《情史类略·叙》）杜十娘就是冯梦龙着力塑造出来的“有情人”，她对爱情的坚贞实际上反映了作者的情欲观念和美好理想。但现实是残酷的，故事的结局就充分表现了“无奈我情多，无奈人情少”的尖锐矛盾和巨大冲突。贪欲吞噬了感情，美好被丑恶毁灭，这是杜十娘的悲剧命运产生震撼人心的力量的真正原因。在《金瓶梅》中，我们能找到这样动人的情节吗？李瓶儿之死虽然花费了作者不少笔墨，但我们并没有从中发现动人的情感。

如果说男女之欲在《金瓶梅》中表现为动物性，在“三言二拍”中表现为人性，那么在《红楼梦》中就成为更加理想化的精神追求。欲和情既是程度上的差别，更是本质上的差别。冯梦龙在《赫大卿遗恨鸳鸯绦》(《醒世恒言》第十五卷）曾对“好淫”与“好色”加以区别：“论来好色与好淫不同。假如古诗云：‘一笑倾人城，再笑倾人国。岂不顾倾城与倾国，佳人难再得！’此谓之好色。若是不择美恶，以多为胜，如俗语所云：‘石灰布袋，到处留迹。’其色何在？但可谓之好淫而已。”以此观之，西门庆是好淫，“三言二拍”中的人物则多为好色。好淫者，欲而已；好色者，方可谈情。然而并非一切好色者都是真情，所以冯梦龙又把好色分为正色、傍色、邪色、乱色。正色者，“假如张敞画眉，相如病渴，虽为儒者所讥，然夫妇之情，人伦之本，此谓之正色”。在冯梦龙的情欲观里，正色是最高尚、最可贵的。因而在他的作品里，最理想的爱情就是正色。然而，正色也好，傍色也好，邪色也好，都没有完全断绝与欲的联系，实际上仍然是以自然的人性作为基础的。曹雪芹认为这样的情仍然不是真情。他借警幻仙姑之口道：“更可恨者，自古来多少轻薄浪子，皆以‘好色不淫’为饰，又以‘情而不淫’作案，此皆饰非掩丑之语也。好色即淫，知情更淫。是以巫山之会，云雨之欢，皆由既悦其色，复恋其情所致也。”（《红楼梦》第五回）他认为这些都是“皮肤之淫”；而贾宝玉则是“天分中生成一段痴情，吾辈推之为‘意淫’。‘意淫’二字，惟心会而不可口传，可神通而不可语达”。“三言二拍”中的大部分爱情故事，以曹雪芹的观点论之，自然属于“皮肤之淫”，宝黛爱情则是“意淫”的形象化。曹雪芹笔下的“意淫”既无“偷寒送暖”，更无“淫情浪态”，男女之间只能以“惟心会而不可口传”的方式进行感情的交流；而这种感情又是那样纯洁无瑕，一尘不染！固然，宝黛式的爱情比“淫情浪态之小说”具有更高层次的审美价值，读者的感情或许会在欣赏过程中得到某种程度的净化和升华；然而，严格说来，这样的爱情带着更多的理想色彩，或者不妨说，它不是现实生活中人的爱情，而是近乎神的爱情！

世相与人情

女色——西门庆性格的灵魂

读过《金瓶梅》的人总是骂西门庆是坏人。他为什么是“坏人”呢？可能首先与他占有的女人太多有关系。其次，他的所谓官、商、霸“三位一体”也是人们议论的口舌。这些自然都是对的。但是如果再进一步地细细探索一下，就会发现他不仅仅是一个“坏人”，他还有另外的东西。比如他的仗义疏财，比如他与食客们近乎平等的关系，比如他对女人的体贴周到，等等。这些当然都算不上什么了不起的美德，但起码可以说明，作者并非有意将西门庆写成一个单质的“坏人”，他是一个具有多种性格的复杂的人，所以他才如此栩栩如生，如此符合生活的真实。比如说他的占有女人，我们可以试问：为什么西门庆有那么大的吸引力？难道全都是因为他的权势与金钱在起作用，才招致那么多女人心甘情愿地献身于他吗？显然不是。对于女人，西门庆知道得很多，而且有一套成熟的手法；简而言之，他摸透了女人的心理，并能投其所好，顺其心而行之。而女人，最需要的也就是这个。这里不妨以西门庆与李瓶儿的“隔墙密约”为例。

李瓶儿是西门庆把兄弟花子虚的老婆，住在西门庆家隔壁。对李瓶儿，西门庆先前只是耳闻，并未见过。一次西门庆应邀到花家，正好花子虚不在，却与李瓶儿“两个撞了个满怀”，对面一看，发现这小娘子“人生的甚是白净，五短身材，瓜子面皮，生的细弯弯两道眉儿”。这一看不要紧，西门庆“不觉魂飞天外，魄散九霄”，再也忘怀不下。不想李瓶儿也十分知趣，第一次见面就托付西门庆负起看管自己丈夫的责任。她说：“今日他请大官人往那边吃酒去，好歹看奴之面，劝他早些来家。两个小厮又都跟的去了，止是这两个丫鬟和奴，家中无人。”（第十三回）西门庆听了此言，觉得话中有话，在酒席桌上故意将花子虚灌醉，又把他送回家里。最能显示西门庆才能的，是下面一段描写：

妇人旋走出来，拜谢西门庆，说道：“拙夫不才贪酒，多累看奴薄面，姑待来家，官人休要笑话。”那西门庆忙屈着还喏，说道：“不敢。嫂子这里分付，早辰一同出门，将的军去，将的军来，在下敢不铭心刻骨，同哥一答里来家。非嫂子耽心，显的在下干事不的了。你看哥在他家，被那些人缠住了，我濉着你催哥起身，走到乐星堂儿门首，粉头郑爱香儿家，小名叫做郑观音，生的一表人物。哥就往他家去，被我再三拦住了，说道：‘哥家去罢，改日再来。家中嫂子放心不下。’方才一直来家。不然，若到郑家，一夜不来。嫂子在上，不该我说，哥也糊突，嫂子又青年，惹大家室，如何便丢了去？成夜不在家，是何道理！”（第十三回）

西门庆能说出这么一通合情合理的话，虽然不免让读者感到意外，却非常重要，因为这正是李瓶儿愿意听到的。果然，妇人极其赞成他的高见，说道："正是如此。奴为他这等在外胡行，不听人说，奴也气了一身病痛在这里。"并且又一次托付他："往后大官人但遇他在院中，好歹看奴薄面，劝他早早回家。奴恩有重报，不敢有忘。"西门庆自然是满口答应。他心里很明白，妇人的所谓"恩有重报"的真正含义就是向他暗许私情。西门庆在这方面的脑袋极灵，按照书上的说法，他是"头上打一下脚底板响的人，积年风月中走，甚么事儿不知道。可可今日，妇人到明明开了一条大路教他入港"（第十三回）。这样的理解是绝对不会错的。

西门庆的话虽然说得入情入理，但相信者并不多。他自己心里当然很明白，这一切都是说给李瓶儿听的，他本人并非像自己说的那样正直和道德高尚，他对花子虚也没有那么多的照顾；相反，他故意将花子虚灌醉，送子虚回家，不过是为了多看一眼李瓶儿罢了。他的正头娘子吴月娘听到自己的男人说出这番典雅斯文充满道德说教的话，先是吃了一惊，接着以讽刺的口吻对他说："我的哥哥，你自顾了你罢，又泥佛劝土佛。你也成日不着个家，在于（外）养女调妇，又劝人家汉子！"（第十三回）连吴月娘也觉得，让西门庆去劝教花子虚改邪归正，简直是个笑话！其实，二者好比"泥佛"和"土佛"的关系，本质是相同的；而在程度上，西门庆则有过之而无不及！但这一切都并不重要，重要的是让李瓶儿听着顺耳。难道李瓶儿就相信西门庆的这套甜言蜜语吗？其实不见得。李瓶儿虽然也是第一次见到西门庆，但对这个大名鼎鼎的风月老手应该是心仪已久的，对他的所作所为也应该是有所闻的，她不会仅据几句话就断定西门庆是个诚实正直的斯文君子。话说得真实还是虚假是一回事，话说得受听不受听是另外一回事；李瓶儿更在意的是后者而不是前者。对李瓶儿来说，这是不是一种自欺行为呢？不是。诚实与否对李瓶儿用处不大，她关心的是自己放出的试探性“气球”西门庆是否有反应，他究竟是不是一个知趣之人。结果，她从西门庆一连串乖觉的言和行中，得到了肯定的答复。他们两个都摸清了对方的真正心意后，行动的步伐便大大加快了。西门庆每日让应伯爵、谢希大等骗住花子虚，在妓院里吃酒留宿，他便乘虚而入，来花家门口走来踅去——重演当年勾引潘金莲的故技。而李瓶儿这里早已心领神会，便将西门庆叫至家里，虽然心已许之，但不好明讲，只好拐弯抹角地扯淡而已！请看下面这段文字是如何写出二人就要入港而尚未入港时的神态：

一日西门庆门首正站立间，妇人使过小丫鬟秀春来请。西门庆故意问道：“姐姐，你请我做甚么？你爹在家里不在？”秀春道：“俺爹不在家，娘请西门爹问句话儿。”这西门庆得不的此一声，连忙走过来，让到客位内坐下。良久，妇人出来，道了万福，便道：“前日多承官人厚意，奴铭刻于心，知感不尽。拙夫从昨日出去，一连两日不来家了，不知官人曾会见他来不曾？”西门庆道：“他昨日同三四个在郑家吃酒，我偶然有些小事就来了。今日我不曾得进去，不知他还在那里没在。若是我在那里，有个不催促哥哥早早来家的，恐怕嫂子忧心。"妇人道："正是这般说。只是奴吃他恁不听人说，常时在前边眠花卧柳不顾家事的亏。"西门庆道："论起哥来，仁义上也好，只是有这一件儿。"说着，小丫鬟拿茶来吃了。那西门庆恐子虚来家，不敢久恋，就要告归。妇人千叮万嘱，央西门庆："明日到那里，好歹劝他早来家，奴恩有报，已定重谢官人。"西门庆道："嫂子没的说，我与哥是那样相交。"说毕，西门庆家去了。（第十三回）

虽然二人见面的话题仍然是那个不争气的花子虚，但谁还在关心花子虚到底怎样呢？这对男女心里都很明白，这不过是话头罢了！妇人嘴上说"好歹劝他早来家"，心里实在是希望花子虚不要来家；而且她也肯定知道丈夫"常时在前边眠花卧柳"，正与这位"官人"有关系。所以二人成奸后，李瓶儿的一个重要手法就是把花子虚打发到妓院里去，好为西门庆腾出空来。其实这方法就是跟西门庆学来的。

对于西门庆与李瓶儿的奸情，说是"勾引"其实并不恰当。这不比西门庆当年对付潘金莲的十件"挨光计"，那是有计划的阴谋，设下圈套，让潘金莲一步步钻进套中。而李瓶儿则带着明显的主动性，第一次见到西门庆"撞了个满怀"且不说，还"立在角门首，半露娇容"地与西门庆"隔门"说话，不断地用"奴恩有重报"的双关语暗示西门庆；当见到西门庆连日在门首走来走去，这妇人便也"影身在门里，见他来便闪进里面；他过去了，又探头去瞧"。在这种情景之下，李瓶儿的所谓劝诫丈夫早早回家的要求，西门庆爽快的答复，难道不都是无稽之谈吗？果然，重阳节的晚上在花子虚家饮酒赏菊，当西门庆又一次与李瓶儿“撞了个满怀”之后，这妇人终于按捺不住了，叫丫头秀春找到西门庆说：“俺娘使我对西门爹说，少吃酒，早早回家。如今便打发我爹往院里歇去，晚夕娘如此这般，要和西门爹说话哩。”（第十三回）西门庆听了自然欢喜不尽，因为他知道李瓶儿找他不仅仅是要“说话”，还有比这更重要的事情！于是我们看到，花子虚被应伯爵几个拉到妓院里吴银儿家，西门庆则推醉重新扒过墙来，而李瓶儿正“乱挽乌云，素体浓妆”，立于穿廊下等他呢！

西门庆的性格虽然很复杂，但其核心则是女色。通观全书，作者在这一点上下的功夫最大，用笔最多，所以西门庆才被塑造成一个千古色魔的形象。西门庆之于女色，并不像有人说的是“霸占”，这样说过于简单化，我们应该根据作品的具体描写，实事求是地看待这一问题。

武松与西门庆地位的颠倒

我们可以将武松与西门庆两个形象在《水浒传》和《金瓶梅》中的地位作个有趣的对比，以说明小说主人公如何由历史走向了现实，古典英雄如何变成了市井之徒。

在《水浒传》中，武松是作者着力塑造的英雄形象之一，以武艺高强、性情刚烈而著称。在景阳冈打虎的壮举驰名江湖之后，为了使他的英雄性格继续发展，作者又设计了潘金莲挑逗武松的情节；被斥后，进一步设计西门庆勾引潘金莲，并合谋害死武大，这才引发武松醉打蒋门神、大闹飞云浦、血溅鸳鸯楼等一系列精彩的场面，显示出武松性格的发展过程，为他以后被逼上梁山埋下伏线。而西门庆则完全是为了情节发展的需要，为塑造武松形象而设置的陪衬；他的身份并不显眼，只不过是“就县前开着个生药铺”的“破落户财主”，虽然也靠“与人放刁把滥说事过钱”为生，但更主要的是个好色的小业主，一个由地主阶级衰败下来的流氓无赖。在施耐庵看来，与“及时雨”宋江、神机妙算的吴用、倒拔垂杨柳的鲁智深、力搏猛虎的武松等众多梁山英雄比起来，他算得了什么！既然他没有能力成为生活的主角，那么他在小说中也只能充当一个寻花问柳、转眼即逝的过场人物，不能成为作品的主人公。他和潘金莲的风流韵事，在《水浒传》中不具备深刻的社会内容，与以梁山好汉为中心的波澜壮阔的社会生活相比，是一个完全不引人注意的偏僻角落；而且他很快成为武松拳脚之下的短命鬼。

但在《金瓶梅》里，二人的命运几乎完全反了过来。武松失去了主人公的地位，退而成为陪衬西门庆的次要人物。他的性格变得是如此单薄，除了在景阳冈的英勇和在潘金莲面前的刚直外，就只剩下残忍了。兰陵笑笑生略去了《水浒传》中武松性格的主要方面，把他变成了一个残忍可怕的杀人者。西门庆却由一个短命的色鬼变成一个具有旺盛生命力的强人。在《金瓶梅》里，他没有轻易地死于非命，而是由李外传做了替死鬼。与潘金莲的奸情在《水浒传》里带来了西门庆的末日，在《金瓶梅》中却变成引发西门庆身家兴衰故事的序幕。当然，不能把这种相异仅仅看作两位作者结构技巧的不同；实际上，兰陵笑笑生是为了容纳完全不同于《水浒传》的题材和人物，为彻底改变历史传奇小说特质的需要作出的实质性改变。武松和西门庆两个形象的变迁反映了小说艺术的发展，标志着“新小说”的诞生。

作为一个文学“新人”，西门庆的形象由原来的一个生药铺主人，一跃而为腰缠万贯的商业资本家，带着新兴资产阶级的种种特点。他有巨大的商业资本，开着当铺、绸缎铺、绒线铺等，手中握着“几万产业”。除了通过这些店铺运用合法的手段赚取商业利润外，还用明夺暗抢的方式大量聚敛钱财。娶孟玉楼、李瓶儿，连带吞并了她俩的丰厚家产。他乘人之危放高利贷，运用手中的权力贪赃枉法，用巨款贿赂官府，以得到赚钱的特权，少纳税款，等等。总之，他搜刮钱财不择手段。金钱显示出前所未有的诱惑力和在政治、经济、人际关系中无所不能的威力，它既能买官，又能避祸，还制约着人与人之间的关系。

西门庆并不是一个纯粹的商人、资本家，他还是一个掌握着生杀大权的封建官僚，是封建政治与新兴资本因素结合的产儿。西门庆并不满足于做一个循规蹈矩的商人，他也不是一个封建地主式的守财奴。他既懂得金钱的宝贵，更懂得金钱的真正价值并不在其本身，而在于它能换来物质、精神上的享受和政治上的权力，从而得到更多的金钱。他通过给蔡太师送厚礼买到一个山东理刑所副千户的官，作威作福，贪赃枉法，无所不为。后来又靠贿赂做了蔡太师的干儿子，升为理刑正千户，不但与守备、都监、县令平起平坐，而且同朝中大臣如蔡状元、宋御史等结纳往还，政治地位步步高升。政治上的得势，必然给他带来经济上的利益。蔡御史点了两淮巡盐御史，马上特允西门庆比其他商人早三个月提出三万盐引，使西门庆一下就赚了大笔银钱。这种商业资本和封建政治的勾结、融合，是资本主义生产关系萌芽时期的特有产物，也是小说主人公具备的新素质。

西门庆的身上充满新兴阶级正在崛起时的强悍劲头和疯狂

力量。他既然有钱有势，当然可以无所畏惧地恣意妄为。为了纵欲，他敢于害死武大郎，气死花子虚，还打跑了蒋竹山，递解了来旺儿。在他看来，钱能通神，只要有了钱，怎样做都不过分。他那句“咱只消尽这家私，广为善事，就使强奸了常娥，和奸了织女，拐了许飞琼，盗了西王母的女儿，也不减我泼天富贵”的名言，露骨地道出了他对金钱的崇拜和对自我行为的自信。其实，西门庆此言倒非无稽之谈。可以说他的有恃无恐，正在于他确实摸到了时代的“脉搏”，握住了金钱这把万能的“钥匙”。

总之，西门庆作为新兴市民阶层的典型代表，成为文学的主角是历史的必然。正像西门庆在《水浒传》中注定要毙命于疾恶如仇、德高艺绝的武松之手一样，他在《金瓶梅》所表现的“现代”社会里，必然要显示出强大的生命力。虽然兰陵笑笑生为西门庆安排了李外传做替死鬼，但这仅仅是一个十分偶然的表面化的因素，最根本的原因在于像武松这样的古典式英雄，在新的历史条件下已失去了往日的神威，非但不能构成对西门庆这种新人的威胁，自己反而要落入统治阶级的罗网；而西门庆还有一大段发财、升官、纳妾、嫖妓的花花绿绿的人生。西门庆最后当然还是要死的，但再也不是死在某个豪侠勇夫之手，而是烧死在炽烈的欲焰里，死于他自己经营的安乐窝里。

西门庆的下马威与李瓶儿的假上吊

在女色上很自信的西门庆勾上李瓶儿之后，竟被蒋竹山旁生枝节，这使他十分气恼。而李瓶儿在经历了蒋竹山之后，前后对比，优劣自见，心思又回到西门庆的身上。但她心里明白，中间插进了蒋竹山这一杠子，是西门庆难以容忍的，所以要想与汉子恢复先前的关系，必须做出十倍的努力。为此，李瓶儿采取了两个步骤：一是要冯妈妈给吴月娘送生日礼物，四盘羹果，两盘寿桃面，一匹尺头，外加一双鞋。虽然此时吴月娘与西门庆仍不说话，关系还处在紧张之中，但李瓶儿明白，这丝毫不影响月娘在家中的固有地位，所以这礼节上是必须做到的。更何况，送礼物只是形式，真正的意思是要与西门庆重修旧好，这一信息西门庆不会不知道。二是李瓶儿又对玳安格外下了一番功夫。她知道玳安虽只是奴才小厮，却是西门庆的心腹，他说的话往往对西门庆有特殊的影响力，所以瓶儿叫冯妈妈将玳安请到家里，酒食款待，要他转达自己的后悔之意。果然李瓶儿的功夫没有白下。玳安见到西门庆便说："如今二娘到悔过来，对着小的好不哭哩。前日我告爹说，爹还不信。从那日提刑所出来，就把蒋文蕙打发去了。二娘甚是后悔，一心还要嫁爹，比旧瘦了好些儿。央及小的好歹请爹过去，讨爹示下。爹若吐了口儿，还教小的回他声去。”（第十九回）玳安此话说的倒是实情，李瓶儿现在确实后悔莫及，她要嫁西门庆也是真心实意。但西门庆是否会轻易答应，他能咽下这口气吗？李瓶儿心里没有底。

还好，西门庆竟然出人意料地答应下来。他听了玳安的一番话后说：“贼贱淫妇，既嫁汉子去罢了，又来缠我怎的！既是如此，我也不得闲去，你对他说，甚么下茶下礼，拣个好日子，抬了那淫妇来罢。”（第十九回）

西门庆为什么轻易答应重娶李瓶儿呢？他忘掉了瓶儿与蒋竹山的这段姻缘了吗？当然不是。他之所以答应，原因有二：一是西门庆心底对李瓶儿还是很留恋的，他已经错过了一次机会，不愿意再错过第二次。瓶儿嫁给蒋竹山，纯出于西门庆意料之外，所以应伯爵等人问他时，他还说“亲事另改了日子了”。其实这时瓶儿已把蒋竹山招进了家门。所以西门庆听说后恼得不行，这是他仍恋瓶儿的表现。二是西门庆要把李瓶儿娶过来严厉惩罚一顿。西门庆已运用流氓手段将蒋竹山打跑，出了一口恶气；但李瓶儿还在“逍遥法外”，没受到惩处，故西门庆要把她弄进家门再算账。

果不其然，李瓶儿刚进西门庆的家门就尝到了汉子的手段。先是轿子停在大门口，没有人去迎接。好心的孟玉楼去提醒吴月娘，吴月娘犹豫再三才屈身将轿子接进门来。这无疑是给李瓶儿当头浇了一盆凉水。接着是晚夕西门庆不进瓶儿房中歇息，一连三天，这对一个新进门的女人来说，简直是莫大的侮辱！连潘金莲都觉得这样过分，劝说西门庆："他是个新人儿，才来了头一日，你就空了他房？"但西门庆觉得只有用此法才能解他心中之恨！他说得好："你不知，淫妇有些眼里火，等我奈何他两日，慢慢进去。"言下之意是说，贼淫妇连那几天都等不了，又另找了汉子，今天偏偏让你再等几日，看你还去找汉子！他对孟玉楼说的一番话恰反映了这种心理："待过三日儿我去。你不知道，淫妇有些吃着碗里，看着锅里。想起来，你恼不过我来。曾你汉子死了，相交到如今，甚么话儿没告诉我。临了招进蒋太医去了。我不如那厮！今日却怎的又寻将我来？"（第十九回）

这一招实在厉害！真是应了蒋竹山说的那句话："就是打老婆的班头，炕（降）妇女的领袖。"李瓶儿对西门庆的连续两招竟承受不了，上吊寻死了！多亏丫头们发现及时，又救活过来。西门庆听说，并不当一回事，对众人说："你每休信那淫妇，装死儿唬人，我手里放不过他！"在西门庆看来，李瓶儿的上吊不过是对他的两招的对应措施罢了，根本用不着当真。

紧接着，西门庆又使出了第三招。晚夕他拿着马鞭子进到李瓶儿房里，他要亲自拷打审问她，出尽全部恶气！书中这样写：

且说西门庆见妇人在床上，倒胸着身子哭泣，见他进去不起身，心中就有几分不悦。先把两个丫头都赶去空房里住了，西门庆走来椅子上坐下，指着妇人骂道："淫妇，你既然亏心，何消来我家上吊？你跟着那矮王八过去便了，谁请你来？我又不曾把人坑了你甚么，缘何流那毬尿怎的？我自来不曾见人上吊，我今日看着你上个吊儿我瞧！"于是拿一绳子丢在他面前，叫妇人上吊。那妇人想起蒋竹山说的话来，说西门庆"打老婆的班头，降妇女的领袖"。思量：我那世里晦气，今日大睁眼又撞入火坑里来了。越发烦恼，痛哭起来。这西门庆心中大怒，教他下床来，脱了衣裳跪着。妇人只顾延挨不脱，被西门庆拖番在床地平上，袖中取出鞭子来，抽了几鞭子，妇人方才脱去上下衣裳，战兢兢跪在地平上。西门庆坐着，从头至尾问妇人："我那等对你说过，教你略等等儿，我家中有些事儿。如何不依我，慌忙就嫁了蒋太医那厮？你嫁了别人，我倒也不恼，那矮王八有甚么起解？你把他倒踏进门去，拿本钱与他开铺子。在我眼皮子根前开铺子，要撑我的买卖？"妇人道："奴不说的，悔也是迟了。只因你一去了不见来，把奴想的心斜了。……后来把奴摄的看看至死，不久身亡，才请这蒋太医来看。恰吊在面糊盆内一般，乞那厮局骗了，说你家中有事，上东京去了。奴不得已，才干下这条路。谁知这厮砍了头是个债桩，被人打上门来，经官动府。奴忍气吞声，丢了几两银子，吃奴即时撵出去了。"（第十九回）

气恼的西门庆急于了解事情的来龙去脉，尤其想知道那个"矮王八"是用什么办法中途截走了他的怀中之物。他觉得这是一种耻辱，一种前所未有的耻辱，而使他蒙受耻辱的李瓶儿必须说清楚！李瓶儿自然也理解他的这种心理，所以她首先承认了自己的罪责；但她接着解释说，这一切都是在西门庆一去不见来，自己思念他，“想的心斜了”之后出现的事情，所以本质上还是一场“误会”。西门庆对这种解释不会完全满意，所以他还要李瓶儿回答“我比蒋太医那厮谁强”。妇人说：“他拿甚么来比你？你是个天，他是块砖。你在三十三天之上，他在九十九地之下。休说你仗义疏财，敲金击玉，伶牙俐齿，穿罗着锦，行三坐五，这等为人上之人。自你每日吃用稀奇之物，他在世几百年，还没曾看见哩！他拿甚么来比你？你是医奴的药一般，一经你手，教奴没日没夜只是想你。”（第十九回）这应该是李瓶儿的肺腑之言！是的，无论从财上，还是从势上，蒋竹山都无法与西门庆相比，确实像李瓶儿所说的，一个在天上，一个在地下，差得实在太远。就说在性的能力上吧，难道蒋竹山能与西门庆同日而语吗？当然不能。一个是“中看不中吃蜡枪头”，一个是“狂风骤雨”；一个是“干事不称其意，渐渐颇生憎恶”，一个则是“医奴的药一般，一经你手，教奴没日没夜只是想你”，那效果也是绝然不同的。李瓶儿说出这些话，虽然有赎罪的意图，但确实是她的心里话，并无虚饰。西门庆听了妇人这些话，知道她对这些“原则问题”认识十分清楚，并未糊涂得将他与蒋竹山混为一谈，顿时高兴起来。“自这一句话，把西门庆欢喜无尽，即丢了鞭子，用手把妇人拉将起来，穿上衣裳，搂在怀里，说道：‘我的儿，你说的是。果然这厮他见甚么碟儿天来大！’”（第十九回）其实西门庆是一个要求并不高的人，他只要求别人对他服气；只要服气，他便高兴，他便可以满足你的一切要求。这就是《金瓶梅》开始时谈到“酒、色、财、气”中的“气”。李瓶儿中途甩下他与蒋竹山成婚，这是“长敌人的威风，灭自己的志气”，所以他气恼异常；打跑蒋竹山、严惩李瓶儿，是出一口恶气；既然李瓶儿现在口服心服，西门庆觉得这乃是争了一口气，故一切好说。

西门“愚夫”，因色而亡

第七十九回有一首诗说：“二八佳人体似酥，腰间仗剑斩愚夫。虽然不见人头落，暗里教君骨髓枯。”其意是说好色的厉害。其实《金瓶梅》一书的主题之一就是写女人是祸水。西门庆是《金瓶梅》中的第一淫人，一生以女人为生命，最后也为女人而丧命。西门庆一辈子为了占有女人，为了能更多地占有女人，费尽心机，不惜钱财，可谓聪明极矣；然聪明反被聪明误，到头来不免命丧黄泉，可惜了那一群美色妻妾，偌大的产业！

西门庆死前得病露出征象，最早是在第七十八回“两战林太太”之后。这一次西门庆特别卖力，结果回到家后便对月娘说：“明日我也不往那里去，薛太监请我门外看春，我也懒待去。这两日春气发也怎的，只害这边腰腿疼。”月娘以为是痰火，要请任医官讨两服药吃吃，西门庆却要强不肯，说是过了这两日心静些就好了。后来他又对应伯爵说起：“这两日不知酒多了也怎的，只害腰疼，懒待动旦。”应伯爵便也信口答曰："哥，你还是酒之过，湿疾流注在这下部。"其实，西门庆并不仅仅是因为饮酒过度，更主要的是他淫欲过度造成了体力与精神的极大亏损。西门庆自己心里不清楚吗？还是他自欺欺人不愿公开承认这一点？他为什么在精力如此不济的情况下还保持着那么强烈的性欲呢？他因为害腿疼想起任医官用人乳服药的话，便叫如意儿挤奶，竟又乘机与她大战了一场；晚上又进潘金莲房里，与她共度良宵，自然也少不了云雨之事。第二天晚上饮酒到很晚才回家，又到前边如意儿房里歇了。紧接着又发生了一件大事，对西门庆的病起了很大的促进作用，这就是他遇见了何千户的娘子蓝氏。蓝氏是应吴月娘之邀，与诸位地方官员的夫人们一起来赴席的。西门庆以前没有见过，这次躲在帘后见了，立时"魂飞天外，魄丧九霄，未曾体交，精魄先失"。后来月娘把蓝氏迎进后堂，请西门庆来拜见，西门庆"连忙整衣冠行礼，恍若琼林玉树临凡，神女巫山降下，躬身施礼，心摇目荡，不能禁止"。西门庆的魂就像被蓝氏勾走了一样，精神恍惚起来，而这是以往从来没有过的。这种异常现象，是否预示着西门庆的死期临近了呢？书中没有明说，但在情节叙述过程中突然加入了这么一段议论："次第明月圆，容易彩云散。乐极悲生，否极泰来，自然之理。西门庆但知争名夺利，纵意奢淫，殊不知天道恶盈，鬼录来追，死限临头。"（第七十八回）如此说来，西门庆遇蓝氏确是他就要亡命的征兆。结果当晚后堂中点灯，有小优弹唱灯词，西门庆就坚持不住了，连连打瞌睡，嘴里还念叨："不知怎的，今日只是没精神，打睡。"宴会散后，蓝氏上轿回家，西门庆又在黑影里走到门口，目送着她离去。西门庆对待其他女人，似乎从来没有这么钟情过，为什么对蓝氏竟是如此异常的爱慕？送完蓝氏回来，他在夹道里遇上来爵的媳妇，又乘兴将她奸要了。正是："未曾得遇莺娘面，且把红娘去解馋。"意思是说西门庆虽然奸的是来爵媳妇，心里想的还是蓝氏。

可怕的是，西门庆对自己身体和精神上的异常都没加注意，尤其没与死亡联系起来，这就使他在死亡的道路上愈滑愈快。第七十九回一开始就有八句诗，并解说"此八句诗，乃邵尧夫所作，皆言天道福善，鬼神恶盈，作善降之百祥，作不善降之百殃。西门庆自知淫人妻子，而不知死之将至"。这说明作者已把西门庆的死亡安排在近期，而西门庆在这短短的命限里仍然为所欲为，酒色之欲丝毫未减。与此同时，吴月娘做了一个怪梦，与西门庆的死也是大有关系的。月娘告诉西门庆："敢是我日里看见他林太太穿着大红绒袍儿，我黑夜就梦见你李大姐厢子内寻出一件大红绒袍儿，与我穿在身，被潘六姐匹手夺了去，披在他身上。教我就恼了，说道：他的皮袄你要的去穿了罢了，这件袍儿你又来夺！他使性儿把袍儿上身扯了一道大口子，吃我大嚷喝，和他骂嚷。嚷嚷着就醒了，不想都是南柯一梦。"（第七十九回）后来吴神仙圆梦时认为月娘红衣罩体，正预示着孝服临身，是极不吉利的。自此以后，西门庆愈发没精神，只是瞌睡，不想动弹。

如果说西门庆是因淫而死的话，那么责任并不完全是他的，还有几个淫荡女人的责任。西门庆得了病，几个性欲过剩的女人又加紧了对他的围攻。先是韩道国的老婆王六儿，托王经捎来了一包东西，打开一看，竟是用自己的头发编成的一个同心结淫托子，行房时用的，编得十分精巧。西门庆见了满心欢喜，又强打起精神来到王六儿房里，被这老淫妇整缠了一夜。其实西门庆明是与王六儿交欢，心里仍旧想的是蓝氏，这一个秘密王六儿当然是不知道的，她还在一厢情愿地为西门庆献身呢！正是与王六儿完事之后，西门庆上马回家，走到路上忽然眼前起了幻影，像是有个黑影向自己扑过来，西门庆险些栽下马来，回到家便双腿发软，连路也走不了了。在这个关头，潘金莲又干了些什么呢？她竟然不顾男人的死活，当晚给他吃了过量的春药，致使他精血流尽，昏了过去。第二天一早起来梳头，头脑发晕，险些一头抢到地上。

当吴月娘得知西门庆几乎跌倒，知道病重了，便寻找病因，追查责任，一开始便怀疑与金莲有关，问她："他昨日来家不醉？再没曾吃酒？与你行甚么事？"金莲在这个当口自然不能承认，回道："姐姐，你没的说，他那咱晚来了，醉的行礼儿也不顾的，还问我要烧酒吃，教我拿茶当酒与他吃，只说没了酒，好好打发他睡了。自从姐姐那等说了，谁和他有甚事来，倒没的羞人子剌剌的。倒只怕外边别处有了事来，俺每不知道。若说家里，可是没丝毫事儿。"（第七十九回）接着月娘又叫来玳安审问，这才问出是在王六儿那里吃酒来，又交代出前天和林太太的事。于是月娘、玉楼、金莲都争先恐后地骂王六儿和林太太是老淫妇。月娘说："嗔道教我拿帖儿请他，我还说人生面不熟，他不肯来，怎知和他有连手。我说恁大年纪，描眉画鬓儿的，搽的那脸倒相腻抹儿抹的一般，干净是个老浪货！”玉楼也说：“姐姐，没见一个儿子也长恁大，大儿大妇，还干这个营生。忍不住，嫁了个汉子。”金莲当然骂得更厉害，骂林太太老淫妇，骂王六儿“干净一家子都养汉，是个明王八”。不过她骂的目的与吴月娘、孟玉楼不同，吴、孟是出于真心，是爱护汉子的心，金莲却是为了掩饰自己，推脱自己的罪责。其实要说罪责，金莲不比林太太、王六儿小，应该说是三人“共同犯罪”，才造成西门庆这种局面。当然，这并不意味着西门庆仅仅是个受害者，首要责任在他自身，这是他一生好淫的应有下场。书中说得好：“西门庆只知贪淫乐色，更不知油枯灯尽，髓竭人亡。”说到底，是西门庆自寻死路。

眼见西门庆病得沉重，全家慌了，先后找了几个医生来看病，都说是病入膏肓，难以医治。又请人算他的命数，原来气数已尽，就是神仙也难以救他的命了。就这样，西门庆挨了几日，便一命归西，去见阎王了。

考西门庆的一生，他全在酒色财气中做活计，用尽心力，终于使自己由一个普通的店铺主人跃而为强者，不能说不是智者、勇者；但是最终，他又自己埋葬了自己，终身追求的女色成为置他于死地的“杀手”，这样看来他又何尝不是个愚者、弱者。

新时代的升官术

西门庆虽然有钱有势，但他一开始毕竟只是一介乡民，土财主式的人物，政治上并没有显赫的地位。西门庆当然意识到了这一点，尤其是当他生意越做越大，吃穿不愁，女色也愈来愈多，生活上几乎没有什么可再追求的时候，他慢慢把目光瞄准了政治上的权力。西门庆觉得，如果仅仅做一个商人，做一个富甲一方的财主，就太没意思了，他还要在政治舞台上显示一下自己的能量。但在“学而优则仕”的封建社会，目不识丁的西门大官人怎样才能达到自己的目的呢？寒窗苦读显然已经来不及，进京赶考更与西门庆无缘，但是西门庆有他自己的绝招。他敏锐地意识到，只要有钱，即使目不识丁也能买到官位。第二十二回写西门庆为了勾引宋惠莲，把来旺儿派到杭州“替蔡太师制造庆贺生辰锦绣蟒衣”，第二十六回又写“西门庆就把生辰担，并细软银两，驮垛书信，交付与来保和吴主管，五月廿八日起身，往东京去了”。其实西门庆与蔡太师并非亲故，一个是清河县的富商，一个是一人之下、万人之上的朝中宰相，双方既无来往，西门庆何须为蔡太师的生日大费心事，花费钱财呢？这正是西门庆走向政治舞台的重要一步。我们看书中的有关段落：

少顷，太师出厅。翟谦先禀知太师。太师然后令来保、吴主管进见，跪于阶下。翟谦先把寿礼揭帖呈递与太师观看，来保、吴主管各捧献礼物。但见黄烘烘金壶玉盏，白晃晃减靸仙人，良工制造费工夫，巧匠钻凿人罕见。锦绣蟒衣，五彩夺目；南京纻段，金碧交辉。汤羊美酒，尽贴封皮；异果时新，高堆盘榼，如何不喜，便道："这礼物决不好受的，你还将回去。"于是慌了来保等，在下叩头，说道："小的主人西门庆，没甚孝顺，些小微物，进献老爷赏人便了。"太师道："既是如此，令左右收了。"（第三十回）

虽然蔡太师位居高官，银钱珠宝并不稀罕，但当他看到黄的是金，白的是银，五彩夺目的绫罗锦缎的时候，还是止不住心中的高兴。他在假意客套了一番之后，便痛快地收下来。然而收下礼物并没有完事，这不是西门庆的最终目的，蔡太师当然是明白的，于是便又有了下面的对话：

太师因向来保说道："礼物我故收了，累次承你主人费心，无物可伸，如何是好？你主人身上可有甚官役？"来保道："小的主人，一介乡民，有何官役。"太师道："既无官役，昨日朝廷钦赐了我几张空名告身札付，我安你主人在你那山东提刑所，做个理刑副千户，顶补千户贺金的员缺，好不好？"来保慌的叩头谢道："蒙老爷莫大之恩，小的家主举家粉首碎身，莫能报答。"于是唤堂后官抬书案过来，即时佥押了一道空名

告身札付，把西门庆名字填注上面，列衔金吾卫衣左所副千户、山东等处提刑所理刑。（第三十回）

一场交易就这样完成了，不法之徒顿时成了执法之官，西门庆轻而易举地当上了理刑副千户，实现了他要在政治上发展的愿望。不但如此，连来保和吴主管也因蔡太师一时高兴，分别送给他俩校尉和驿丞的官职，真使二人又惊又喜。蔡太师是朝中重臣，极得朝廷信任，皇帝竟然赐给他空名的任命书，让他随便任命官吏，以便从中渔利，中饱私囊，当时政治的黑暗可想而知。所以作者在作了这段描写后气愤地评论道："看官听说：那时徽宗天下失政，奸臣当道，谗佞盈朝。高、杨、童、蔡四个奸党，在朝中卖官鬻狱，贿赂公行，悬秤升官，指方补价。夤缘钻刺者，骤升美任；贤能廉直者，经岁不除。以致风俗颓败，赃官污吏遍满天下，役烦赋重，民穷盗起，天下骚然。不因奸佞居台辅，合是中原血染人。"（第三十回）作者的这段议论，既道出了西门庆从一个富有的商人变成执法官吏的真正原因，也深刻揭示了封建政治的本质。既然像蔡太师这样的高官都公然卖官鬻爵，而且还得到皇帝的纵容，那么下级官吏们的为非作歹就是必然，对加官后的西门庆的种种恶行也就不必感到奇怪了。

西门庆刚刚得了儿子，又升了官，心中有说不出的高兴，干脆就为儿子起名叫官哥儿。上任之日，在衙门里大摆酒宴以示庆贺。自此之后，每日骑着大白马，头戴乌纱帽，排军喝道，前呼后拥，从街上招摇而过，威风十足！在此之前，西门庆就与当地官员有些来往，但那是作为富商的身份；从此以后，他要作为统治阶级的一员，与那些官府的要员们平起平坐，结纳往返。果然，先是本县的李知县差人送来贺礼，并投西门庆所好，送给他一名漂亮的小厮。接着薛太监又派人送来内酒、金缎、寿桃等东西。西门庆又在皇庄摆酒回请清河县的各种头面人物，像刘、薛两太监，帅府周守备、荆都监、夏提刑、张团练、范千户以及知县、县丞、主簿、典史等四大要员。这些人掌握着当地的军政大权，都是以后用得着的人，所以都成了西门庆的座上客。

西门庆虽然是初次做官，但他对官场上的应酬却十分内行，他精通“关系学”，这决定了他的官会越做越大。这是他做官的诀窍，其实也是他做人的诀窍。他上任后办的第一件案子就是韩道国的老婆与小叔子通奸被人捉奸的案子，在应伯爵的联络下，受了韩道国的人情，便徇情枉法，放了通奸人，却把捉奸人关了起来。根据书中的描写，西门庆在台上没有什么政绩，但他善于拉关系，尤擅长“走上层路线”，所以官做得安安稳稳，而且势头愈来愈好。不久，他又结交了蔡状元。蔡状元是蔡太师的假子，西门庆一是为感激蔡太师送给他官做，二是为进一步巴结，所以对蔡状元招待得十分周到，临走又送给他厚礼。后来蔡状元升了御史，西门庆又第二次接待，一次就送给他一张大桌席，两坛酒，两牵羊，两对金丝花，两匹段红，一副金台盘，两把银执壶，十个银酒杯，两个银折盂，一双牙箸；同去的宋御史也是一样。西门庆的“关系学”其实也很简单，就是以金银财宝做开路先锋，以达到自己的目的。就在接待蔡御史的宴会上，西门庆向蔡御史要求早取一个月的盐引，蔡御史马上痛快地答应下来。而三万盐引提前一个月取出，所得到的利润比送给蔡御史的礼物不知要多出多少倍。也是在这一次，西门庆请求蔡御史说情，将犯人苗青放掉，蔡又转托宋御史将他放了。西门庆是个很精明的商人，也是个很精明的官吏。他把商业上的利润规律运用到官场上，同样取得了成功。他精通政治与经济的关系，用钱买到官，又因官得到更多的钱，小量的投入和巨大的利润，成了商场和官场上的共同规律。稍稍看一眼西门庆为官的历史就会发现，他这个理刑之官除贪赃枉法之外，就是借着这个位置到处交结以得到经济上的好处。后来他的生意愈做愈大，临死时家里已经有十万银子的家产，就是他不断“滚雪球”的结果。

西门庆的“白虎堂之计”

西门庆听信了潘金莲的挑唆，决定除掉来旺儿。但用什么办法才能不动声色地达到目的呢？书中没有直接描写西门庆与谁定计及定计的整个过程，但从后来发生的事情看，西门庆是借用了《水浒传》中高太尉陷害林冲的“白虎堂之计”。西门庆是怎样借用这个计策的呢？书中写他有一天把来旺儿叫来，给了他三百两银子，让他在门首开个酒店，每月得些利钱。来旺儿听了满心欢喜，将银子拿回家里，交惠莲收了，便找人喝酒去了，直喝得大醉才回家。

也是合当有事，刚睡下没多大回，约一更多天气，将人才初静时分，只听得后边一片声叫赶贼。老婆忙推睡醒。来旺儿酒还未醒，楞楞睁睁扒起来，就去取床前防身稍棒，要往后边赶贼。妇人道：“夜晚了，须看个动静，你不可轻易就进去。”来旺儿道：“养军千日，用在一时。岂可听见家有贼，怎不行赶！”于是拖着稍棒，大扠走入仪门里面。只见玉箫在厅堂台上站立，大叫：“一个贼往花园中去了！”这来旺儿径往花园中赶来。赶到厢房中角门首，不防黑影抛出一条凳子来，把来旺儿绊倒了一交。只见咰哓了一声，一把刀子落地，左右闪过四五个小厮，大叫捉贼，一齐向前，把来旺儿一把捉住了。来旺儿道："我是来旺儿，进来赶贼，如何颠倒把我拿住了？"众人不由分说，一步两棍打倒厅上。只见大厅上灯烛荧煌，西门庆坐在上面，即叫拿上来。来旺儿跪在地下，说道："小的听见有贼，进来捉贼，如何到把小的拿住了？"那来兴儿就把刀子放在面前，与西门庆看。西门庆大怒，骂道："众生好度人难度。这厮真个杀人贼！我到见你杭州来家，教你领三百两银子做买卖，如何夤夜进内来要杀我？不然，拿这刀子做甚么？取过来我灯下观看。"是一把背厚刃薄扎尖刀，锋霜般快。看见越怒，喝令左右："与我押到他房中，取我那三百两银子来！"众小厮随即押到房中。（第二十六回）

由这一件事情的全过程来看，一切都是有预谋的。作为主人，西门庆要赶走自家的一个奴仆，本来是不费力气的事。但来旺儿毕竟是跟了他多年的小厮，一向忠心耿耿，并没有什么过错，虽然醉后骂了主人，那毕竟是西门庆奸了他的妻子。西门庆总还有些心虚，所以要赶走来旺儿，就不好无缘无故地把他一赶了之，总还要找点儿什么借口。不过，这种借口也实在太勉强，只能起到自欺的作用，而欺人则是做不到的。所以事情刚发生，宋惠莲便看出这是一个设好的圈套，布下的陷阱。她对来旺儿说："我教你休去，你不听，只当暗中了人的拖刀之计。"并且骂捉他的人："他去后边捉贼，如何拿他做贼？"惠莲又跪到西门庆跟前去说理，可西门庆不理她那一套，只是假惺惺地安慰她，把来旺儿的事写成状子，让来兴儿作证，以欲害家主、抵换银两的罪名送到提刑院去。西门庆玩的这个把戏毕竟太假了，不但被宋惠莲当时看破，连吴月娘也看不上眼，所以婉言建议不要把来旺儿送到官府，只在家里处罚一下也就罢了。可西门庆根本不听，还骂吴月娘：“你妇人家不晓道理！奴才安心要杀我，你到还教饶了他罢！”吴月娘无奈，只好偷骂道：“你就赖他做贼，万物也要个着实才好，拿纸棺材糊人，成个道理？恁没道理昏君行货！”吴月娘认为西门庆陷害来旺儿十分不道德，而且手法也不高明，简直就是地地道道的强盗行径！

西门庆对来旺儿和宋惠莲是区别对待的，他要加害于来旺儿，却百般安慰宋惠莲——其实他赶走来旺儿的目的之一，就是要完全占有宋惠莲，所以这两点是不矛盾的。而宋惠莲既然早已献身于西门庆，又何必对来旺儿的结局那么关心呢？出人意料的是，她一方面偷偷背叛了自己的丈夫，投入了主人的怀抱；另一方面，她在丈夫处于危难之际却不愿抛弃他，而是千方百计地为他求情，替他谋求一个更好的出路。书的第二十六回写惠莲在西门庆的再三劝慰下不再哭泣，而且主动邀西门庆到她屋里来，再一次向他献出自己的肉体，她说：“我的亲达达，你好歹看奴之面，奈何他两日，放他出来。随你教他做买卖不教他做买卖也罢。这一出来，我教他把酒断了，随你去近到远，使他往那去，他敢不去？再不，你若嫌不自便，替他寻上个老婆，他也罢了。我常远不是他的人了。”（第二十六回）在这里，宋惠莲不但已经背叛了自己的丈夫，而且正准备永远离开他。但与此同时，她又希望来旺儿能尽快放出来，而且还建议西门庆再为丈夫另找一个老婆，这无疑又是对来旺儿的关心。我们不禁要问，宋惠莲对待来旺儿，对待来旺儿的被陷害，究竟是一种怎样的态度?

其实，宋惠莲对来旺儿的态度并不矛盾。从“情”的角度来说，她对来旺儿显然是没有感情的，否则她不会背着自己的男人与西门庆苟且；但从“理”的角度看，她觉得西门庆是不讲天理的，而自己的丈夫则是无端受冤屈，遭陷害，所以她要为他鸣冤叫屈。这后一种态度，在来旺儿被递解原籍之后以火山爆发的形式表现出来。书中写宋惠莲呼天抢地大骂西门庆:

爹，你好人儿！你瞒着我干的好勾当儿！还说甚么孩子不孩子，你原来就是个弄人的刽子手，把人活埋惯了，害死人还看出殡的！……你也要合凭个天理！你就信着人，干下这等绝户计。把圈套儿做的成，你还瞒着我。你就打发，两个人都打发了，如何留下我做甚么?（第二十六回）

如果说宋惠莲先前还对西门庆抱有幻想，希望借助自己与他的特殊关系，帮助丈夫脱离危难的话，那么现在才明白，她受骗了！她没能救下自己的丈夫，西门庆原先许下的一切都是骗人的鬼话！受骗和受辱给了宋惠莲难以承受的刺激，也给了她从来没有过的勇气！她不顾一切地痛骂西门庆，发泄她满腹的怨恨和愤怒！宋惠莲抱着一腔幻想投靠了西门庆，在生命的最后关头才认清了西门庆的真正面目。

其实，宋惠莲只认清了台前的西门庆，却没能看透幕后的潘金莲，这也正是金莲的狡猾处。按照西门庆的原意，来旺儿是不至于落得这个下场的，全是金莲一次两次在西门庆耳边吹风，不断挑唆怂恿，才让西门庆起了害人之心。金莲让西门庆赶走来旺儿的理由之一，是说“把奴才结果了，你就搂着他老婆也放心”。但当来旺儿被递解回原籍之后，潘金莲能让西门庆安安稳稳地搂着宋惠莲吗？她又集中力量整治宋惠莲，在惠莲与孙雪娥之间大行挑拨离间的能事，引得这两个女人大打出手，惠莲气不过，竟然上吊自尽了。而潘金莲的目的，也这样轻而易举地实现了。这一切，宋惠莲至死也不知道。

宋惠莲的死，表面上看是与孙雪娥打架而致，实际上是因为来旺儿被诬陷的事件。她忘不掉自己的丈夫，更忘不掉那个不讲天理的西门庆。宋惠莲当然算不上什么贞节的妇人，但她的良心并没有泯灭，她还懂得“天理”，她知道按照“天理”来旺儿是不该受到这种陷害的。当她眼睁睁见到“天理”行不通，自己的美好希望被人击碎的时候，她再也没有勇气活下去了！

宋惠莲是个很有个性的女人，她的反抗精神在《金瓶梅》写到的女仆中是最强的。她的性格中当然也有不少浅薄、卑贱的因素，但她面对强暴而敢于维护“天理”，并且为此而殉了自己的性命，这是很令人惊异的，同时也使她的结局变得很有悲剧意味。

西门庆的身后事

西门庆就像一棵大树，多少人跟着他乘凉受惠；西门庆又像一座大山，多少人背靠着他得以生存。整个西门家族，就是以西门庆为中心支撑起来的，构成了一个小小的世界。而当这棵大树刹那间仆倒在地，这座大山突然冰消无踪时，马上便造成了一阵混乱和骚动，正常的秩序被打乱了，多少人和事突然间变了模样，世界就像是翻了一个个儿，一切都与平时不一样了。我们不妨按顺序罗列一下西门庆死后的现象：

一、西门庆这边刚咽气，吴月娘便打发人赶快去看板材预备棺材。人刚打发走，月娘便一阵肚子疼，原来是要生孩子。玉楼叫小厮快去请蔡老娘，叫李娇儿看着月娘。谁想在这个节骨眼上，李娇儿竟趁着月娘昏迷不省人事，偷了她箱子里的五锭元宝，藏到了自己屋里。李娇儿平时似乎没有这个毛病，是见汉子死了，得捞一把则捞一把。

二、接生婆蔡老娘来了之后，月娘登时生下一个男孩儿来。蔡老娘为孩子剪去脐带，煎定心汤与月娘吃了，又把月娘扶到炕上坐定，月娘叫给了蔡老娘三两赏银。若在以前，蔡老娘收下银子还要说许多客气的话。而这次却不同了，嫌给得少，说：“养那位哥儿赏了我多少，还与我多少便了。休说这位哥儿是大娘生养的。”月娘只好向她解释说：“比不的那时有当家的老爹在此，如今没了老爹，将就收了罢。待洗三来，再与你一两就是了。”蔡老娘还是不答应，结果又要了一套衣裳才作罢。如果西门庆活着，蔡老娘是不敢这样要求的。

三、月娘生下孩子后，发现屋里盛银子的箱子大开着，便骂玉箫：“贼臭肉，我便昏了，你也昏了！箱子大开着，恁乱烘烘人走，就不说锁锁儿。”玉楼听了此话多心起来，以为月娘怀疑自己，便生气走了出来，对金莲说：“原来大姐姐恁样的！死了汉子头一日，就防范起人来了！”不满之意溢于言表。孟玉楼是极厚道的人，如果西门庆不死，玉楼是不会说出这种话来的；这种话本来只应从金莲口中说出。其实吴月娘的担心并不是多余的，五锭银子早就被李娇儿偷走，只是月娘还没有发现罢了。

四、西门庆有病时，曾派来爵、春鸿跟着李三到兖州宋御史那里讨古器批文，原想做下一笔大买卖。批文得到后，几个人往返十余日光景，回到清河县，刚进城，就听人说西门庆已经死了，正在念经做斋。李三听了心生奸计，与其他两个合计，每人给十两银子，不要声张，自己拿着批文去投奔张二官，寻找新主子。后经春鸿回家报告，吴大舅要告到官府去。应伯爵听说后自告奋勇前往做工作，把批文要回来。谁知应伯爵去后，又与李三、黄四合计，拿出一部分银子贿赂吴大舅，仍将批文交给张二官去。

这几件事都发生在西门庆刚刚死去的时候，真教人产生世纪末的感觉！想想西门庆在时，众人趋附阿谀尚恐不及，哪有人敢于如此背叛他！以上几件事还不算大的，这只是序幕，在后来的几天时间里所发生的事情，更能让人深刻领悟“树倒猢狲散”的真正含义，让人领略世态的冷暖人情！

我们先来看应伯爵这伙帮闲们是怎么做的。西门庆生前，应伯爵之流已经做了充分表演，溜须拍马，阿谀奉承，奴颜婢膝，出妻献子，真是无所不用其极。现在西门庆死了，他们又重新聚到一块儿，吊唁这个曾给予他们很多帮助的“大哥”。书中是这样写的：

这应伯爵约会了斋祀中几位朋友，头一个是应伯爵，第二个谢希大，第三个花子油，第四个祝日念，第五个孙天化，第六个常时节，第七个白来创。七人坐在一处，伯爵先开说道：“大官人没了，今二七光景。你我相交一场，当时也曾吃过他的，也曾用过他的，也曾使过他的，也曾借过他的，也曾嚼过他的。今日他没了，莫非推不知道？洒土也眯了后人眼睛儿也！他就到五阎王跟前，也不饶你我了。你我如今这等计较：每人各出一钱银子，七人共凑上七钱。使一钱六分，连花儿买上一张卓面，五碗汤饭，五碟果子；使了一钱，一付三牲；使了一钱五分，一瓶酒；使了五分，一盘冥纸香烛；使了二钱，买一钱轴子，再求水先生作一篇祭文；使一钱二分银子雇人抬了去。大官人灵前，众人祭奠了，咱还便益。又讨了他值七分银一条孝绢，拿到家做裙腰子。他莫不白放咱每出来？咱还吃他一阵。到明日，出殡山头，饶饱餐一顿，每人还得他半张靠山卓面，来家与老婆孩子吃着，两三日省了买烧饼钱。这个好不好？”（第八十回）

这是应伯爵向他的几个狐朋狗友出的主意，结果众人都赞成。前半截说的还挺像人话，后半部分说的就实在太不像话了！既然平时吃他的，用他的，借他的，受惠是那么多，现在竟然每人只出一钱银子来祭奠他们的恩人！不仅如此，他们还准备在祭祀时连吃带拿，不但要把那一钱银子赚回来，还要额外多赚上几天的烧饼钱！应伯爵这算盘打得实在太精细了！西门庆的几个结拜兄弟，虽然不是每个人都受过他的恩惠，但像应伯爵、谢希大、常时节这几人还是经常受到关照和帮助的，或在银钱上，或在人情上。常时节买房一次就用了西门庆几十两银子；而应伯爵平时从西门庆手里得到的就更多了，老婆生孩子，西门庆一次就白送了五十两足色纹银。至于平时跟着西门庆吃喝的花费，简直就难以计算了。可现在，应伯爵竟然提议每人只出一钱银子为西门庆祭奠，而且还想趁机再捞一把！西门庆若地下有知，一定会对结交下这么一帮“兄弟”深感悔恨。

应伯爵之流的行为当然是令人不齿的，但倒也不值得大惊小怪，因为这是他们的职业决定的，是他们的本性决定的。帮闲不就是围着有钱有势的人转悠，对着他们说些吹嘘逗乐的话引得他们高兴，以求赏给自己一口吃的，或者进一步再给自己几两银子养家糊口吗？食客不就是为了自己和老婆孩子都吃饱肚子吗？他们没有什么高深的目的，也不需要什么高超的技巧，一切都十分清楚明了，实实在在。他们的这种朴素而实在的目的，决定了必须采取实用主义的态度，一切行为都要产生相应的看得见的效果，如果没有这种效果，那他们还白费力气干什么？这在他们的逻辑里，是再简单不过的道理了。既然被吹捧的对象已经不存在了，那他们为什么还要自作多情，对着一个空洞的灵魂大表忠诚呢？

这一回的回首有八句诗："寺废僧居少，桥塌客过稀。家贫奴婢懒，官满吏民欺。水浅鱼难住，林疏鸟不栖。世情看冷暖，人面逐高低。"作者认为"此八句诗，单说着这世态炎凉，人心冷暖，可叹之甚也"。接着作者便以应伯爵这一伙帮闲祭祀西门庆为例，说明世间人与人的关系真是令人心寒齿冷。其实对应伯爵等人与西门庆的关系，旁眼人倒看得十分清楚。如水秀才与应伯爵是朋友，对他甚为了解，早就知道"应伯爵这起人与西门庆乃小人之朋"，所以在他为西门庆写的祭文里，用辛辣的比喻把西门庆说成是阳性生殖器，伯爵之流则是"受恩小子，常在胯下随帮"，"见今你便长伸着脚子去了，丢下子如班鸠跌弹，倚靠何方？""撇的人垂头跌脚，闪得人囊温郎当"，对这伙无耻之徒进行了尖锐的讽刺嘲笑。在这一回的结尾，作者又这样告诫世人：

但凡世上帮闲子弟，极是势利小人。见他家豪富，希图衣食，便竭力承奉，称功诵德。或肯撒漫使用，说是疏财仗义，慷慨丈夫。胁肩谄笑，献子出妻，无所不至。一见那门庭冷落，便唇讥腹诽，说他外务，不肯成家立业，祖宗不肖（幸），有此败儿。就是平日深恩，视如陌路。当初西门庆待应伯爵，如胶似漆，赛过同胞弟兄，那一日不吃他的，穿他的，受用他的。身死未几，骨肉尚热，便做出许多不义之事。正是：画虎画皮难画骨，知人知面不知心。（第八十回）

作者的这段愤激之词，虽是针对应伯爵的忘恩负义行为而言，却有着十分广泛的意义。帮闲与主子的关系是这样，夫妻呢？朋友呢？主奴呢？从作者的描写中我们得知，无不如此。

潘金莲会使“小意儿”

看过《金瓶梅》的人，都知道潘金莲是书中的一霸，在西门庆的众妻妾中，数她最诡计多端，心狠手辣。不过就像任何事物都有一个发展过程一样，潘金莲这种性格的形成也有一个渐进过程，书中的情节为我们提供了其性格发展的轨迹。比如说金莲在与西门庆偷情阶段，金莲刚嫁入西门庆家里，以及金莲渐渐在家里站稳脚跟这几个不同阶段中，其性格表现是完全不同的。

当潘金莲还是武大郎名义上的妻子的时候，她遇上了相貌堂堂、有钱有势的西门庆，干涸已久的感情得到这个风月老手的滋润，她尝到了在武大郎那里从未尝到过的被一双有力的臂膀搂住的滋味；与此同时，潘金莲也痴情地将自己的终身托付给了这个新主人。为此，她甚至不惜冒险参与杀死了自己的原夫。不过此后不久，我们意外地发现这个凶残杀死丈夫的女人，竟是一个感情极其丰富而又脆弱的人。这时正值西门庆与孟玉楼打得火热，先是来往相亲，接着又是娶亲，足闹了一个多月，直把潘金莲闪得“芳容消瘦虚鸾镜，云鬓鬅松坠玉钗”，茶饭无心，寝食无味。金莲每日门儿倚遍，眼儿望穿，屡屡打发迎儿前往西门庆门首探看，无奈竟连西门庆个人影也见不到；她又用红绣鞋打了相思卦，向玳安哭诉见不到汉子的悲伤，写下情意绵绵的情书，弹着琵琶独自唱出对西门庆的一腔痴情……总之，她被失恋搞得神魂颠倒，种种行为让人确信她是世界上最多情的女人。

潘金莲的种种行为都是装出来的吗？应该相信她的这些行为是可信的，确实是她此时内心世界的外露。潘金莲此时的处境是：1. 她终于遇到了西门庆这样的男子汉，得到了她久欲得到的东西，这对她的不美满婚姻是一个极大的补偿；显然，她不愿意这么快就失去这一切。2. 她已与西门庆合伙杀死了自己的丈夫，堵死了自己的后路，所以只有与西门庆结合才是今后的唯一出路。如果此时西门庆将她抛弃，无异于把她推向死地。鉴于这样的处境，潘金莲此时所具有的不仅是多情和悲伤，还有严重的恐惧心理，这两种情绪相互感染，使潘金莲的精神变得近乎癫狂。如果不是王婆终于找来了西门庆，潘金莲说不定会发生什么事情。

当潘金莲终于成为西门庆众妻妾中的一员的时候，又表现出性格的另一个侧面。书中写西门庆把潘金莲娶到家里，收拾花园内楼下三间与她做房，一个独门小院，甚为幽静。为她置买了一张黑漆欢门描金床，及帐幔、桌椅摆设等物。又将月娘房内的丫头春梅交给金莲使用，用六两银子新买了上灶丫头秋菊。

金莲的到来，显然对西门庆的原有妻妾形成一股强有力的

“冲击波”，又像在平静的湖水中投下了一块巨石，引起了久久难以平息的震荡。先是金莲进门第二天拜见大小，递见面鞋脚，书中写道：

月娘在坐上，仔细定睛观看，这妇人年纪不上二十五六，生的这样标致。但见：眉似初春柳叶，常含着雨恨云愁；脸如三月桃花，暗带着风情月意。纤腰袅娜，拘束的燕懒莺慵；檀口轻盈，勾引得蜂狂蝶乱。玉貌妖娆花解语，芳容窈窕玉生香。吴月娘从头看到脚，风流往下跑；从脚看到头，风流往上流。论风流，如水晶盘内走明珠；语态度，似红杏枝头笼晓日。看了一回，口中不言，心内暗道：“小厮每家来，只说武大怎样一个老婆，不曾看见。今日果然生的标致，怪不的俺那强人爱他。”（第九回）

西门庆与潘金莲的风流韵事，吴月娘早有所闻，对潘金莲的美貌也听小厮们说过。而今天吴月娘如此细细地端详潘金莲，意在解开心中的一个疙瘩：俺那强人为什么爱她？潘金莲究竟是用什么迷住了汉子的心？看的结果，她不能不承认潘金莲的美貌，不能不承认潘金莲的风流，不能不承认潘金莲确实有迷人的魅力！当她在心里承认这些的时候，一股妒火同时也在她的心里升起。所谓“今日果然生的标致”，所谓“怪不的俺那强人爱他”，明显有一丝不甚情愿的意思在，明显有一丝醋意包含其中。

在吴月娘等人细观潘金莲的同时，潘金莲也在细细地打量吴月娘等人——对潘金莲这种性格的人来说，绝不是因为好奇，而是为了“战略的需要”。书中写道：

这妇人坐在傍边，不转睛把眼儿只看吴月娘——约三九年纪，因是八月十五日生的，故小字叫做月娘。生的面若银盆，眼如杏子，举止温柔，持重寡言。第二个李娇儿，乃院中唱的。生的肌肤丰肥，身体沉重，在人前多咳嗽一声，上床赖追陪，解数名妓者之称，而风月多不及金莲也。第三个就是新娶的孟玉楼，约三十年纪。生的貌若梨花，腰如杨柳，长挑身材，瓜子脸儿，稀稀多几点微麻，自是天然俏丽。惟裙下双湾金莲无大小之分。第四个孙雪娥，乃房里出身。五短身材，轻盈体态，能造五鲜汤水，善舞翠盘之妙。这妇人一抹儿多看到在心里。（第九回）

好一个“多看到在心里”！虽然吴月娘等人在看金莲的同时，金莲也在看她们，但双方看的目的是大不相同的。如果说吴月娘是为了解开心中的困惑，其他人多是好奇的话，那么潘金莲则纯粹为了制定今后的生活“战略”，是大有深意的。

事实上，金莲的这种意图三天后就清楚地暴露出来：

过三日之后，每日清晨起来，就来房里与月娘做针指，做鞋脚。凡事不拿强拿，不动强动。指着丫头，赶着月娘，一口一声只叫“大娘”，快把小意儿贴恋。几次把月娘喜欢的没入脚处，称呼他做六姐，衣服首饰拣心爱的与他，吃饭吃茶和他同卓儿一处吃。因此，李娇儿等众人见月娘错敬他，各人都不做喜欢，说：“俺们是旧人，到不理论，他来了多少时，便这等惯了他，大姐好没分晓。”（第九回）

读过《金瓶梅》的人都知道，潘金莲绝非那种低三下四之人，用她自己的话说，“我是个不戴头巾的男子汉，叮叮当当响的婆娘”！那么，她为什么入门之后就赶忙向吴月娘“贴小意儿”呢？其实，这正是她的聪明处。如前所述，她已经杀死了自己的亲夫，把一切交给了西门庆，而且她又刚刚经历过一阵失恋的痛苦，好不容易重新抓住了西门庆，这使她对获得正式进入西门庆家门的机会格外珍惜。当然，潘金莲所考虑的不仅仅是进入这个家门，她考虑更多地是如何在这个家里立住脚跟，在西门庆其他几个妻妾面前占有一席之地，以便进一步扩大地盘。她心里很明白，如果用财产的数量去衡量，她是无法与其他几位娘子相比的；即使从根基上相比，她也处于明显的劣势；更何况她与西门庆的苟且、杀死原夫的恶行，也在心灵上蒙上一层浓重的阴影。这一切使她明白，要想在这个家里取得平等的资格，并进而后来居上，她必须完全抛弃“不戴头巾的男子汉”的姿态，采取谦恭甚至卑下的态度，跟每一个人建立良好的关系，尤其是主家娘子吴月娘。正是基于这样的原因，潘金莲“凡事不拿强拿，不动强动”，并不断向吴月娘“贴小意儿”献殷勤。果然，不论金莲是真心还是假意，她在吴月娘那里确确实实地收到了实效。李娇儿等人虽然对此不满，但她们的“旧人、新人”的理论太缺乏说服力；事实上，潘金莲的这些反常行为乃是一种阴谋手段。这一点，吴月娘是在李瓶儿死时才认识到的。

但不管怎么说，潘金莲初入西门之家，便赢得主家娘子吴月娘的好感，并与西门庆“如胶似漆，百依百随”，很快地站稳了脚跟，为以后施展“全挂子的本事”打下了基础，这不能不说是潘金莲的初步胜利。

潘金莲初露锋芒：激打孙雪娥

潘金莲嫁到西门庆家之后，先是待人谦和，做事勤谨，颇得吴月娘的好感。这是她软的一手。但过了不久，潘金莲便迫不及待地暴露出了其性格的另一面，开始让人们领教其硬的一手。第十一回“潘金莲激打孙雪娥”将金莲的这一手写得很精彩，让人初步认识了真正的潘金莲。

这一回写的是“潘金莲在家恃宠生骄，颠寒作热，镇日夜不得个宁静。性极多疑，专一听篱察壁，寻些头脑厮闹”。潘金莲进门不久，为什么从谦恭和善的卑微态度，突然变得“恃宠生骄，颠寒作热”了呢？这是因为潘金莲以为，进门时间虽不长，但一是抓住了吴月娘的心，二是勾住了汉子的心。书中写金莲“住着深宅大院，衣服头面又相趁，二人女貌郎才，正在妙年之际”，“淫欲之事，无日无之”，金莲几乎达到专房的程度。对西门庆这个久战情场的人来说，虽然经手的女人极多，但像金莲这样知心合意、让他如鱼得水的女人，还从来没有见过。潘金莲不但以自己的身心讨得了西门庆的欢心，还将贴身丫头春梅让西门庆收用了，这更让西门庆欣喜异常，深为金莲的宽广胸怀而感动。而这春梅不但生有几分颜色，性聪慧，而且喜谑浪，善应对，与金莲可谓天生的一对。从此，二人相互配合，在西门庆大院里掀起了一阵阵风浪。“激打孙雪娥”就是二人合伙的第一次表演。

这一次是金莲为些零碎小事，骂了春梅几句。春梅觉得心下委屈，又不敢跟这位新主人使性子，只好跑到厨下拍盘摔碗，出心中闷气。正在厨下做饭的孙雪娥见她气闷闷的样子，开了一句不得体的玩笑：“怪行货子，想汉子便别处去想，怎的在这里硬气？”不想春梅听了这句话竟暴跳起来，怒吼：“那个歪斯缠我哄汉子！”并且走到前边，添油加醋地告诉金莲：“我和娘收了，俏一帮儿哄汉子。”这使金莲心中甚为不快，但没找到机会发作。

事有凑巧，第二天早上西门庆要吃荷花饼和银丝鲊汤，使春梅厨下去取。金莲趁机向西门庆告说孙雪娥骂她“俏成一帮儿哄汉子”的话，西门庆心中十分生气。结果因拿饼的事春梅又和孙雪娥骂将起来，孙雪娥认为是金莲和春梅挑唆西门庆改换正常食谱，故意与她为难。春梅回来后又一次添枝加叶地告诉潘金莲和西门庆，使西门庆一怒之下痛打了孙雪娥一顿。挨了打的孙雪娥无处申说，跑到吴月娘那里历数潘金莲的丑行，说她“比养汉老婆还浪，一夜没汉子也成不的”，“当初在家把亲汉子用毒药摆死了，跟了来，如今把俺们也吃他活埋了”。谁知这话又被金莲偷听到，回房后即卸了浓妆，洗了脂粉，睡在床上大哭起来，非要向西门庆要休书不可。西门庆更怒，走到后边又把孙雪娥狠打了一场。

事情的起因本来与潘金莲关系不大，主要是春梅和孙雪娥斗口引起来的。如果说到谁是谁非的话，孙雪娥除了玩笑话说得不太得体之外，似乎并无恶意。但春梅却无中生有地反诬孙雪娥，将雪娥说的“想汉子”改成“俏一帮儿哄汉子”，并添加了“我和娘收了”云云。春梅被西门庆收用，是金莲提议的，孙雪娥是否知道，书中没有介绍，但孙雪娥提到“想汉子”一定引起了春梅的怀疑，以为雪娥是在含沙射影地指收用一事。看来做丫头的被主人收用，并不是什么值得炫耀之事，否则春梅不会像被人揭了短一样暴跳如雷。但另一方面，春梅被西门庆收用不但改变了她的地位，“不令他上锅抹灶，只叫他在房中铺床叠被，递茶水”，更在心理上给了她一种优越感；否则，她作为一个丫头，是属于奴才辈的，怎敢向她的主人大发雷霆，以秽语相骂呢？孙雪娥虽然在家中的地位不高，但毕竟是主子辈的啊！原因只能是，春梅自以为被主人收用，有了与孙雪娥平起平坐、决一雌雄的资本；起码，不应该像以前一样，连孙雪娥都敢“在灶上把刀背打他”！事实是，春梅自此以后充分利用了自己的这一优势，跟着潘金莲为非作歹，表现出咄咄逼人的势头！

对于潘金莲来说，春梅与孙雪娥的争斗为她提供了一次极好的契机，使她由此而始，反守为攻，渐渐开始了争夺“霸主”地位的斗争。选择孙雪娥作为首要打击对象，显然也是很明智的。因为在西门庆的几个妻妾中，数孙雪娥根基最浅，能耐最差，也最不讨人喜欢；她被打入厨下做饭，与仆人几乎没有什么区别，就是地位低下的明证。但是金莲也知道，过门不久就与孙雪娥打闹毕竟不太体面，于是暗暗地定下了借刀杀人之计，决定用西门庆之手达到自己的目的。她先是在西门庆使春梅到厨下拿饼时说："你休使他。有人说我纵容他，教你收了，俏成一帮儿哄汉子。百般指猪骂狗，欺负俺娘儿们。使你又使他后边做甚么去！"（第十一回）虽然她没明提孙雪娥，但她知道西门庆心里一定是清楚的。接着春梅没有拿来饼、汤，却与雪娥大骂起来。金莲又赶忙不失时机地对西门庆道："我说别要使他去，人自恁和他合气，说俺娘儿两个攡拦你在这屋里，只当吃人骂将来。"这一方面是表白自己说的都是事实，另一方面是朝发怒的西门庆火上浇油，于是孙雪娥便不可避免地又挨了几脚。挨了打的孙雪娥实在不明白西门庆为何如此偏听偏信，情急之下竟揭出潘金莲毒死武大的丑事，这简直是向金莲的心上捅了一刀。金莲羞辱交加，只好泼妇般地哭叫着以要休书相威胁，实际上是在撺掇（或者逼迫！）西门庆对雪娥进行更严厉的惩罚。尽管这样，金莲仍觉得难消心头之恨。对于自己不光彩的历史，尤其是药死武大一事，潘金莲最怕别人念念不忘，更怕别人以此作为与之争斗的杀手锏；而今天最没地位的孙雪娥竟率先这样做了，她除了反击之外简直无路可走——除非她甘愿认输，屈辱地度过后半生。反击的方法似乎也只有依靠西门庆，只能依靠拳脚相加。因为那件人所共知的恶行，仅靠自己的利嘴辩驳是不足以解决问题的，只有靠"强拳"来对付。

"激打孙雪娥"一场，表面上看，似乎是潘金莲取得了胜利，占了上风，但也向她提出警示，那就是：人们并未因为她进门后的“贴小意儿”而忘掉她的过去，她要想在西门家族中取得“霸主”地位，还会有艰苦的斗争。

金莲也吃李娇儿的暗算

在西门庆的众妻妾中，孙雪娥是最受气的一个，从“激打孙雪娥”的情节中可以看出。除此，还有一个最不起眼儿的妾，那就是李娇儿。李娇儿的“不起眼”，不是她韬光敛形，为人谦恭，而是她在众人眼里似乎是可有可无，没有什么地位。娇、娥二人为什么处在这种地位呢？可能与她们的出身有关。李娇儿原本是妓女，在妓院里唱曲接客，卖笑追欢，后被西门庆娶到家里。虽然当时是个思想意识颇具“开放”特点的时代，西门庆对妓女的身份并不太讲究，但她在另外几个妻妾眼里，毕竟有“出身不好”的印象。至于孙雪娥，本为陪房丫头，后升格为妾，长相既无可称道之处，为人又颇不得体，唯“能造五鲜汤水，善舞翠盘”，由奴才而变为主人，总让人觉得有点儿不服气。既然这二位在西门大官人的家里都处在不尴不尬的地位，所以她们便很自然地想到要联起手来做事情。这样的机会恰好就来了。

西门庆在妓院里遇上了李桂姐，在应伯爵等人的一力撺掇下，梳笼了李桂姐，贪恋其姿色，约半月工夫不曾回家。尽管吴月娘使小厮去马接了几次，都没有接回来。西门庆不在了，他的几个妻妾都觉得难以忍受。尤其是潘金莲，书中写她“欲火难禁一丈高，每日和孟玉楼两个，打扮粉妆玉琢，皓齿朱唇，无一日不走在大门首倚门而望，等到黄昏时分。到晚来归入房中，粲枕孤帏，凤台无伴，睡不着”（第十二回）。潘金莲的亢奋情欲得不到宣泄，这对她来说是一件大事，便又与西门庆写信，让玳安送到院里。不想这封信惹得桂姐起了醋意，故意装出恼怒的样子。西门庆一气之下将信撕得粉碎，又把玳安踢了两脚，赶他快回家。潘金莲见玳安狼狈而回，男人也没请到，便气恼地对月娘、玉楼等人说：“十个九个院中淫妇，和你有甚情实？常言说的好：船载的金银，填不满烟花寨。”金莲骂妓女无情，不防此话却被李娇儿听到，“李娇儿从玳安自院中来家时分，走来窗下潜听，见潘金莲对着月娘骂他家千淫妇、万淫妇，暗暗怀恨在心，从此二人结仇”。

正在这时，不想潘金莲有一件丑事被李娇儿牢牢攥在手里，成为报复的工具。原来孟玉楼身边有个小厮，名唤琴童，“年约十六岁，才留起头发。生的眉目清秀，乖滑伶俐。……以此妇人喜他，常叫他入房，赏酒与他吃。两个朝朝暮暮，眉来眼去，都有意了”（第十二回）。一日金莲实在按捺不住，便将琴童叫进房来，给他酒吃，酒酣，两个人便褪衣解带，干做一处。自此为始，天天如此。

琴童能与主母“干做一处”，自然心满意足。巨大的自豪感使他抑制不住内心的激动，便在喝酒的时候泄露出来。风声传进刚刚挨打受辱的孙雪娥和刚与金莲结仇的李娇儿耳朵里，二人感到意外的高兴，齐说："贼淫妇！往常言语假撇清，如何今日也做出来了？偷养小厮！"显然，金莲此事对二人来说，真可谓天假其便，她们自然不会放过这次绝好的报仇机会！于是，她们联合起来到吴月娘处告状，最终目的自然是使西门庆知道，用西门庆的手惩罚这个"假撇清"的淫妇，以解她们的心头之恨。谁想吴月娘对二人的小报告竟然不相信，并以会得罪孟玉楼为借口，将二人顶了回来。吴月娘不相信是符合逻辑的，因金莲进门后常以小意儿贴恋月娘，早已拢住了她的心；而李娇儿、孙雪娥则平素信誉就不佳，又兼与金莲有矛盾，这是月娘知道的，故她不相信。娇、娥看到月娘不信任自己，也无可奈何，"二人无言而退"。但并未死心，她们相信"若要人不知，除非己莫为"的古话。果然，有一天金莲与小厮在房中行事，忘记关厨房门，被丫头秋菊出来解手遇上了——秋菊虽然蠢笨，但这种事情也是能看出点儿眉目来的。第二天秋菊告诉小玉，小玉又告诉了雪娥。雪娥觉得这一次有人证，不似上次空口无凭，于是找到李娇儿，再一次信心百倍地来找吴月娘，声言："他屋里丫头亲口说出来，又不是俺们葬送他。大娘不说，俺们对他爹说。若是饶了这个淫妇，自除非饶了蝎子娘是的。"月娘见事态要扩大，赶紧声明"我不管你"，以图明哲保身。娇、娥得了此话，索性大着胆子干起来，等西门庆回来，将他叫进屋里，一五一十地学了一遍。西门庆本是情场上的"进攻手"，攻城略地，所向披靡，哪里想到后院失火！所以听了此话，"怒从心上起，恶向胆边生。走到前边坐下，一片声叫琴童儿……被西门庆叫到前厅跪下，分付三四个小厮，选大板子伺候”。结果，琴童挨了三十大棍，被打得皮开肉绽，双腿流血，最后又被赶出了家门。

再说金莲闻知东窗事发，一下子慌了手脚。她先是“使春梅忙叫小厮到房中，嘱付千万不要说出来，把头上簪子都要过来收了”。接着又听到琴童被赶了出去，知道事情不妙，浑身就像掉在冷水里一般，直打哆嗦。书中接着写道：

不一时，西门庆进房来。唬的战战兢兢，浑身无了脉息，小心在旁扶侍接衣服，被西门庆兜脸打了个耳刮子，把妇人打了一交。分付春梅把前后角门顶了，不放一个人进来。拿张小椅儿坐在院内花架儿底下，取了一根马鞭子拿在手里，喝令：“淫妇脱了衣裳跪着！”那妇人自知理亏，不敢不跪。到是真个脱去了上下衣服，跪在面前，低垂粉面，不敢出一声儿。西门庆便问：“贼淫妇，你休推睡里梦里，奴才我才已审问明白，他一一都供出来了。你实说，我不在家，你与他偷了几遭？”妇人便哭道：“天么，天么！可不冤屈杀了我罢了！自从你不在家，半个来月，奴白日里只和孟三姐做一处做针指，到晚夕早关了房门就睡了，没勾当不敢出这角门边儿来。你不信，只问春梅便了。有甚和盐和醋，他有个不知道的？”因叫春梅来，“姐姐，你过来，亲对你爹说。”西门庆骂道：“贼淫妇！有人说你把头上金裹头簪子两三根，都偷与了小厮。你如何不认？”妇人道：“就屈杀了奴罢了！是那个不逢好死的嚼舌根的淫妇，嚼他那旺跳的身子！见你常时进奴这屋里来歇，非都气不愤，拿这有天没日头的事压枉奴。就是你与的簪子，都有数儿，一五一十都在，你查不是！我平白想起甚么来与那奴才？好成楫的奴才！也不枉说的行，一个尿不出来的毛奴才，平空把我纂一篇舌头。”（第十二回）

好一个潘金莲！她的这段辩词编得何等合情合理，有声有色！西门庆听她说得并无漏洞，只好说“簪子有没罢了”。但又取出从琴童身上搜出来的锦香囊，不容淫妇分说，便“向他白馥馥香肌上飕的一马鞭子来，打的妇人疼痛难忍，眼噙粉泪，没口子叫道：‘好爹爹！你饶了奴罢！……’”金莲一面哭着求饶，一面又扯谎说锦香囊是丢在花园里，被琴童拾去的。西门庆原本是怒火冲天，但见了妇人脱得赤条条的，又娇声嫩啼地跪在地上求饶，竟忽然由怒变怜，“那怒气早已钻入爪哇国去了，把心已回动了八九分”。西门庆既有怜爱之心，自然不愿再打金莲，便找了个台阶，顺势拉过春梅来，搂在怀里问她：“淫妇果然与小厮有首尾没有？你说饶了淫妇，我就饶了罢。”于是竟真的饶了。一场暴风骤雨式的大事情，就这样虎头蛇尾地结束了。

潘金莲这次皮肉受苦虽不多，但给她的屈辱是永远不能忘的。所以她恶狠狠地对玉楼说：“三姐，你看小淫妇今日在背地里白唆调汉子，打了我恁一顿。我到明日，和这两个淫妇冤仇结的有海深！”（第十二回）这确实是潘金莲的性格！她喜欢记仇，她喜欢报复，她尤其不能容忍“栽”在李娇儿、孙雪娥这样的人手里。其实，这也正是她的缺点。她不明白物极必反的道理，她缺乏能屈能伸的品格，她一生都是如此，所以结果也正死在这上面。她只知道是李娇儿、孙雪娥使她蒙受了这次奇耻大辱，但她却没想到正是她的“激打”才使孙雪娥受了皮肉之苦，正是她偷骂桂姐“淫妇”才使李娇儿嫉恨在心。娇、娥二人明知自己在西门庆家里地位不如别人，心里肯定早就存在着不平衡，如今又眼睁睁看着潘金莲后来居上，并且欺负到了自己的头上，这不能不激起她们的反抗。手法当然算不上高明——同样是借西门庆之“矛”攻潘金莲之“盾”，与潘金莲的“激打”手法没有什么两样。其实，西门庆这几个妻妾的明争暗斗，差不多都是借西门庆作进攻武器或退却的挡箭牌，这是几个女人共同的聪明之处。因为事情明摆着，作为妻妾，她们之间虽然有主次之别，但毕竟同属于一个男人，是他的附属物，这是她们的共同点。只靠她们中的某一个人制服另一个人，那是很困难的，或者只能吃力不讨好。依靠西门庆去惩治对方，将有泰山压顶之势，而且胜利者并不是西门庆，而是自己，自己的智慧、力量和地位将会由此得以充分体现。她们都把西门庆作为一个杠杆的支点，压下对方，抬高自己。对立的双方此伏彼起，忽高而又低，这就是西门家的女人们的“悲喜剧”！

金莲的"法眼"

一天西门庆闲得无聊，听玳安说贲四的娘子自从嫁了女儿以后，无所事事，十分孤闷，便对玳安说："他既没人使，你每替他勤勤儿也罢。"并且忽然心生一念，悄悄对玳安说："你慢慢和他说：如此这般，爹要来你这屋里来看你看儿，你心如何？看他怎的说。他若肯了，你问他讨个汗巾儿来与我。"玳安为西门庆牵合已经很有经验，所以爽快地答应下来，并且很快就联系停当，回来对西门庆说那边的反应："小的将爹言语对他说了。他笑了，约会晚上些，伺候等爹过去坐坐，叫小的拿了这汗巾儿来。"西门庆连忙将汗巾袖了，单等晚上赴会。到了晚上，西门庆见四外没人，两三步就走入贲四家里。因贲四就住在对门，十分便利。书中说：

只见贲四娘子儿在门首独自站立已久，见对门关的门响，西门庆从黑影中走至跟前。这妇人连忙把封门一开，西门庆钻入里面。妇人还扯上封门，说道："爹请里边纸门内坐罢。"原来里间槅扇厢着后半间，纸门内又有个小炕儿，笼着旺旺的火，卓上点着灯，两边护炕从新糊的雪白，挂着四扇吊屏儿。那妇人头上勒着翠蓝销金箍儿，鬏髻插着四根金簪儿，耳朵上两个丁香儿，上穿紫绸袄，青绡丝披袄，玉色绡裙子，向前与西门庆道了万福。连忙递了一盏茶儿与西门庆吃，因悄悄说："只怕隔壁韩嫂儿知道。"西门庆道："不妨事。黑影子他那里晓的！"于是不由分说，把妇人搂到怀中就亲嘴……西门庆向袖中掏出五六两一包碎银子，又是两对金头簪儿，递与妇人："节间买花翠带。"妇人拜谢了，悄悄打发出来。（第七十七回）

两人都以为神不知鬼不觉，不会有人知道，谁想隔壁的韩嫂儿听到了动静，并把事情告诉给了潘金莲。金莲当然不会善罢甘休，但她并没有马上发作出来，而是找了一个机会，先是暗暗地刺了西门庆一下。一天西门庆与月娘计划明日是灯节，少不得要请请常来往的几位官员、亲朋的娘子们，并说："也只在十二三，挂起灯来。还叫王皇亲家那起小厮扮戏要一日。争耐去年还有贲四在家，扎了几架烟火放，今年他东京去了，只顾不见来了，却交谁人看着扎？"西门庆话未落音，潘金莲便接过来道："贲四去了，他娘子儿扎也是一般。"西门庆本来以为与贲四娘子的事无人知晓，这时猛听金莲此话，不免吃了一惊；但是他又不好作什么解释，或许他觉得本不需作什么解释，只是瞅了金莲一眼说："这个小淫妇儿，三句话就说下道儿去了。"好在月娘、玉楼都没太注意，事情便过去了。

金莲掌握这一情报，一是有韩嫂儿报告，后来又由贲四娘子自己的行为得到了证实。原来这贲四娘子与西门庆的心腹玳安也是有奸情的，而且是先于西门庆。玳安见主子也勾上了自己的情妇，倒并无争风吃醋之心。当天晚上西门庆走后，玳安又进去与妇人相会，贲四老婆担心道："只怕隔壁韩嫂儿传嚷的后边知道，也似韩伙计娘子，一时被你娘们说上几句，羞人答答的，怎好相见？"玳安便替她出主意说："如今家中，除了俺大娘和五娘不言语，别的不打紧。俺大娘倒也罢了，只是五娘快出尖儿。你依我，节间买些甚么儿进去，孝顺俺大娘。别的不稀罕，他平昔好吃蒸酥，你买一钱银子果馅蒸酥、一盒好大壮瓜子送进去。这初九日是俺五娘生日，你再送些礼去，梯己再送一盒瓜子与俺五娘。你到明日进来磕头，管情就掩住许多口嘴。"（第七十八回）

玳安的这个主意并不高明，金莲的嘴可不是一盒瓜子儿就能堵住的。她虽然管不住西门庆，说一说还是能够做到的，她也认为这是自己的基本权利，谁也无法剥夺。所以她在上寿那天又对着琴童儿个小厮骂起贲四老婆来："宫外有株松，宫内有口钟。钟的声儿，松的影儿，我怎么有个不知道的？昨日可是你爹对你大娘说，去年有贲四在家，还扎了几架烟火放，今年他不在家，就没人会扎。乞我说了两句：他不在家，左右有他老婆会扎，教他扎不是？"（第七十八回）玳安听了金莲的话，知道她已知晓此事，便掩饰说："娘说的甚么话，一个伙计家，那里有此事！"妇人答道："甚么话？撞木靶！有此事，真个的，画一道儿，只怕合过界儿去了。"琴童也在一旁说："娘也休听人说他，只怕贲四来家知道。"金莲听到琴童提起贲四，就更来气了，骂道：

"瞒那傻王八千来个！我只说那王八也是明王八，怪不的他往东京去的放心，丢下老婆在家，料莫他也不肯把毬闲着。贼囚根子们，别要说嘴，打伙儿替你爹做牵头，勾引上了道儿，你每好图躧狗尾儿。说的是也不是？敢说我知道？嗔道贼淫妇买礼来，与我也罢了，又送蒸酥与他大娘，另外又送一大盒瓜子儿与我，小买住我的嘴头子，他是会养汉儿。我就猜没别人，就知道是玳安儿这贼囚根子，替他铺谋定计。”……“我见那水眼淫妇，矮着个靶子，两是半头砖儿也是一个儿。把那水济济眼挤着，七八拿的儿舀。好个怪淫妇！他便和那韩道国老婆，那长大摔瓜淫妇，我不知怎的，掐了眼儿不待见他！”（第七十八回）

“不待见他”当然是可以理解的，任何一个与她争宠的女人她都是“不待见”的，更何况一而再再而三地出现家人媳妇与她争宠的糟糕局面呢！贲四娘子与汉子私通，金莲是先从韩嫂儿那儿得知的；而贲四娘子无故给她送去一盒瓜子，更加证实了此事。她知道是贲四娘子心虚，想借此让自己睁一只眼闭一只眼，手下留情。看来贲四老婆养汉子并不是个经验丰富者，手法也不算太高明，所以被金莲一眼便看穿了，并予以藐视。然而主意是玳安出的，说明玳安虽然跟了主人这么多年，却没有学到他的精髓。使人感到奇怪的是，金莲是如何知道玳安“替他铺谋定计”的呢？书中并没有交代，如果是金莲猜想出来的，我们就会更加佩服金莲在这些问题上的智慧了！玳安当然也不知道自己为贲四娘子出主意是如何泄露出来的，他猜想是韩嫂捣的鬼，所以马上就加以否认，说：“娘屈杀小的！小的平白管他这勾当怎的？小的等闲也不往他屋里去。娘也少听韩回子老婆说话，他两个为孩子好不嚷乱。常言：要好不能勾，要歹登时就一篇。房倒压不杀人，舌头倒压杀人。听者有，不听者无。论起来，贲四娘子为人和气，在咱门首住着，家中大小没曾恶识了一个人，谁人不在他屋里讨茶吃，莫不都养着？倒没放处！”（第七十八回）玳安这小子否认此事，一是恐金莲怪罪他的牵合作用，更主要的是怕连带把自己的奸情也暴露出来。如果是那样的话，西门庆岂不气得发昏吗？主人平时是那样信任自己，无话不说，无事不晓，弄到最后却敢与主子共享同一个女人，这成什么话！

好在此事并没有进一步发展，潘金莲虽然不满，但毕竟对男子的行为也看得惯了，如果真的因此而生气，不是早就气死了吗！所以金莲骂过以后，出了一口气，便也没有继续追究，而玳安与贲四娘子的好事竟也没被主人知道。玳安还是玳安，依然深受男女主人的信任，最后还成了西门庆产业的法定继承人。

金莲何以失望

《金瓶梅》第十九回写西门庆鞭笞李瓶儿，以报被蒋竹山“戴绿帽子”之仇，不想被李瓶儿的几句柔情软话说得回嗔转喜，马上丢了马鞭子，搂住李瓶儿，极尽绸缪。谁想二人重归于好，却急坏了房外偷看的一个人，这个人就是潘金莲。

原来潘金莲听说西门庆拿着马鞭子进了李瓶儿房中，便猜想要有一场“好戏”看，于是拉着孟玉楼，同到角门首站立，偷听房内的动静。这时春梅潜到窗下，将听来的消息随时转告潘、孟二人。金莲不知出于一种什么心理（好奇？幸灾乐祸？关心？），急于知道房内动静，不断地问春梅：“房中怎的动静？”“打了他，他脱了不曾？”玉楼恐被西门庆发现，拉着金莲到远些的地方站立。金莲显然是触景生情，想起自己上次挨打的情形，对玉楼说：“我的姐姐，说好食果子，一心只要来这里，头儿没动，下马威讨了这几下在身上。俺这个好不顺脸的货儿，你着他顺顺儿，他倒罢了。属扭孤儿糖的——你扭扭儿也是钱，不扭也是钱。想着先前，乞小妇奴才压枉造舌我那一行院，我陪下十二分小心，还乞他奈何的我那等哭哩。姐姐你来了几时，还不知他性格哩。”（第二十回）想到上次的遭遇，潘金莲在愤愤不平中似乎还心有余悸。因此她认为，李瓶儿的所作所为比她上次还要严重，故西门庆绝不会放过她。正是怀着这样一种急切的期待心理，她希望看到事情闹得愈大愈好，起码不应该低于她的上一次挨打。孟玉楼因没有金莲的这种经历，所以她与金莲的心境是不同的，起码不至于有幸灾乐祸的念头。

正是怀着这样的心境，金莲发现春梅出来，一直往后院走去。书中接着写道：

不防他娘站在黑影处叫他，问道：“小肉儿那去？”那春梅笑着只顾走。那金莲道：“怪小肉儿，你过来，我问你话。慌走怎的？”那春梅方才立住了脚，方说如此这般，“他哭着，对俺爹说了许多话说哩。爹喜欢，抱起他来，令他穿上衣裳，教我放了卓儿，如今往后边取酒去”。金莲听了，便向玉楼说道：“贼没廉耻的货！头里那等雷声大雨点小，打哩乱哩，及到其间，也不怎么的。我猜也没的想，管情取了酒来，教他递。……”（第二十回）

这一段描写把潘金莲此时此地的独特心理表现得惟妙惟肖，真令人拍案叫绝！当这个善妒的女人满心指望屋里出现马鞭横飞的骇人场面，传出瓶儿凄厉的求饶声的时候，春梅却给她描述了另外一种场景——而这是金莲压根儿都没想到的！我们似乎看到了潘金莲脸上的期待神色一下子变成了失望，又由失望变成了恼怒，于是她开始大骂西门庆是个“没廉耻的货”！她还将恼怒转移到春梅的身上，怪她为他们拿酒是“卖萝卜的跟着盐担子走，好个闲嘈心的小肉儿”！还又顺带骂上了孙雪娥，说她“那小妇奴才毽声浪颡”。总之，她觉得现在需要骂的人还很多，不骂实在没法宣泄自己的懊丧心情。

潘金莲觉得只是在背后骂一骂还不解气，她还要当面骂一次。第二天一早，她就两眼盯住西门庆和李瓶儿歇息的房门，西门庆刚一出门，就被她叫住了。她先是问西门庆急急忙忙去干甚事，接着发现他手里的银子包沉甸甸的——那是李瓶儿用来毁做头面的金丝䯼髻。当金莲知道李瓶儿的意图时，便叫西门庆用剩下的金子依样也为她打做一个。西门庆只好笑着答应下来。最后潘金莲又戏他道：“哥儿，你干上了。”西门庆尚不明白：“我怎的干上了？”金莲接着说：“你既不干，昨日那等雷声大雨点小，要打着教他上吊，今日拿出一顶䯼髻来，使的你狗油嘴鬼推磨，不怕你不走。”西门庆只好笑骂：“这小淫妇儿，单只管胡说。”急忙往外走去。西门庆对潘金莲的这种不软不硬、真假参半的讥讽，总是无可奈何。不过具有这种特权和能力的，西门庆的几个妻妾中只有潘金莲一人。孟玉楼、李瓶儿似乎没有这样的灵巧脑瓜和口才，她们也从来没有以这样的口吻与西门庆说过话。孙雪娥则没有这种资格。吴月娘不善于开玩笑，说出来的话一般都是庄正之语，所以也没与西门庆开过玩笑。而潘金莲仗着受宠，又有十分敏锐的目光和思维，加上一副伶牙俐齿，所以她敢于、也能够将西门庆置于一种不尴不尬、哭笑不得的境地。而在西门庆看来，这正是她讨人喜爱的地方之一。西门庆并不喜爱像吴月娘那种过分庄重正统的女性，更不喜欢像孙雪娥那种愚笨女人，他真正喜欢的是潘金莲这种聪明女人和李瓶儿那种重感情的女人。所以当他被潘金莲的刻薄尖酸行为弄得进退两难的时候，他并没有真正生气。像这一次金莲硬截下李瓶儿的金子，要他也为自己打一副头面，西门庆尽管嘴里骂着“你这小淫妇儿，单管爱小便益儿，随处也掐个尖儿”，但心里却不能不承认金莲的要求自有其合理处：金莲不像李瓶儿那样富有，她不过要求用别人剩下的东西为自己做副头面打扮自己，有什么不应该呢？作为她的男人，西门庆肯定不会拒绝这样的要求。后来他果然照办了。

对西门庆再娶李瓶儿，潘金莲虽然也说了些酸话，但她基本上采取了宽容的态度，因为她自己也是刚进西门庆家门不久，又非什么明媒正娶，所以不好说出什么反对意见来，只有采取“船多不碍港”的态度，这是明智的。比较而言，吴月娘在此问题上就显得过于固执了。娶前，西门庆征求她的意见，她便持反对态度。娶进家门，她更是耿耿于怀。她先是对西门庆派来旺儿看守李瓶儿原来的房子不满，说：“一个人也拉剌将来了，那房子卖吊了就是了，平白扯淡，摇铃打鼓的看守甚么？”接着孟玉楼劝她与汉子家笑开了罢，月娘更是触起了一腔心思，大大发泄了一番对西门庆的不满：

……他背地对人骂我不贤良的淫妇，我怎的不贤良的来？如今耸六七个在屋里，才知道我不贤良。自古道：顺情说好话，干直惹人嫌。我当初大说拦你，也只为好来。你既收了他许多东西，又买了房子，今日又图谋他老婆，就着官儿也看乔了。何况他孝服不满，你不好娶他的。谁知道人在背地里，把圈套做的成成的，每日行茶过水，自瞒我一个儿，把我合在缸底下。今日也推在院里歇，明日也推在院里歇，谁想他只当把个人儿歇了家里来。端的好，在院里歇！他自吃人在他根前那等花丽狐哨，乔龙画虎的两面刀哄他，就是千好万好了。似俺每这等依老实，苦口良言，着他理你理儿！（第二十回）

西门庆骂吴月娘“不贤良的淫妇”，是对着潘金莲说的，且是夜间枕边的话，吴月娘是如何知道的呢？书中没有交代。但她既然知道了，她所不满的就不只西门庆一人，还应该包括潘金莲，另外，对李瓶儿的妒忌之心也显而易见。吴月娘反对西门庆娶瓶儿的理由是西门庆曾与她的男人是朋友，又收过她的许多东西，但更主要的恐怕还是出于女性的相互妒忌。吴月娘认为西门庆没良心，允许他弄了六七个女人在屋里，却反骂她是“不贤良的淫妇”，这是使吴月娘最为恼火的。其实，西门庆娶了那么多女人，是他的财势使然，是时代的风气使然，这是吴月娘无力阻挡的。要知道，吴月娘本人也还是填房呢，她没有理由阻止别的女人也踏进同一个家门。这就是麻烦的所在，在这个“群雄争霸”的西门大院里，女人为争风吃醋而争吵、打骂乃至起杀人之心，就不可避免了。

金莲的离间术

潘金莲的性格，按照她自己的话说，是眼里揉不得沙子的人。如果她吃了亏，那是要千方百计想法报复的。“激打孙雪娥”已经证明了这一点。李娇儿和孙雪娥使她受辱挨打，她也要在以后予以强烈报复。最初，金莲的这些手段只能施展在孙雪娥、李娇儿这些人身上；随着地位的巩固，她开始打破这一界限，矛头渐渐指向了主家娘子吴月娘。

正当西门庆紧锣密鼓地盖房子、修花园，准备迎娶李瓶儿的当儿，因亲家陈洪那边出事，西门庆吓得遣走了工匠，停止了工程，紧闭大门而不出。李瓶儿等来等去不见来娶，竟忧愁得病。请来了一位大夫蒋竹山为其治病，不想一来二去二人成了亲，蒋竹山被招到李瓶儿家为婿，李瓶儿又拿出钱来为其开了个药铺，反把西门庆给甩了。这一切发生得太快，西门庆一点儿消息都没得到；等他知道时，李瓶儿早已同蒋竹山成了夫妻。西门庆这一气非同小可。书中写道：

这西门庆不听便罢，听了气的在马上只是跌脚，叫道：

“苦哉！你嫁别人，我也不恼，如何嫁那矮王八，他有甚么起解！”于是一直打马来家。刚下马进仪门，只见吴月娘、孟玉楼、潘金莲并西门大姐，四个在前厅天井内，月下跳马索儿耍子。见西门庆来家，月娘、玉楼、大姐三个都往后走了，只有金莲不去，且扶着庭柱兜鞋。被西门庆带酒骂道：“淫妇们闲的声唤，平白跳甚么百索儿！”赶上金莲踢了两脚。走到后边，也不往月娘房中去脱衣裳，走在西厢稍间一间书房，要了铺盖，那里宿歇。打丫头，骂小厮，只是没好气。众妇人站在一处，都甚是着恐，不知是那缘故。吴月娘甚是埋怨金莲：“你见他进门有酒了，两三步扠开一边便了，还只顾在跟前笑成一块，且提鞋儿，却教他蝗虫蚂蚱，一例都骂着。”玉楼道：“骂我每也罢，如何连大姐也骂起淫妇来了？没槽道的行货子！”金莲接过来道：“这一家子，只我是好欺负的。一般三个人在这里，只踢我一个儿。那个偏受用着甚么也怎的！”月娘就恼了，说道：“你头里何不教他连我也踢不是？你没偏受用，谁偏受用？恁的贼不识高低货，我到不言语，你只顾嘴头子哔哩礴喇的！”那金莲见月娘恼了，便转把话儿来摭说道：“姐姐，不是这等说。他不知那里因着甚么由头儿，只拿我煞气，要便睁着眼，望着我叫，千也要打个臭死，万也要打个臭死。”月娘道：“谁教你只要嘲他来？他不打你，却打狗不成？”……孟玉楼道：“论起来，男子汉死了多少时儿，服也还未满就嫁人，使不得的。”月娘道：“如今年程，论的甚么使的使不的。汉子孝服未满，浪着嫁人的，才一个儿！淫妇成日和汉子酒里眠酒里卧底人，他原守的甚么贞节！”（第十八回）

潘金莲刚进西门庆家门时，对吴月娘采取的是“贴小意儿”政策，故颇得吴月娘好感，为此还曾得罪过李娇儿诸人，认为月娘是“错敬他”。就是在金莲与琴童私通的事情上，当娇、娥向月娘汇报时，月娘竟采取了消极的态度，既有明哲保身的因素，也让人觉得有包庇金莲的嫌疑。而这一次就不同了。月娘觉得守着众人让西门庆不分“蝗虫蚂蚱，一例都骂着”，面子上十分过不去；以往她可能还没有受到过这种屈辱。她认为这都是金莲的过错，所以一改平时的态度，气恼地埋怨金莲。然而潘金莲也正委屈呢：为什么三四个人跳百索儿，却只踢我一个？难道我是这么好欺负的吗？所以当她听到吴月娘的怨言，便毫不犹豫地反驳起来。受辱的吴月娘听到潘金莲全不把自己这个主家娘子看在眼里，觉得又一次受辱，终于忍受不住，骂将起来。令潘金莲、孟玉楼难堪的是，吴月娘竟借骂李瓶儿把矛头对准她们，揭出“孝服未满，浪着嫁人”一节。孟玉楼与潘金莲都是再醮嫁人，孝服都不曾满，“听了此言，未免各人怀着惭愧归房”。孟玉楼是忠厚忍让之人，虽挨了骂却不见得以恶还恶；潘金莲既是眼里揉不得沙子之人，那么她是不会“姑妄听之”的。

果然，第二天的晚上金莲就在西门庆枕边大肆诋毁吴月娘。西门庆踢金莲，不过是听到李瓶儿嫁给蒋竹山的消息后气恼所致，并非有意为之，所以这天晚上西门庆仍回金莲处歇息。潘金莲见男人来到，赶忙为他脱衣、置酒，夜间西门庆对金莲提起：“当初你瓶夷，和我常如此干，叫他家迎春在傍执壶斟酒，到好耍子。”金莲听他提到李瓶儿，顿时想起被月娘斥骂之事，恼怒地说：“我不好骂出来的！甚么瓶姨、鸟姨，题那淫妇则甚？奴好心不得好报，那淫妇等不的，浪着嫁汉子去了。你前日吃了酒，你来家，一般的三个人在院子里跳百索儿，只拿我煞气，只踢我一个儿。倒惹的人和我辨了回子嘴。想起来，奴是好欺负的。”（第十八回）金莲极会选择时机，她知道此时与彼时说同一件事，效果是绝对不同的；趁此行房之机，向西门庆提出任何要求，差不多都可以得到满足。事实确实如此。西门庆心平气和地讲出那天气恼的原因，又一次大骂李瓶儿：“若嫁了别人，我到罢了。那蒋太医贼矮王八，那花大怎不咬下他下截来？他有甚么起解！”金莲听他仍骂李瓶儿，知道他仍然耿耿于怀，便巧妙地将他的怨恨转移到吴月娘身上。她说：“亏你有脸儿还说哩！奴当初怎么说来？先下米的先吃饭。你不听，只顾求他，问姐姐。常信人调，丢了瓢。你做差了，你抱怨那个？”按照金莲的说法，当初西门庆不该征求吴月娘的意见，因吴月娘是反对娶李瓶儿的；所以李瓶儿改嫁他人，全是吴月娘将好事耽误了。西门庆听了金莲此话，觉得有理，便将满腔怨恨转移到吴月娘身上，骂道：“你由他，教那不贤良的淫妇说去，到明日休想我这里理他！”从此以后，西门庆与吴月娘果然关系疏远，见面连话也不说。潘金莲达到了自己的目的。而这些，吴月娘尚蒙在鼓里，一直没有搞清汉子何以与自己冷淡了。

吴月娘在家中的地位是与“大娘子”联系在一起的，若从智力和能力上来讲，她在任何方面都难以与潘金莲相比。金莲是个争强好胜、极其自信、知其不可而为之的人，她对一切能做到的不能做到的，都要试一试。对于吴月娘，她先是敬之，后是攻之；前者是为了巩固自己的地位，后者则标志着自己在西门庆心中的位置已达到与吴月娘相匹敌的程度。所以书中写金莲“自西门庆与月姐尚气之后，见汉子偏听己，于是以为得志，每日抖擞着精神，妆饰打扮，希宠市爱”。但金莲的致命弱点是得意而容易忘形，所以往往一次胜利后紧接着一次失败。潘金莲自这次得逞之后，越发放肆，竟与陈经济渐渐打得火热，在道德沦丧的泥坑中愈陷愈深。

金莲终因痴情而丧命

潘金莲一生唱过不少情意绵绵的小曲，也写过类似的情书，但她真正钟情的人是谁呢？是西门庆吗？是陈经济吗？好像都不是。金莲对他们，有的是欲而缺少情，否则，西门庆死到临头，金莲还跨到西门庆身上给他吃春药行房，根本不顾他的死活，这是对待有情人该做的事吗？她一边用甜言蜜语哄住汉子，背地却与小厮甚至女婿乱来，这怎能说是有情于西门庆呢？至于对陈经济，那纯粹是潘金莲的权宜之计，更说不上情字。而她对前小叔子武松的一番情意倒是真实的，虽然是一厢情愿，并为此而付出了生命的代价，但她的一片真情实意不该埋没，更不该被颠倒。

《金瓶梅》是把潘金莲作为一个淫恶女性的典型来描写的，而她的淫行的开始就是从看上武松开始的。这一点，《金瓶梅》继承了《水浒传》，并无创新。潘金莲是怎样看上她的小叔子的呢？只要看一看金莲的出身，就会觉得金莲的念头并不邪恶，而是大可同情。金莲出身贫寒，九岁时便被卖到王招宣府学弹唱，后又转卖给张大户，长大后被张大户收用，主家婆知道后大为光火，张大户赌气把她送给武大为妻，并乘机仍有来往。无论是《水浒传》的作者，还是《金瓶梅》的作者，都没把潘金莲写成一个天生的淫荡女人；相反，给人的印象是她被有钱人家无理霸占，后来又像转卖货物一样转到武大郎的手里。这种遭遇当然应得到同情。而金莲嫁给武大郎后并没给她带来幸福，武大郎不但长相丑陋，而且行为龌龊，这使金莲心里十分痛苦。书中这样写道："原来金莲自从嫁武大，见他一味老实，人物猥猿，甚是憎嫌，常与他合气。报怨大户：'普天世界断生了男子，何故将奴嫁与这样个货？每日牵着不走打着倒腿的，只是一味味酒。着紧处，都是锥扎也不动。奴端的那世里悔气，却嫁了他！是好苦也！'"（第一回）她认为与武大郎的姻缘绝对是个误会，"不是奴自己夸奖，他乌鸦怎配鸾凰对。奴真金子埋在土里，他是块高号铜，怎与俺金色比"。其实金莲的这种比喻并不是夸张，确实道出了他们二人间的差异。人们无不为这种荒唐的夫妻姻缘感到遗憾和不满，所以常常叫着："这一块好羊肉，如何落在狗口里？"在这种情况下，潘金莲有"外心"，不满于现在的婚姻，是理所当然的。

正在金莲寻找感情的新出路时，武松如从天降，出现在她的面前。书中这样描写她当时的兴奋和欣喜："看了武松身材凛凛，相貌堂堂，身上恰似有千百斤气力，不然如何打得那大虫。心里寻思道：'一母所生的兄弟，又这般长大，人物壮健。奴若嫁得这个，胡乱也罢了。你看我家那身不满尺的丁树，三分似人，七分似鬼。奴那世里遭瘟，直到如今？据看武松又好气力，何不交他搬来我家住？谁想这段姻缘却在这里。'"（第一回）这一段内心独白十分精彩，表现了金莲经过长期精神苦闷后发现一线光明的欣喜之情。我们能把金莲的这种念头视为淫邪吗？当然不能。她本人是个如花似玉的美貌女人，又极聪明伶俐，且具有一定的文化素养——这在那个时代还是不多见的。她已经经历了情感上的挫折和磨难，既被张大户霸占，又接着跟了个七分似鬼、三分似人的武大郎，忍受着不平和屈辱，在这时突然出现了一个"身材凛凛，相貌堂堂"的真正男子汉武松，怎能阻止金莲将自己与武松联系起来呢？这难道不是对美的向往和追求吗？虽然金莲的美好想法被武松的一股正气所冲散，导致金莲第一次追求自由婚姻的行动失败，但我们对金莲的用心是不应该指责的。另外还应该注意到，金莲以后的种种行动，与她这一次受到的心灵重创不是没有关系。

《金瓶梅》中的武松，基本性格仍然沿袭《水浒》，主要的还是一个中世纪的传奇英雄、刚强汉子，所以他对来自金莲的多情只能用生硬的拒绝去回应，不可能有别的选择。就像我们不该责备金莲一样，同样也不必责备武松。武松的刚直虽然令人佩服，但他的头脑似乎忒简单了些，这导致他第一次为兄复仇的行动不但没有成功，自己反而身陷囹圄若干年。当武松发配孟州牢城充军几年之后，因遇朝廷郊天大赦，武松又回到清河县，恢复了原职，还是在县里当差做都头。武松为兄报仇之心还没死，听说西门庆已死，潘金莲又被王婆领了出来，便又动了杀人之心。武松这几年牢没有白坐，脑子变得复杂了一些，这次不像上次那样大杀大砍，武松上次报仇基本上没有筹划，听到消息后便急急忙忙地去寻找仇人，连人还没看清楚就动起了拳头，结果仇没报成却因误杀李外传而被判了刑。他想借景阳冈打虎的余威解决问题，但人毕竟不同于虎，对付人比对付一只猛虎更需要智慧。

这个道理武松现在已经弄明白了，所以他装出一副若无其事的样子先找到了王婆：

武松掀开帘子来，问："王妈妈在家？"那婆子正在磨上扫面，连忙出来应道："是谁叫老身？"见是武松，道了万福。武松深深唱喏。婆子道："武二哥，且喜几时回家来了？"武松道："遇赦回家，昨日才到。一向多累妈妈看家，改日相谢。"婆子笑嘻嘻道："武二哥比旧时保养，胡子楂儿也有了，且是好身量，在外边又学得这般知礼。"一面让坐，点茶吃了。（第八十七回）

武松这样做的目的是不愿打草惊蛇，以免仇人闻讯逃遁，重犯上次的错误。他想先稳住对方，探出真实情况来，再作主张。王婆果然被他的假象所迷惑，还以为多年不见，武松去看望她老人家呢！

武松见王婆毫无警惕，便又说："我有一庄事和妈妈说。"王婆说："有甚事，武二哥只顾说。"武松这才说："我闻的人说，西门庆已是死了，我嫂子出来，在你老人家这里居住。敢烦妈妈对嫂子说，他若不嫁人便罢，若是嫁人，如今迎儿大了，娶得嫂子家去，看管迎儿，早晚招个女婿，一家一计过日子，庶不教人笑话。”武松这番话是什么时候编出来的，书中没有交代，想来也绝不是临时编造，一定早在心中打好了腹稿，这时才来骗王婆罢了。王婆听到武松的这个大胆想法，颇感意外，一时不知如何回答，只答应不知金莲嫁人不嫁人，要考虑考虑。

武松的这些话早已被潘金莲听到了，她见武松不提武大郎之死，却要来娶自己，不免喜出望外：

那妇人便帘内听见武松言语，要娶他看管迎儿；又见武松在外，出落得长大，身材胖了，比昔时又会说话儿，旧心不改，心下暗道：“这段姻缘，还落在他家手里。”就等不得王婆叫，他自己出来，向武松道了万福，说道：“既是叔叔还要奴家去看管迎儿，招女婿成家，可知好哩！”（第八十七回）

一向精于心计的潘金莲，在情欲面前总是变得头脑简单。她过于自信，高估了自己的魅力，她以为武松最终仍然要在她的美色面前投降，所以欣喜里不免有几分自鸣得意。但她万万没有想到，头脑简单的武松这一次居然设下了一个小小的圈套，而向来足智多谋的潘金莲则钻进了这个圈套里。武松按王婆说的价格，给了她一百两银子，王婆便把金莲送到武松家里，谁想进了这个家门便没再出来。武松先把武大死因审明，便在武大灵前将金莲开膛破肚，把心肝五脏都扯了下来，接着又杀了王婆，手段相当残酷，惨不忍睹。但作者认为金莲是罪有应得，“世间一命还一命，报应分明在眼前”。金莲一生淫荡狠毒，先后与几条人命有直接或间接的关系，如此结局不能说不公。但从另一个角度看，金莲也是死于对武松的一片痴情。

在《金瓶梅》中，潘金莲的性格发展过程是以看中武松而被拒绝始，以仍然痴情于武松终于被杀而结束，轨迹是一个首尾相接的圆圈。

李瓶儿怎样运用银钱

潘金莲当初吸引西门庆，靠的是长相美丽。《金瓶梅》第二回专有一段带“儿”化韵的文字，以轻佻的语气描写了潘金莲的美貌妖娆。进到西门庆家之后，潘金莲技压群雄，后来居上，取得专宠的地位，靠的是风流手段和那张伶俐的嘴巴。为了讨西门庆欢心，金莲在做爱过程中百般淫浪，无所不用其极。但光靠这一点还不行，能做到这一点的不止金莲一人。金莲的脑瓜极灵，口才十分出色，常常几句话便把怒气冲冲的西门庆说得哑口无言，顿时安静下来，这便不是一般人做得到的了。正是靠自己的聪明脑瓜和能说会道，潘金莲深受西门庆的喜欢，一直保持着格外受宠的特殊地位。

李瓶儿则缺少潘金莲的这种才能。她给人的印象是为人忠厚，少言寡语，胆小怕事（尤其是嫁到西门庆家之后），所以她要受到西门庆的宠爱，就得依靠其他的途径。恰巧，她也有潘金莲所没有的东西，这就是银钱。李瓶儿在与西门庆的最初交往中，将银钱作为一种工具或曰武器，加以巧妙运用。瓶儿与西门庆成奸不久，花子虚被捉进牢里，李瓶儿只好将西门庆请去想办法，将家中的金银财物，尽数告知了他，十分大方地让他打点人情用，剩下的尽可自己拿去。书中写道：“妇人便往房里开箱子，搬出六十定大元宝，共计三千两，教西门庆收去，寻人情上下使用。西门庆道：‘只消一半足矣，何消用得许多！’妇人道：‘多的大官人收去。’”不仅如此，她还主动告知西门庆除了用作人情之外的其他财物：“奴床后边有四口描金箱柜，蟒衣玉带、帽顶绦环、提系条脱，值钱珍宝，玩好之物，亦发大官人替我收去。放在大官人那里，奴用时取去。”（第十四回）李瓶儿为什么在金钱问题上表现得如此大方？难道因为西门庆给了她性的欢乐，所以便要倾囊献出自己的全部家产？似乎不值得。不过妇人马上透露出了自己的真正用心：“趁子奴不思个防身之计，信着他，往后过不出好日子来。眼见得三拳迭不得四手，到明日没的把这些东西儿吃人暗算抢夺了去，坑闪得奴三不归。”原来李瓶儿在为自己准备退路！那么蹲在牢里的花子虚呢？李瓶儿似乎没有把他考虑在内，相反，她认为跟着子虚“往后过不出好日子来”。那么跟谁才能过出好日子来呢？自然是眼前这位大官人了！虽然书中这时尚未明写李瓶儿将要甩掉花子虚，而投身于西门庆，但从她对家中财物上的态度来看，这种想法已经形成。在李瓶儿看来，用姿色吸引馋猫似的西门庆是极容易的事，但要想与西门庆建立永久的夫妻关系，非得用更有力的东西将二人联系在一起。这个东西就是金钱。应该说，李瓶儿的想法是符合逻辑的。

对李瓶儿的用意，西门庆当然是心有灵犀，所以当李瓶儿一再要他将自己家中的金银财物弄走时，便爽快地答应下来，并于当晚只与月娘、金莲、春梅，那边只有李瓶儿和迎春、绣春，避开一切外人，合伙将装着金银细软的箱柜倒腾到自己家里来。收下她的财物，实际上等于答应一并收下她这个人。不过李瓶儿做事毕竟含蓄，她并没有马上提出要西门庆娶她，只是在花子虚出狱后，县衙要变卖花家房屋田产，瓶儿才找西门庆计议说："拿几两银子买了所住的宅子罢，到明日奴不久也是你的人了。"稍稍表露了心迹。但此时花子虚尚在，如何处置花子虚呢？正好天假其便，子虚见钱财两空，整天被瓶儿骂得狗血喷头，气病交加，竟一命归天了。这对李瓶儿来说，当然又少了一点儿阻碍，多了一点儿便利条件。但是李瓶儿觉得仍有尚未做到的地方，这就是与西门庆已有的几个妻妾的关系问题。她的办法仍然是，使用金钱这个武器。她先是趁金莲的生日前往贺寿，给吴月娘、李娇儿、孟玉楼、孙雪娥每人一对贵重的金寿字簪儿，给了春梅一付金三事儿，惹得大家欢喜非常，给人留下了很好的印象。接着又趁正月十五自己的生日，将吴月娘、潘金莲一应人等都请到家里，饮酒赏灯，热闹了一整天。这些都可以说是李瓶儿做下的基础工作，与将来能否进入西门庆家是颇有关系的。

当这一切做完之后，李瓶儿正式提出嫁给西门庆的要求，时间是正月十五瓶儿生日的晚上。书中这样写道：

堂中把花灯都点上，放下暖帘来。金炉添兽炭，宝篆热龙涎。春台上高堆异品，看杯中香醪满泛。妇人递与西门庆酒，磕下头去，说道："拙夫已故，举眼无亲，今日此杯酒，只靠官人与奴作个主儿。休要嫌奴丑陋，奴情愿与官人铺床叠被，与众位娘子作个姊妹，奴死也甘心。不知官人心下如何？"说着，满眼落泪。西门庆一壁接酒，一壁笑道："你请起来。既蒙你厚爱，我西门庆铭刻于心。待你孝服满时，我自有处，不劳你费心。今日是你的好日子，咱每且吃酒。"西门庆于是吃毕，亦满斟了一杯回奉妇人。（第十六回）

看得出，西门庆对李瓶儿的要求，并未正面回答。根据下文的描写，我们知道西门庆还要去征求吴月娘、潘金莲等人的意见才能做出决定。也许看出了西门庆有某些顾虑而显得犹豫，李瓶儿待与西门庆帐内看牌饮酒时，又一次提到嫁与他的要求，并又献出了一批财物："因问西门庆：'你那边房子几时收拾？'西门庆道：'且待二月间兴工动土。连你这边一所通身打开，与那边花园取齐。前边起盖山子、卷棚、花园耍子去处，还盖三间玩花楼。'妇人因指道：'奴这床后茶叶箱内，还藏着四十斤沉香，二百斤白蜡，两罐子水银，八十斤胡椒椒，你明日都般出来，替我卖了银子，凑着你盖房子使。你若不嫌奴丑陋，到家好歹对大娘说，奴情愿只要与娘们做个姊妹，随问把我做第几个的也罢。亲亲，奴舍不的你！'说着，眼泪纷纷的落将下来。"（第十六回）其实西门庆盖房并不缺钱，何况前几日搬过的几箱银钱宝物足够盖房的了。那么李瓶儿为什么还要将剩下的东西尽数献出呢？无非是向西门庆表明自己的一片诚心，意谓丈夫已死，家中财物已全数交给大官人，奴的后半生就指望你了。实际上，在李瓶儿的貌似"痴情"中总让人觉得还有某种策略在，她用金钱作为诱饵造成了某种局势，逼迫西门庆作出娶她进门的决定。两个月后，西门庆那边房子尚未盖完，李瓶儿又一次央告，宁愿先搬到金莲的楼上暂住一些日子。西门庆只好正式与吴月娘、潘金莲商议，征求二人的意见。谁想吴月娘竟然不同意，认为影响不好。潘金莲不愿阻汉子的好事，表示“船多不碍港，车多不碍路”。后来终于定下了娶亲的日子，只是中间突发西门庆亲家陈洪受牵连事件，定好的日子又被冲断了，李瓶儿费尽心机和钱财造就的计划没能如期实现。

瓶儿生子，金莲痛哭

宋惠莲死后，潘金莲少了一个对手，但这并没有减轻她的负担，她的性格决定了她绝不会就此消闲下来；她很快又找到了另一个对手，这就是李瓶儿。

李瓶儿娶进西门庆家里，潘金莲本来采取了较宽容的态度，即她说的所谓“船多不碍港”。李瓶儿进门之后，一改往日对花子虚的那种凶悍劲儿，变得温柔敦厚，讨人爱怜，连专好无事生非的潘金莲都没能说出她的什么不是来。然而“树欲静而风不止”，李瓶儿的小心谨慎并没使她的太平日子保持多久，很快她便成了潘金莲攻击的对象，而且最终死在金莲的手下！潘金莲是怎样把李瓶儿确定为最危险的对手的呢？那是因为她在一个偶然的情况下发现李瓶儿有一张极有力的“王牌”，而这张“王牌”可能把金莲置于一种不尴不尬的境地，李瓶儿则可能“不战而胜”。

事情是这样的：有一天天热，西门庆没有出门，便坐在花园中看小厮们浇花。不一会儿见潘金莲和李瓶儿进来，西门庆便摘了几朵花，送二人一人一朵戴在头上，其余的几朵让人送给吴月娘等人。本来这是一个貌似极雅致的场面，颇有点儿诗情画意。可西门庆是一个容易把“情”迅速转变为“欲”的人，他缺乏高尚的审美情操，而只会用低级的生理动作表达自己的欲望。于是，这一难得的雅致场面很快被他破坏了，变成了一个不堪入目的淫欲场。书中写道：

金莲簪于云鬓之傍，方才往后边去了。止撇下李瓶儿和西门庆二人在翡翠轩内。西门庆见他纱裙内罩着大红纱裤儿，日影中玲珑剔透，露着玉骨冰肌，不觉淫心辄起。见左右无人，且不梳头，把李瓶儿按在一张凉椅上，……曲尽于飞之乐。不想潘金莲不曾往后边叫玉楼去，走到花园角门首，把花儿递与春梅送去，想了想回来，悄悄蹑足，走到翡翠轩槅子外潜听。……只听见西门庆向李瓶儿道：“我的心肝，你达不爱别的，爱你好个白屁股儿……”……李瓶儿道：“不瞒你说，奴身中已怀临月孕。”（第二十七回）

这里面最重要的信息就是李瓶儿已“怀临月孕”。对西门庆来说，这无疑是天大的喜讯，因为西门庆虽然有钱有势，奴婢成群，但他到现在还没有儿子，这不能不说是他的一块心病，当他听到李瓶儿怀孕的消息，心中的高兴是可以想象出来的。而对于潘金莲来说，这个消息却无异于噩耗。为人妻妾，靠什么来奠定自己的地位呢？当然是靠有儿子，尤其是在几个妻妾争宠的西门庆家里，这一点就更加重要了。吴月娘虽说是正头娘子，但如果她没有儿子的话，所谓“正头娘子”便成了虚名，是没有实用价值的，所以她后来发下狠心，千方百计地也要怀孕，生儿子争口气。对于不是正头娘子的潘金莲、李瓶儿等人来说，这一点更是直接关系着与西门庆的亲疏，在家中地位的高下。在先前，西门庆跟前的这几个妻妾全都“抱空窝”，没有一个人生育，潘金莲靠自己的姿色和手段，总算保持住了与西门庆更为亲近的关系，而现在猛然听到李瓶儿怀了孕，这一惊自然非同小可！

信息是偷听来的，况且这件事对西门庆家族来说是件天大的喜事，因此金莲不好说什么。可她的性格决定了即使不能用公开的方式去发泄妒火，也一定要用含沙射影的方法来表示不满。金莲毕竟是一个喜怒容易形于色、十分外露的人。她深知李瓶儿怀孕对她意味着什么，所以她不能不表示表示。于是书中写道：

那金莲便摇手儿……问西门庆：“我去了这半日，你做甚么？恰好还没曾梳头洗脸哩！”西门庆道：“我等着丫头取那茉莉花肥皂来我洗脸。”金莲道：“我不好说的，巴巴寻那肥皂洗脸，怪不的你的脸洗的与人家屁股还白！”（第二十七回）

西门庆刚刚与李瓶儿交欢时说“爱你好个白屁股儿”，金莲这里便骂西门庆“脸洗的与人家屁股还白”，明明白白地讽刺西门庆在李瓶儿跟前的献媚行为，意在提醒西门庆，刚才他与李瓶儿所做的一切，所说的一切，早被老娘我知道了！

紧接着，金莲就把矛头暗暗地指向了李瓶儿：“那潘金莲放着椅儿不坐，只坐豆青磁凉墩儿。孟玉楼叫道：‘五姐，你过这椅儿上坐，那凉墩儿只怕冷。’金莲道：‘不妨事。我老人家不怕冰了胎，怕甚么？’”金莲这些话明显是针对李瓶儿刚才说的“怀临月孕”而发，但孟玉楼却听不懂，西门庆和李瓶儿都装作没听见，即使听到了，也无言以对。

又过了一会儿，“那潘金莲不住在席上只呷冰水，或吃生果子。玉楼道：‘五姐，你今日怎的只吃生冷？’金莲笑道：‘我老人家肚内没闲事，怕甚么冷糕么！’”金莲见刚才的那句隐语西门庆与李瓶儿都装聋作哑，只好又发了一箭。这一回起作用了，“羞的李瓶儿在傍脸上红一块，白一块”；而西门庆则骂她：“你这小淫妇儿，单管只胡说白道的。”李瓶儿怀了孩子，这本来是她得以炫耀、巩固地位的大好时机，如果换成金莲，她不知要把自己的地位强化到什么程度呢！可李瓶儿自从进了西门庆家门，已莫名其妙地变得懦弱起来，她不但白白放弃了这一大好机会，相反却像做了什么丢人的事，脸上竟羞得“红一块，白一块”；而这种懦弱的态度，正是她悲剧命运的开始。西门庆虽然明知金莲是在大发醋意，但他在金莲的伶牙俐齿面前，往往只有招架之功而无还手之力，所以这一次也只好骂一声“小淫妇”了事！

潘金莲攻击李瓶儿的目的是防备她成为西门庆最心爱的人，动摇本属自己的受宠地位。对于这一点，西门庆心知肚明，所以他很快对症下药，给潘金莲以补偿，以求她心理上的平衡，其结果就是“潘金莲醉闹葡萄架”。潘金莲在这场惊心动魄的鏖战中得到了极大的性满足，使她倾斜的心理得到了暂时的平衡。当天夜里，西门庆仍然宿在潘金莲屋里，潘金莲总算暂时忘却李瓶儿怀孕之事。不过，这种忘却只是暂时的，因为不久以后孩子落地，对潘金莲形成了更大的冲击，以致使她生了杀人之心。

十月怀胎，一朝分娩。一天，李瓶儿忽觉肚子疼，吴月娘等知道就要生孩子了，纷纷挤到屋里看视，并赶忙派人去请接生婆。在这个匆忙的当儿，潘金莲是怎样表现的呢？第三十回写道：

那潘金莲见李瓶儿待养孩子，心中未免有几分气，在房里看了一回，把孟玉楼拉出来，两个站在西稍间檐柱儿底下那里歇凉，一处说话。说道："耶嚛嚛！紧着热刺刺的挤了一屋子里人，也不是养孩子，都看着下象胆哩！"

潘金莲一方面不得不进去看看，做做样子，但她心里妒火难禁，所以骂其他去看的人是"看着下象胆"。据有关学者研究，此处"胆"即蛋。象本不生蛋，潘金莲是以"下象胆"喻指稀罕之事，讥骂他人去看李瓶儿是大惊小怪。女人生孩子本属正常，大家却像遇见了什么稀罕物，这便让潘金莲觉得格外可恨。其实潘金莲不也是刚刚看过从屋里出来吗？不过此时的金莲已经渐渐失去理智，她被这件事冲击得不知如何是好。当玉楼提议再到屋里看看时，金莲断然回绝："你要看你去，我是不看他。他是有孩子的姐姐，又有时运，人怎的不看他？"接着又对李瓶儿生孩子的日子表示怀疑，认为李瓶儿肚里的孩子不是西门庆的，言外之意是大家根本不必为这件事高兴，李瓶儿也不应该因此而提高在家中的地位。当看见小玉抱着草纸、绷接及小褥子匆忙赶来时，她把小玉也骂上了："一个是大老婆，一个是小老婆，明日两个对养，十分养不出来，零碎出来也罢。俺每是买了个母鸡不下蛋，莫不杀了我不成！"甚至说："仰着合着，没的狗咬尿胞——虚喜欢。"丧失了理智的潘金莲由气到怒，终于忍不住咒骂起来，骂李瓶儿，骂小玉，骂尚未生下来的孩子，骂一切人。连厚道的玉楼也觉得她做得实在太过分了，说了声"五姐是甚么话！"就再也不理她了。孟玉楼是与潘金莲关系最密切的一个，连她都看不下去了，可见金莲做得实在太不像样了。孟玉楼是个厚道人，她觉得不论她们谁生了孩子，总是一件值得庆贺的好事，并没把这件事与自己的地位联系起来。可潘金莲不是这样，她凭着聪明的脑瓜早已把李瓶儿肚中的婴孩与自己联系起来，她预感到这个婴孩是对她的最大威胁。但她又怎么阻止这件事的发生呢？实在是没有办法！她除了骂为此而高兴的一切人之外，简直是无可奈何！当她见孙雪娥从后院匆忙赶来，险些被台阶绊倒的时候，便对玉楼道："你看，献勤的小妇奴才！你慢慢走，慌怎的？抢命哩！黑影子拌倒了，磕了牙也是钱。姐姐，卖萝卜的拉盐担子——攮咸嘈心。养下孩子来，明日赏你这小妇一个纱帽戴。"（第三十回）可潘金莲的气恼、愤怒，都没能阻止事情的发生，她不希望出现的事情仍然出现了：

良久，只听房里呱的一声，养下来了。蔡老娘道："对当家的老爹说，讨喜钱，分娩了一位哥儿。"吴月娘报与西门庆。（西）门庆慌的连忙洗手，天地祖先位下满炉降香，告许一百二十分清醮，要祈子母平安，临盆有庆，坐草无虞。这潘金莲听见坐下孩子来了，合家欢喜，乱成一块，越发怒气生，走去了房里，自闭门户，向床上哭去了。（第三十回）

全家都欢天喜地，唯独潘金莲一人伤心痛哭。如果说金莲刚才骂众人是出于恼怒的发泄的话，那么这时的哭声里除了恼怒、怨恨外，更多地包含了绝望和恐惧。潘金莲是一个争强好胜又极有心计和手段的女人，她很自信，极有信心得到她想得到的东西，她以为自己是能够把握自己命运的人。但她眼睁睁地见上帝赐给懦弱的李瓶儿一个宝贝儿子，以致很可能造成后来者居上、李瓶儿的地位扶摇直上的结局。她觉得这太可怕了，甚至埋怨上帝对她太不公平了！

其实，还不止这些。潘金莲痛哭之后就善罢甘休了吗？后来的事实证明，在她痛哭的时候，她的心中正在酝酿着杀机！

官哥儿：金、瓶争斗的牺牲品

李瓶儿生下了孩子，惹得潘金莲又哭又喊，满腹恼怒，但孩子既已生下来了，又一时找不到茬口，金莲想发作也找不到地方。于是，她又渐渐把目光对准了西门庆，看看他是否已经把心思转到李瓶儿的身上。果然，她很快发现了这一点。西门庆生子得官，双喜临门，便设宴庆贺，宴后不想少了一把银酒壶。金莲不怀好意地认为是李瓶儿让房里的小厮昧下了这把壶，被西门庆骂了一顿。金莲见西门庆果然向着李瓶儿，便马上与生儿子的事联系起来，跑到孟玉楼跟前大骂道："恁不逢好死三等九做贼强盗！这两日作死也怎的，自从养了这种子，恰似他生了太子一般，见了俺每如同生刹神一般，越发通没句好话儿说了，行动就睁着两个毬窟礲喓喝人。谁不知姐姐有钱，明日惯的他每小厮丫头养汉做贼，把人合遍了，也休要管他！"（第三十一回）当她见到西门庆又钻进李瓶儿房中，就如火上浇油，又骂道："贼强人，到明日永世千年，就跌折脚也别要进我那屋里！踹踹门槛儿，教那牢拉的囚根子把怀子骨搓折了！”“都是你老婆，无故只是多有了这点尿胞种子罢了，难道怎么样儿的，做什么恁抬一个灭一个，把人躧到泥里！”（第三十一回）

潘金莲觉得自己担心的事已经发生了，李瓶儿因生了儿子而受到西门庆的厚待，而自己则因为“买了个母鸡不下蛋”而受到冷遇。对于争强好胜的潘金莲来说，这是难以容忍的，无论如何也要发泄出来。她骂李瓶儿的儿子是“尿胞种子”，讽刺西门庆“恰似他生了太子一般”，骂他是“不逢好死三等九做贼强盗”“贼强人”“贼三寸货强盗”，恨不得把天下一切难听的语言都掷到西门庆的身上，所以玉楼忍不住要问：“六姐，你今日怎的下恁毒口咒他？”潘金莲并不隐瞒自己的用意，她就是要用这种公开的方式表示自己的不满。这是金莲的风格。

西门庆是否因为李瓶儿生了儿子而重新排定了他的妻妾们在他心中的“座次”呢？按照常理，不论是哪一个妻妾生了孩子，西门庆都应该是高兴的，他不会有厚此薄彼的区别；但从感情上说，他必然要对生孩子的妻妾表示更多的关怀，多投入一部分感情。然若从封建礼法上来讲，妻总归是妻，妾到底是妾，妾生了孩子并不能改变妾的地位，妻不生儿子仍然还保持着妻的身份。所以吴月娘尽管不生儿子，而她作为正妻的地位并没有动摇；李瓶儿虽然生了儿子，地位并不能超过吴月娘，也不会超过潘金莲。但是多疑的潘金莲不这样想。她虽然常常表现得非常自信，但她心里清楚李瓶儿有她自己的优势，尤其是李瓶儿嫁进西门庆家时带来了大量金银珠宝，这在西门庆心里的天平上不能不是一个很重的砝码；另外李瓶儿长得白净，又温柔多情，很快赢得西门庆的欢心。如今李瓶儿又在这些基础上增加了一个更大的砝码，为西门庆生了个儿子，这就使得潘金莲再也没有理由自信了。

然而把矛头指向西门庆也难以解决问题，他毕竟是自己的汉子，难道能用咒骂重新讨回他的欢心吗？当然不能。在这种情势之下，她终于把目光转向了那个最关键的因素、矛盾的核心——刚生下来不久的官哥儿。

第三十二回写潘金莲“自从李瓶儿生了孩子，见西门庆常在他房宿歇，于是常怀嫉妒之心，每蓄不平之意”。她开始把魔爪伸向这个刚刚满月的婴孩。她觉得要想恢复往日的光景，就必得除掉这个烦人的官哥儿。当然，究竟如何除掉他，什么时候除掉他，这是潘金莲心中的秘密，她不会告诉任何人，书中也没有这方面的暗示。她要慢慢来，试着来，要做得不露声色，要神不知鬼不觉地除掉这块心病。有一天，西门庆在前厅摆酒请客，后院没人。潘金莲整妆出房，听见李瓶儿房中孩子在哭，便走了过去，见李瓶儿不在，“笑嘻嘻的向前戏弄那孩儿，说道：‘你这多少时初生的小人芽儿，就知道你妈妈？等我抱的后边寻你妈妈去。’才待解开衫儿把这孩子，妳子如意儿就说：‘五娘休抱哥哥，只怕一时撒了尿在五娘身上。’金莲道：‘怪臭肉，怕怎的！拿衬儿托着他，不妨事。’一面接过官儿来抱在怀里，一直往后去了。走到仪门首，一径把那孩儿举得高高的”（第三十二回）。

如果这里不是潘金莲而是换了另外一个人，比如孟玉楼、李娇儿，甚至孙雪娥等，那么谁都不会认为这样逗引官哥儿有什么恶意，相反，大家会认为这完全是喜爱婴孩的表现。但是潘金莲，便不能不让人觉得意外，不能不让人觉得她是另有企图的。首先是引起了吴月娘的警觉，她见金莲把孩子举得高高的，便有些不满意，说道："早是他妈妈没在跟前，这咱晚平白抱出他来做什么？举的恁高，只怕唬着他。"接着李瓶儿也发现了，似乎是一种本能使她对金莲此举表示出怀疑和不满："小大官儿好好儿在屋里，妳子抱着，平白寻我怎的？"接着她又去问如意儿："他哭，你慢慢哄着他，等我来；如何教五娘抱着他，到后边寻我？"李瓶儿的话里带着明显的警惕性。李瓶儿虽然不能完全摸透金莲的真正用心，但她朦胧地感到金莲抱官哥儿可能不是善意的。果然，到夜间官哥儿就发起烧来，只是哭闹。按照作者的意图，这正是金莲把孩子举到空中惊吓了他，所以写"月娘就知金莲抱出来諕了他，就一字没得对西门庆说"。吴月娘在这件事情上表现得很能顾全大局，把金莲的责任掩饰下来，否则西门庆还会有一场大闹。好在官哥儿吃下刘婆子的药随即好了，这才没酿成大祸。从后面的情节来看，潘金莲这一次不过是初试手段，更残忍的手段还在后面。

在之后的一段时间内，潘金莲与李瓶儿时亲时疏，与西门庆的关系也是时好时坏。只要西门庆宿在她的屋里，便万事皆休；若宿在李瓶儿房中，便骂不绝口。在争夺西门庆的战斗中，李瓶儿和潘金莲各显其能，分别利用自己的优势，可谓使尽浑身解数。第四十回的题目叫做"抱孩童瓶儿希宠，妆丫鬟金莲市爱"，就是写的这种情景。李瓶儿用可爱的小儿引发西门庆的舐犊之情，并连及对自己的爱心；金莲没有这种有利条件，只好出卖自己的智力来换取西门庆的爱怜。直到有一天，两个争宠的女人终于由不阴不阳的暗斗发展为公开化的明争。

事情是由官哥儿与乔大户家的女儿定亲引起的。一日吴月娘带着全家女眷到乔大户家做客，在玩笑中将官哥儿与乔家长姐结成姻缘。在定亲的仪式上，吴月娘、李瓶儿以家长的身份披红戴花，却没有潘金莲等人的事，于是惹得金莲十分气愤，再加上又挨了西门庆几句骂，便满腔怒火又喷发出来，大骂西门庆："贼不逢好死的强人，就睁着眼骂起我来，骂的人那绝情绝义！……多大的孩子，又是我一个怀抱了尿胞种子平白子扳亲家，有钱没处施展的。争破卧单没的盖，狗咬尿胞空喜欢。如今做湿亲家还好，到明日休要做了干亲家才难。吹杀灯挤眼儿——后来的事，看不见的勾当。做亲时人家好，过后三年五载方了的，才一个儿？"（第四十一回）她不但骂西门庆偏向李瓶儿，对自己绝情绝义，还恶狠狠地预言说不定哪一会官哥儿就会死掉。她觉得这一切都是李瓶儿引起的，接着便又骂起李瓶儿："你的便浪摲着图扳亲家耍子，平白教贼不合钮的强人骂我！我养虾蟆，得水蛊病，着什么来由来？"她又一次攻击官哥儿不是西门庆的骨血："就是乔家孩子，是房里生的，还有乔老头子的些气儿。你家失迷家乡，还不知是谁家的种儿哩！"仍然觉得尚未出尽胸中恶气，回去痛打秋菊，结果把官哥儿惊醒。李瓶儿刚让绣春去劝了几句，便又招来潘金莲的恶言恶语："人家打丫头，也来看着。你好姐姐，对汉子说，把我别变了罢！"李瓶儿明知是骂自己，"把两只手气的冷，忍气吞声，敢怒而不敢言”。自此之后，金莲又多次打狗打秋菊，故意惊吓官哥儿，并且冷言相讽：“你孩儿若没命，休说舍经，随你把万里江山舍了，也成不的。正是：饶你有钱拜北斗，谁人买得不无常。”（第五十八回）她分明是希望官哥儿这颗眼中钉能尽快拔去。

险恶的“獒犬之计”

李瓶儿的官哥儿生下来不长时间，就给潘金莲带来了无穷的烦恼，她一心要除之而后快。虽然小试了几次手段，却都是有惊无险，并没对这个婴孩造成致命的伤害；而只要他存在一天，李瓶儿就会威风一天，潘金莲就会不舒服一天。于是金莲决心运用“铁的手腕”，对官哥儿予以彻底解决。

有一次李瓶儿带着孩子与吴月娘、潘金莲、孟玉楼等人在花园里玩，李瓶儿将孩子交给潘金莲照看一会儿，金莲不负责任，只顾钻进山洞里与陈经济亲嘴，结果孩子被猫吓着了，折腾了好长时间才见好。潘金莲却从这件事上看出了一点儿门道，那就是官哥儿最怕的是猫，要想真正除掉自己的心腹之患，就该在这上面打主意。书中是这样写道：

却说潘金莲房中，养活的一只白狮子猫儿。浑身纯白，只额儿上带龟背一道黑，名唤“雪里送炭”，又名雪狮子。又善会口衔汗巾儿，拾扇儿。西门庆不在房中，妇人晚夕常抱着他在被窝里睡，又不撒尿屎在衣服上。妇人吃饭，常蹲在肩上喂

他饭，呼之即至，挥之即去。妇人常唤他是“雪贼”。每日不吃牛肝干鱼，只吃生肉半斤，调养得十分肥壮。（第五十九回）

潘金莲养这只狮子猫的最初目的倒不见得有什么恶意，而只是作为家庭宠物，调剂精神生活的。西门庆一人有六七个妻妾，还要插空到妓院里走上一趟，难免有顾不到的时候；其他女人尚可忍受，潘金莲则不免精神空虚，所以把这只猫作为替代物，晚上搂在怀里。但自从金莲发现官哥儿成了她受宠的一大障碍，并且发现官哥儿尤其怕猫之后，这只猫便由她的宠物变成了实现阴险计谋的工具和武器。书中接着写道：

（金莲）甚是爱惜他，终日抱在膝上摸弄。不是生好意，因李瓶儿官哥儿平昔怕猫，寻常无人处，在房里用红绢裹肉，令猫扑而挝食。也是合当有事，官哥儿心中不自在，连日吃刘婆子药，略觉好些。李瓶儿与他穿上红段衫儿，安顿在外间炕上，铺着小褥子儿顽耍。迎春守着，奶子便在旁拿着碗吃饭。不料金莲房中这雪狮子，正蹲在护炕上，看见官哥儿在炕上穿着红衫儿一动动的顽耍，只当平日哄喂他肉食一般，猛然望下一跳，扑将官哥儿身上，皆抓破了。只听那官哥儿呱的一声，倒咽了一口气，就不言语了，手脚俱被风搐起来。（第五十九回）

这一次被猫吓着不同往常，上一次官哥儿不过只是见到猫，而这一次则是被猫猛扑，全身都抓伤了；而且这只猫又是经过潘金莲专门驯养过的，“假想敌”正是官哥儿。

潘金莲这次遂了自己的心，但在表面上她是无论如何也不会承认的，她其实并无胆量公开承担这件事的可怕后果。所以当吴月娘听迎春和如意儿告知实情之后来问潘金莲，金莲死不承认，大骂奶子和迎春是“这等张睛”，“张眉瞪眼儿，六说白道的！”事实上，作者已明明白白地告诉我们，猫抓官哥儿确实是潘金莲有计划的阴谋行为：“看官听说：常言道花枝叶下犹藏刺，人心怎保不怀毒？这潘金莲平日见李瓶儿从有了官哥儿，西门庆百依百随，要一奉十，每日争妍竞宠，心中常怀嫉妒不平之气，今日故行此阴谋之事，驯养此猫，必欲諕死其子，使李瓶儿宠衰，教西门庆复亲于己。就如昔日屠岸贾养神獒，害赵盾丞相一般。”（第五十九回）

这是潘金莲早就策划好了的，而且她还借鉴了历史上的一个罪恶阴谋。春秋时晋国的权奸屠岸贾要害忠良赵盾，便训练了一只高大凶猛的獒犬，扑咬赵盾。潘把自己心爱的狮子猫也驯成了打击敌手的武器，而且确实实现了她的阴谋。

除了潘金莲自己不承认之外，她的险恶用心可以说是司马昭之心，路人皆知。李瓶儿刚一听到官哥儿被猫抓的消息，便哭着说：“我的哥哥，你紧不可公婆意，今日你只当脱不了，打这条路儿去了！”因为她平时对潘金莲格外提防，上次官哥儿被金莲举得好高而吓着时，李瓶儿就责怪奶子不该让金莲抱。后来李瓶儿又对西门大姐说过：“他左右昼夜算计的我。只是俺娘儿两个，到明日科里吃他算计了一个去，也是了当。”（第五十一回）李瓶儿虽然心中有所警惕和提防，但却没想到潘金莲竟运用了“獒犬之计”来对付一个婴儿！

官哥儿被猫抓过之后抽搐不止，请来刘婆子先是灌药，接着又针灸，不但毫无作用，反而是越来越重了；不几天，竟然断气而亡。一个幼小的生命，就这样被一个凶残的女人谋害了！

金莲的险恶还在于，她害死了官哥儿，却没有被别人抓到把柄，没有因此受到任何惩罚。西门庆听到消息后，尽管气得“三尸暴跳，五脏气冲，怒从心上起，恶向胆边生”，但却不敢对潘金莲怎样，只能是捉住那只狮子猫狠狠地摔死；对如意儿和迎春，也只能是大骂一通了事。因为猫抓官哥儿的时候金莲是不在场的，从表面上看金莲与这件事是没有直接关系的；而当年屠岸贾要害赵盾，还要亲自赶着狗去扑咬呢！——在这一点上，潘金莲可以说超过了屠岸贾。对于其他人来说，虽然都朦胧地觉得事情与潘金莲必有某种关系，但因没见到真凭实据，所以也只能是背后议论一番，难以公开指责金莲什么。这里可以以孙雪娥的态度作为代表，她在安慰痛哭的李瓶儿时这样说：“你又年少青春，愁到明日养不出来也怎的！这里墙有缝，壁有眼，俺每不好说的：他使心用心，反累己身。谁不知他气不忿你养这孩子。若果是他害了，当当来世教他一还一报，问他要命。……俺每也不言语，每日洗着眼儿看着他。这个淫妇，到明日还不知怎么死哩！”（第五十九回）正因为大家既怀疑金莲，又没抓到证据，所以只能采取这么一种暧昧的态度，把惩罚她的希望寄托到来世，寄托在神灵的身上。

李瓶儿再吃金莲暗算

潘金莲用“獒犬之计”害死了官哥儿，达到了自己的目的。其实，更准确地说，害死官哥儿还不是最终目的，而只是一种手段；她的最终目的书中说得很明白，是“使李瓶儿宠衰，教西门庆复亲于己”。也就是说要夺回失去的爱，或者说垄断西门庆的爱心。官哥儿死了，潘金莲扫除了第一个障碍，心中自然高兴；但她同时也明白，这并不等于已经达到“使李瓶儿宠衰”的目的，除非李瓶儿步她儿子的后尘。于是，潘金莲又开始了她的第二个步骤，即把矛头指向李瓶儿本人。她的方法很简单，使刚刚丧子、精神恍惚的李瓶儿，在心理上以至生理上再受到进一步的刺激：

那潘金莲见孩子没了，李瓶儿死了生儿，每日抖擞精神，百般的称快，指着丫头骂道：“贼淫妇！我只说你日头常晌午，却怎的今日也有错了的时节？你斑鸠跌了弹，也嘴答谷了！春凳折了靠背儿，没的倚了！王婆子卖了磨，推不的了！老鸨子死了粉头，没指望了。却怎的也和我一般？”（第六十回）

潘金莲心里知道，对于此时的李瓶儿来说，用这种恶毒的语言攻击她，比用刀子剜她的心还要厉害！果然，李瓶儿“着了这暗气暗恼，又加之烦恼忧戚，渐渐心神恍乱，梦魂颠倒儿，每日茶饭都减少了”。不仅如此，“李瓶儿一者思念孩儿，二者着了重气，把旧时病症又发起来，……那消半月之间，渐渐容颜顿减，肌肤消瘦，而精彩丰标无复昔时之态矣”。李瓶儿当年是用自己的温柔多情赢得了西门庆的心，尤其是嫁入西门庆家之后，确实把汉子对其他几个妻妾的感情冲击得七零八落。而当她生下儿子之后，尽管她本来并没把儿子作为争宠的一个砝码，但在客观上却起到了这样的作用，以至使西门庆的感情天平大大地倾向李瓶儿这一边。不过令李瓶儿没有想到的是，这个砝码同时也变成了一颗灾难的种子，在不知不觉中膨胀、发芽，终于使儿子与自己都成了受害者。

在潘金莲咄咄逼人的攻势面前，李瓶儿是过于软弱了！当孙雪娥劝她稍微作些反击的时候，李瓶儿只是说：“罢了，我也惹了一身病在这里，不知在今日明日死也，和他也争执不得了，随他罢。”一副逆来顺受的态度。如果说李瓶儿进到西门庆家里以后突然变得温柔敦厚是为了博得汉子的爱心的话，那么在潘金莲的一次又一次险恶阴谋面前，就不该如此软弱了。因为人们都记得，李瓶儿毕竟不是一个生来就如此温柔贤淑的人，她还有性格的另一面，就是在花子虚生前对待自己的丈夫的那一面。那时她同样是凶悍而残忍的，花子虚难道不是死在她的手里吗？在强悍而可人心的西门庆怀中，李瓶儿一改往日对待花子虚的凶暴，甘愿充当一个卑躬屈膝的角色。那么她对待潘金莲的这种软弱态度，实在令人难以理解！

就这样，李瓶儿成了潘金莲阴谋的第二个受害者，她听天由命，不做任何抵御和反抗。她的身子很快垮了下来。先是请来任医官，诊断说是“七情感伤，肝肺火太盛，以致木旺土虚，血热妄行，犹如山崩而不能节制”。又请来胡太医，吃下药去也是如石沉大海。再请来何老人，也说是“精冲了血管起，然后着了气恼，气与血相搏，则血如崩”。最后又请吴神仙、黄真人算卦，都说是大为不妙。过了不久，李瓶儿便卧床不起，渐渐不行了。一日王姑子来家，见李瓶儿瘦得厉害，大吃了一惊，问是何故，如意儿便原原本本说出李瓶儿致病的因由：

俺娘都因为着了那边五娘一口气。他那边猫挝了哥儿手，生生的謔出风来。爹来家，那等问着娘，只是不说。落后大娘说了，才把那猫来摔杀了。他还不承认，拿俺每煞气。八月里哥儿死了，他每日那边指桑树，骂槐树，百般称快。俺娘这屋里分明听见，有个不恼的？左右背地里气，只是无眼泪。因此这样暗气暗恼，才致了这一场病。天知道罢了！（第六十二回）

奶子的话再次从旁观者的角度证明李瓶儿确是潘金莲阴谋的受害者。当听到王姑子用好有好报的话安慰她时，她便说：“王师父，还有甚么好处！一个孩儿也存不住，去了。我如今又不得命，身底下弄这等疾，就是做鬼，走一步也不得个伶俐。我心里还要与王师父些银子儿，望你到明日我死了，你替我在家请几位师父，多诵些《血盆经》，忏我这罪业，还不知堕多少罪业哩！”（第六十二回）虽然书中一再向读者说明，潘金莲是李瓶儿致病的主要因素，但李瓶儿本人却更多地从自己身上找原因，认为自己积下的罪孽太深太重，这一切都是罪有应得，而且她相信这病是不会好的了，只求王姑子多念些《血盆经》为她减些罪过。李瓶儿如此深深地进行忏悔，是不是完全没有道理呢？不是。李瓶儿有病后便不断告诉西门庆，说梦中老是见到花子虚纠缠她，骂她是“淫妇”，向她争夺孩子，要找她索命。尽管西门庆一次又一次地安慰她，说这都是自己心里疑惑造成的，但李瓶儿总是不相信。为什么在潘金莲的一次次进攻面前，李瓶儿总是那么软弱无力，毫无反抗的信心？为什么又在梦中一次次见到花子虚？这不能不使我们将其与李瓶儿来到西门庆家后突然变得温柔敦厚联系起来考虑。其实李瓶儿在花子虚家时既轻浮又凶悍，她在丈夫入狱时与西门庆勾搭成奸，又合谋将家产全部转移到西门庆家去；丈夫出狱后她又对花子虚辱骂不已，终于使花子虚连气加恼，一命呜呼。此后她嫁到西门庆家里来，心里能将以往的事完全忘却吗？她害死自己的丈夫之后没有一点儿惭愧或心虚吗？当然不应该排除这个可能。当她有病或心情忧闷之际，总是梦见花子虚，这自然与她心灵深处的某种悔恨或惧怕有关。西门庆常常用“梦是心头想”一语来安慰李瓶儿，劝她不必怕花子虚的鬼魂来纠缠她，或是在阴司里去告她的状，这正说明李瓶儿从来都没有忘记那一桩罪恶的行为，她时刻都在担心神佛会惩罚她，要偿还自己造下的罪孽。正因为这样，李瓶儿对待自己的病，甚至对待自己的死，都没有把罪责完全推到潘金莲的身上，所以也没有对金莲作出什么反抗。她相信命运，既然自己已经造下了罪孽，上天总是要来惩罚的，潘金莲只不过充当了一点儿由头罢了！李瓶儿临死之前还想着官哥儿，自然又记起了潘金莲，暗暗地对月娘说："娘到明日好生看养着，与他爹做个根蒂儿，休要似奴心粗，吃人暗算了。"吴月娘正是听了这句话，记在心里，等西门庆死后，迅速把潘金莲赶出了家门，她害怕孝哥儿会步官哥儿的后尘。潘金莲被赶出去不久，便进了武松要娶她回家的圈套，丢掉了性命。这也算是她应有的报应吧！

庞春梅因祸得福

西门庆死后，潘金莲的贴身丫鬟春梅，被吴月娘打发出门，后又经薛嫂的手卖进周守备府里，做了二房娘子。守备见她生得标致伶俐，举止动人，十分喜欢，给了她三间房子住，手下又有一个使唤的丫头，接着又买了个使女侍候。周守备的大娘子一目失明，吃斋念佛，并不过问家事，所以春梅一到便成为家里的实权派，各处钥匙都由她来掌管，银钱出入也都经她的手。当春梅听说潘金莲也被王婆领了出来待售时，曾哭哭啼啼地向守备求告说："俺娘儿两个在一处厮守这几年，他大气儿不曾呵着我，把我当亲女儿一般看承。自知拆散开了，不想今日他也出来了。你若肯娶将他来，俺娘儿们还在一处过好日子。"并且告诉守备说，金莲长得"好模样儿，诸家词曲都会，又会弹琵琶。聪明俊俏，百伶百俐"。而且表示只要把金莲娶过来，宁愿把自己的二房娘子的位置让给她，"奴情愿做第三的也罢"。（第八十七回）周守备倒是同意了她的要求，派张胜、李安去办理此事，谁想二人因价格问题与王婆闹僵了，金莲没能弄来，却被武松杀掉了。春梅知道后，整哭了两三日，茶饭都不吃；后来又叫人收尸，掩埋在永福寺里，也算尽了她的一片诚心。

春梅本为丫头，虽因与西门庆的关系，地位颇特殊，倒像半个主子，但毕竟不脱下人的名分。而如今她到了周守备府里，做了二房娘子，成了道道地地的主子，这种突然间的变化，连春梅自己都没有料到，也算是因祸得福吧。试想如果她仍旧待在西门庆家里，不被吴月娘卖出来，她怎么有可能变成主子？所以春梅还该反过来感谢月娘呢！而对春梅的这种变化，吴月娘当然也没有想到，她是从薛嫂口中才得到的消息。当时薛嫂又到月娘那里，说起金莲被杀之事，这婆子道："自古生有地儿死有处。五娘他老人家，不因那些事出去了，却不好来！平日不守本分，干出丑事来，出去了。若在咱家里，他小叔儿怎得杀了他？还是仇有头，债有主。倒还亏了咱家小大姐春梅，越不过娘儿们情肠，差人买了口棺材，领了他尸首葬埋了。不然，只顾暴露着，又拿不着小叔子，谁去管他？"孙雪娥听了薛嫂的这番话，不太相信，便说："春梅卖在守备府里多少时儿就这等大了！手里拿出银子，替他买棺材埋葬，那守备也不嗔？当他甚么人！"于是薛嫂便把春梅到了守备府里如何得势，守备如何宠她，又细细地说了一遍，最后才说："如今大小库房钥匙，倒都是他拿着，守备好不听他说话哩。且说银子，手里拿不出来？"（第八十八回）几句话说得月娘和雪娥都不言语了。为什么呢？春梅是她两个人合谋卖出去的，当然希望她混得愈差愈好，这样才能泄她们心中之恨，也可以证明她们的做法是正确的。如果春梅混得反而比原先好了，对月娘、雪娥来说，那才是事与愿违，自打嘴巴呢！月娘、雪娥认为薛嫂一定是在胡说八道，起码是在夸大事实。薛嫂走后，雪娥便大骂："老淫妇说没个行款儿！他卖守备家多少时，就有了半肚孩子？那守备身边少说也有几房头，莫就兴起他来，这等大道！"最后二人共同认定是薛嫂说谎："到底还是媒人嘴，一尺水十丈波的。"不相信她的话。

但是事实不会因为她们不相信而有所改变。其实春梅的命运早已经吴神仙之口预示过了："此位小姐，五官端正，骨格清奇。发细眉浓，禀性要强。神急眼圆，为人急燥。山根不断，必得贵夫而生子；两额朝拱位，早年必戴珠冠。行步若飞仙，声响神清，必益夫而得禄，三九定然封赠。"对吴神仙的这些断语，吴月娘当时就曾表示怀疑："我只不信说他春梅后来戴珠冠，有夫人之分。端的咱家又没官，那讨珠冠来？就有珠冠，也轮不到他头上。"（第二十九回）月娘的意思是即使西门庆升了官，珠冠也只能是我的，与你春梅何干？春梅只是她家的一个丫头，凭什么能越过主家娘子戴上珠冠呢？而当春梅被她赶出西门家大院，她更没想到春梅就此发达起来，竟把吴神仙的预言变成了现实！

如果说吴月娘和孙雪娥这时还在用"媒人嘴，一尺水十丈波"作为借口来否认春梅会真的改变命运的话，那么过了几天之后，在实实在在的事实面前，她们就不得不承认了。这天是清明节，月娘与玉楼备办了香烛、纸钱及三牲祭物，到五里原给西门庆上坟，姊妹两个鼻涕一把泪一把，都哭得十分惨切。月娘等上完坟，见此时春色正浓，到处是桃红柳绿，游人如织，便也一时兴起，在吴大舅的带领下踏青游玩。远望绿槐影里有一座庵院，盖造得十分齐整。月娘便问："这座寺叫做甚么寺？"吴大舅便说："此是周秀老爷香火院，名唤永福禅林。前日姐夫在日，曾舍几十两银子在这寺中，重修佛殿，方是这般新鲜。"月娘听说丈夫曾捐过资重修佛殿，便提议进去看看。于是一簇男女进得寺中。长老知道，忙出来招待，带着他们前前后后参观了一遍，然后到长老方丈中吃茶闲坐。正在这时，忽然有两个青衣汉子气喘吁吁地进来，急急向长老报告："长老还不快出来迎接，府中小奶奶来祭祀来了！"长老听了，慌得披袈裟、戴僧帽不迭，又让月娘等人快到侧房中回避一下，迎接贵客要紧。月娘、玉楼都不知是谁人来了，但心想一定是贵夫人之类。

来人正是春梅。原来春梅头天夜里假装哭醒了，对守备说梦中又见了金莲，埋怨春梅清明节为何不给她烧纸上坟。守备听了，便答应第二天让春梅到永福寺，为金莲烧纸上祭。因为永福寺是周守备家的香火院，是主要的施主，所以长老听说小奶奶来了，慌得扔下了月娘、玉楼等人，忙去迎接，并向春梅致歉道："小僧不知小奶奶前来，理合远接，接待迟了，勿蒙见罪。"一副毕恭毕敬的口吻。月娘、玉楼等人从僧房帘缝里向外张望，想看看来的小夫人是何模样：

定睛仔细看时，却是春梅。但比昔时出落长大身材，面如满月。打扮的淡妆玉琢，头上戴着冠儿，珠翠堆满，凤钗半卸，穿大红妆花袄儿，下着翠蓝缕金宽裥裙子，带着玎珰禁步，比昔不同许多。但见：宝髻巍峨，凤钗半卸。胡珠环耳边

低挂，金挑凤鬓后双插。红绣袄偏衬玉香肌，翠纹裙下映金莲小。（第八十九回）

吴月娘亲眼见到春梅确实戴上了珠玉冠儿，实现了吴神仙的预言，再想她当年非议春梅的那些话，心里不知是一种什么滋味？更令月娘难堪的是，她与春梅的地位似乎突然间颠倒了，长老等僧人一面给春梅斟茶，一面参拜，却把月娘等人丢在侧房里再也不问，月娘感到悲凉。后来春梅发现侧房有人，要叫出来见见，月娘等人却像心虚理亏一样，不愿出来相见。月娘做梦也想不到她与春梅的尊卑关系会一下子翻了个个儿，变成现在的这个样子。她觉得自己没有脸再出来见春梅，她忍受不了见面时的尴尬和难堪。结果是，月娘不得不出来相见，好在春梅也变得大度起来，场面倒并未显出格外的难堪来。这一回的回后诗云："树叶还有相逢处，岂可人无得运时。"说的就是春梅由卑到尊，由低到高的这种变化，告诫世人不要过于势利，世事都不是永恒不变的。人们往往局限于一时的得失，被暂时的利害蒙住了眼睛，趋炎附势，随波逐流；一旦形势发生变化，其自身常常被置于极其被动尴尬的境地。虽然春梅跟着金莲为虎作伥，做了不少坏事，但吴月娘不该汉子一死，就拿出"一朝权在手，便把令来行"的姿态，迅速地处理掉春梅，表现得如此小肚鸡肠。大部分人认为月娘宽厚仁慈，其实并不是那么回事。至于孙雪娥，她在汉子活着时斗不过金莲、春梅，却在他死后与月娘共谋对金莲、春梅下手。但她后来为自己的行为又付出了高昂的代价，被春梅整得死去活来。

玉楼的说和功夫

潘金莲与吴月娘因为把拦汉子（即阻拦争宠）的问题吵闹了一场，不但场面激烈，也惊动了全家。西门庆听说，恐怕吴月娘生气对腹中的胎儿有碍，急忙过来劝慰，并再三要请任医官来看看，月娘则坚持不肯，并顺势说了一些死了罢了之类的丧气话。西门庆硬是叫人请来任医官，对症下药，大家这才放下心来。一群女眷围着月娘说话，装果盒，搽抹银器。这时李娇儿、孟玉楼又说起刚才诊病的事，道："大娘，你头里还要不出去，怎么知道你心中如此这般病。"月娘此时还没有完全消下气去，所以又气愤地说："甚么好成样的老婆，由他死便死了罢。(可是他说的：)'……行动管着俺们，你是我婆婆？无故只是大小之分罢了。我还大他八个月哩！汉子疼我，你只顾好看我一般儿里。'他不讨了他口里话，他怎么和我大嚷大闹。若不是你们撺掇我出去，我后十年也不出去。随他死，教他死去！常言道：一鸡死，一鸡鸣。新来鸡儿打鸣不好听？我死了，把他立起来，也不乱，也不嚷，才拔了萝卜地皮宽！"

玉楼在一旁听了说道："大娘，耶嚛耶嚛，那里有此话！俺每就待他赌个大誓！这六姐，不是我说他，要的不知好歹，行事儿有些勉强，恰似咬群出尖儿的一般，一个大有口没心的货子。大娘，你若恼他，可是错恼了。"（第七十六回）

很明显，玉楼在这里是替金莲说话。金莲与月娘闹这场气，本来是与孟玉楼有些关系的，是月娘为玉楼打抱不平才引起来的，为什么玉楼反而站在金莲一边为她辩护呢？这要从金莲与玉楼特殊的亲密关系说起。金莲自从进了西门庆的家门以后，接连不断地与人冲突，到处树敌，几乎没有消停过。先是与孙雪娥打骂，接着又因为骂妓女无情意得罪了李娇儿，接下来又是与李瓶儿的一场生死搏斗，现在又轮上了吴月娘。她天生的性格是争强好胜，自以为是汉子跟前最受宠的人，所以眼里没有任何人。她这样接二连三地得罪人，一点儿也不考虑后果。但她唯有一人没得罪，就是孟玉楼。其实孟玉楼的性格与金莲是完全不同的。她不但长得慈眉善目，而且心地也确实善良宽厚，几乎与任何人都没有冲突。在性的问题上，她也表现得极为宽厚谦让。当吴月娘为她生日时竟没能与汉子同宿而鸣不平时，她却说："没的羞人子剌剌的，谁耐烦争他。左右是这几房儿，随他串去。"这倒并不是虚情假意，她平时确是这么做的。就是这么一对性格完全不同的人，却最是要好。当潘金莲与小厮私通的事被孙雪娥、李娇儿联合告发而挨打受辱时，只有孟玉楼一个人偷偷去看视她安慰她。二人的相互称呼也不同于别人，玉楼称金莲是"六丫头"，金莲称玉楼为"孟三儿"。两个性格完全不同的人，为什么关系如此亲密？可能是所谓的“性格互补”吧。

不管是什么原因，玉楼与金莲是一对好闺密这是肯定的。所以当听到吴月娘在数落金莲的不是时，她便马上接过来说金莲其实是有口无心，容易得罪人，但并没有什么恶意。吴月娘不同意玉楼的这种看法，她说：“他是比你没心？他一团儿心哩！他怎的会悄悄听人儿，行动拿话儿说（讥）讽着人说话。”玉楼又说：“娘，你是个当家人，恶水缸儿，不恁大量些罢了，却怎样儿的。常言一个君子待了十个小人。你手放高些，他敢过去了；你若与他一般见识起来，他敢过不去。”后来她又百般劝吴月娘饶恕金莲，并自告奋勇去把金莲叫来。玉楼采取这种调和的态度是可以理解的。其一，她本来就是很慈善的人，不希望大家闹得不可开交；如果换成孙雪娥、李娇儿，说不定还巴着事情闹大呢！其二，玉楼既与金莲关系密切，也与月娘从无过节，况且这一次又是为着她而得罪了金莲，她当然不希望她俩因为自己而结下仇怨。鉴于这两点，玉楼非要把金莲弄来给月娘磕头赔不是，并且向月娘保证说：“他不敢不来；若不来，我可拿猪毛绳子套了他来。”“猪毛绳子”是金莲与月娘吵架时刚刚用过的词，原来是用在汉子身上的，惹得月娘一阵恼怒；聪明的玉楼现在把它反用在金莲的身上，明显是想讨月娘的欢心，为她泄胸中之气。这样，她首先赢得了吴月娘的信任；玉楼要想调解成功，这一点是前提条件。

接着孟玉楼又去潘金莲那里进行劝解，再赢得她的信任。当然，她对金莲说话的口吻和方法都与对月娘不同；换句话说，她与金莲的密切关系决定了她应该采取这种态度才能取得最佳效果。她到了金莲那里，见她头也没梳，脸也没洗，正坐在炕上发愣，便二话不说，对她道：

“六姐，你怎的装憨儿？把头梳起来，今日前边摆酒，后边恁忙乱，你也进去走走儿，怎的只顾使性儿起来？刚才如此这般，俺每对大娘说了，劝了他这一回。你去到后边，把恶气儿揣在怀里，将出好气儿来，看怎的与他下个礼，赔了不是儿罢。你我既在檐底下，怎敢不低头。常言：甜言美语三冬暖，恶语伤人六月寒。你两个已是见过话，只顾使性儿到几时？人受一口气，佛受一炉香。你去与他赔过不是儿，天大事却了。不然，你不教他爹两下里也难，待要往你这边来，他又恼。”……“嫁了你的汉子，也不是趁将来的，当初也有个三媒六证，白恁就跟了往你家来！来砍一枝，损百株。兔死狐悲，物伤其类。就是六姐恼了你，还有没恼你的。有势休要使尽，有话休要说尽。凡事看上顾下，留些儿防后才好。不管螺虫蚂蚱，一例都说着。对着他三位师父、郁大姐，人人有面，树树有皮，俺每脸上就没些血儿？一切来往都罢了，你不去却怎样儿的？少不的逐日唇不离腮，还在一处儿。你快些把头梳了，咱两个一答儿后边去。”（第七十六回）

玉楼这一大段话说得够学问！她先是泛泛而谈，把团结的重要性说了一通，用大道理说明应该向月娘赔礼道歉，和为贵嘛！后来她又有一句画龙点睛之笔，话不多，却极有深意，就是说西门庆两下里作难，以后就不好再到你这里来了。这句话很顶用，金莲今天与这个打，明天跟那个闹，唯一目的就是争汉子的宠爱，使他多到自己这里来；如果因为与月娘不和而导致汉子不敢再来，那不是适得其反吗？那又何苦来！就是冲这一句，金莲也必须按玉楼说的去做。在此之后，玉楼又对着金莲说了月娘一通不是。月娘骂金莲是后婚老婆，是趁来的，这也引起玉楼的不悦。因为孟玉楼也是后婚老婆，是死了男人才嫁到这里来的。吴月娘只顾标榜自己是女儿嫁来的，是“真材实料”，却忘记了其他人好几个都是再嫁，所以这一句话一下子得罪了三四个人。玉楼觉得吴月娘这样不分青红皂白地打击一大片，无异指着和尚骂秃驴，心里自然也很恼火。不过玉楼对着金莲说月娘的不是，主要还是出于策略的考虑，是使金莲消一消气，以便去与月娘赔礼和好；她在月娘跟前也曾说金莲“恰似咬群出尖儿的一般，一个大有口没心的货子”这一类话，目的是相同的。

果然，在孟玉楼的说和之下，潘金莲给月娘磕了头。玉楼在一旁以谐谑的口吻道：“我儿，还不过来与你娘磕头！……亲家，孩儿年幼，不识好歹，冲撞亲家，高抬贵手，将就他罢，饶过这一遭儿。到明日再无礼，犯到亲家手里，随亲家打，我老身却不敢说了。”以玩笑的方式使气氛变得活跃起来，金莲与月娘握手言和。

玉楼心中的小算盘

西门庆的几个妻妾在性格上各有特点，如潘金莲聪明伶俐，李瓶儿温柔懦弱，吴月娘端庄沉稳。孟玉楼的主要特点是心地善良，以诚待人，对谁都不愿意得罪，所以她的人缘也最好。当然，玉楼也表现了性格的另一面，这就是薛嫂在介绍了西门庆与她相识后，母舅张四出来阻挠，被孟玉楼没头没脸地狠说了一顿，结果张四无颜而去。自此之后，孟玉楼始终是一副富贵安详、心慈面善的形象。她与大家的关系都很好，几乎没有谁能说出她的不是来。金莲的性格倔强，跟人很难合得来，却与玉楼是一对好姊妹。因为玉楼宽厚，不与金莲争宠，所以金莲就不把她视作“情敌”；但玉楼并不是对金莲的一切行为都加以支持。如金莲在李瓶儿生孩子时气急败坏，说了些极难听的话，玉楼并不附和，而是责备她：“五姐是甚么话！”之后便“只低着头弄裙子，并不作声应答他”。这说明玉楼对金莲恶狠狠诅咒李瓶儿的行为是不满意的。玉楼为人正直，绝不因与金莲关系密切而支持她的这类行为；但她又有一定的容忍之心，不会因此而与金莲断绝来往，或以激烈的言辞反驳她。对待吴月娘也是如此。玉楼与月娘之间并无芥蒂，当月娘与西门庆不和时，玉楼一力主张二人重归于好，并且做了不少工作。但对月娘当面撑劲，背后却自己与汉子好了的“撇清”行为，她也略表不满。西门庆死后，月娘大骂玉箫没锁箱子，恐人趁乱偷走银子。玉楼对此也很不满，走出来对金莲说，汉子才刚死了不多时，便防范起人来了！因为屋里当时只有玉楼、李娇儿在，玉楼认为这样无端怀疑人是令人讨厌的。

玉楼对待西门庆，根据书中的描写，还是很有夫妇韵致的，有情而不淫，不像金莲与西门庆的关系显得过于淫滥，也不像月娘与西门庆那样过于伦理化。她从没因为争宠而与其他姊妹争执过，在情爱上表现得十分理智，十分大度。西门庆病重时，玉楼曾与月娘一起向天祷告，只要丈夫能好，情愿逢七拜斗。西门庆死后，李娇儿归院，金莲、春梅被卖了出来，家里只剩下月娘、玉楼、雪娥三人，也算是相依为命。不久雪娥又因跟来旺儿私奔，被官府拿住，变卖到守备府里，受春梅管辖打骂。结果只剩下月娘与玉楼二人，谁想玉楼不久也要离她而去，最后月娘落了个孤家寡人。

事情的原委是清明节那天月娘与玉楼为西门庆上坟后游赏春色，遇到了本县李知县相公儿子李衙内，这衙内也是“一生风流博浪，懒习诗书，专好鹰犬走马，打球蹴鞠，常在三瓦两巷中走，人称他为李棍子”。李棍子当时也在杏花庄大酒楼游玩，遇见玉楼，“不觉心摇目荡，观之不足，看之有余”，于是派人打听是谁家妇女，得知是西门庆的三娘子，现正守寡。李衙内正好刚刚丧偶，正着媒人到处求亲，一直没有中意的。这次见了孟玉楼，便一心迷上了，想方设法使官媒婆陶妈妈前往访求亲事。陶妈妈到了西门庆家门口，向看门的来昭儿说明来意，明言是李衙内“清明那日郊外曾看见来，是面上有几点白麻子儿的那位奶奶”。来昭儿到后边说给月娘，月娘大吃一惊，困惑道：“我家里并没半个字儿迸出，外边人怎得晓的？”当听说是脸上有几点白麻子的奶奶，又在心里嘀咕：“莫不孟三姐也腊月里萝卜动个心，忽剌八要往前进嫁人？正是世间海水知深浅，惟有人心难忖量。”于是月娘便忍不住找玉楼当面问清楚：“孟三姐，奴有件事儿来问你。外边有个保山媒人，说是县中小衙内，清明那日曾见你一面，说你要往前进。端的有此话么？”这时书中对玉楼的心理活动进行了描写：

看官听说：当时没巧不成话，自古姻缘着线牵。那日郊外，孟玉楼看见衙内生的一表人物，风流博浪，两家年甲多相仿佛，又会走马拈弓弄箭，彼此两情四目都有意，已在不言之表。但未知有妻子无妻子，口中不言，心中暗度：“况男子汉已死，奴身边又无所出。虽故大娘有孩儿，到明日长大了，各肉儿各疼，归他娘去了。闪的我树倒无阴，竹篮儿打水。”又见月娘自有了孝哥儿，心肠儿都改变，不似往时，“我不如往前进一步，寻上个叶落归根之处，还只顾傻傻的守些甚么？到没的耽阁了奴的青春，辜负了奴的年少。”（第九十一回）

连最老实巴交的孟玉楼也不愿为西门庆傻守，要背叛他而去！其实，孟玉楼的想法是很实际的。她经过分析，认为为西门庆守节是下策，改嫁是上策。一个主要的问题是吴月娘生了孩子，守下去还值得，老了有儿子来照顾，养老送终。而玉楼没有孩子，孝哥儿将来虽然也会按照礼教称她为母亲，但总不如对自己的亲母亲，这是明摆着的事实。如果说吴月娘守下去还有目标有价值的话，那么玉楼再守下去就真的是“傻守”了，没有任何价值和意义，只是为别人做无谓的牺牲。相反，如果趁年轻找下新的丈夫，则既没耽误青春年华，晚年又有所归。两种选择的利弊十分清楚，所以玉楼暗暗地选择了改嫁。当然，这一切都是玉楼在心里定下的，并没有说出来，所以当吴月娘当面问她时，她嘴里还在否认：“大娘休听人胡说，奴并没此话。”不过吴月娘已经心中有数，便让来昭到门口请来官媒陶妈妈，将事情问明。月娘见事已至此，劝阻已是不可能，只好顺水推舟，权充好人，帮着玉楼向陶妈妈打探李衙内家的情况。陶妈妈见玉楼乐意，爽性要开媒婆的手段，把李衙内说得天花乱坠，把玉楼的前程说得灿烂如锦：“俺衙内老爹身边，男花女花没有，好不单径。原籍是咱北京真定府枣强县人氏，过了黄河不上六七百里。他家中田连阡陌，骡马成群，人丁无数，走马牌楼，都是抚按明文，圣旨在上，好不赫耀惊人。如今娶娘子到家做了正房，抚（无）正房入门为正，过后他得了官，娘子便是五花官诰，坐七香车，为命妇夫人，有何不好？”（第九十一回）一番话说得玉楼心花怒放，连忙唤人倒茶款待。就这样，玉楼与衙内的婚事很快便定下来，几天后一顶大轿便把玉楼抬过去了。临行前，吴月娘说出了心里话：“孟三姐，你好狠也！你去了，撇的奴孤另另独自一个，和谁做伴儿？”并拉着玉楼的手哭了一会儿。月娘此时的心情应该是很复杂的。西门庆的这几房妻妾，从封建伦理的角度来衡量，月娘是最忠于西门庆的；她虽然在西门庆生前并没充分表现出来，但在他死后为他守节，矢志不移。西门庆死时交代她："我死后，你若生下一男半女，你姊妹好生待着，一处居住，休要失散了，惹人家笑话。"西门庆虽然一辈子不行人事，却十分重视身后的名誉。那么月娘完成了丈夫的嘱托了没有？自李娇儿自动跑掉后，她先是卖掉春梅，又处理金莲；孙雪娥却是自己随人私奔了；现在孟玉楼又离她而去，如今还有谁在为那个荒唐之鬼守节呢？只有她一个人了！这时她无论如何会有对不起丈夫的感觉，但同时她又会为自己的矢志不移而自豪。至于西门庆身后的"名誉"，至此已丧失殆尽了。因为当时满街的人见玉楼又改嫁给李衙内，都议论纷纷，有的说好，有的说歹。说好的认为吴月娘这样放她们各自改嫁，是宽容大度，有主张的做法；说歹的认为西门庆生前专一违天害理，如今死了，几个老婆嫁人的嫁人，拐带的拐带，养汉的养汉，做贼的做贼，都四分五裂作鸟兽散了，满街人无不拍手称快。事实上，西门庆是全家的支柱，他一死，这个大厦自然要轰然倒塌，没有谁能挽救这个颓势。吴月娘想在此条件下保持一定程度的"繁荣"的想法是不现实的，也是根本做不到的，玉楼的改嫁便是明证。

月娘烧夜香的真意

在西门庆的众多妻妾中，吴月娘作为主家娘子备受作者的关照，着笔之处，无不写她的庄重慈善，宽容大度。虽然月娘在协助西门庆转移李瓶儿的财物上颇有“侵吞”之嫌，但这并不影响人们对她的总的印象。在第二十一回里，作者又在吴月娘的宽容慈善上狠下了一番功夫，着了不少笔墨。这一回写西门庆在妓院里与老鸨闹了气，把妓院打了个稀巴烂，然后回到家里，猛然间发现了一个十分动人的场面。原来吴月娘自从因潘金莲的挑拨，与西门庆不说话以来，暗地里却在为西门庆还没有后代而操心，为此她每月吃斋三次，逢七对天祝祷，愿上天保佑丈夫改邪归正，早生儿子，以为终身之计。这一次又是吴月娘正祝拜的时候，被西门庆撞见。书中写道：

只见丫鬟小玉放毕香卓儿，少顷，月娘整衣出房，向天井内满炉炷了香，望空深深礼拜，祝道：“妾身吴氏，作配西门，奈因夫主流恋烟花，中年无子。妾等妻妾六人，俱无所出。缺少坟前拜扫之人。妾夙夜忧心，恐无所托。是以瞒着儿夫，发心每逢夜于星月之下，祝赞三光。要祈保佑儿夫早早回心，弃却繁华，齐心家事。不拘妾等六人之中，早见嗣息，以为终身之计，乃妾之素愿也。”（第二十一回）

且不说吴月娘的心愿究竟因何而发，只说西门庆偷听到了吴月娘这一番对天表白，马上被感动得热泪盈眶，大步跑过去，一把就将月娘抱住，赶忙赔不是，说道：“我的姐姐，我西门庆死不晓的，你一片（好心）都是为我的！一向错见了，丢冷了你的心，到今悔之晚矣！”西门庆与吴月娘闹气不说话，主要是潘金莲挑拨造成的。西门庆听信了金莲的话，以为是因为吴月娘再三阻止他娶李瓶儿，所以才闹得李瓶儿被蒋竹山那个死王八娶去，恨得直骂吴月娘是“不贤良的淫妇”，并发誓以后不再理她，故意冷她的心。今天在这一动人的场面感化下，西门庆省悟过来，明白了吴月娘对自己的一片真心，自然是要好好地报答她，将功补过。补过的最好方式自然莫过于留宿在月娘屋里，用自己的爱欲浇灌她那过于干渴的心。正是在这段情节里，作者用两百多字细细描写了西门庆与吴月娘的做爱场面——而在此之前，这种场面只在潘金莲、李瓶儿身上出现，作者是不愿把它与吴月娘这种“正面形象”联系在一起的。自从这晚以后，吴月娘与西门庆重归于好。

吴月娘烧香之事，一般读者都会认为是作者写月娘慈善的笔墨。既然已与西门庆不睦，却又背后为他祈求嗣息，这不是慈善又是什么？不过张竹坡在批评《金瓶梅》的时候却有不同的看法：

写月娘烧香，吾欲定其真伪，以窥作者用笔之意，乃翻卷靡日，不得其故。忽于前瓶儿初来，要来旺看宅子，先被月娘使之送王姑子庙油米去，而知其假也。何则？月娘好佛，起先未着一笔，今忽于瓶儿来之第三日，即出王姑子。后文王姑子引薛姑子，乃至符药等，无所不为，而先刘婆子引理星，又其明鉴。然则烧香一事，殆王姑子所授之奸谋，而月娘用之而效，故后文纷纷好佛无已，盖为此也。况王姑子引薛姑子来后，瓶儿念断七经，薛姑子揽去，而月娘且深恼王姑子，是为薛姑子弄符水，故左袒之也。然则其引尼宣卷，无非欲隐为此奸险之事，则烧香为王姑所授之计，以欺西门无疑也。(《张竹坡批评第一奇书金瓶梅》第二十一回评)

竹坡先生认为吴月娘烧香，并不是对西门庆忠诚的举动，而是一场骗局，是为西门庆设下的一个圈套！竹坡的理由是，吴月娘是好佛之人，与那两个无恶不作的女尼王姑子、薛姑子来往极频，后来吴月娘还求王姑子配了符药，吃下以后怀了孕；她当时还恶狠狠地说：“我没有儿子，受人这样懊恼。我求天拜地，也要求一个来，羞那些贼淫妇的毯脸！”以她后来的这种行为推测，她这一次的对天祷拜，要为西门庆求得子息的真正用心，很可能只是为了自己，或者说主要为了自己。其实她说的“恐无所托”“以为终身之计”正是从自己的后半生来考虑的。至于“不拘妾等六人之中”，表面上看似乎大度，但实际上不论是哪一个妾生了儿子，按照封建礼法都应该是属于她的；作为正头娘子，她有这种特权，这是她心里十分清楚的。既然吴月娘急于得到儿子，却又眼睁睁地见丈夫把心全贴在潘金莲、李瓶儿身上，一年半载不见来自己房内一次；而且更要命的是现在还不与丈夫说话，要想打破这种僵局，只有自己主动行动。张竹坡认为，这种对天祷告、念念有词的方式正是王姑子为她制定的锦囊妙计。试想，既然月娘“夜夜焚香祝祷穹苍”，总有被丈夫发现的时候；而她那番似乎发自肺腑的祷词，无疑会感化西门庆。果然，这一次西门庆被感化了，赶忙向她下跪求饶，赔礼道歉，说尽了甜言蜜语，这才得到了吴月娘的谅解——但严格地说，是使吴月娘的计谋得以实现。

以上只是竹坡先生的一面之词，《金瓶梅》作者的真正用心如何，还是让书中的内容来加以证明。其实，在这一段描写后面，果然就有了这种暗示。原来吴月娘与西门庆重归于好并歇了一夜的秘密，马上就被孟玉楼发现了，而且第二天一大早就急忙跑到潘金莲房里叫开门，把这件事当作独家新闻，告诉给了潘金莲：

玉楼道：“他爹昨日二更来家，走到上房里，和吴家的好了，在他房里歇了一夜。”金莲道：“俺每那等劝着，他说一百年二百年又和怎的，平白浪摣着自家又好了，又没人劝他。”玉楼道：“今早我才知道。俺大丫头兰香在厨房内听见小厮每说，昨日他爹和应二在院里李桂儿家吃酒，看出淫妇家甚么破绽，把淫妇每门窗户壁都打了。大雪里着恼来家，进仪门，看见上房烧夜香，想必听见些甚么话儿，两个才到一答里。丫头学说，两个说了一夜话，说他爹怎的跪着上房的叫妈妈，上房的又怎的声唤，摆话的碜死了！相他这等，就没的话说，若是别人，又不知怎的说浪。”金莲接过来说道：“早时与人家做大老婆，还不知怎样久惯鬼牢成。一个烧夜香，只该默默祷祝，谁家一径倡扬，使汉子知道了，有这个道理来？又没人劝，自家暗里又和汉子好了。硬到底才好，干净假撇清！”（第二十一回）

好个“只该默默祷祝”！好个“假撇清”！金莲此话可以说是一针见血地揭出了吴月娘的真意。既然是烧香表愿，对天祝祷，只在心里进行就可以了，根本不需要念出声来；既然半夜里念出声来，必然是想让谁听到——当然不仅是让上天听到，更重要的还是想让汉子听到。我们早已知道，潘金莲是个聪明透顶的女人，她往往能看破别人看不破的事理。她在这件事上，又一次表现出了自己的才能。其实连憨厚的孟玉楼也感觉到此事确实有点儿异常，看出吴月娘“有心也要和，只是不好说出来的”，所以才用了这个法儿。由此可见，作者补写金莲、玉楼对吴月娘烧香一事的反应，既保证了故事情节的连贯，也有揭示吴月娘虚伪性格的作用。虽然金莲与月娘之间有隐蔽的矛盾冲突，但作者通过金莲之口提供给我们的这一信息是可信的。所以张竹坡又根据吴月娘对西门庆说的“咱两个永世千年休要见面”一类虚言评她道：“况转身其挟制西门处，全是一团做作，一团权诈，愈衬得烧香数语之假也。故反复观之，全是作者用阳秋写月娘，真是权诈不堪之人也。”（《张竹坡批评第一奇书金瓶梅》第二十一回评）刚刚为他祷求子息，转脸又说“永世千年休要见面”，这不正应了金莲说的“假撇清”吗！

玉楼和金莲见西门庆和吴月娘又好起来了，便商议几个娘们凑份子请他们两个喝酒，以示庆贺。酒席上，春梅、迎春等四个家乐唱起了小曲，潘金莲吩咐唱一套《南石榴花》“佳期重会”。谁知刚唱了几句，便被西门庆听出来，并追问“谁教他唱这一套词来”。当得知是金莲让唱的，西门庆便笑骂：“你这小淫妇，单管胡枝扯叶的。”潘金莲为什么让唱这套词，而西门庆偏偏忌讳呢？其实此事也与月娘烧香有关，是金莲对月娘烧香真正用心的揭露。看看下文的情节就很明白了。下文写到西门庆全家为玉楼庆贺生日，酒席散后金莲与李瓶儿一起回房，瓶儿不慎滑倒，金莲骂她：“只相个瞎子”，“我搊你去，倒把我一只脚蹅在雪里，把人的鞋也蹀泥了”。西门庆听到后在房里对玉楼说：“你看贼小淫妇儿，躧在泥里把人绊了一交，他还说人蹀泥了他的鞋。恰是那一个儿就没些嘴抹儿。恁一个小淫妇，昨日教丫头每平白唱‘佳期重会’，我就猜是他干的营生。”玉楼问：“‘佳期重会’是怎的说？”西门庆说：“他说吴家的不是正经相会，是私下相会，恰似烧夜香有意等着我一般。”西门庆在这里表面上是在骂潘金莲，但实际上却是在赞扬她的聪明敏锐。孟玉楼是憨厚之人，却听不出这一层意思。我们在《金瓶梅》中发现了这样的规律：当西门庆极力否认某一件事的时候，很可能这件事就是真的，尤其是他与潘金莲的关系更是如此。这里西门庆表面上认为潘金莲让唱“佳期重会”是“胡枝扯叶”，实际上正是承认潘金莲是对的，吴月娘烧夜香正是她预先定下的计谋！

应伯爵的嘴上功夫

作为食客，应伯爵的嘴上功夫是十分出色的。这有两重含义：一是应伯爵很能吃，很会吃，他的大部分活动都是为了满足口福；二是应伯爵很能说，很会说，他用流利的口才作为乞食的锐利武器。

书中写西门庆自打发现妓女李桂姐瞒着自己又接外客，大闹了一场之后，便发誓不再登李家的门。其实西门庆并非仅仅是吓唬她们，他是能够做到的；因为妓院并不止一家，与西门庆有染的妓女们也不止一人，何必非到李家去呢？李家的鸨母虽然有板有眼地用《满庭芳》与西门大官人对骂了一场，但不久她便发现这是欠考虑的行为。西门庆不来李家可以照样过日子，可以照样嫖女人，可李家缺了西门庆就等于断了一大财源，这对她们的经济收入有很大的影响。虽然院里也来外地客人，但那些都不是常客，不是固定收入，自然远不及西门庆每月用二十两银子包着可靠。当老鸨想到这一层的时候，才开始后悔起来。面对有钱有势的西门庆，老虔婆除了赔礼道歉，没有其他的选择。而通过谁去说和呢？除了应伯爵之流外，也没有其他的选择。于是虔婆为应、谢送去了烧鹅和酒，请他们邀西门庆再进院里来，向他赔礼。

应伯爵目睹了西门庆与虔婆的对骂，深知西门庆这一次火气之大，而刚过了一天，便要他来说和，自然有难度。但困难再大，他也得接下来——收了老虔婆的烧鹅和酒且不说，如果西门庆真的不再到李家妓院去，应伯爵岂不是少了一个寻欢乞食的地方？难道以后天天到西门庆家里去讨饭吃吗？其实应伯爵遇到了与虔婆同样的问题。为此，应伯爵很费了一些脑筋，编出了一套动人的瞎话。书中是这样描写的：

（应伯爵）说道："哥昨日着恼家来了，俺每甚是怪他家：'从前已往，哥在你家使钱费物，虽故一时不来，休要改了腔儿才好。许你家粉头背地偷接蛮子！冤家路儿窄，又被他亲眼看见，他怎的不恼。休说哥恼，俺每心里也看不过！'尽力说了他娘儿几句。他也甚是都没意思，今日早请了俺两个到他家，娘儿每哭哭啼啼跪着，恐怕你动意，置了一杯水酒儿，好歹请你进去，赔个不是。"西门庆道："我也不动意，我再也不进去了。"伯爵道："哥恼有理。但说起来，也不干桂姐事。这个丁二官儿，原先是他姐姐桂卿的孤老，也没说要请桂姐。只因他父亲货船，搭在他乡里陈监生船上，才到了不多两日。这陈监生号两淮，乃是秘山（书）省陈参政的儿子。丁二官见拿了十两银子，在他家摆酒，请陈监生。才送这银子来，不想你我到了。他家就慌了，躲不及，把个蛮子藏在后边，被你看见了。实告不曾和桂姐沾身。今日他娘儿每赌身发咒，磕头礼拜，央俺二人好歹请哥到那里，把这委曲情由也对哥表出，也把恼解了一半。”西门庆道：“我已是对房下赌誓，再也不去，又恼甚么？你上覆他家，到不消费心。我家中今日有些小事，委的不得去。”慌的二人一齐跪下，说道：“哥甚么话？不争你不去，既他央了俺两个一场，显的我每请哥不的。哥去到那里，略坐坐儿就来也罢。”当下二人死告活央，说的西门庆肯了。（第二十一回）

在《金瓶梅》全书的八百号人中，谁最了解西门庆呢？我觉得一是潘金莲，二是应伯爵。所谓“了解”，一是知道他的好恶，二是能够制住他。潘金莲和应伯爵在不同的方面表现出这种能力。比如这一次，虽然任务很艰巨，但应伯爵却在转眼间便顺利地完成了，这难道不需要一定的才能吗？但只要我们稍加注意，便会发现应伯爵对西门庆的这段劝说，其实是很有技巧的，是对症下药；否则，不一定能成功。第一，应伯爵首先肯定了西门庆昨天的做法是有理的，而老鸨让粉头背地接客是背信弃义的行为。这一肯定十分重要，首先给西门庆心理上的感觉是，应伯爵是为自己说话的，而不是为老鸨说话的。第二，应伯爵又夸张地转述老鸨和粉头都已认识到自己的错误，并且表现得很沉痛，“娘儿每哭哭啼啼跪着”。因为应伯爵知道，西门庆虽然专横霸道，但在女人的眼泪面前常常变得感情脆弱。第三，应伯爵又说蛮子其实是来送银子借妓院摆酒请客的，并没与桂姐沾身，因此，这是一场误会。第四，应伯爵见西门庆还是不答应，只好拿出与西门庆的交情来作保证，而且是与谢希大一齐跪下相求，这种方法在西门庆面前往往也是起作用的。此外，应伯爵还不动声色地编造了陈监生和他的父亲陈参政的故事，这也是大有深意的。应伯爵十分清楚，西门庆现在正值政治上往上爬的时期，任何一位朝中大臣对他都是有吸引力的，抬出这么一位陈参政，会使西门庆产生一种幻觉，从而对李家虔婆不再注意。当然，也有可能是另外一种用意，就是用陈参政对西门庆形成一定的心理威慑，因为丁二官、陈监生、陈参政是有直接关系的。不论是哪种可能，都可以看出应伯爵的狡黠之处。总而言之，应伯爵用这种种办法终于使西门庆答应下来。

现在我们来看一下西门庆到妓院后应伯爵的表演。应伯爵知道，大家既然已经来到妓院，那么与在西门庆家就完全不同了。在西门庆家他的任务是说和，而对能否成功他并没有十分的把握，所以不得不郑重其事，软硬兼施，即使跪下来哀求也在所不辞。现在西门庆又重新踏进李家的大门，说明他已经原谅了虔婆和桂姐的行为，那么应伯爵便不再需要赔小心，只要纵情地吃喝玩笑。因此，应伯爵、谢希大刚一回到妓院，便又露出插科打诨的本相来。应伯爵向桂姐表功："还亏我把嘴头上皮也磨了半边去，请了你家汉子来。就不用着人儿，连酒儿也不替我递一杯儿，自认你家汉子。刚才若他撅了不来，休说你哭瞎了你眼，唱门词儿，到明日诸人不要你，只我好说话儿，将就罢了。"紧接着，应伯爵又搂过桂姐来亲了个嘴，被桂姐骂道："怪攮刀子的，看推撒了酒在爹身上。"伯爵又道："小淫妇儿，会乔张致的，这回就疼汉子，看撒了爹身上酒，叫的爹那甜。我是后娘养的？怎的不叫我一声儿？"（第二十一回）桂姐接着又回骂，伯爵又讲了个田鸡和螃蟹比赛跳水沟的故事。这一切，都是做给西门庆看的，是慰他的心，讨他的好。淫妇李桂姐固然会“乔张致”，紧赶着叫爹；应伯爵又何尝不是如此？他们二人一唱一和，都是想让西门庆与桂姐的关系恢复到从前，尽快忘掉那不愉快的打闹场面。好在西门庆在“色”与“气”的关系上，还是以色为重的，所以很快便又与李家恢复了融洽关系，应伯爵的一个笑话又把西门庆“笑的要不的”，目的总算达到了。

审时度势，拍马溜须

为了生存的需要，应伯爵练就了一套过硬的拍马溜须的技巧。他阿谀奉承的一个突出特点是能察言观色，审时度势，吹捧得及时而又恰到好处，可以说是炉火纯青。太温了起不到应有的效果，太火了可能失去真实感，起到相反的作用。正因为应伯爵技巧十分高超，分寸掌握得非常适宜，所以总是惹得西门庆满心欢喜。这里我们以他对李瓶儿的态度来看他怎样迎合西门庆。

李瓶儿当初被西门庆娶进家门后，曾请应伯爵、谢希大等一帮帮闲朋友前来喝会亲酒。饮到半酣，应伯爵便要求将新嫂子请出来见见，那用意是很明显的，无非是借此为西门庆脸上贴金。如果没有人提出见见新娘子，这会亲酒便吃得没有意义了，西门庆脸上也没有光彩。应伯爵当然懂得这个道理，所以西门庆愈假装推托，说是“小妾丑陋，不堪拜见”，应伯爵偏偏强烈要求，而且再三说明这是来客们的共同愿望。结果李瓶儿打扮了一番，出来见了。这时应伯爵、谢希大便迫不及待地吹嘘起来："我这嫂子，端的寰中少有，盖世无双。休说德性温良，举止沉重，自这一表人物，普天之下也寻不出来。那里有哥这样大福！俺每今日得见嫂子一面，明日死也得好处。"（第二十回）在他的口里，李瓶儿成了天下第一等美人，西门庆自然也是天下有第一等艳福的人；而伯爵自己，则因见了这样的美人尤物，就是现在死了也不算白活了。西门庆对他这种话虽然不会相信，但心里总还是很高兴的，起码不会像吴月娘几个婆娘一样大骂应伯爵是"扯淡轻嘴的囚根子"。

应伯爵不但吹捧活着的李瓶儿，讨西门庆的欢心，还对死去的李瓶儿继续吹捧，目的自然还是一样。他来吊丧的时候，进门便哭"我的有仁义的嫂子"，结果引来玉楼和金莲两人的痛骂，这且不说；他又顺口编造了一场梦，说自己梦见西门庆从袖中取出两根玉簪儿瞧，其中一根折了。更离奇的还在后面。原来西门庆在瓶儿的五七请来吴道官和黄真人念经，超度瓶儿的灵魂升入天堂。当日念完经，设完道场，晚上西门庆在大厅里摆酒，慰劳僧人及帮忙的诸位亲朋伙计：

西门庆与道众递酒已毕，然后吴大舅、应伯爵等上来，与西门庆散福递酒。吴大舅把盏，伯爵执壶，谢希大捧菜，一齐跪下。伯爵道："兄为嫂子，今日做此好事，请得真人在此，又是吴师父费心。方才化财，见嫂子头戴凤冠，身穿素衣，手执羽扇，骑着白鹤，望空腾云而去。此赖真人追荐之力，哥的虔心，嫂子的造化，连我好不快活！"于是满斟一杯送与西门庆。（第六十六回）

西门庆请来黄真人、吴道官念经追荐，其心至诚，其情可感，但追荐的结果如何，大家心下都应该是明白的，无非使活人心安而已，于死人无丝毫作用。但应伯爵不顾这一切，还是在众目睽睽之下撒了一个弥天大谎，说亲见李瓶儿骑着白鹤飞天成仙去了。当伯爵说出此话的时候，我们可以设想一下，黄真人心里会怎么想？讥笑伯爵愚昧无知，还是感谢伯爵帮了他的大忙？西门庆又会怎样想？可能与黄真人有些不同，会把伯爵此话当作他平时说出的那些笑话一样看待，毕竟这种话听惯了，倒可能见怪不怪。事实上，更引起我们注意的根本不是黄真人或西门庆的反应，而是应伯爵撒这种谎时的心态，以及在特定情势下引起的反讽效果。伯爵说此话是为了讨西门庆的欢心，但仅仅如此吗？不是。他想的比这还要周到得多，他说："此赖真人追荐之力，哥的虔心，嫂子的造化，连我好不快活。"先把黄真人的追荐之功肯定下来，意思是即使西门庆有满腔虔诚，李瓶儿也确有那份福分，但缺了黄真人，还是上不了天，成不了仙，还只能到地狱里做一个平凡的鬼。西门庆的虔诚之心自然也不该埋没，西门庆不请来黄真人念经超拔，这一切也都无从谈起。第三个是李瓶儿的造化，其实这个才是根本原因，没有这个造化，没有这个福分，再虔诚的追荐也都没有用。但既然李瓶儿已经死了，不妨放在第三位。可笑的是应伯爵还顺口谈到了自己。李瓶儿成仙升天难道与应伯爵还有什么关系吗？如果说有的话，只能说李瓶儿"成仙"全是应伯爵的创作，不可能有其他什么关系。但是这个真相当然不好说出来，所以谈到自己的时候突然改成"连我好不快活"。这样，不论逻辑上通不通，黄真人、西门庆、李瓶儿、应伯爵，便建立起一种关系。当然，这种“关系”同样是应伯爵的创作。

吹捧李瓶儿并不是应伯爵的真正目的，吹捧死了的李瓶儿，是给活着的西门庆听的。而这一切的一切，其实又都是为了生计着想。拍马溜须逗笑话，如果只做到使大家一笑了之，对于应伯爵来说，那是完全不可取的。谁要认为应伯爵所做的一切仅是精神上的娱乐，那就大错特错了，这是一种谋生手段，一种能转化为物质的精神产品。

第二天一大早，应伯爵还未吃早饭，又被来安儿请到西门庆家里，见他正在梳头，便在火盆旁边坐下，对西门庆说：“哥，你好汉，还起的早。若着我，成不的。”过了一会儿画童儿端来两盏牛奶，应伯爵先把自己的一碗吃进肚里，见西门庆不吃，便又催道：“哥且吃些不是，可惜放冷了。相你清辰吃恁一盏儿，倒也滋补身子。”西门庆看出伯爵还想吃，便让他连自己的一盏也吃了下去。虽然应伯爵整日泡在西门庆家里，混着酒肉吃，但他总像一个贪嘴的孩子，无时无刻不表现出自己的嘴馋，永远保持着旺盛的食欲。后来看着天下了雪，西门庆留下温秀才和应伯爵在书房内赏雪。一会儿郑春来替郑爱月送两盒茶食给西门庆，一盒是果馅顶皮酥，一盒酥油泡螺儿。伯爵一眼瞧见，便道：“好呀，拿过来，我正要尝尝！死了我一个女儿会拣泡螺儿，如今又是一个女儿会拣了。”伯爵不但自己吃，还递给温秀才同吃。西门庆又让郑春揭开一个小盒，问郑春里面是什么，郑春悄悄告诉他：“此是月姐稍与爹的物事。”西门庆正要拿来观看，却被应伯爵一手抓过去，打开见是一只回纹锦汗巾儿，里面包着郑爱月亲口嗑的瓜仁儿。

这伯爵不等西门庆动手，便把瓜仁儿一口喃进嘴里。西门庆见状，便骂道："怪狗才，你害馋痨馋痞？留些儿与我见见儿，也是人心。"伯爵回答道："我女儿送来，不孝顺我，再孝顺谁？我儿，你寻常吃的勾了。"西门庆看看没法，只好说："温先儿在此，我不好骂出来。你这狗材，或（忒）不相模样！"虽说应伯爵有高超的拍马技巧，并趁机得到好处，但有时也不免过分，这一次就属于这种情况。强烈的食欲常常使他变得没有理智，破坏了应有的分寸感。像这一次，如果能像西门庆说的，"留些儿与我见见儿，也是人心"，那么效果便会好得多。不过毕竟只是一把瓜仁儿，西门庆虽然不满意也不会因为这一点儿小事真的气恼起来，但心里总有些不痛快。所谓"智者千虑，必有一失"，应伯爵的溜须拍马也是如此。不过过了不大一会儿，西门庆便在另外的地方找补了过来。原来三人继续饮酒，温秀才顺口问伯爵："老翁尊号？"伯爵回答道："在下号南坡。"西门庆听了，便戏道："老先生你不知，他家孤老多，到晚夕桶子掇出屎来，不敢在左近倒，恐怕街坊人骂，教丫头直掇到大南首县仓墙底下那里泼去，因起号叫做'南泼'。"这是一个粗俗的玩笑，不过出自西门庆之口，玩笑的对象是应伯爵，倒也十分般配。温秀才明知他是开玩笑，却故作认真地说："此'坡'字不同。那'泼'字乃是点水边之发，这'坡'字却是土字傍边着个皮字。"西门庆又接上道："老先儿倒猜的着，他娘子镇日着皮子缠着哩。"温秀才听了只好笑着说："岂有此说。"伯爵道："葵轩，你不知道，他自来有些快伤叔人家。"温秀才见他们骂得有趣，又不好说什么，只好又说："自古道言不亵不笑。”（第六十七回）其实温秀才这话说得也蛮有水平，他认为开玩笑即使有些下流，也能引人高兴，自古便是如此。经过这么一场笑闹，西门庆很快便忘记了刚才心中的不快。

悲凉的内心独白

应伯爵充当西门庆的帮闲，帮嫖贴食，无所不至，其人格自然是不值一提的。但他也有可爱之处，除了天生的幽默才能，还极其坦诚，对自己的所作所为有着十分清醒的认识，绝不文过饰非。他的一切都做得光明磊落，即使溜须拍马、阿谀奉承，也都做得那么公开坦荡，让人一览无余。第七十二回写了他对唱曲儿的李铭的一番教导，表达了他对自己的行为的清醒认识，可以视为一段精彩的内心独白。

原来自从西门庆借故打了纠缠王三官的一伙光棍之后，生气与李桂姐也断了来往；因为这伙人都是在李桂姐家里吃喝嫖弄，并与王三官关系不明。西门庆不但拒绝与李桂姐来往，而且又株连到她的弟弟李铭，再也不请他到府里来唱曲。李铭是靠唱曲度日的，西门大官人不请，便等于少了一个大主顾，生意大受影响，并且还因此受到同行的欺负。李铭忍受不了，便买了两只烧鸭、两瓶烧酒，到了应伯爵家里，请他到西门庆跟前去说情。李铭说："小的从小儿在爹宅内答应这几年，如今爹到看顾别人，不用小的了。就是桂姐那边的事，各门各户，小的一家儿是不知道。不争爹因着那边怪我，难为小的了。这负屈衔冤，没处声诉，径来告二爹。二爹倘到宅内，见了爹，替小的加句美语儿说说。就是桂姐有些一差半错，不干小的事。爹动意恼小的不打紧，同行中人越发欺负小的了。”（第七十二回）李铭知道，要说和此事，非应伯爵莫属。应伯爵听了李铭的这番求告，大动恻隐之心，说：“我没有个不替你说的。我从前已往，不知替人完美了多少勾当，你央及我这些事儿，我不替你说？你依着我，把这礼儿你还拿回去。你自那里钱儿，我受你的？你如今亲跟了我去，等我慢慢和你爹说。”（第七十二回）伯爵这番话也说得十分动人，完全是一副敦厚老者的口吻；他自己也是以乞食为生，所以对李铭的处境深表同情。于是应伯爵领上李铭，到了西门庆家里。伯爵先说别的话题，慢慢才转到李铭身上，其实这是应伯爵说话的一个重要技巧。尤其是当他到西门庆跟前求情或借东西时，他总要先以别的话题探探西门庆的口气，看看他的心情如何，再婉转地道出实质性问题。这一回他见西门庆正在摆席桌，便问：“哥定这卓席做什么？”然后又问明天是请戏子还是请小优。当听说请了四个小优而没有李铭时，故意装出惊讶的样子问：“哥，怎的不用李铭？”西门庆说：“他已有了高枝儿，又稀罕我这里做什么！”接着应伯爵便用他那如簧之舌劝西门庆：

哥怎的说这个话？你唤他，他才来，也不知道你一向恼他。但是各人勾当，不干他事，三婶那边干事，他怎得晓的，你到休要屈了他。他今早到我那里，哭哭啼啼告诉我：休说小的姐姐在爹宅内，只小的答应该几年，今日有了别人，倒没小的。他再三赌神发咒，并不知他三婶在那边一字儿。你若恼他，却不难为他了。他小人，有什么大汤水，你若动动意儿，他怎的禁得？”（第七十二回）

紧接着不等西门庆说话，应伯爵便拉过李铭来赶快跪下磕头，让他赔不是。李铭也配合得很妙，一边认不是，一边号啕大哭，跪在地上只不起身。应伯爵又在一旁打着圆场，西门庆终于原谅了李铭。这件事在应伯爵的导演下十分成功，充分表现了伯爵的才能。其实此事伯爵还是动了一番脑筋，进行了一番设计的。他把领李铭赔礼道歉之事，与到西门庆家请诸位娘子来他家吃酒同时进行。当西门庆原谅了李铭之后，伯爵随即拿出五个请帖来，“请列位嫂子过舍，光降光降”。西门庆故意说到时候都要看夏大人娘子去，难以去成。伯爵便知道是哄他，说：“哥，刚才你就哄我起来。若是嫂子不去，我就把头磕烂了，也好歹请嫂子走走去。”结果双方都很愉快，李铭的事就这样圆满解决。

妙的是，当应伯爵为李铭做完这件好事以后，并没有仅仅承受了他的谢意而一走了之，而是不失时机地又对李铭进行了一番有理论深度的人生哲学教育。他这样对李铭说：

如何？刚才不是我这般说着，他甚是恼你。他有钱的性儿，随他说几句罢了。常言嗔拳不（打）笑面。如今时年尚个奉承的，拿着大本钱做买卖，还放三分和气。你若撑硬船儿，谁理你？休说你每，随机应变，全要四水儿活，才得转出钱来。你若撞东墙，别人吃饭饱了，你还忍饿。你答应他几年，

还不知他性儿？明日交你桂姐赶热脚儿来，两当一儿，就与三娘做生日，就与他赔了礼来儿，一天事多了了。（第七十二回）

精辟，实在太精辟了！这既是应伯爵的经验之谈，也是他对当时社会人际关系的总结。明代是个资本主义萌芽出现，商业经济涌动的时代，金钱成为左右一切的权威因素，可以说有了钱就有了一切。这一观点应伯爵早在十兄弟排座次时就已经清楚表达过，他说如今这年时，结拜兄弟也按不得年纪大小，而只能论财势。在这一点上，应伯爵始终有着十分清醒的认识，并自觉地以此调节自己的行为。他认为有钱的人理所当然地也要性儿大些，而像自己和李铭这样看着他们的脸色吃饭的人，则要心甘情愿地作为他们指责、数落的工具，而不应该有什么不悦或不好意思。他觉得这一切都是那么正常，根本不该有任何不快。所谓“如今时年尚个奉承”当然也是指富人，因为穷人根本不会有受人奉承的奢望，也没有谁来奉承他。既然奉承人已成为一种时尚，所以伯爵平时所做的一切都是十分正常的，谈不上什么人格的堕落或道德的沦丧。当然，伯爵说这些话的目的更主要的不是为自己的行为辩护，而是教导李铭，却无意中为我们展示了他的人生观念。我们原来总以为伯爵以溜须拍马为生，一定是忍辱负重，饱含着辛酸和悲凉，看来并不是这样。恰恰相反，伯爵认为这一切都是很正常的，是他的生存技巧，奉承人和被人奉承都是由他们的经济地位决定的，谈不上什么人格和道德问题。他不但自己这样做，也用这种人生体验来教导下一辈。今天李铭这样做了，果然得到了西门庆的谅解；如果明天李桂姐也照此办理，一定还灵。在伯爵看来，这些并不是他一个人的经验，而是放之四海而皆准的“真理”，只要能“随机应变”，只要能做出“四水儿活”来，就能够吃饱饭，赚钱养家糊口；天大的事都会大事化小，小事化了，变为乌有。

常时节的得钞傲妻与生子借钱

西门庆的几个相好伙计里，有个常时节，其实是谐音“常时借”。他是一个穷光蛋，只好常常借钱度日，为此，作者专在第五十六回里写了西门庆周济常时节的情节，赞扬他“仗义疏财，救人贫难”的高尚行为。常时节原来住的是别人的房屋，被房东赶走，必须另找地方住。无奈之下，只好找西门庆帮忙。常时节虽然也是“十兄弟”之一，但与西门庆的关系远远不如应伯爵，甚至也不如谢希大。他自己当然也明白这一点，知道自己在西门庆心目中的斤两，何况又有“常时借”这种丑名，所以不敢亲自开口向西门庆借银，让应伯爵陪着同去，由应伯爵提出借钱的要求。这天常时节把应伯爵请到一个小酒店里，酒过三巡，对伯爵说：“小弟向求哥和西门大官人说的事情，这几日通不能勾会。房子又催逬的紧，昨晚被房下聒絮了半夜，耐不的五更抽身，专求哥趁早大官人还没出门时，慢慢地候他，不知哥意下如何？”应伯爵一听，爽快地答应了，领着常时节便直奔西门庆家。

二人到了西门庆家，自然是应伯爵提起话头，果然一说即行。应伯爵不愧为一位千古“食客”，他的一张嘴除了会吃东西，也很会说话。比如这一次，他进了门先跟西门庆说了一会儿闲话，与常时节一齐吹嘘西门庆是财大气粗的财主，惹得西门庆笑了起来。然后应伯爵凑近西门庆坐下，乘机说道：“常二哥那一日在哥席上求的事情，一向哥又没的空，不曾说的。常二哥被房主催迸慌了，每日被嫂子埋怨，二哥只麻做一团，没个理会。如今又是秋凉了，身上皮袄儿又当在典铺哩。哥若有好心，常言道救人须救时无，省的他嫂子日夜在屋里絮絮叨叨。况且寻的房子住着了，人走动，也只是哥的体面。因此常二哥央小弟特地来求哥，早些周济他罢。”（第五十六回）应伯爵十分强调常二哥的难堪处境——既被房主催逼，又受老婆的絮叨，这夹板气令他毫无办法，只能是“麻做一团”。西门庆也爽快地答应下来，并且先给了常时节十二两零碎银子，要他杂用，买房钱等寻下房子一并交给。西门庆是个会赚大钱的新兴资产者，但他并不是那种有传统色彩的守财奴、吝啬鬼。他敢于大把花钱，或是用来赚取更大的利润，或是寻求物质上、精神上的极大享乐，或是接济他的亲朋好友。西门庆在这里还表现了一下他的金钱观念：“（金钱）兀那东西是好动不喜静的，曾肯埋没在一处？也是天生应人用的，一个人堆积，就有一个人缺少了。因此积下财宝，极有罪的。”

常时节之所以落下个“常时借”的名声，与他有个忍不了贫的老婆，是有关系的。应伯爵说这个老婆把常时节聒絮得连家门都不敢进，其实这并不是夸张。让我们来看一下书中的客观描写：

常时节作谢起身，袖着银子，欢的走到家来。刚刚进门，只见那浑家闹炒炒嚷将出来，骂道："梧桐叶落，满身光棍的行货子！出去一日，把老婆饿在家里，尚兀是千欢万喜到家来，可不害羞哩！房子没的住，受别人许多酸呕气，只教老婆耳朵里受用！"那常二只是不开口，任老婆骂的完了，轻轻把袖里银子摸将出来，放在卓儿上，打开瞧着道："孔方兄，孔方兄！我瞧你光闪闪，响当当的无价之宝，满身通麻了，恨没口水咽你下去。你早些来时，不受这淫妇几场合气了。"那妇人明明看见包里十二三两银子一堆，喜的抢近前来，就想要在老公手里夺去。常二道："你生世要骂汉子，见了银子就来亲近哩！我明日把银子去买些衣服穿好，自去别处过活，却再不和你鬼混了。"那妇人陪着笑脸道："我的哥，端的此是那里来的？这些银子！"常二也不做声。妇人又问道："我的哥，难道你便怨了我？我只是要你成家。今番有了银子，和你商量停当，买房子安身，却不好？到恁地乔张智！我做老婆的，不曾有失花儿，凭你怨我，也是枉了。"常二也不开口。那妇人只顾饶舌，又见常二不揪不采，自家也有几分惭愧了，禁不的吊下泪来。常二看了叹口气道："妇人家不耕不织，把老公恁地发作！"那妇人一发吊下泪来。两个人都闭着口，又没个人劝解，闷闷的坐着。常二寻思道："妇人家也是难做，受了辛苦埋怨人，也怪他不的。我今日有了银子不采他，人就道我薄情，便大官人知道，也须断我不是。"就对那妇人笑道："我自要你，谁怪你来！只你时常聒噪，我只得忍着出门去了，却谁

怨你来！我明白和你说，这银子……”（第五十六回）

这是一个多么生动的场面！一个被老婆骂得跑出家门的男人，在外边弄了十几两银子回来，便马上端起了架子，摆起了穷谱，一副气宇轩昂的神态，而那个原本气吞山河的“河东吼”，却被这十几两银子的亮光照得顿时矮了半截！如果说世态炎凉的话，如果要讨论金钱在明代社会的作用的话，根本用不着去研究明代的历史文献，用不着去翻检那些有关明代社会经济状况的研究著作，只要从这幅小小的画面中就可以找到答案，而且是最准确、极生动的答案。不错，常时节肯定是个无用的家伙，否则便不会连几间自己的房子都没有，而且还要把老婆饿在家里。但他有他的办法，他虽然是通过应伯爵作中介人才借到了银子，但毕竟比他那个只会在家里絮聒吵闹的浑家还要强一些；似乎浑家也意识到了这一点，所以当她见到桌上的那包银子后，“喜的抢近前来，就想要在老公手里夺去”，而且话头也马上软了下来，态度来了个 180 度的大转弯。常二哥发现正像他想象的那样，形势突然变得对自己有利起来（而这种情况是不常出现的），他当然要及时地抓住这个机会，出出平时受欺的恶气。令人惊讶的是，常时节虽然在全书中没有表现出特别的智慧，但他这次选择的报复浑家的方法却实在令人叫绝！他既非骂，更非打，也没有像一般人想象的那样来几句尖酸刻薄的挖苦，他出人意料地采取了沉默！浑家先是赔着笑脸问他银子是从哪里来的，他不作声。妇人又来了一番自我表白，他还是不开口！虽然是沉默，此时却比说话更能说明问题，包含着更多的内容；他用这种方式对付浑家，其实比打骂都更有用处。果然，妇人惭愧地滚下泪来。常时节见自己的目的已经达到，浑家已经对自己的行为进行了反省，并有悔改的表示，便也高姿态地饶恕了她。于是夫妇二人欢天喜地去买肉裁衣，再也听不到吵闹絮聒。

我们再来看一下第六十七回里应伯爵为自己借银子的情节，将它与常时节借银的情节作一对比十分有趣。这一回是写应伯爵好几天没到西门庆家里来，这天来后西门庆便问："你连日怎的不来？"应伯爵并不正面回答，却虚张声势地说："哥，恼的我要不的在这里。"西门庆以为出了什么令人懊恼的事情，忙说："又怎的恼？你告我说。"伯爵这才说："不告你说，紧自家中没钱，昨日俺房下那个平白又捅出个孩儿来。但是人家白日里还好挝挠，半夜三更，房下又七痛八病……我自家打着灯笼，叫了巷口儿上邓老娘来，及至进门，养下来了。"应伯爵这次来的本意是借银子，但他并不把银子作为主要话题，而是用夸张的语气描述他的"房下"养孩子的故事，而且根据他的意思，养这孩子并不讨他的喜欢。他只是在谈论上述故事的过程中，"顺便"地提到"紧自家中没钱"，而且故意表现得只是无意中带出了钱字。不知是西门庆没有听到应伯爵提到了钱，还是听到了却假装没听见，他没有作出相应的反应，还是问应伯爵"养个甚么"，并骂他："傻狗材，生了儿子倒不好，如何反恼！"应伯爵见西门庆没注意到他话中提到的钱，只好更进一步说得明白一些："哥，你不知，冬寒时月，比不的你每有钱的人家，家道又有钱，又有若大前程官职，生个儿子上来，锦上添花，便喜欢。俺如今自家还多着个影儿哩！家中一窝子人口要吃穿盘搅，自这两日媒巴劫的魂也没了。……紧自焦的魂也没了，猛可半夜又钻出这个业障来！那黑天摸地，那里活变钱去？房下见我抱怨，没计奈何，把他一根银插儿与了老娘，发落去了。明日洗三，嚷的人家知道了，到满月拿甚么使？到那日我也不在家，信信拖拖，往那寺院里且住几日去罢。”如果说伯爵刚才表达得还较含蓄的话，那么这一次说得就是很明白的了。西门庆见他又说了一通没钱的意思，笑骂了一句，便说：“我的儿，不要恼，你用多少银，一对我说，等我与你处。”于是马上给了他五十两银子，连借条都没让打。毕竟西门庆与应伯爵的关系更为密切，所以办起来更爽利，钱也更多。二人间的相互信任似乎已经达到了这样一种程度，即伯爵缺钱花，理所当然要去找西门庆解决，而西门庆也觉得帮助应伯爵确实是义不容辞。在西门庆的“十兄弟”中，能达到这一步的还只有应伯爵。

不过尽管如此，应伯爵毕竟是登门借银子，所以他还是经过了一定的考虑，采取了一些策略。比如他为常时节借银子时，强调的是常时节的老婆聒絮得厉害，而常时节实在是忍受不住，不得不登门借债。伯爵为自己借银却十分强调事情的突发性和偶然性，似乎老婆生孩子是完全出乎他意料的，而他也从来没打算要孩子。既然这并非他的本意，而事情却又实实在在地发生了，所以他也不得不登门求助。伯爵与西门庆还有一个更有利的条件，就是二人关系密切，常常相互取笑嘲骂。在提出借银求助这类事情时，相互的嘲骂取笑容易使气氛变得融洽，心情变得舒畅。例如西门庆听到伯爵又得了个儿子，便问："是春花儿那奴才生的？"伯爵则笑答："是你春姨。"当应伯爵提出要打借条时，西门庆便说："傻孩儿，谁和你一般计较。左右我是你老爷老娘家，不然你但有事来，就来缠我？这孩子也不是你的孩子，自是咱两个分养的。实和你说过了，满月把春花儿那奴才叫了来，且答应我些时儿，只当利钱，不算发了眼。"伯爵又笑答："你春姨这两日瘦的相你娘那样哩。"正是在这种粗俗的相互嘲骂中，应伯爵达到了自己的目的，而西门庆也觉得满心高兴。对应伯爵来说，这就是他的智慧，是他求生的本领。

宋惠莲的顺杆爬

在西门庆淫过的女人中，宋惠莲是个很有性格特点的人物。概括她的人生，也是心比天高，命比纸薄，最终以悲剧结束了自己的一生。宋惠莲是个出身社会底层的女性，家里是开棺材铺的，其父有一个与职业很相符的名字，叫宋仁（送人）。因家贫，惠莲当初被卖到蔡通判府里做使唤丫头，后因坏了事被赶出来（根据暗示，所谓“坏了事”是指与主人或小厮们有染而大了肚子），嫁给厨子蒋聪为妻，又渐渐与来旺儿认识并相通，蒋聪死后便嫁给来旺儿做了媳妇。惠莲长得还算有姿色，“生的黄白净面，身子儿不肥不瘦，模样儿不短不长，比金莲脚还小些儿”。至于她的性格，作者说成“性明敏，善机变，会妆饰。龙江虎浪，就是嘲汉子的班头，坏家规的领袖”。看来也不是什么本分之人。书中这样描绘她的神态：

斜倚门儿立，人来倒目随。托腮并咬指，无故整衣裳。坐立随摇腿，无人曲唱低。开窗推户牖，停针不语时。未言先欲笑，必定与人私。（第二十二回）

按照旧时的封建礼教规范，这些都是女人的大忌，是淫荡的标志。既然作者一开始就把她写成这样的女人，那么她身在西门庆之家，与这个荡男的通情就是情理之中了。果然，西门庆刚见到她就打起了主意，先是把来旺派去杭州出差，又故意在席间问玉箫："那个穿红袄的是谁？"接着便让人给她送做裙子的衣料，借口是惠莲穿红袄配紫裙子"怪模怪样"的，似乎是仅从审美角度来考虑的。紧接着又过了几日，西门庆从门外进来，惠莲却正往外走，"两个撞了满怀"（实在让人怀疑两人是故意的），西门庆顺势将她搂过来，亲了个嘴，口里还喃喃说道："我的儿，你若依了我，头面衣服随你拣着用。"正像西门庆预料的那样，惠莲没有任何不悦的表示——而这本身实际上正意味着她已经答应下来。过了不几天，惠莲果然与西门庆在藏春坞山子洞里成其好事。

惠莲如此轻易地钻进西门庆怀里，其动机如何呢？说起来其实很简单，她不过是想在穿戴上改善一下，满足作为一个女人的爱美之心（在另外一种意义上也可以说成是虚荣心），并没有什么其他的高深目的。她出身在社会的底层，虽然年龄很小时进过蔡通判府里，但很快便出事被赶了出来；而跟着厨子蒋聪也谈不上见什么世面。所以当她进入西门大官人的府中，在她面前展现的是一个全新的世界，尤其是西门庆的几个如花似玉的妻妾，她们的吃喝穿戴，她们的行为举止，都不能不使她心动，不能不引起她强烈的羡慕之情。所以她"初来时，同众家人媳妇上灶，还没甚么妆饰，犹不作在意里。后过了一个月有余，看了玉楼、金莲众人打扮，他把鬏髻垫的高高的，梳的虚笼笼的头发，把水鬓描的长长的，在上边递茶递水，被西门庆睃在眼里”（第二十二回）。惠莲这时还只是露出点儿往上攀附的苗头，出身又是那么低微，实在没有什么资本，所以她初次与西门庆苟且，既无花烛明室，又无锦衾软榻，竟躲到花园里的山子洞里了事，这与西门庆与李瓶儿、林太太等人的通奸真是天差地远了！所以惠莲第二次与西门庆交合之际，便发出了埋怨：“西门庆，冷铺中舍冰，把你贼受罪不濶的老花子，就没本事寻个地方儿，走在这寒冰地狱里来了。口里衔着条绳子，冻死了往外拉。”但是西门庆心里也知道与家奴的这种乱伦苟且是上不得台盘的事，害怕被几个如狼似虎的妻妾知道，哪里还敢有更多的讲究？

其实，西门庆与惠莲的奸情一开始就被潘金莲侦破了。说起来巧得很，惠莲与西门庆首次交合，便被多疑的金莲碰上了！原来当天金莲到处找西门庆，找到藏春坞山子洞里，见惠莲正红着脸系裙子，金莲骂她：“贼臭肉，你在这里做甚么？”惠莲一边匆忙回答：“我来叫画童儿来。”一边急急忙忙溜掉了。金莲进到里面，又见西门庆正在系裤子，便火冒三丈地大骂：“贼没廉耻的货，你和奴淫妇大白日里在这里端的干的勾当儿！刚才我打与那淫妇两个耳刮子才好，不想他往外走了。原来你就是画童儿！他来寻你，你与我实说，和这淫妇偷了几遭？若不实说，等住回大姐姐来家，看我说不说！我若不把奴才淫妇脸打的胀猪也不算。俺每闲的声唤在这里来，你来也插一把子，老娘眼里却放不过。”（第二十二回）潘金莲的性格决定了她不会容忍有人再来“插一把子”！“俺每闲的声唤”尤为点睛之笔，事实确是如此！试想西门庆一家妻妾五六人，再加上还要应付妓院里的桂姐之流，偶尔还要与家奴鬼混，他哪里有这么多的精力！所以金莲说的“闲的声唤”真是切肤之言，这种怨言发在西门庆身上难免适得其反，发在惠莲身上，找到这个替罪羊简直再好不过了。因此金莲是绝不会放过这只替罪羊的。

但是，潘金莲这一次却出人意料地表现得宽容大度，并未对惠莲施加进一步的迫害。“对玉楼亦不题起此事。这老婆每日在那边，或替他造汤饭，或替他做针指鞋脚，或跟着李瓶儿下棋，常贼乖趋附金莲。被西门庆撞在一处，无人，教他两个苟合，图汉子喜欢。”（第二十二回）惠莲千方百计巴结金莲是可以理解的，因为她知道在西门庆的这几个妻妾中，数金莲最厉害，更何况她上次已被金莲当面撞见，所以她不能不趋附她，巴结她，以图不被报复。奇怪的是，金莲怎么轻易在她的小意儿面前改变了主意呢？她不但饶恕了惠莲，还容忍她与西门庆继续偷情，在无人处“教他两个苟合”，其目的却是“图汉子喜欢”。后来西门庆再与惠莲私通，就不避金莲了。有一次他甚至请金莲容惠莲在她屋里歇夜，金莲觉得有些过分，不答应；西门庆又让金莲派丫头们在山子洞里生上火，布置铺盖。金莲倒答应了，派秋菊把山子洞里布置得十分停当，供西门庆和惠莲偷欢。根据潘金莲的性格逻辑，她突然变得如此宽容，实在让人难以理解，也着实令人怀疑！根据作者的解释，潘金莲这样做是讨西门庆的好，这当然也有一定道理。既然西门庆已经与惠莲勾搭成奸，生米已经做成熟饭，再来阻止他们，破坏他们，显然是不明智的做法，除了得罪西门庆之外，对金莲几乎没有什么好处。但是我们仍然觉得，像潘金莲这种嫉妒心极强，又极阴险的女人，竟坦然容忍丈夫与下人通奸，甚至为他们创造条件，总让人怀疑她另有打算，她心底里正在酝酿着什么。后来事情的发展证明，果然如此。

原来金莲派秋菊布置好山子洞以后，知道二人都已进去，并估计二人已经入港，便悄悄潜入花园，躲在藏春坞的月窗下偷听西门庆与惠莲的私房话。先听到二人议论惠莲脚的大小，又与金莲的脚相比较，这倒还无关大局，接着又听到：

“你家第五的秋胡戏，你娶他来家多少时了？是女招的，是后婚儿来？”西门庆道：“也是回头人儿。”老婆道：“嗔道恁恁久惯老成，原来也是个意中人儿，露水夫妻。”这金莲不听便罢，听了，气的在外两只胳膊都软了，半日移脚不动，说道：“若教这奴才淫妇在里面，把俺每都吃他撑下去了。”（第二十三回）

潘金莲是怎样想起来去听西门庆与淫妇的私房话的呢？一种可能是因为好奇；另一种可能是，这是潘金莲整个阴谋计划的一部分，她是前去收集惠莲的“罪证”的，她早已预料到二人的私房话里必然要涉及她，而且肯定有不利于自己的内容。当金莲这样去做的时候，果然发现了她要发现的东西。虽然当她听到惠莲骂自己是“意中人儿”“露水夫妻”之后，气的“两只胳膊都软了，半日移脚不动”，但同时，她要惩治宋惠莲，拔掉这颗眼中钉的决心也就下定了。宋惠莲，这个好虚荣的女人，哪里知道她要成为潘金莲的对手，而且最终被置于死地！

“二莲”终致开衅端

宋惠莲自从攀上了西门庆这棵大树，果然是背靠大树好乘凉，生活待遇和在家中的地位都大有改善。“背地不算与他衣服、汗巾、首饰、香茶之类，只银子成两家带在身边，在门首买花翠胭粉，渐渐显露，打扮的比往日不同。西门庆又对月娘说他做的好汤水，不教他上大灶，只教他和玉箫两个，在月娘房里后边小灶上专顿茶水，整理菜蔬，打发月娘房里吃饭，与月娘做针指。”（第二十二回）从干粗活变成了“内勤”，这是地位提高的标志。惠莲也没辜负了西门庆的抬举，凡事更为尽心尽力；而且她还身怀“绝技”，能用一根长柴便把猪头烧得皮脱肉化，连月娘、李瓶儿、玉楼等也对她变得好起来。

可是这种好日子没过多久，惠莲便因为与西门庆交欢时说潘金莲的坏话而得罪了她。其实惠莲说金莲“是意中人，露水夫妻”，倒也并无恶意，只不过想表示一下“你也不比我强多少”！但是惠莲这话是在背后说的，又是与汉子交欢时说的，金莲以为带着明显的挑拨与争宠的意味，所以她当时便感到

"若教这奴才淫妇在里面，把俺每都吃他撑下去了"的威胁，而这正是金莲最不能容忍的。于是，金莲该有所动作了，她暂时的"宽容大度"再也不愿维持下去了。第二天一早，也不知是背后说人坏话心里发虚还是怎么的，惠莲见金莲正在梳妆，主动上前献殷勤，又是拿镜子，又是端水，又是要帮金莲收睡鞋裹脚。但金莲却一改往日的态度，先是说："由他，你放着，教丫头进来收。"接着便指桑骂槐说起来："你别要管他，丢着罢，亦发等他每来拾掇。歪蹄泼脚的，没的展污了嫂子的手。你去扶持你爹，爹也得你恁个人扶持他，才可他的心。俺每都是露水夫妻，再醮货儿，只嫂子是正名正顶，轿子娶将来的，是他的正头老婆，秋胡戏。"惠莲当然能听出来，这正是她昨晚与西门庆说过的话，心知大事不好，吓得赶忙跪了下来，求她饶恕。金莲又继续道："不是这等说，我眼子里放不下砂子的人。汉子既要了你，俺每莫不与你争？不许你在汉子根前弄鬼，轻言轻语的。你说把俺每躧下去了，你要在中间踢跳。我的姐姐，对你说，把这等想心儿且吐了些儿罢！"（第二十三回）金莲分明是在威吓宋惠莲，让她放明白点儿，能与汉子睡已经不错了，再想进一步排挤别人，那是白日做梦！金莲说自己是"眼子里放不下砂子的人"，这确实是由衷之言，"眼子里放不下砂子"的一般含义是疾恶如仇，是一种美德；但对于潘金莲来说，则主要是指她在性的问题上的强烈排他性，是她容不得别人，她对惠莲的迫害是因此而起，她与李瓶儿、吴月娘、孙雪娥等人的关系的恶化，无不是由此而起。而且对金莲来说，"眼子里放不下砂子"的更深一层的含义是说她对受到的任何侵害都不会坐视，都要进行猛烈反击，甚至要想方设法置对手于死地。

不过这一次金莲并没有拿出全部手段，她只是先向宋惠莲发出了警告，要她不要滑得太远，颇有“勿谓言之不预也”的意味。她为什么不立即对惠莲采取辣手腕呢？其实这正说明金莲虽说是“眼子里放不下砂子的人”，但她并不是头脑简单、过于粗率的人，她还有精细的一面，在某些问题上甚至表现得“老谋深算”。对惠莲，金莲虽然知道了她在背后说自己的坏话，但毕竟还没有更多的证据，还不具备更充分的条件；更何况，惠莲是在与西门庆交欢时说这话的，在某种意义上说，西门庆是“同谋”，如果金莲就此出击惠莲，必然要把西门庆置于自己的敌手一边，这对自己是十分不利的。其实，金莲在西门庆家中能够依靠，能够作为后盾的，只有自己的男人；她要做成的一切事，都必须有男人的支持，起码不能反对。而当这座靠山倒掉后，金莲就无所作为了，甚至连自己的生存都难以保障。现在惠莲刚刚与西门庆相通不久，正在如胶似漆之际，打击宋惠莲必然要得罪西门庆，金莲明白，这是得不偿失之举，所以她不会去做。金莲认为上策是先向惠莲提出严重警告，对她形成一种心理上的威慑力量，引而不发，这样既可以阻止她滑得太远，又可以处处牵制她，控制她。书中这样写道：

这老婆自从被金莲识破他机关，每日只在金莲房里把小意儿贴恋，与他顿茶顿水，做鞋脚针指，不拿强拿，不动强动。正经月娘后边，每日只打个到面儿，就来前边金莲这边来。每日和金莲、瓶儿两个下棋抹牌，行成伙儿。或一时撞见西门庆来，金莲故意令他傍边斟酒，教他一处坐。每日大酒大肉顽耍，只图汉子喜欢。这妇人见抱金莲腿儿。（第二十三回）

惠莲抱金莲的大腿，虽然是不得已而为之，但应该说是聪明之举。惠莲明白，在西门庆的诸多妻妾中，最危险的便是潘金莲，如今恰恰是被她抓住了把柄，除了俯首帖耳又有什么办法呢？而对于金莲来说，这样既能制约宋惠莲，又不得罪西门庆；岂独不得罪，当西门庆在的时候，金莲还要故意让惠莲在旁边陪坐，以此来进一步讨汉子的欢心，这是一举两得的好事。

但是事情到此没有完结，潘金莲仍然在寻找时机，宋惠莲的灭顶之灾是难以避免的。这一点可以从第二十三回的回后诗里得到证明："金莲好宠弄心机，宋氏姑容犯主闱。晨牝不图今蓄祸，他日遭愆竟莫追。"所谓"弄心机"就是指金莲的这种种行为并不说明她有宽厚忍让的美德，而是说明这些不过是她的阴谋诡计的一部分，宋惠莲干下的事情早晚要受到报复，到时候后悔也来不及了。这些分明预示着一场血腥的迫害就要开始，潘金莲的阴险残忍，将会得到淋漓尽致的展示！

这里没有什么“清净姑姑儿”

宋惠莲因奸情被发现而受制于潘金莲，这是不得已的；本来地位上就有主奴之别，偏偏背后说坏话又被她听到，所以只好忍气吞声，百般殷勤，小心服侍。但是作为一个女人，作为一个争夺同一个男人的女人，她实在是不甘心的。巧的是，天假其便，老天让宋惠莲也抓住了潘金莲一个把柄。正月十六，这一天西门庆全家欢坐饮酒。西门庆见女婿陈经济没酒，便吩咐潘金莲为他斟上满满一杯递过去。潘金莲近日正与陈经济眉来眼去，这时便笑嘻嘻递过酒去，含情脉脉地说：“姐夫，你爹分付，好歹饮奴这杯酒儿。”而陈经济则一面接酒，一面把眼儿不住斜溜妇人，并说：“五娘，请尊便，等儿子慢慢吃。”金莲见状，故意用身子挡住灯光，趁经济来接酒的当儿，往他手背上捏了一把。陈经济心知其意，眼睛望着众人，假装若无其事的样子，却在桌子下面踢了金莲一脚。这一对丈母娘和女婿你一把我一脚地相互调戏，却不知被旁边一个人看在眼里，记在心上。书中写道：

看官听说：两个自知暗地里调情顽耍，却不知宋惠莲这老婆，又是一个儿在槅子外窗眼里，被他瞧了个不亦乐乎。正是：当局者迷，傍观者清。虽故席上众人到不曾看出来，却被他向窗隙灯影下观得仔细。口中不言，心下自思："寻常时在俺每根前，到且提精细撇清，谁想暗地却和这小伙子儿勾搭。今日被我看出破绽，到明日再搜求我，是有话说。"（第二十四回）

惠莲这几日正被金莲压得喘不过气来，而今天，竟然意外地发现了金莲与陈经济间的秘密，惠莲心中的高兴自不必说。她觉得今天抓住了金莲一个重要把柄，这可以成为一件锐利武器，用来反击今后金莲可能对她的进攻。如果说宋惠莲与西门庆的私情是悖乱主奴尊卑的乱伦行为的话，那么金莲作为名义上的丈母娘与女婿之间的私情，就更是一件丑事，其乱伦程度比前者有过之而无不及。惠莲当然明白这个理，所以她得到这个秘密后只是偷偷地藏在心里，并不声张，她要将此作为一张王牌在最需要的时候打出来。同时，惠莲本来受压的心理，因此事而稍有宽松。她心里在说：原来你我半斤八两，有什么资格再来搜求我呢？

在这种心理基础上，宋惠莲又稍稍放纵了一些。她似乎故意与金莲针锋相对，竟然也与陈经济嘲戏开来，一会儿说："姑夫，你好歹略等等儿。""你不等我，就是恼你一生。"一会儿又嚷着："姑夫，你放过桶子花我瞧！""姑夫，你放过元宵炮煒我听！"做得愈来愈不像，连玉楼都有些看不上眼了。她甚至还跟金莲要了一双鞋，套在自己的鞋外面穿，那分明是在显示自己的脚比金莲还要小。第二十四回写惠莲怕地上有泥，把金莲的鞋当成套鞋穿。如果说这还算不上惠莲对金莲示威的话，起码已经包含了足够的轻蔑味道。

紧接着，宋惠莲又犯下了另一个错误。一天荆千户来访，西门庆陪着他说话，急看要茶，小厮走来向惠莲要，惠莲却不理他，并骂他：“怪囚根子，爹要茶，问厨房里上灶的要去，如何只在俺这里缠？俺这后边只是预备爹娘房里用的茶，不管你外边的帐。”谁知这话传到正在厨房值班的来保媳妇惠祥那里，引起了她一阵愤怒，大骂：“贼泼妇，他认定了他是爹娘房里人，俺天生是上灶的来！……巴巴坐名儿来寻上灶的，上灶的是你叫的！”在西门庆家里，在厨房上灶做饭属于粗活，由家人媳妇负责，而一般有头脸的丫头如春梅，是不干这类粗活的，她们专在主人房中干些贴身侍候的活儿，较为轻闲，是地位高一等的标志。宋惠莲本来是干粗活的，因与西门庆通情，被提拔上来专门负责月娘后房的小灶，与惠祥负责的大灶相比，也稍微高一等。“上灶的”是一种称呼，但是一种含有鄙视意味的称呼，只能由主人来称下人。惠莲刚刚由大灶升到小灶，竟然敢称惠祥是“上灶的”，这不能不引起惠祥的极大激愤！所以惠祥除了大骂惠莲之外，还针锋相对地表示：“误了茶也罢，我偏不打发上去！”结果还真的误了茶，引起西门庆大怒，让月娘查一下是谁上灶，要对其加以严惩。惠祥被查出来后罚在院子里跪着，受到月娘的责骂。惠祥自然忍不下这口气，指着惠莲的鼻子大骂：

贼淫妇，趁了你的心了！罢了，你天生的就是有时运的爹娘房里人，俺每是上灶的老婆来？巴巴使小厮坐名问上灶要茶，上灶的是你叫的？你我生米做成熟饭——你识我见的。促织不吃癞虾蟆肉——都是一锹土上人。你恒数不是爹的小老婆就罢了，是爹的小老婆，我也不怕你！（第二十四回）

两个女人一面吵，一面相互揭发隐私。惠祥说惠莲养过的汉子有一拿小米数儿，惠莲说惠祥也不是什么“清净姑姑儿”。惠祥最觉可恨的是惠莲依仗与主子的私通关系，居然想反过来挤兑自己，所以必须揭揭她的痛处，免得她越发猖狂。但不想惠莲正是依仗着与主子的特殊关系，对惠祥的揭露并不为意，连一点儿害怕都没有，反而表示：“若打我一下儿，我不把淫妇口里肠拘了也不算。我破着这命，摈兑了你，也不差甚么。咱大家都离了这门罢！”还是不买账。宋惠莲这时已经与主子睡了几次，又与陈经济眉来眼去，几乎是公开与潘金莲争宠；她既然连金莲都不怕，又怎么会惧怕惠祥呢？此时的宋惠莲，已经有意无意地把自己当成了半个主子，这种心理上的自信使她渐渐得意忘形，就像书中说的：“这宋惠莲越发猖狂起来，仗西门庆背地和他勾搭，把家中大小都看不到眼里，逐日与玉楼、金莲、李瓶儿、西门大姐、春梅在一处顽耍。”（第二十四回）渐渐混入了主人的行列，而这些主人倒也不嫌弃她，有事无事便让她跟上。偏偏惠莲近来锻炼得颇讨人喜欢，又有几点特长，除了会用一根柴烧出皮脱骨化的猪头肉，还会打得好秋千，也不用人推送，便能升起在半天云里，令这几位女主人啧啧称奇，几乎起了敬慕之心。

这一切，正像惠莲原先想象的那样，都实现了。作为一个地位卑微的女佣，她所能做的，只不过是与身边的几个女人比起来，能像她们那样吃喝穿戴，能像她们那样受到男人的宠爱也就够了。而要做到这些，只要向那个好色的主人供出自己的肉体，这一切都变得十分容易。宋惠莲选择了后者。当我们摇动着笔杆去评论宋惠莲这个人物的时候，可能会指责她为了蝇头小利竟然出卖自己的贞操，一定会对她的人格作出负面的评价；我们会说，作为一个女人，还有什么比贞操更可宝贵的呢？但事实上，这是今人的看法，或许仅仅是男人们的看法。在西门庆的那个时代，在《金瓶梅》描写的生活中，男人的尊严和女人的贞操，似乎都不是那么重要，甚至有时会变成作者嘲讽的对象。试想，《金瓶梅》中有几个孝子义士，有几个贞女烈妇？似乎没有这一类的形象。在这种背景下，再来看宋惠莲的种种行为，真是再自然不过，再合情合理不过了。正因为宋惠莲是这样想的，所以她并不把与主人的私情当作什么耻辱，当惠祥想以此要挟她的时候，她根本不当一回事，还要反唇相讥，说惠祥也不是什么“清净姑姑儿”。后来她仍然是我行我素，索性打入女主人们的行列中了。

来旺儿詈主的代价

宋惠莲仗着与西门庆的私情，得意忘形，终于惹得家人媳妇惠祥一场大骂；但这一次惠祥说不上取胜，宋惠莲仍然保持着那种说不出来的特殊地位。谁想惠莲得罪的不止惠祥一人，西门庆那位最不得宠的妾孙雪娥也对她心存不满，只是没有公开表示出来；但她背后给了宋惠莲一支暗箭，竟然酿成了人命关天的大事。

宋惠莲与西门庆成奸是在来旺去杭州出差期间，而来旺去杭州又是西门庆预先定下的计谋，所以二人的奸情来旺是不知道的。但当来旺从杭州回来后，孙雪娥却主动把事情和盘托出。来旺刚回到家，向她打听媳妇在哪里，雪娥便冷笑一声道："你的媳妇儿，如今不是那时的媳妇儿了，好不大了。他每日日只跟着他娘们伙儿里下棋、挝子儿、抹牌顽耍，他肯在灶上做活哩。"第二天，来旺又悄悄送了孙雪娥两方绫汗巾，两双装花膝裤，四匣杭州粉，二十个胭脂。雪娥便把惠莲与西门庆通奸的来龙去脉说了个清清楚楚，其中还提到潘金莲做了窝主，借房子让二人交会。

孙雪娥为什么要告发宋惠莲呢？有两个原因。第一，宋惠莲前日叫惠祥“上灶的”，无意中得罪了孙雪娥。孙雪娥在诸妻妾中地位最低下，连春梅都不如，她干的活儿竟与家人的媳妇们相同，也是在厨房烧火做饭。作为主人，干的却是下人的活，孙雪娥本来就憋了一肚子火，常常牢骚满腹。先前与春梅闹了一场，就是因此而起，而现在宋惠莲竟然也敢喊“上灶的”，虽说不是针对她的，但她觉得即使骂的是惠祥，与她自己的名誉也是大有关系的。只是她接受了上次因与春梅闹而挨打的教训，不再公开表现出来，而以隐蔽的方式告黑状。第二，根据下文的描写，孙雪娥与来旺勾搭成奸，最后雪娥还随来旺儿私奔，被巡夜的抓住，看来二人的交情从现在就已经开始了。雪娥状告宋惠莲，实际上是趁此机会破坏他们的夫妻关系，以便自己乘虚而入，是一个预先定下的步骤。至于孙雪娥为什么看上了来旺儿，很可能这是雪娥对西门庆的一种报复。既然西门庆根本看不上孙雪娥，却与家人媳妇胡混，那么孙雪娥也来一个针锋相对，也找一个小厮做自己的情人，这在心理上就会平衡。后来来旺儿与孙雪娥的奸情暴露，潘金莲曾讥讽西门庆与来旺儿是二人“换着做”，就是指的这件事。孙雪娥与来旺儿都感到自己是受害者，不约而同地想到用相同的办法对那对男女进行报复，这也是极自然的事。

孙雪娥告状后，来旺儿便借着酒劲儿去讯问惠莲，惠莲自然不肯承认；相反，她还一边哭，一边骂别人诬蔑她。她哭着说：

贼不逢好死的囚根子！你做甚么来家打我？我干坏了你甚么事来？你恁是言不是语，丢块砖瓦儿也要个下落，是那个嚼舌根的，没空生有，枉口拔舌，调唆你来欺负老娘？老娘不是那没根基的货，教人就欺负死，也拣个干净地方。谁说我？就不信，你问声儿，宋家的丫头若把脚略趄儿，把宋字儿倒过来，我也还跐着嘴儿说人哩！贼淫妇王八，你来嚼说我！你这贼囚根子，得不的个风儿就雨儿，万物也要个实才好。人教你杀那个人，你就杀那个人？（第二十五回）

宋惠莲这一顿暴风雨般的哭骂，竟将来旺儿镇住了！本来是蛮有理的事情，却变得像是理屈词穷，只好喃喃地说道："不是我打你，一时被那厮局骗了……"惠莲见局势已变，又紧接着骂了他几句，这才算完。对于惠莲的这种行为，作者是这样评论的："看官听说，但凡世上养汉子的婆娘，饶他男子汉十八分精细，咬断铁的汉子，吃他几句左话儿右说的话，十个九个，都着了他道儿。"并把她说成是"东净里砖儿，又臭又硬"。

来旺儿虽然被惠莲骂得认了错，但他心里有自己的打算，他除了暗地里与孙雪娥成了奸情，在心理上取得了一定平衡之外，还趁一次喝醉酒的时候，口出狂言，大骂西门庆和潘金莲，并表示：

只休要撞到我手里，我教他白刀子进去，红刀子出来。好不好把潘家那淫妇也杀了，我也只是个死。你看我说出来做的出来。潘家那淫妇，想着他在家摆死了他头汉子武大，他小叔武松因来告状，多亏了谁替他上东京打点，把武松垫发充军去了。今日两脚踏住平川路，落得他受用，还挑拨我的老婆养汉。我的仇恨与他结的有天来大！常言道：一不做，二不休。到根前再说话。破着一命剐，便把皇帝打。（第二十五回）

来旺儿既然与西门庆有了夺妻之恨，平时又不敢说出来，只好趁着酒劲儿大出一口气。但是来旺儿只知耍酒疯，却完全没有想到将引起的一系列后果。原来这些话很快就被来兴儿原封不动地传到潘金莲那里。“金莲不听见便罢，听了此言，粉面通红，银牙咬碎，骂道：‘这犯死的奴才！我与他往日无冤，近日无仇，他主子要了他的老婆，他怎的缠我？我若教这奴才在西门庆家，永不算老婆，怎的我亏他救活了性命？’”（第二十五回）金莲还吩咐把这些话学给西门庆听。金莲自称是“眼子里放不下砂子的人”，一点儿气都不愿意受，今天听了来旺儿这一通狂言，自然要怒火万丈。其实，在西门庆与宋惠莲的奸情中，潘金莲算不上什么“窝主”，因为二人的勾搭既非金莲牵线，事成之后金莲也没有向他们提供方便；金莲之所以暂时容忍而没有张扬，也是无可奈何。金莲落下这个罪名，应该说是孙雪娥捣的鬼。她与金莲有旧仇，先前因与金莲、春梅争宠而败北，还被西门庆打了一顿，这种凌辱雪娥是不会忘记的，所以当她向来旺儿密告西门庆与惠莲的奸情时，顺便把金莲也拉扯上了，而且夸大了她在此事中的作用。而潘金莲本来就是无风三尺浪，无理搅三分的人，又怎容得了这种冤屈呢？所以她听了来旺儿的詈词，顿时“粉面通红，银牙咬碎”，发誓要把来旺儿赶出西门庆的家门。这倒不是潘金莲虚张声势，言过其实，后来来旺儿确实在金莲的挑唆下被西门庆赶出了家门，演出了“来旺儿递解徐州”的一幕。

孙雪娥只知用这种方法报复得意忘形的宋惠莲，并顺便给潘金莲一击，但她没想到自己的目的并没有完全实现。固然宋惠莲最后因此而上吊自尽，但潘金莲却没有受到丝毫损害；相反，却引来潘金莲疯狂的反抗与报复，雪娥暗中的情人来旺儿首当其冲地成了受害人，这是她当初没有料到的。

那么潘金莲是怎样实施对来旺儿报复的计划的呢？她第一步是制造舆论，当孟玉楼向她打听宋惠莲与西门庆的奸情是否属实时，潘金莲便添枝加叶地向她说了一遍，结果引来了孟玉楼的同情：“这庄事咱对他爹说好，不对他爹说好？大姐姐又不管，倘忽那厮真个安心，咱每不言语，他爹又不知道，一时遭了他手怎的？正是有心算无心，不备怎提备。”于是金莲又一次表示：“我若饶了这奴才，除非是他就合下我来。”金莲的第二步是装成受欺负而哭过的样子，引起西门庆的注意，当西门庆问她时，她便一五一十地将来旺儿要动刀子的事转述了一遍，而且索性连孙雪娥与来旺儿的奸情也说了出来——不久前，孙雪娥也是这样告发潘金莲与琴童的奸情的。西门庆听了，这一怒自然又是非同小可，先是把孙雪娥打了一顿，然后“拘了他头面衣服，只教他伴着家人媳妇上灶，不许他见人”，一下子就被打到冷宫里去了。孙雪娥向来旺儿学舌的目的是报复一下惠莲与金莲，哪知自己却被金莲一句“你背地图要他老婆，他便背地要你家小娘子”击翻在地，看来孙雪娥真真不是金莲的对手！

对于竟敢声言要“白刀子进去，红刀子出来”的来旺儿，西门庆自然也是不会放过的。但出人意料的是，在如何处置他的问题上，西门庆居然愿意先听听宋惠莲的意见。惠莲虽与主人通奸，却从来没有加害丈夫的心思——不像潘金莲当年对待武大郎那样，所以当西门庆问她是怎么回事时，惠莲便矢口否认："阿呀！爹，你老人家没的说，他可是没有这个话，我就替他赌了大誓。他酒便吃两钟，敢恁七个头八个胆背地里骂爹！又吃纣王水土，又说纣王无道，他靠那里过日子？"（第二十五回）西门庆本来在女人面前耳朵根子就软，又听惠莲说得挺符合逻辑，这气便消了一半。结果按照惠莲出的主意，把来旺儿打发上东京出差，还答应回来后给他一千两银子，到杭州贩绸绢丝线做买卖。惠莲听了心中自然很满意。但没想这种处理办法又被来兴儿打听到了，急忙报告给金莲。金莲见西门庆竟然被惠莲说动了，眼看自己要把来旺儿赶出家门的誓言难以实现，又赶忙找到西门庆，要他改变主意。这时候的宋惠莲和潘金莲，都在用尽全身的力气把西门庆拉向自己的一边。金莲再三夸大来旺儿的危害性，认为他既然夸下了"白刀子进去，红刀子出来"的海口，不知什么时候就会突然挥起刀子，所以应该斩草除根，尽快把他打发出家门，这才是万全之策。巧妙的是，金莲认为，即使从占有宋惠莲的角度来考虑，也应该把来旺儿除掉，这样"就是你也不耽心，老婆他也死心塌地"。西门庆听了，觉得金莲说的比惠莲说的更有道理，于是又变了卦，不派来旺儿到东京去了。在这场"拔河"比赛中，金莲又胜利了！

玳安怎样做奴才

在西门庆的小厮中，以玳安的办事能力最强，结局也最光彩，全书写到结束时玳安过继给吴月娘作儿子，继承了西门庆的家业，改名叫做西门安。以一个奴才小厮，摇身变成一个有数万产业的大家族的继承人，这并不是一件简单的事，我们有必要看看玳安的处世方法，看看他是如何做小厮的。

玳安在书中的重要地位可以由他出现的次数看出来。《金瓶梅》全书一百回，玳安竟在其中七十八个回目里出现，仅次于西门庆、潘金莲、吴月娘三人，仅从作者着笔的次数来看，他成为第四号的重点人物。他最早出现于第三回，结束于第一百回，几乎是与主人西门庆（最早出现于第二回，结束于一百回）相始终。事实上，他确实是西门庆的贴身心腹，对主人可以说是忠心耿耿，办事又干净利索，是西门庆的得力干将。西门庆干的不少事，都有玳安参与，或者帮助出谋划策，或者跟着看风瞭望，有时甚至起到十分关键的作用。比如说西门庆与潘金莲的关系，从二人偶然相遇，到托王婆使出十件“挨光计”，再到最终娶回潘金莲，玳安都是跟着跑前跑后的知情人。西门庆与潘金莲成奸之后，二人又与王婆合伙害死了武大郎，断了潘金莲的后路，金莲便一心扑到了西门庆身上。但不想中间突然插了一杠子，薛嫂又来提媒，很快便把孟玉楼娶回家里，孟玉楼后来居上做了三娘；而潘金莲竟一度被西门庆忘在了脑后，这中间如果不是玳安重新为她牵上线，金莲真是不知该怎样办。书中写西门庆连提亲、相亲到娶孟玉楼到家，“三朝九日，足乱了约一个月多，不曾往潘金莲家去”。潘金莲每天到门前看几遍，几乎把眼睛望穿，却连西门庆的影子也没见到。使王婆去找，西门庆家看门的小厮却连理也不理；打着迎儿去找，迎儿却连西门庆家的大门也不敢进，直弄得妇人心烦意乱，无情无绪，几乎要犯精神病。正在这个紧要关头，玳安出现了：“也是天假其便，只见西门庆家小厮玳安夹着毡包，骑着马，打妇人门首过的。妇人叫住他，问他往何处去来。那小厮平日说话乖觉，常跟西门庆在妇人家行走。”（第八回）潘金莲见了玳安，真像见了救星一般，连忙留住他，问他到底出了什么事，西门庆竟这么久不见个人影。待金莲听完玳安的话，知道西门庆竟在背后又娶了个孟玉楼，一腔热情顿时化作心灰意冷，止不住地哭了起来。这使玳安顿起恻隐之心，连忙安慰她：“六姨，你休哭。俺爹怕不的也只在这两日头，他生日待来也。你写几个字儿，等我替你稍去，与俺爹瞧看了，必然就来。”金莲听了喜出望外，夸玳安：“你这小油嘴，到是再来的红娘，倒会成合事儿哩。”（第八回）并且马上写了一首情真意切的《寄生草》，让玳安带给西门庆。过了几天西门庆便乘醉过来了，与金莲重续旧缘。又过了几天，听说武松要回来，西门庆便赶忙一顶小轿把潘金莲抬到家去了。正因为玳安对金莲有这一恩情，所以后来金莲对他也是格外看顾。而在西门庆与李瓶儿的奸情中，李瓶儿的小厮天福和玳安两个，也都充当了不可替代的角色，所以李瓶儿对玳安也是满心感谢。第十五回写李瓶儿把玳安叫进屋里，端出四盒茶食来款待他，并送给他银子和手帕，再三托付他一定要在西门庆的几位娘子面前多说好话，劝她们来自己家里做客，以求能早日容她也进入她们的行列。潘金莲和李瓶儿所以都不约而同地看中了玳安，正因为玳安在西门庆跟前的地位十分特殊，是西门庆最信任的小厮；另外也因为玳安诚恳、机灵、会说话，容易讨主子的喜欢。李瓶儿曾因西门庆家中出事，长久不来，一度招了蒋竹山倒踏门；后来又把他赶了出去，重新把一片真心放回到西门庆的身上，但如何与西门庆重新挂上钩呢？李瓶儿像潘金莲一样，同样想到了玳安，把他请去吃酒，托他转达自己的悔恨之意，表示下不为例。玳安回来便对西门庆说："如今二娘到悔过来，对着小的好不哭哩。前日我告爹说，爹还不信。从那日提刑所出来，就把蒋文蕙打发去了。二娘甚是后悔，一心还要嫁爹，比旧瘦了好些儿，央及小的好歹请爹过去，讨爹示下。爹若吐了口儿，还教小的回他声去。"没想到西门庆回答得十分爽快："贼贱淫妇，既嫁汉子去罢了，又来缠我怎的！既是如此，我也不得闲去，你对他说，甚么下茶下礼，拣个好日子，抬了那淫妇来罢。"（第十九回）当玳安去把这个喜讯告诉李瓶儿时，李瓶儿满心欢喜，赶忙置酒做菜，感谢玳安。第二天玳安便带着几个小厮跟轿，把李瓶儿抬了过来。

玳安的办事效率如此之高，有没有诀窍？最主要的就是玳安摸透了西门庆的心理，知道他内心深处在想些什么，能够投其所好，适时而且有度。平安儿所以挨打，正在于他成天与主人对着干，背后说主人的坏话，干事没有一点儿利索劲儿。玳安就不是这样，他不但忠实于主人，而且善于透过表面现象看到实质的东西，能摸清主人的真实想法。比如这次他主动为李瓶儿来说情，倒不在于吃了李瓶儿的酒饭过意不去，而在于他知道西门庆还是一心挂念着李瓶儿；尽管李瓶儿中间又与蒋竹山搅了一水，但他并不在乎这件事——当然，惩罚还是应该有的，娶进门来以后不是给了她个下马威吗？西门庆其实对李瓶儿还是谈得上"爱"的，而这种苗头，西门庆已经露出来了。玳安正是看透了这一点，所以他敢于吃李瓶儿的酒，受她的请，敢于主动在西门庆跟前提出这件事，而且一提就准。西门庆以貌似不屑的态度授权给他，让他用顶小轿把那"淫妇"抬过来了事。按道理说，作为一个奴仆小厮，他所能做的就是听差跑腿，并无权力向主人提出什么建议，更不要说是在主人的"婚姻大事"问题上了。玳安愿意这样做，而且敢于这样做，能熬到这个份儿上是不容易的。玳安忠于自己的主人，西门庆也相信这个奴才，这就是玳安在自己的分内所能达到的最高境界。

玳安不但了解西门庆，也了解其他的主子，像潘金莲、李瓶儿、吴月娘等。李瓶儿死后，玳安有一段与傅伙计的对话，对这几位女主人有一个全面的评价：

傅伙计闲中因话闲话，问起玳安，说道："你六娘没了，这等样棺椁，祭祀念经发送，也勾他了。"玳安道："一来他是福好，只是不长寿。俺爹饶使了这些钱，还使不着俺爹的哩。俺六娘嫁俺爹，瞒不过你老人家是知道，该带了多少带头来？别人不知道，我知道：把银子休说，只光金珠玩好，玉带、绦环、狄（鬏）髻，值钱宝石，还不知有多少。为甚俺爹心里疼？不是疼人，是疼钱。是便是说起俺这过世的六娘性格儿，这一家子都不如他，又有谦让，又和气，见了人只是一面儿笑。俺每下人，自来也不曾呵俺每一呵，并没失口骂俺每一句奴才，要的誓也没赌一个。使俺每买东西，只拈块儿。俺每但说：'娘拿等子，你称称，俺每好使。'他便笑道：'拿去罢，称甚么。你不图落，图甚么来？只要替我买值着。'这一家子，都那个不借他银使？只有借出来，没有个不（还）进去的。还也罢，不还也罢。俺大娘和俺三娘使钱也好。只是五娘和二娘悭吝些，他当家俺每就遭瘟来，会把腿磨细了。会胜买东西，也不与你个足数，绑着鬼，一钱银子拿出来只称九分半，着紧只九分，俺每莫不赔出来？"傅伙计道："就是你大娘还好些。"玳安道："虽做俺大娘好，毛司火性儿。一回家好，娘儿每亲亲哒哒说话儿。你只休恼狠着他，不论谁，他也骂你几句儿。总不如六娘，万人无怨，又常在爹根前替俺们说方便儿。谁问天来大事，受不的人央，俺每央他央儿，对爹说，无有个不依。只是五娘快戳无路儿，行动就说'你看我对你爹说'。把这打只题在口里。如今春梅姐，又是个合气星，

天生的都出在他一屋里。”（第六十四回）

根据全书的描写来看，我们得承认玳安的评价是公允的，比较客观地评论了这几位女主人。他既然对自己的男女主人都了解得是如此透彻，也就无怪乎他说话办事总是那样符合他们的心理，总是那样讨他们的喜欢。一句话，玳安懂得如何做奴才。

两个小厮之间的争宠

西门庆家除了有众多婢女仆妇之外，还有不少伙计小厮，根据不完全统计，他家的男女奴仆共有四十余人，其中一小半为男仆小厮。按照一般人的理解，作为富人家的奴仆，不论男女，都没有独立的人格，依附于人，为主人服务要处处小心谨慎，地位十分卑下，命运是令人同情的，常被人视作“被侮辱被损害的人”。

然而事实上并非这么简单。根据《金瓶梅》的描写，我们并没有发现这些小厮或丫头有什么需要别人同情的遭遇，相反，他们都尽心尽力地为主人服务，维护主人的利益，还主动为主人出谋划策，甚至向主人献出自己的肉体——而这一切，似乎都不是被迫的。如果我们进一步观察，就会发现西门庆家的男女奴仆就像一个独立的阶层，或者说是一个独立的“圈子”，他们有自己的喜怒哀乐，自己的荣辱得失；也同样有明争暗斗，有阴谋诡计。这里不妨先以书童儿和平安儿两个小厮为例，看看两人是怎样争斗的。

平安儿在西门庆家里是个老资格的小厮，与玳安的资格大体相同，常干一些送信跑腿的勾当。书童儿的资历则比平安儿要浅得多，他是在第三十一回才出现的，书中这样介绍他的出场：

那时本县正堂李知县，会了四衙同僚，差人送羊酒贺礼来。又拿帖儿送了一名小郎来答应，年方一十八岁。本贯苏州府常熟县人，唤名小张松，原是县中门子出身。生的清俊，面如傅粉，齿白唇红，又识字会写，善能歌唱南曲。穿着青绡直裰，京鞋净袜。西门庆一见小郎伶俐，满心欢喜，就拿拜帖回覆李知县，留下他在家答应。改换了名字，叫做书童儿。与他做了一身衣裳，新靴新帽。不教他跟马，教他专管书房收礼帖，拿花园门钥匙。（第三十一回）

这书童虽然来得晚，但因是李知县送来的，更因为他长得清俊，又识字善唱，所以一来便弄上了一份好工作，比平安儿整日跟着西门庆的马后跑，或是到处送信轻松得多，体面得多了！但是书童儿并不因此而满足，他还有另外的打算。因为他原本是门子出身，自己又长得“面如傅粉，齿白唇红”，所以便想利用这个天生的优越条件，向主人进一步靠拢。有一次玉箫进屋拿东西，发现他正在为自己描眉画眼，用红头绳扎头发，把鬓角梳得虚笼笼的，身上还带着银红色的香袋儿——而这一切都应该是女人所为。果然，不久书童儿就吸引住了西门庆，充当了主人的男妓。我们搞不清书童儿的动机是什么，也许是因为来得太晚，想用此法增强自己的实力；但也有可能仅仅是一种“职业病”，因为这对他来说并不是第一次。后来的事实证明，书童儿的“实力”果然是大大增强，以致使资深的平安儿吃了一次大亏。

原来事情不巧得很，当西门庆与书童儿“两个在屋里正做一处”的时候，却被画童儿与平安儿在窗外听了个一干二净。当书童儿干完事出来舀水给西门庆洗手的时候，见平安儿与画童儿正站在窗下，便知道坏了事，丑事被人家知道了。但又无由发作，只好记在心里。对于平安儿来说，这可真是天赐良机，让他发现了书童儿还有这样的秘密。原来平安儿正对书童儿不满，起因是应伯爵为了车淡几个光棍的事，带着银子礼物来说情，将十五两银子托书童儿交给西门庆；书童儿趁机扣下了五两，买来酒菜到李瓶儿屋里，让李瓶儿把应伯爵的意思转告西门庆。书童儿又把剩下的酒菜拿到铺子里，请傅伙计、贲四、陈经济、来兴儿、玳安等人吃，却忘了请平安儿参加。平安儿认为是藐视自己，于是怀恨在心。接着恰好发现了书童儿原来与西门庆还“有一手”，他觉得是该说一说的时候了。

当晚春梅让平安儿去接回娘家的潘金莲，平安儿便对着潘金莲说出西门庆与书童儿的丑事，不仅对书童儿发泄了不满，还牵扯到西门庆。潘金莲原来满以为是西门庆派平安儿来接自己的，谁想平安儿回答说根本不是，是春梅让接的。金莲又问：“你爹想必衙门里没来家？”平安儿说：“没来家？门外拜了人，从后晌就来家了，在六娘房里吃的好酒儿。”金莲听了此言，一股怒火直冲胸膛，骂道：“贼强人！把我只当亡故了的一般，一发在那淫妇屋里睡了长觉也罢了。到明日，只交长远倚逞那尿胞种，只休要晌午错了。”金莲的仇恨又由西门庆而及李瓶儿，由李瓶儿而及官哥儿。

平安儿还不罢休，他又把书童儿如何打酒买菜，如何到李瓶儿房中同吃，如何请众伙计吃等都说了一遍，最后又说："好不大胆的蛮奴才！把娘每还不放到心上。不该小的说，还是爹惯了他，爹先不先和他在书房里干的龌龊营生，况他在县里当过门子，什么事儿不知道？爹若不早把那蛮奴才打发了，到明日咱这一家子乞他弄的坏了。"（第三十四回）平安儿说话很有些技巧，他虽说是讲书童儿的坏话，却装出十分公正的样子；尤其是在不知不觉中和潘金莲站到了同一阵线，似乎他与潘金莲有共同的利害关系，书童儿是他们的共同敌人。他这一招还真有效，金莲听了破口大骂西门庆："恁贼没廉耻的昏君强盗！卖了儿子招女婿，彼此腾倒着做。你便图毡他那屎屁股门子，奴才左右合你家爱娘子。"类似的话潘金莲曾骂过一次，那是因为西门庆与宋惠莲有奸，而来旺儿背后却又与孙雪娥勾搭上了，所以金莲骂他们是"换着做"。这一次骂的"爱娘子"当然不是指孙雪娥，而是指李瓶儿。因为平安儿说书童儿在李瓶儿房中喝酒，而西门庆却未加追究，其实书童儿与李瓶儿并无首尾，这全是金莲心中发狠而骂出的话。

平安儿向潘金莲学说书童儿的坏事，本意是借金莲之手泄自己之愤。然而没想到平安儿的愤不但没泄成，却为自己造下了祸殃。原来平安儿说的这些话，全被跟轿的来安儿听到了，只因有一天书童儿送给他一块响糖吃，他竟在感激之余，把平安儿说过的话原原本本说了出来！书童儿听到后，毕竟这种丑事难以张扬，只暗暗地记在心里——他要借西门庆之手惩罚平安儿！他要和平安儿比一下看谁的借刀杀人计能够成功！

恰巧第二天便来了机会。西门庆又在书房里与书童儿行完了“男风”，便问书童：“我儿，外边没人欺负你？”书童儿乘机便说出平安儿的事来：“前日爹叫小的在屋里，他和画童在窗外听觑，小的出来舀水与爹洗手，亲自看见他。又在外边对着人骂小的蛮奴才，百般欺负小的。”西门庆听了心中大怒，发狠说道：“我若不把奴才腿卸下来也不算！”更可气的是，潘金莲竟然当面对着西门庆揭穿了这件丑事：“贱没廉耻的货，你想有个廉耻，大白日和那奴才平白两个关着门，在屋里做什么来？左右是奴才臭屁股门子，钻了，到晚夕还进屋里，还和俺每沾身睡，好干净儿！”西门庆虽然嘴上不承认，但他知道这一定是平安儿说的。正好平安儿因看门放进了白来创，被西门庆抓住了把柄，结果狠狠拶了一顿手指，还敲了五十敲，打了二十大棍，直打得皮开肉绽，双腿鲜血淋漓才罢休。

西门庆自己心里明白，打平安儿不过是找个借口罢了，实际上是在为书童儿出口气，也是为自己遮羞。想想看吧，男人好女色尚属可以理解，而男人好男色毕竟是一种不正常的行为，为舆论所不齿，这对在官场上耀武扬威的西门庆来说，该是多么难堪的事！无论如何也要惩治一下平安儿，以儆效尤！

平安儿挨打，却又牵动了潘金莲的心。因为挨打的根本原因是平安儿把西门庆与书童儿的丑事说给了潘金莲，所以金莲虽然没敢公开阻止西门庆对平安儿的惩罚，却在背后进一步散布：“也不是为放进白来创来，敢是为他打了象牙梳。不是打了象牙，平白为什么打得小厮这样的？贼没廉耻的货，亦发脸做了主了，想有些廉耻儿也怎的！”

两个小厮间的一场争斗就这样结束了。平安儿吃了一次大亏，书童儿则暂时领先。两个小厮虽都不脱孩子的稚气，却都懂得为自己找一座靠山，用别人的手去达到自己的目的。由于两人的靠山一是西门庆，一是潘金莲，势均力敌，所以两个小厮间的明争暗斗构成了《金瓶梅》的一大关目，用去了两回的篇幅。

韩道国的“通家”之好

西门庆的家庭其实就是明代社会的缩影，是一个充满各色人等的小世界。这里的男男女女具备各种各样的性格，淋漓尽致地施展自己的才能和手段，演出了一场又一场令人吃惊的活报剧。为了争宠，西门庆的几个妻妾明争暗斗，用尽心机，甚至不惜起杀人之心。为了得利，西门庆的帮闲们使尽浑身解数，插科打诨，捧哏逗乐；女人们不惜卖身投靠，男人们甘愿出妻献子。这后一个可以举韩道国为例。

书中这样介绍韩道国的出场：

且说西门庆新搭的开绒线铺伙计，也不是守本分的人。姓韩名道国，字希尧。乃是破落户韩光头的儿子。如今跌落下来，替了大爷的差使，亦在郓王府做校尉。见在县东街牛皮小巷居住。其人性本虚飘，言过其实，巧于词色，善于言谈。许人钱，如捉影捕风；骗人财，如探囊取物。因此街上人见他是般说谎，顺口叫他做韩道国。自从西门庆家做了买卖，手里财帛从容，新做了几件虼蚫皮，在街上虚飘说诈，掇着肩膊儿就摇摆起来。人见了，不叫他个韩希尧，只叫他做“韩一摇”。他浑家乃是宰牲口王屠妹子，排行六姐，生的长挑身材，瓜子面皮，紫膛色，约二十八九年纪。（第三十三回）

韩道国的名字其实谐音“韩捣鬼”，可知他确不是一个安守本分的正经人；而他的老婆王六儿也是如此。她以前与韩道国的弟弟韩二有私情，趁韩道国出门不在家的时候，韩二就走来与王六儿吃酒，晚上便住在这里。有一次韩二正与王六儿通奸的时候，被一伙光棍堵在屋里，用绳子把二人捆在一块儿，牵到了街上，闹得满城风雨，出了个大丑。韩道国自从到西门庆家做了伙计，自我感觉颇好，此时他正不无炫耀地向别人说：“今他府上大小买卖，出入资本，那些儿不是学生算帐！言听计从，祸福共知，通没我一时儿也成不得。初大官人每日衙门中来家摆饭，常请去陪侍，没我便吃不下饭去。俺两个在他小书房里，闲中吃果子说话儿，常坐半夜，他方进后边去。昨日他家大夫人生日，房下坐轿子行人情，他夫人留饮至二更方回。彼此通家，再无忌惮。”（第三十三回）其实根本不是这么回事儿。他如此吹嘘自然有他的目的，是想借西门庆来抬高自己的地位，以求在众人面前脸上光彩些。老天偏偏不作美，故意给他些难堪。就在他正向外人吹嘘炫耀的时候，话音刚落，忽然有人慌慌张张地找到他，说是他的老婆与小叔子被双双拴在了一起，明日就要解去见官！韩道国听了大惊失色，只好转身去求应伯爵，托他到西门庆那里说情，到官府里去疏通一下。如果韩道国与西门庆真的像他说的那般亲密，哪里需要转托应伯爵去求情呢？其实他说的这一切，不过是他的想象之词，或说是他的愿望罢了。

根据后面情节的发展，韩道国的某些愿望倒是真的实现了。比如他说的“彼此通家，再无忌惮”，后来韩道国的老婆王六儿真的与西门庆有了私情，而韩道国则不唯不阻止，反而采取纵容鼓励的态度，这不是“通家之谊”是什么呢！事情的起因是东京的翟管家要西门庆帮他找一个妾，不讲什么姿色门第，只要能生养就行。西门庆便让冯妈妈去外边寻找，可巧便找到了韩道国的女儿韩爱姐。一日西门庆到韩道国家去相看韩爱姐，却被她的妈妈王六儿吸引住了，只见她长得“两弯眉画远山，一对眼如秋水。檀口轻开，勾引得狂蜂蝶乱；纤腰拘束，暗带着月意风情。若非偷期崔氏女，定然闻瑟卓文君”（第三十七回），以致使西门庆见了竟然“心摇目荡，不能定止”。过了不几天，西门庆便在冯妈妈的牵合下，与王六儿成了好事。王六儿倒不像她的男人那般自信，当冯妈妈预先和她说知此意时，她却怀疑地说：“他宅里神道相似的几房娘子，他肯要俺这丑货儿？”冯妈妈回答得倒很有说服力：“你怎的这般说？自古道：情人眼内出西施。”到二人成事时，王六儿才算相信了。

王六儿与西门庆勾搭成奸，按理说，她是应该瞒着韩道国的。但奇怪的是，二人在这个问题上似乎有默契，等韩道国从东京出差回来，王六儿竟原原本本地告诉了他：“老婆如此这般，把西门庆勾搭之事告诉了一遍：‘自从你去了，来行走了三四遭，才使四两银子买了这个丫头。但来一遭，带一二两银子来。……大官人见不方便，许了要替咱每大街上买一所房子，教咱搬到那里住去。’”韩道国听了并不感到意外，更没有生气，反而颇为理解地说：“嗔道他头里不受这银子，教我拿回来，休要花了，原来就是这些话了。”妇人见丈夫并无不快，又进一步说：“这不是有了五十两银子，他到明日，一定与咱多添几两银子，看所好房儿。也是我输了身一场，且落他些好供给穿戴。”（第三十八回）王六儿这句话倒把自己的用心和盘托出，原来她与主人通奸是为了落些银钱，是为了吃穿！应该说，这种表白是真实可信的。试想王六儿既非什么天仙美女，又不是什么多情的西施，主人刚一有意，便迫不及待地卖身与他，难道还会有什么高深的目的不成！韩道国认为浑家说得十分实际，也十分在理，便进一步鼓励她说：“等我明日往铺子里去了，他若来时，你只推我不知道，休要怠慢了他，凡事奉他些儿。如今好容易撰钱，怎么赶的这个道路！”（第三十八回）看来韩道国与王六儿的认识是一致的，他也认为这是一条赚钱的好道儿，所以他谆谆嘱咐老婆一定要侍候好西门庆，这样才不致断绝了这条挣钱的道儿。这时王六儿又笑骂自己的丈夫：“贼强人，倒路死的！你倒会吃自在饭儿，你还不知老娘怎样受苦哩！”两个人就此又说笑了一会儿，这才吃饭歇宿。

作为一种文学形象，韩道国和王六儿这样一对夫妇，是比较罕见的；但是我们又得承认，作者塑造的这一对夫妇形象，是有生活根据的。虽然他们的所作所为与儒家伦理观念格格不入，却是生活现实的真实反映，尤其是明代中后期市俗生活的反映。这时的所谓夫妇纲常，早已被时代的流俗破坏殆尽，出现这种事情其实是不奇怪的。既然西门庆嫖妓，他的几个妻妾都认为是正常的，丝毫不感到奇怪，潘金莲偷小厮，西门庆也不过是打一顿了事，那么对韩道国夫妇这样地位低下的人来说，又为谁去守那个贞洁，维护那个纲常呢？

后来韩道国确实履行了自己的诺言，处处为西门庆提供方便。第六十一回写韩道国夫妇一起商议请西门庆来家里坐坐，因西门庆刚刚死了官哥儿，心情正不好；况且平时受他许多照顾，也该摆场酒“表示表示”。这天不但酒席准备得十分丰盛，王六儿还着意打扮了一番，又叫了一个申二姐在席前唱曲陪酒。等大家酒过三巡，韩道国倒是有眼色，自己与王六儿说了一声，便往铺子里睡去了。他的意思极其明白，是给西门庆腾地方，让他与王六儿两个好自在玩耍。但他没想到，他的一番舍己为人之心，竟未被西门庆与王六儿领情。这一对男女一边干一边在商量着如何甩掉韩道国，好让王六儿一心扑在自己的主人身上。妇人说：“等走过两遭儿回来，却教他去，省的闲着在家，做甚么！他说道倒在外边走惯了，一心只要外边去。他江湖从小儿走过，甚么买卖客货中事儿不知道。你若下顾他，可知好哩。等他回来，我房里替他寻下一个。我也不要他，一心扑在你身上，随你把我安插在那里就是了。我若说一句假，把淫妇不值钱身子就烂化了。”（第六十一回）如果说王六儿一开始只是为了吃穿而与丈夫合谋私通主人的话，那么现在则是为了主人而要甩掉自己的丈夫了！这肯定是韩道国一开始没有想到的。

奶妈如意儿

李瓶儿死后，玳安曾与傅伙计闲话时评价西门庆家的几个妻妾，当说到春梅时，说："如今春梅姐，又是个合气星，天生的都出在他一屋里。"所谓"合气星"就是"吵架精""骂架能手"。吵架居然能成"精"，可见不是安守本分之辈。当年潘金莲初试锋芒与孙雪娥干仗时，就是庞春梅引的头。其实作为丫鬟，如果是本分之人，本可以把一些矛盾大事化小，小事化了。可惜春梅不是省油的灯，她总是唯恐天下不乱，一点儿亏都不愿意吃，专干些煽风点火的勾当，常常能把星星之火，搞成燎原之势。第七十二回写了一场金莲与如意儿的战斗，又是春梅引起来的，结果闹了个鸡飞狗跳，全家不宁。

这一天吴月娘找出许多西门庆的衣服，叫如意儿和韩嫂浆洗，就在李瓶儿那边晾晒。恰好这天潘金莲这边也在洗衣服，春梅便让秋菊走到那边向她们借棒槌使。如意儿正与迎春捶衣服，不愿意借，并且口里说："前日你拿了，把个棒槌使，秋菊使着罢了，又来要！趁韩嫂在这里，替爹捶裤子和汗衫儿哩。”秋菊见话头不对，便回来对春梅说：“平白教我借，他又不与。迎春倒说拿去，如意儿拦住了不肯。”春梅听了便发起嘘来：“耶嚛，耶嚛！这怎的这等生分，大白日里借不出个干灯盏来。娘不肯，还要教我洗裹脚。我浆了这黄绢裙子，问人家借棒槌使使儿，还不肯与将来，替娘洗了，拿什么槌？”（第七十二回）于是又使秋菊再去借。

事态发展到这一步，一切都还算正常。双方都是为主子干事：如意儿是奉月娘之命为男主人浆洗衣服，春梅是奉金莲之命为女主人洗裙子、裹脚，性质是相同的，所以借与不借都是正常的。

但这时突然加入了一个新的因素，而且是一个举足轻重的因素：潘金莲参与进来了。书中写：

这潘金莲正在房中炕上裹脚，忽然听见，便问：“怎么的？”这春梅便把借棒槌如意儿不与来一节说了。只这妇人因怀着旧时仇恨，寻了不着这个由头，便骂道：“贼淫妇怎的不与！他是丫头，你自家问他要去，不与，骂那淫妇，不妨事。”（第七十二回）

那么金莲怀着的“旧时仇恨”是指什么呢？我觉得应包含两层意思：一是如意儿原本是李瓶儿的心腹，是官哥儿的奶妈，她与李瓶儿有天然的感情上的联系，这对金莲来说当然是一种仇恨；二是李瓶儿死后，如意儿竟然神不知鬼不觉地与西门庆“搞上了”，尽管金莲心中十分恼火愤怒，却一直没找到机会发作。她曾经对吴月娘说过，想让月娘出头来制止西门庆的这种混乱尊卑的乱伦行为，但吴月娘接受了上次的教训，没有上她的当，结果不了了之。而这一次，潘金莲碰上了这么一个好茬口，是绝不会放过的，所以竭力挑动春梅到后边骂去，巴不得把事态扩大。春梅果然去了：

这春梅还是年壮，一冲性子，不由的激犯，一阵风走来李瓶儿那边说道："那个是世人也怎的，要棒槌儿使使不与，他如今这屋里又钻出个当家人来了？"如意儿道："耶嚛，耶嚛！这里放着棒槌，拿去使不是？谁在这里把住，就怒说起来。大娘分付，趁韩妈在这里，替爹浆出这汗衫子和绵绸裤子来，等着又拙出来要槌。秋菊来要，我说待我把你爹这衣服槌两下儿，作（你）拿上使去。就架上许多诳，说不与来。早是迎春姐这里听着。"（第七十二回）

如意儿一开始就采取守势，面对来者不善的春梅，听着她那些挑衅的闲话，如意儿只是做解释，不敢说出别的来。因为她自己心里很清楚，她在哪方面都不是春梅的对手，更何况春梅的靠山是潘金莲呢？不过如意儿的这番解释并没使事态平息下来，潘金莲还是出场了：

不想潘金莲随即就跟了来，便骂道："你这个老婆，不要说嘴！死了你家主子，如今这屋里就是你。你爹身上衣服，不着你恁个人儿拴束，谁应的上他那心！俺这些老婆死绝了，教你替他浆洗衣服？你死拿这个法儿降伏俺每，我好耐惊耐怕儿！"（第七十二回）

金莲的这些话是带着明显的进攻性的，她首先要在气势上压倒对方；事实上，她的地位和实力决定了她能够做到这一点。"你家主子"指的是李瓶儿，看来她对李瓶儿的宿仇还没有完全消失——其实，她对如意儿的不满在很大程度上是因为李瓶儿是她的主子。

面对着潘金莲的进攻，如意儿当然也只能是守势。但她觉得金莲在用一些“实质性的”问题来对付她，她倒很坦然，说：“五娘怎的这说话？大娘不分付俺每，好意掉揽替爹整理也怎的？”话虽说得不尖锐，但倒像是软中带硬，绵里藏针。金莲见如意儿有不服气的意思，更生气了，进一步骂道：“贼搣剌骨，雌汉的淫妇，还强说什么嘴！半夜替爹递茶儿、扶被儿是谁来？讨披袄儿穿是谁来？你背地干的那茧儿，你说我不知道！偷，就偷出肚子来，我也不怕！”（第七十二回）金莲以为抛出这些具体的证据来，便会轻而易举地制服她。但如意儿不但不怕，见金莲提到“偷出肚子来”，就不痛不痒地甩出一句：“正景有孩子还死了哩，俺每到的那些儿！”这句话明显影射李瓶儿的孩子被金莲生生害死一事。想当初李瓶儿临死之前，王姑子前来探望，如意儿就曾把官哥儿是怎样死的、瓶儿得病的来龙去脉原原本本地说给王姑子听，结果反被瓶儿骂她多嘴。现在如意儿听见潘金莲对自己愈逼愈紧，索性不顾一切地往金莲的要害处猛击了一下。当然，如意儿胆敢如此，与她和西门庆的关系有关。然而这一切却大出潘金莲的意料，她在众目睽睽之下被奶子如意儿戳了痛处，便恼羞成怒起来：

这金莲不听便罢，听了心头火起，粉面通红，走向前一把手把老婆头发扯住，只用手抠他腹。这金莲就被韩嫂儿向前劝开了，骂道：“没廉耻的淫妇，嘲汉的淫妇！俺每这里还闲的声唤，你来雌汉子，合你在这屋里是什么人儿？你就是来旺儿

媳妇子从新又出世来了，我也不怕你！”（第七十二回）

两个淫妇因为难以言传的原因，由吵闹进而打将起来，这也算《金瓶梅》诸多精彩场面中的一个。金莲为什么一手扯住如意儿的头发，另一只手却去“抠他腹”呢？联系到刚才骂如意儿“偷出肚子来”的话，金莲是唯恐如意儿怀了孕，想趁混乱之机把她肚里的胎儿弄掉。但根据书中的描写，如意儿似乎并没有怀孕。由此可见潘金莲对李瓶儿因生子而得宠的事还心有余悸，她十分害怕瓶儿刚死，如意儿就生下孩子。金莲被韩嫂拉开还在骂，骂得倒也坦白，说是我们这几个妻妾还闲得发慌呢，你又加进来一个，这当然是不能允许的！金莲又想起了宋惠莲，当年宋惠莲与如意儿的行为确实是一样的，都是下人想挤进主妇的行列，惠莲最终是失败了，并且死在金莲的计谋之下。其实金莲此时提起宋惠莲，有对如意儿进行威胁的意思，言外之意是，难道你也想步宋惠莲的后尘吗？

这场闹剧过后，潘金莲添油加醋地向孟玉楼学说事件的经过，明白无误地道出了她仇恨如意儿的因由：一是如意儿确实在步宋惠莲的后尘：“想着他把死的来旺儿贼奴才淫妇惯的有些折儿！……如今这个老婆，又是这般惯他，惯的恁没张倒置的。”金莲必须接受上次的教训，把危险消灭在萌芽状态。二是如意儿确实令金莲想起了李瓶儿：“你看一向在人眼前花哨星那样花哨，就别模改样的。你看又是个李瓶儿出世了！”这两个仇人都曾经给金莲惹了麻烦，所以她不能眼睁睁地看着宋惠莲再世和李瓶儿再世的如意儿腰杆子硬将起来！

如意儿与金莲之间的谅解

自从潘金莲与如意儿的那场恶战以后，金莲总算出了一口气，紧接着又在与西门庆交欢之际与汉子达成了一个妥协方案，即允许西门庆与如意儿有私情，但必须事先报告，并征得金莲的同意后才可实施；而且若如意儿索要东西的话，也要对金莲说明白，否则，金莲表示就要“嚷的尘邓邓的”！

过了不多日子，应伯爵新生的儿子过满月，要请西门庆的几个妻妾去赏光赴席。金莲想想自己没有什么穿得出门的衣服，便想起了李瓶儿的那件貂皮大衣，于是向西门庆提出：“我有庄事儿央你，依不依？”西门庆道：“怪小淫妇儿，你有甚事说不是。”妇人道：“把李大姐那皮袄拿出来与我穿了罢。明日吃了酒回来，他们都穿着皮袄，只奴没件儿穿。”金莲说的是实话，其他几个妻妾在经济上都强于金莲；金莲虽说聪明伶俐又有一副好容貌，却是个“一无所有”的赤贫者。根据书中的描写，每当有需要银钱的事情出现时，金莲总是显得出手谨慎，小里小气，而李瓶儿则大方得多。这倒并非金莲天生如此，而是她确实没有什么积蓄。鉴于这种考虑，金莲提出的这个要求有其合理性。可西门庆还记挂着李瓶儿，觉得这是她的遗物，一开始没有答应，经金莲再三劝说，才同意了。第二天一早，金莲便催西门庆到那边房里把皮袄拿过来。西门庆到了李瓶儿那边，正遇如意儿在，见她穿着玉色对衿袄儿，白布裙子，薄施朱粉，长画蛾眉，不免淫心又起，于是搂着她摸奶咂舌，无所不至。如意儿也很会选择时机，趁这个机会忙把那天与金莲激战的事又重新提起，说："我见爹常在五娘身边，没见爹往别的房里去。他老人家别的罢了，只是心多，容不的人。前日爹不在，为了棒槌，好不和我大嚷了一场。多亏韩嫂儿和三娘来劝开了，落后爹来家，也没敢和爹说。不知什么多嘴的人对爹（他）说，又说爹要了我。他也告爹来不曾？"西门庆道："他也告我来。你到明日，替他陪个礼儿便了。他是恁行货子，受不的人个甜枣儿就喜欢的。嘴头子虽利害，到也没甚么心。"如意儿又说："前日我和他嚷了，第二日爹到家，就和我说好话，说爹在他身边偏的多，'就是别的娘多让我几分。你凡事只有个不瞒我，我放着河水不洗船，好做恶人？'"（第七十四回）西门庆想调解潘金莲与如意儿的矛盾，而两位女人在表面上都有两相妥协相安无事的表示，于是西门庆忽然心生一计，把李瓶儿的皮袄拿出来后交给如意儿送与潘金莲，同时也给了如意儿一些绸缎做衣服。当如意儿把皮袄送到金莲屋里时，金莲已经猜知这是汉子的主意，是让如意儿来赔不是，也要她放下姿态原谅如意儿。于是金莲便问："爹使你来？"如意儿道："是爹教我送来与娘穿。"金莲又问也送了些什么给她，如意儿也如实答了。这时金莲才说：“姐姐们这般却不好！你主子既爱你，常言船多不碍港，车多不碍路，那好做恶人？你只不犯着我，我管你怎的？我这里还多着个影儿哩。”“船多不碍港”“车多不碍路”是金莲的口头禅，当她见西门庆图谋某一个妇人而自己又无法阻止时，常常以这句话来自我宽慰。她对如意儿原来是准备一棍子打下去，因为她不能容忍一个下人奴婢也混到和自己一样。但当她看到吵闹了一场并没解决问题，西门庆仍然恋着如意儿时，便只好后退一步，向西门庆妥协。而现在对如意儿，也只好如此，所以她又重弹船多不碍港的老调，其实这不是她的心里话，是不得已的无可奈何之语。如意儿见金莲原谅了自己，以后与西门庆的私情有了某种程度的合法性，心中自然感激不浅，对金莲说：“俺娘已是没了，虽是后边大娘承揽，娘在前边还是主儿，早晚望娘抬举。小媳妇敢欺心，那里是叶落归根之处？”就这样，金莲和如意儿在西门庆的导演下达成了谅解。

既然金莲与如意儿和解了，那么西门庆便觉得不必有什么忌讳了，所以这天晚上西门庆便公开向金莲提出，要大模大样地与如意儿睡一夜。原来这天夜里西门庆到了金莲房里，只顾坐在床上却不脱衣裳，金莲便问：“你怎的不脱衣裳？”西门庆便过来搂定妇人，笑嘻嘻说道：“我特来对你说声，我要过那边歇一夜儿去。”“那边”是指如意儿屋里。既然金莲已经规定只要与如意儿去睡，就要事先打好招呼，得到批准才行，西门庆现在是老老实实按规定办事，表明他确实在履行自己的诺言。尽管如此，金莲似乎还是觉得意外，并随即起了醋意，骂西门庆道："贼牢，你在老妇手里使巧儿，拿些面子话儿来哄我！我刚才不在角门首站着，你过去的不耐烦了，又肯来问我？这个是你早辰和那搵剌骨两个商定了腔儿，好去和他个合窝去，一径拿我扎筏子。嗔道头里不使丫头，使他来送皮袄儿，又与我磕了头儿来。小贼搵剌骨，把我当甚么人儿？在我手内弄判子！我还是李瓶儿时，教你活埋我？雀儿不在那窝儿里，我不醋了！"（第七十五回）金莲此时猛然醒悟，早晨如意儿给她送皮袄、磕头赔不是，很可能是她与汉子两个人定下的计策，以此作为交换条件，所以心里顿时有了气。其实，西门庆何必如此心急呢？早上才赔过不是，晚上就要公然同宿，这就无怪乎金莲要将两件事联系起来了。但金莲虽是这样吵骂，仍然无法阻止汉子要到那边去睡，只好又一次妥协，但又顺便提出两个条件：一是不准和如意儿睡一整夜，完了事还叫她睡一边去；二是两人干事时不准说什么闲话，否则明天打听出来就要把西门庆的"下截咬下来"。另外还不准西门庆把淫器包带去，以免弄脏了影响自己使用，后来经西门庆再三恳求，才扔给他一个银托子了事。其实金莲的这几个条件都提得甚是无谓，既然你没有能力阻止他与如意儿同宿，又怎能管得了他们是否停眠整宿以及是否会说闲话呢？金莲说的"闲话"是指如意儿背后说她的坏话，她知道自己的所作所为容易成为别人的话柄，更何况刚与如意儿打过架，为争宠而激烈厮杀过一场呢？后来的描写证明，西门庆与如意儿交欢时虽然没说金莲的闲话，却商量着要把如意儿扶起来，顶李瓶儿的窝，成为与金莲平起平坐的正式角色。这话倒也不是如意儿说的，而是出自西门庆之口，他说:“章四儿，我的儿，你用心伏侍我，等明日你大娘生了孩儿，你好生看妳着。你若有造化，也生长一男半女，我就扶你起来，与我做一房小，就顶你娘的窝儿，你心下如何？”这妇人自然是巴不得的，忙说:“奴男子汉已是没了，娘家又没人，奴情愿一心只伏侍爹。再有甚么二心？就死了不出爹这门。若爹可怜见，可知好哩。”（第七十五回）这些话虽然算不上是说金莲的“闲话”，但对金莲来说，这比“闲话”更可怕！好在这些话是二位在行房时说的，金莲并不知道。但是以后的发展并没使他们的愿望实现，西门庆还没等到扶正如意儿便得病身亡；如意儿自然也是造化不到，没能为西门庆生出孩子来。不过金莲与如意儿的矛盾冲突倒告了一个段落。

背恩欺主，拐财而逃

第八十一回的回前诗云：“万事从天莫强寻，天公报应自分明。贪淫纵意奸人妇，背主侵财被不仁。莫道身亡人弄鬼，由来势败仆忘恩。堪叹西门成甚业，赢得奸徒富半生。”其中说的“背主侵财”“仆忘恩”是指西门庆家的奴仆在他死后，各寻出路，拐跑银钱，完全辜负了主人生前之恩；西门庆好不容易积聚起来的财产，却成了这些人后半辈子的享用之物。

西门庆生前在家里是具有绝对权威的，说一不二，言出令行，没有谁敢说个不字，连几个妻妾都如此，更不要说家人奴婢者流了。但是现在主人不在了，权威没有了，众奴仆不免像无王之蜂。书中重点写了两个人，一个是韩道国，一个是汤来保。

韩道国在西门庆生前的所作所为，尤以挑唆妻子王六儿向主人出卖肉体最为精彩。正是因为王六儿与西门庆有一手，所以韩道国才得以到江南置办货物，手里掌握着几千两银子的东西。也是天假其便，韩道国从江南带着货船回到临清闸上，听说西门庆已经死了，马上心生一计。韩道国这时心里想的是，既然主人死了，船上的货物又不易藏匿搬运，要拐去一些，只有把货物就地卖掉，换成银子。于是他假意与来保商量，说码头上价格正贵，每匹布可加三分利钱，应该及时脱手。来保劝阻不得，结果被韩道国卖掉一千两银子的布匹，揣进怀里，说是先到家里通知主人，自己却偷偷回家与老婆进一步商议。老婆王六儿听男人说准备送一半银子给主人家，骂他道："呸！你这傻才，这遭再休要傻了！如今他已是死了，这里无人，咱和他有甚瓜葛，不争你送与他一半，交他招韶道儿，问你下落，到不如一狠二狠，把他这一千两，咱雇了头口，拐了上东京，投奔咱孩儿那里。愁咱亲家太师爷府中，招放不下你我？"韩道国多少还有点儿良心，对老婆说："争奈我受大官人好处，怎好变心的，没天理了。"王六儿却说：

自古有天理到没饭吃哩！他占用着老娘，使他这几两银子不差甚么。想着他孝堂，我到好意，备了一张插卓三牲，往他家烧纸。他家大老婆，那不贤良的淫妇，半日不出来，在屋里骂的我好讪的。我出又出不来，坐又坐不住。落后他第三个老婆出来陪我坐，我不去坐，坐轿子来家。想着他这个情儿，我也该使他这几两银子。（第八十一回）

王六儿说得十分理直气壮，她认为，第一，西门庆与她有私通关系，即所谓"占用着老娘"，理所当然地应该给报酬，现在的这些银子就是卖身的报酬。第二，王六儿被吴月娘羞辱了一场，现在应该把这些银子作为精神补偿。这后一件事是指西门庆死后，王六儿也曾备办了一张祭桌，前往吊唁。谁知吴月娘早已认定西门庆得病身亡与王六儿有关，是与她宣淫的结果。当月娘听说王六儿也来吊唁，便喝骂小厮："怪贼奴才，不与我走！还来甚么韩大婶、毬大婶，贼狗攮的养汉的淫妇，把人家弄的家败人亡，父南子北，夫逃妻散的，还来上甚么毬纸！"结果王六儿被骂得十分难堪，只坐了一会儿，便起身告辞了。既然丈夫手里握着西门庆家的上千两银子，王六儿心里不免产生"这下子你落到我手里了"的感觉，当然不会同意再把银子送回去。王六儿骂自己的丈夫是"傻才"，并公开主张"自古有天理到没饭吃"。她认为再回顾主人对自己的小恩小惠，仍对他忠心不二，讲什么"天理"，纯属傻瓜行为，聪明的做法是把这笔不义之财据为己有，老天爷又能把我怎样！王六儿说的这一通话，真是强盗逻辑，但也自有其合理之处。既然她亲眼看到西门庆干了那么多无法无天、伤天害理之事，却一辈子过得舒舒服服，她又怎能不产生这样的想法呢？既然她曾经为了几两银子、几件衣服而不得不向主人献出自己的肉体，那么她为什么不可以把这一大笔银子作为自己的"精神损失费"呢？韩道国见老婆说得有理，便也不言语了。于是夫妻二人让韩二捣鬼看着房子，雇两辆车装上银子及细软之物，直奔东京而去。次日吴月娘才知道，只好徒唤奈何了。

韩道国拐骗了主人家的银子逃走后，与韩道国一起去江南贩货的汤来保大骂他背信弃义，说："这天杀原来连我也瞒了！嗔道路上卖了这一千两银子，干净要起毛心。正是人面咫尺，心隔千里。"说是这么说，其实来保也不是傻子，他见主人已死，也想步韩道国的后尘，发一笔横财。他一方面把月娘派去接货的陈经济引到妓院里，吃喝嫖赌；一面暗暗将船上价值八百两银子的货物偷偷卸下来，先封到客店里，然后悄悄运回家里藏起来。来保把剩下的货物交到西门庆家里，谎说韩道国卖了两千两银子的货物跑掉了，把自己藏匿起来的那批货也一股脑儿算到韩道国头上。月娘让他到东京找韩道国追回银子，汤来保故意吓唬月娘，说："咱早休去。一个太师老爷府中，谁人敢到？没的招是惹非。得他不来寻趁，咱家念佛，到没的招惹虱子头上挠！"结果此事只好不了了之。剩下的货物，也叫来保随随便便地低价处理掉了，这次生意赔进去了不少。

更令月娘生气的是，汤来保见男主人入了土，竟来调戏月娘，吃得醉醺醺地问月娘："你老人家青春少小，没了爹，你自家守着这点孩儿子，不害孤另么？"月娘见他存心不良，只好不言语。后来他又几次喝醉酒后，到月娘跟前嘲戏无礼。多亏月娘心正，没有着他的道儿。后来月娘见来保夫妇愈来愈不像话，渐渐欺负到自己头上，便只好将他们扫地出门。这倒正中来保夫妇的下怀，于是二人用拐盗的银子，公然开起一家布店来。

韩道国、汤来保背恩欺主，拐盗主人家财事，有力地表现了主奴关系的实质。当主人有权有势时，众人趋之若鹜，对之忠心耿耿；而当主人失势时，便马上倒戈相向，恨不得将之置于死地，以报平时之辱。对这种关系，我们可以运用阶级分析的观点，认为这是统治阶级与被统治阶级之间的固有矛盾，是无法克服的。但作者的真正用心是在表现人情冷暖，世态炎凉。回末有两句诗说：“势败奴欺主，时衰鬼弄人。”其实这是符合事物规律的。社会上所以有主奴之分，正在于权势与财势的巨大差别，当二者发生变化时，原有的人际关系自然要发生相应的变革。西门庆能当主人，不正是因为他有钱，并且政治上有地位吗？当他命丧黄泉后，权与钱都不再属于他了，人们自然不再把他尊为“主人”，不再对他表示忠诚。尽管这样的变化常常因为过于突然而使人难以接受，但它毕竟是事物发展的客观规律，不接受是不行的，只能慢慢去适应。其实，过去是这样，现在不仍然是这样吗？

可怕的王婆“挨光计”

提到古代的媒人，人们自然会想到一个个缠绵悱恻的爱情故事，想到崔莺莺和张生，想到那个在崔、张之间穿针引线、善良而且机智多谋的红娘，想到“月下老”的美好传说。她（也可能是“他”，但似乎主要是“她”）们为那些多情的童男、怀春的少女带来了幸福和希望。可以这么说，每一个爱情故事的后面，都隐藏着一位善良的“爱情使者”。

不过，这样说多少还带着理想化的色彩。如果我们用这样的观念去阅读《金瓶梅》，不免会感到失望，甚至会觉得愤慨！《金瓶梅》里的几个“媒人”，从她们的身上既不会发现一丝一毫红娘的影子，更不会体会到美好善良之心；在这里我们看到的只是阴险、欺骗、圈套、陷坑……最有代表性的当然是王婆。

王婆正式出场是在《金瓶梅》的第二回。且说西门庆自打“叉竿事件”见了潘金莲一面，就像着了魔一般，再难忘怀。就在他挖空心思地琢磨勾引潘金莲之法时，“猛然想起那间壁卖茶王婆子来”，于是信心陡增，连饭也没顾得吃，便直奔王婆的茶坊而来。王婆的首要职业是卖茶，但她除了卖茶还有不少“兼职”，书中介绍说是“积年通殷勤，做媒婆，做卖婆，做牙婆，又会收小的，也会抱腰，又善放刁。还有一件不可说：鬏髻上着绿，阳腊灌脑袋”。书中没有写她的茶坊生意究竟做得如何，但对她的说媒本领却有极其详尽的描绘。我们看一段作者以韵文形式对王婆的介绍：

开言欺陆贾，出口胜随何。只凭说六国唇枪，全仗话三齐舌剑。只鸾孤凤，霎时间交仗成双；寡妇鳏男，一席话搬唆摆对。解使三里（重）门内女，遮么九皈（级）殿中仙。玉皇殿上，侍香金童把臂拖来；王母宫中，传言玉女拦腰抱住。略施奸计，使阿罗汉抱住比丘尼；才用机关，交李天王搂定鬼子母。甜言说诱，男如封涉（陟）也生心；软语调和，女似麻姑须乱性。藏头露尾，撺掇淑女害相思；送暖偷寒，调弄嫦娥偷汉子。（第二回）

作者的这段描绘虽然免不了夸张，但总不会离谱太远，要不，西门庆遇到了那样的难题，怎会想起王婆子来便信心大增呢？西门庆是惯弄风月的老手，“一个月倒在媒人家去二十余遍”，对诸位媒人的本领自然了若指掌，他对王婆的信任必然有实实在在的根据，不会仅仅因为那些夸张过度的传言而自欺欺人。

果然，西门大官人确实有眼力！“王干娘”很快就以上乘的表演回报了西门庆的信任，她以一套完整而严密的“挨光计”使西门庆如愿以偿，乐得西门庆直夸王婆“智赛随何，机强陆贾，女兵十个九个都出不了干娘手”。使人心悦诚服地相信这王婆确实有使任何一对孤男寡女搂抱到一起的本领！

王婆的“挨光计”共十分，书中描绘得极其详尽，这里不妨简而化之；即便如此，仍可以看出其步骤之周密，用心之险恶。这十分“挨光计”是：

一、第一步是由王婆假装向潘金莲借历日，说明是请裁缝做寿衣之用。如果潘主动帮助裁制，此事便有了一分光。

二、到了裁衣的日子，如果金莲一请即来，欢天喜地，这便有了二分光。

三、裁衣至午间，由王婆请金莲吃酒，以致谢意；如金莲并不推托，这就有了三分光。

上面的“三分光”不过是开了个好头，为下文创造了一个基本的条件。紧接着主角西门庆就要登场了！

四、第三日的中午，西门庆打扮齐整，假意来茶坊吃茶，由王婆请入房内坐，如金莲并不回避，则此事便有了四分光。

五、由王婆从中介绍，西门庆故意吹嘘金莲的针指女工，若金莲口内答应，就有了五分光。

六、由王婆提议，请“一个出钱，一个出力”的两位“施主”吃酒；若金莲并无反对的表示，这就有了六分光。

七、这时王婆出门买酒菜，要金莲“相待官人坐一坐”，若金莲并不起身，则有了七分光。

八、酒菜上桌，若金莲只是口中要去，实则并不动身，此事就有了八分光。

九、待酒吃得正浓，王婆推说酒没了，出门打酒，随手将门带上，此事便有了九分光。

十、最后一分光最难。此时西门庆将筷子碰到地上，趁捡筷之机往金莲脚上捏一捏，若金莲并不作声，此事便成了，西门庆即可将金莲弄到手。

看得出，这十分“挨光计”最大的特点是完整、严密而有层次，步步为营，滴水不漏。前三分光不过是创造条件，从第四步开始就对金莲展开了攻势，第六分光已大体有了眉目，第八分光则说明好事已基本定局，最后两分光不过是求其稳保险而已。王婆对女人的心理，对那些水性杨花的女人之心，摸得实在太透彻了！非但如此，她还根据她们的心理特点，制定出如此完备而严密的“挨光计”，就更令人叹为观止了！事实证明，她的这套“挨光计”确实厉害，他们按计而行，潘金莲果然很快成了西门庆的怀中之物。“挨光计”纯粹是一种心理战术，它没有明夺暗抢，不需要暴力，但在含蓄的表象下掩盖的是凌厉的进攻。它的每一步都是一个陷阱、一个圈套，而且一个比一个深，一个比一个紧。更妙的是，在每一次进攻的环节上，王婆都处在“进可攻，退可守”的有利位置上：如果金莲有意，则紧接着进行下一步骤；如果金莲拒绝，则王婆随时可以体面地止步，不致将事情闹得不可收拾——事实上，发生这种情况的可能性极小。在这场“挨光计”中，西门庆只是一个前台的“演员”，全靠后台的王婆导演、指挥。到了最后，当十分光做完之后，连西门庆也做了王婆的俘虏。书中写道：

当下二人云雨才罢，正欲各整衣襟，只见王婆推开房门入来，大惊小怪，拍手打掌，说道：“你两个做得好事！”西门庆和那妇人都吃了一惊。那婆子便向妇人道："好呀，好呀！我请你来做衣裳，不曾交你偷汉子。你家武大郎知，须连累我。不若我先去对武大说去。"回身便走。那妇人慌的扯住他裙子，便双膝跪下，说道："干娘饶恕。"王婆道："你们都要依我一件事。"妇人便道："休说一件，便是十件，奴也依干娘。"王婆道："从今日为始，瞒着武大，每日休要失了大官人的意。早叫你早来，晚叫你晚来，我便罢休。若是一日不来，我便就对你武大说。"那妇人说："我只依着干娘说便了。"王婆又道："西门大官人，你自不用着老身说得，这十分好事已都完了，所许之物不可失信。你若负心，一去了不来，我也要对武大说。"西门庆道："干娘放心，并不失信。"（第四回）

于是当潘金莲成为西门庆的性俘虏的同时，西门庆也成为王干娘手中的人质。因为王婆当初见西门庆在门前转来转去就发下了誓言："这刷子踅得紧。你看我着些甜糖，抹在这厮鼻子上，交他抵不着。那厮全讨县里人便益，且交他来老娘手里纳些贩钞（败缺），撰他几贯风流钱使。"（第二回）现在她果然如愿以偿，得了那么多丝物银钱，这是她做卖茶生意不容易做到的。为了使这笔不义之财不致随着二人的事成而断绝，王婆又一改平素的面孔，变换了手段，将试探、欺骗换作明目张胆的威胁和敲诈，结果，这一对淫男女只好答应"依着干娘""并不失信"。

作为另一种意义上的"媒人"，王婆将"爱情的天使"蜕化为"人性的魔鬼"，自然是没有什么道德价值可言，她的唯一目的便是钱，她的一切行为都是为着钱而进行的；换一句话说，为了钱她可以干任何一件事情。她不但在刚刚发现西门庆的想法时就打算“撰他几贯风流钱使”，而且在“挨光计”的整个实施过程中，一直持续不断地向西门庆提出金钱上的要求，再三再四地叮嘱“所许之物，不可失信”“所许老身东西，休要忘了”等等。好在西门庆为此事极肯破费，也愿意以钱作诱饵，使王婆为自己服务。最后仍然是为了钱，当这对男女的事情败露后，又是王婆最先想出了药死武大，使二人“长做夫妻”的毒计，使一场寻常的男女偷情，演变为一场勾奸夫害本夫的命案！她自己也由一个不道德的“马泊六”，变成一个心狠手毒的杀人凶手！

对于王婆，没有必要作出什么道德上的评价，也很难作出这类评价，因为，她毕竟距离传统道德太遥远了！她虽然是一个女人，却没有女性的温情和柔弱；她虽然是一个老人，却没有老者的慈爱和善良；她虽然是一个母亲，却没有舐犊般的深情。相反，她有的是阴险、毒辣和诡计多端，有的是阴谋、圈套和罪恶的陷阱。

薛嫂的巧嘴说媒术

严格说来，说媒是一种“技术”，不是什么人都可以干得来的。尤其是当说媒成为一种职业之后，它的“技术性”“专业化”要求也就更高了。尽管王婆没有什么道德水准可言，但她的“挨光计”应该说是一种高水平的诱人之法，这是不能不承认的。《金瓶梅》写了好几个媒人，在领略了王婆的“挨光计”之后，我们再来看一下另一个媒人薛嫂的说媒术。

第七回写薛嫂出场时，故事的正文前有八句回前诗，以自报家门的形式介绍薛嫂：“我做媒人实可能，全凭两腿走殷勤。唇枪惯把鳏男配，舌剑能调烈女心。利市花红头上带，喜筵饼锭袖中撑。只有一件不堪处，半是成人半败人。”媒人的本领大体有两点：一是腿能跑，二是嘴能说。薛嫂在第二点上表现尤为突出。

在此之前，西门庆曾嘱托薛嫂再替他寻一门亲事，所以当薛嫂得知孟玉楼新死了丈夫之后，便急急忙忙寻到西门庆，告诉他这一消息。她说：

我来有一件亲事来对大官人说，管情中得你老人家意，就顶死了的三娘窝儿。方才我在大娘房里，买我的花翠。留我吃茶，坐了这一日，我就不曾敢题起，径来寻你老人家，和你说。这位娘子，说起来你老人家也知道，是咱这南门外贩布杨家的正头娘子。手里有一分好钱，南京拔步床也有两张，四季衣服、妆花袍儿，插不下手去，也有四五只厢子。珠子箍儿、胡珠环子、金宝石头面、金镯银钏不消说。手里现银子他也有上千两。好三梭布也有三二伯筒。不幸他男子汉去贩布，死在外边。他守寡了一年多，身边又没子女，止有一个小叔儿，还小，才十岁。青春年少，守他甚么！有他家一个嫡亲的姑娘，要主张着他嫁人。这娘子今年不上二十五六岁，生的长挑身材，一表人物，打扮起来，就是个灯人儿，风流俊俏，百伶百俐，当家立纪，针指女工，双陆棋子，不消说。不瞒大官人说，他娘（家）姓孟，排行三姐，就住在臭水巷。又会弹了一手好月琴。大官人若见了，管情一箭就上垛。谁似你老人家有福，好得这许多带头，又得一个娘子。（第七回）

薛嫂肯定对孟玉楼家的全部情况做过详细调查，所以才会知道得如此详尽具体——当然，这也是她的职业特点所决定的。然而，更引起我们兴趣的是，薛嫂介绍的重点却不是孟玉楼的人品、才能，而是她家的财物、银钱；介绍的先后也是先说银钱、衣物等，最后才说到长相、针指女工等。她提到孟玉楼的第一句话是“是咱这南门外贩布杨家的正头娘子。手里有一分好钱”。接着历数南京拔步床、四季衣服、珠子箍儿、金镯银钏等，一直说到“三梭布也有三二伯筒”，仿佛在向西门庆大官人开列孟玉楼家的财产清单。

按照一般人的观念，男女情事当以才貌为先，《诗经》所谓“窈窕淑女，君子好逑”，后世的所谓“郎才女貌”，都是把男子的才学和女性的相貌放在首位的。而薛嫂这里却大谈钱财，对孟玉楼的长相则轻描淡写，岂非本末倒置？其实这正是薛嫂的聪明伶俐处。对薛嫂来说，为人扯媒拉纤，并不包含丝毫“爱情”的因素，因而她没有必要、也想不到用那些爱情的标准去衡量自己经手的男男女女。在薛嫂看来，说媒只是一种生意，与其他的生意并无多少区别，要紧的是摸清“顾客”的心理，提供给他满意的“商品”。那么对西门庆来说，怎样的“商品”更适合他的“消费心理”呢？薛嫂的聪明正表现在这里！她准确无误地摸到了西门庆的真正想法。因为西门庆是一个目不识丁的俗人，胸无点墨，自然不会以“郎才女貌”作为自己的择婚标准；又因为西门庆出身市井，并无根基，所以他也不会用门户、地位一类标准去衡量对方；西门庆只是一个商人，一个整天与金钱、财物打交道的新兴商人，他衡量世事、世人的唯一标准就是钱，就是钱的多和少！因此，薛嫂要想成事，就要投西门庆之所好，把金钱、财物作为寻亲事首先要考虑的问题。现在她果然这样做了，她用稍带夸张的语气描述了孟玉楼的富有，先为西门庆留下了一个十分良好的印象，然后才说到她的“长挑身材，一表人物”。最后又假装以羡慕的口吻说：“谁似你老人家有福，好得这许多带头，又得一个娘子。”仍然先强调“带头”，后才说到“娘子”。看来在薛嫂的眼里，“带头”显然比孟玉楼本人更有价值，更有吸引人的力量，更值得一提。毫无疑问，这也正是西门庆的观念。

其实，以金钱为中心的观念并非西门庆所独有，它是《金瓶梅》所描写的明代中后期整个社会的普遍意识。薛嫂当然很明白这一点，所以她在提亲的整个过程中，一直是紧紧抓住金钱这个“纲”的。当她向西门庆介绍孟玉楼时，极力强调孟玉楼的富有；而向孟玉楼等介绍西门庆时，又强调西门庆的富有。她先是对杨姑娘说：

我才对你老人家说，就忘了。便是咱清河县数一数二的财主，西门庆大官人。在县前开着个大生药铺，又放官吏债。家中钱过北斗，米烂陈仓，没个当家立纪娘子。闻得咱家门外大娘子要嫁，特来见姑奶奶讲说亲事。（第七回）

为什么要对杨姑娘夸张西门庆的暴富呢？因为薛嫂对这位杨姑娘的贪财早已打听得十分明白，她向西门庆提议：“这婆子爱的是钱财，明知道他侄儿媳妇有东西，随问什么人家他也不管，只指望要几两银子。大官人多许他几两银子，家里有的是那嚣段子，拿上一段，买上一担礼物，亲去见他，和他讲过，一拳打倒他。”（第七回）杨姑娘支持孟玉楼改嫁，并不是真关心她的后半生幸福，乃是想趁机索要一些钱财。西门庆第一次拜访她时，她便直言不讳地提出“就与上我一个棺材本，也不曾要了你家的”。西门庆当然不在乎这种小小的要求，答应“就是十个棺材本，小人也来得起”，并顺手掏出三十两雪花银作为买茶之资，直乐得杨姑娘眼花缭乱，满脸堆下笑容来。薛嫂既然了解到杨姑娘乃玉楼改嫁的最后拍板人，又掌握了她的贪财心理，所以对症下药，使这场亲事办得格外顺利。

薛嫂自己当然也是很贪财的，而且她丝毫也不掩饰这一点。她在不无夸张地描述西门庆和孟玉楼双方家产的同时，一直没有忘记要西门庆厚报她。她一次又一次叮嘱西门庆：“我替你老人家说成这亲事，指望典两间房儿住……你老人家去年买春梅，许我几匹大布，还没与我，到明日不管一总谢罢了。”（第七回）絮絮叨叨，不厌其烦。

薛嫂在向孟玉楼介绍西门庆时，除了仍然强调他的富有，又加上了他正在崛起的权势。她神气活现地向孟玉楼道：

好奶奶，就有房里人，那个是成头脑的！我说是谎，你过去就看出来。他老人家名目，谁是不知道的！清河县数一数二的财主，有名卖生药、放官吏债西门大官人，知县、知府都和他往来。近日又与东京杨提督结亲，都是四门亲家，谁人敢惹他！（第七回）

孟玉楼对这番介绍没有作出明确的反应，但她马上安排酒饭与薛嫂吃，并又送给她礼物，看来对这些情况是满意的。几天后，孟玉楼就以闪电般的速度嫁到西门庆家里，恐怕主要考虑的就是西门庆显赫的财势和权势。

王婆和薛嫂虽同为媒婆，却颇有不同之处。比较而言，薛嫂的特长是口才好，瞎话顺嘴淌，所谓“无官的说做有官，把偏房说做正房，一味瞒天大谎，全无半点儿真实”。王婆则突出在有心计，善用机关，所谓“略施奸计，使阿罗汉抱住比丘尼；才用机关，交李天王搂定鬼子母”。薛嫂成事全靠喋喋不休的吹嘘，夸大事实并偶有捏造，如她对西门庆说孟玉楼“今年不上二十五六岁”，而孟玉楼自己说“奴家青春是三十岁”，比西门庆还要长两岁。当薛嫂看到自己的谎话露馅时，又赶忙在旁插话:“妻大两，黄金日日长。妻大三，黄金积如山。”正是她的这种如簧巧舌，说得男女双方都格外满意，亲事竟一拍即合。王婆的手法则不同，她全是心里做事，暗暗制定好一套严密的心理战术，执行起来按部就班，一切都像预料的那样准确无误，真正所谓“孙武子教女兵——十捉八九着”！当然，二者的不同之处也可能与她们的“职业特点”有差别相关：王婆虽名为“媒婆”，实则为不正当的男女牵线，应正其名“马泊六”或现代所说的“皮条客”；而薛嫂才是严格意义上的媒婆。王婆干的是见不得人的勾当，只可“意会”而不可“言传”，只可偷偷摸摸地搞阴谋，不可大张旗鼓地进行。所以当郓哥儿在无意中揭穿了西门庆和潘金莲的奸情后，便引起王婆的极大恐慌和愤怒，被她痛打了一顿，并因此引起了一场杀人的血案。但薛嫂则没有这种担心，她虽然常常说谎，隐瞒事实，目的却是撮合男女双方，从中图些钱财，一般不会造成十分严重的后果。

虔婆之奸

第十二回，西门庆及一伙帮闲在妓院里饮酒调笑，谢希大讲了一个泥水匠墁地的故事，结论是“有钱便流，无钱不流”，影射妓院虔婆见钱眼开。第二十回，书中又一次说：“原来世上，惟有和尚、道士并唱的人家，这三行人不见钱眼不开，嫌贫取富，不说谎调诐也成不的。”这里说的“唱的人家”也是指的妓院，因为妓女一般兼唱曲，即卖艺兼卖身的那种。西门庆所处的时代，似乎卖艺的歌女们大都兼卖肉体。西门庆在妓院里包占的李桂姐就是如此。

且说有一天，西门庆在常时节家里会茶饮酒之后，由应伯爵、祝日念、常时节陪着，冒着雪花赶到妓院里。因为西门庆每月拿银子包着李桂姐，按道理是随时都可以到妓院留宿的。祝日念就对他这样说：“应二哥说的是。你每月风雨不阻，出二十两银子包钱包着他，你不去，落得他自在。”但当西门庆等人到了妓院后，发现李桂姐不在。老虔婆一面让丫鬟设酒，一面解释说：“桂姐连日在家伺候姐夫，不见姐夫来到。不想今日他五姨妈生日，拿轿子接了，与他五姨妈做生日去了。”虔婆随口编出的这几句瞎话，并无什么破绽，所以西门庆也没有察觉出来。其实并不是这么回事。原来李桂姐这几日见西门庆不来，便又接下了杭州的绸绢商人丁二官人，已经歇了两夜，现在正在后房吃酒作乐呢！西门庆白拿着银子包她，她却背地里又跟了别人，谁想不一会儿就露了馅儿。原来西门庆席间到后院解手，听见房里有人说笑，便走到窗前偷看，这一看不要紧，西门庆不由得心头火起。想不到屋里竟是李桂姐正陪着一个南蛮子喝酒调笑。于是他领着几个小厮推倒了酒席，打碎了妓院的窗户床帐，而且大叫着要把蛮子和粉头都用绳子捆起来。丁二官人是个胆小之人，听见外面吵闹，早已吓得钻到床底下，只喊桂姐救命。桂姐到底心中有数，并不害怕，只叫丁蛮子趴在床下别出来，由老虔婆来对付。虔婆果然老练，她“见西门庆打的不相模样，不慌不忙拄拐而出，说了几句闲话”。所谓“闲话”，其实并不“闲”，而是指责西门庆过于无理。于是，就上演了一场西门庆与虔婆对骂的热闹戏码。书中写西门庆心中越怒起来，指着虔婆大骂，有《满庭芳》为证：

虔婆你不良，迎新送旧，靠色为娼。巧言词将咱诳，说短论长。我在你家使勾有黄金千两，怎禁卖狗悬羊？我骂你句真伎俩媚人狐党，衠（衠）一片假心肠！（第二十回）

西门庆骂的是，我既然拿银子包着桂姐，你们怎能背地里去干这种勾当？虽然你们妓家是靠卖色为生，但又怎能干这不情不义之事？西门庆有一种被愚弄、被欺骗了的感觉，而这种感觉往常是不曾有过的。作为一个时代的新人，他有权有势有钱，能够做到很多别人不能做到的事情，基本上没碰过壁，没受到过什么屈辱，更何况今天这种被妓院老鸨、被他包占着的李桂姐欺骗呢？所以他非常愤怒。不过西门庆不明白的是，既然知道妓家“靠色为娼”，是“媚人狐党”，为什么又要求她们忠于你西门庆一人呢？要求李桂姐为你西门庆保持“贞节”，那不是天大的笑话吗？果然，老虔婆正是这样回答的：

官人听知：你若不来，我接下别的，一家儿指望他为活计。吃饭穿衣，全凭他供柴籴米。没来由暴叫如雷，你怪俺全无意。不思量自己，不是你凭媒娶的妻。（第二十回）

老虔婆的意思是，既然大官人不明事理，那么就请听听我们妓家的逻辑。虔婆认为西门庆的大发雷霆全无道理，妓家卖身挣钱，养活自己，当然讲究钱挣得愈多愈好，就像西门大官人开铺子搞贩运一样；既然你用银两包着桂姐，那你为何不来呢？你不来难道还能挡着我们去挣点儿“外快”？要我们为你这淫荡子保持贞节吗？休想！

面对着老虔婆的另一种逻辑，西门庆感到无力反驳，只是发怒，差点儿和老虔婆打将起来。西门庆用商业经济的头脑思考问题，觉得自己既然花银子包住了桂姐，就像自己花钱买定了一件货物一样，理所当然地属于自己，别人是不得侵占的。不用说，这自有他的道理。而虔婆考虑问题并不按照西门庆的思路，她认为既然我们是卖身的人，只要能挣到钱，怎样做都不过分，哪里还要讲什么信义？又不是你明媒正娶的妻子，凭什么要为你守节？从虔婆的角度来看，她也不是全无道理。

两个不同的逻辑体系碰撞的结果，只能是乱了一场之后不了了之。西门庆因被应伯爵几个人死劝活拉没有与虔婆打起来，但发誓以后再也不踏进她们的家门，最后冒雪赶回家中。

使人感兴趣的是，西门庆与虔婆的对骂是借助《满庭芳》来进行的，不但词的内容很有滑稽意味，且用韵语对骂的表现方式也很别致，能产生强烈的讽刺谐谑效果。这段对骂如果用散文语言，只能客观记述二人的吵闹场面，确不如用这两段《满庭芳》更能表现西门庆的气急败坏、虔婆的老奸巨猾，这样也容易给读者造成一种闹剧的感觉；事实上，一个嫖客与一个老鸨之间的纠纷，也只能是一场闹剧！

两个尼僧的争钱夺利

《金瓶梅》里写了两个常在西门庆家走动的尼僧，一个是王姑子，一个是薛姑子。吴月娘与这两个尼僧打得火热，常请她们到家里来念经宣卷；但西门庆却常对这两个尼姑出言不逊，骂她们是“老淫妇”等等。吴月娘常常警告西门庆不该这样对待佛家子弟，弄不好要遭报应，但西门庆根本不信这一套。其实西门庆是对的。王、薛二姑子打着佛门的招牌，假公济私，挂羊头卖狗肉，实质上不过为了混吃混喝混银子而已。在这一点上，她们与应伯爵之流是一样的，甚至不如应伯爵表现得“光明磊落”。而且，这两个尼僧之间还存在严重的利害冲突，常常因化缘募捐的多少而发生争吵。相比较而言，薛姑子的脑瓜似乎更灵，活动能力更强一些。在“薛姑子劝舍《陀罗经》”一回里，对这两个尼僧极为反感的西门庆，愣被薛姑子说动了心，一下子捐出印造五千卷《陀罗经》的银子，薛姑子是大大地捞了一把。当时正值西门庆心情很好，刚刚才捐给道长老五百两银子重修永福寺，他在跟长老谈到捐银的用意时说："在下虽不成个人家，也有几万产业。忝居武职，交游世辈尽有。不想偌大年纪，未曾生下儿子，房下们也有五六房，只是放心不下，有意做些善果。去年第六房贱累，生下孩子，咱万事已是足了。偶因饯送俺友，得到上方，因见庙宇倾颓，有个舍财助建的念头。"（第五十七回）当西门庆把此意又向吴月娘说知时，吴月娘大不以为然，担心"只是那善念头他怕不多，那恶念头怕他不尽。哥，你日后那没来回、没正经、养婆儿、没搭煞贪财好色的事体，少干几桩儿也好，攒下些阴功与那小的子也好"。恰好夫妻俩说这话时薛姑子进了门，听说西门庆刚捐给道长老五百两银子，大为动心，也向西门庆提出捐募银子印经的要求，并说："你若干了这件功德，就是那老瞿昙雪山修道，迦叶尊散发铺地，二祖可投崖饲虎，给孤老满地黄金，也比不的你功德哩！"结果西门庆爽快地答应下来。后来《陀罗经》印成，李瓶儿献出了自己压被用的一对银狮子和一个银香球，都交给了薛姑子，这尼姑从中落了一笔。玉楼埋怨李瓶儿花冤枉钱，潘金莲却在一旁幸灾乐祸。

这次印经，得利者是薛姑子，王姑子却没占上什么便宜，所以过了几天，当病着的李瓶儿向王姑子提起印经的事情，这王姑子气愤愤地说："我的奶奶，我通不知你不好。昨日他大娘，使了大官儿到庵里，我才晓得的。又说印经来，你不知道，我和薛姑子老淫妇合了一场好气。与你老人家印了一场经，只替他赶了网儿，背地里和印经家打了一两银子夹帐，我通没见一个钱儿。你老人家作福，这老淫妇到明日堕阿鼻地狱！为他气的我不好了，把大娘的寿日都误了，没曾来。"（第六十二回）王姑子虽然在这次印经之事上败给了薛姑子，但她准备把损失补过来，为此她动了一些心眼儿，为李瓶儿带了点儿礼物来，说："我说不知他六娘不好，没甚么，这盒粳米，和些十香瓜、几块乳饼，与你老人家吃粥儿。"礼物虽少，但她的意思是以此打动心慈的李瓶儿。果然李瓶儿留下王姑子和冯妈妈晚上在屋里相伴，并偷偷地给了王姑子五两一锭的银子和一匹绸子，嘱她："等我死后，你好歹请几位师父，与我诵《血盆经》忏。"王姑子心里暗暗得意，窃喜这一次走到了薛姑子前面。可恨的是，李瓶儿死后，王姑子根本没有兑现自己的诺言，李瓶儿的五两银子一匹绸子等于白白被她昧下了。

在下一轮的竞争中，王姑子又一次败给薛姑子。瓶儿死后的断七，月娘曾许下薛姑子，要她领八个尼姑来念经，拜血盆忏。到了这一日的前几天，薛姑子便瞒了王姑子，悄悄买了两盒点心来见吴月娘。结果月娘留她住了一夜，跟西门庆要了五两银子交薛姑子收了。到了断七这一天，薛姑子便请来了八个尼姑，在花园卷棚内建起道场，诵念《华严》《金刚》诸经，礼拜《血盆宝忏》，最后还请来吴大妗子、花嫂及吴大舅、应伯爵、温秀才吃了斋。为了保密，薛姑子不让大动法事，"只是敲木鱼、击手磬、念经而已"，一切都是悄悄地进行的，恐怕传扬出去，被王姑子知道。为了弄几两银子，薛姑子没少费心思。

谁知王姑子第二天一大早就知道了，并且找上门来，说薛姑子揽了经去，自己也理该有一份经钱。书中接着写道：

月娘怪他："你怎的昨日不来？他说你往王皇亲家做生日

去了。”王姑子道:“这个就是薛家老淫妇的鬼。他对着我说,咱家挪了日子,到初六念经。经钱他多拿的去了,一些儿不留下?”月娘道:“这咱里未曾念经,经钱写法都找完了与他了。早是我还与你留下一匹衬钱布在此。”教小玉连忙摆了些昨日剩下的斋食与他吃了,把与他一匹蓝布。这王姑子口里喃喃呐呐骂道:“我教这老淫妇独吃!他印造经,转了六娘许多银子。原说这个经儿咱两个使,你又独自掉揽的去了!”月娘道:“老薛说你接了六娘《血盆经》五两银子,你怎的不替他念?”王姑子道:“他老人家五七时,我在家请了四位师父,念了半个月哩。”月娘道:“你念了怎的挂口儿不对我题?你就对我说,我还送些衬施儿与你。”那王姑子便一声儿不言语,讪讪的坐了一回,往薛姑子家攘去了。(第六十八回)

王姑子得知薛姑子悄悄地独揽了本来属于两人共同承担的项目,把银子独吞掉了,自然气急败坏,所以颇理直气壮地登门要经钱。她还以为薛姑子自个念了经干完活,会把收入的银子留给她一半呢!从吴月娘口里我们可以得知,当前几日薛姑子向月娘要求承揽念经时,也撒了个大谎,说王姑子要往王皇亲家做生日去,没有时间来,所以只能由她个人来承担;另外她又向王姑子撒谎说,西门庆家为瓶儿断七的法事改了日子,由初五改成了初六。正是在这种两边都骗的情况下,薛姑子完成了瓶儿断七念经的法事,银子自然全都装入了她自己的腰包。王姑子发现自己成了薛姑子的弥天大谎的受害者,又一次在这个老对手面前栽了跟头,心中的恼怒是可想而知的;尤其是当她想起上一次印造《陀罗经》时白忙活了一场,更是气不打一处来，连连破口大骂薛姑子是“老淫妇”！不过薛姑子更狡猾一些，她早已抓住了王姑子在瓶儿死前受了五两银子，却并未替她念经的把柄，提供给了吴月娘。吴月娘对王姑子这种背信弃义的行为自然是很不满意的，于是当面向她指出来。王姑子显然对这一点没有足够的思想准备，只好临时撒了一个谎，说请人在家念了半个月的经。可是到底谁见来？如果真的念了能不对西门庆家的人表白炫示吗？这王姑子也发现此谎撒得不太高明，只好悻悻而去。很明显，这个回合王姑子又败了。

本来佛家是最讲究无欲的，对现世的一切都应该视若浮云。王、薛二姑子都在这个最根本的问题上犯了错误。薛姑子的出身就有问题，“不是从幼出家的，少年间曾嫁丈夫，在广成寺前居住，卖蒸饼儿生理。不料生意浅薄，那薛姑子就有些不尴不尬，专一与那些寺里的和尚行童调嘴弄舌，眉来眼去，说长说短，弄的那些和尚们的怀中，个个是硬帮帮的。乘那丈夫出去了，茶前酒后，早与那和尚们刮上了四五六个”。后来做了姑子也不本分，“专一在些士夫人家往来，包揽经忏。又有那些不长进要偷汉子的妇人，叫他牵引和尚进门，他就做个马八六儿，多得钱钞。闻的那西门庆家里豪富，见他侍妾多，又思想拐些用度，因此频频往来”。（第五十七回）吴月娘最不明白此理，反而以为她们是上帝的代表，总是热情地款待，成了她们宣卷诵经的热心听众。既然她们的真实目的并不是宣扬什么佛法，而是“拐些用度”，说白了就是骗钱养家，那么她们二人整日为银钱闹闹嚷嚷就不令人奇怪了。

《金瓶梅》作者对和尚尼姑的本质看得最清楚，他这样警告世人：

看官听说：似这样缁流之辈，最不该招惹他。脸虽是尼姑脸，心同淫妇心。只是他六根未净，本性欠明；戒行全无，廉耻已丧。假以慈悲为主，一味利欲是贪。不管堕业轮回，一味眼下快乐。哄了些小门闺怨女，念了些大户动情妻。前门接施主檀那，后门丢胎卵湿化。姻缘成好事，到此会佳期。有诗为证：

佛会僧尼是一家，法轮常转度龙华。

此物只好图生育，枉使金刀剪落花。（第六十八回）

既出卖自己，又出卖别人

西门庆虽然妻妾成群，但他的精力过于旺盛，还要靠常往几家妓院里跑，来释放多余的精力。妓女们对西门庆都表示格外欢迎，一是他精通房中术，喜欢花样翻新，使妓女们有一种新鲜感；但更主要的是西门庆出手大方，花起银子来根本不在乎。这两点决定了西门庆成为清河县各家妓院的常客和贵客，只要西门庆一进门，老鸨和粉头都忙得不亦乐乎，唯恐有照顾不周之处。而妓女们为了讨得西门庆的欢心，多挣些银钱、首饰，也不免勾心斗角，暗地里展开争斗。

第六十八回写“郑月儿卖俏透密意”，我们看一下郑爱月干了些什么。由于应伯爵帮忙在西门庆跟前说情，转托雷兵备解决了黄四的舅子孙文相的官司，黄四便在妓院里设宴感谢西门庆，由郑爱月等人陪着。这天西门庆带着应伯爵前去，老鸨、粉头无不欢迎，李智、黄四也都各见完礼，便坐下饮酒。席上应伯爵与郑爱香、郑爱月姊妹俩打闹调笑，这且不说。饮到半截儿，西门庆出来解手，爱月也随了出来，两人手牵手到了爱月房中。爱月忽然向西门庆提起李桂姐的事，说李桂姐又与王三官好上了，并与秦玉芝打得火热，两下里使钱。但是王三官身处破落之家，财力自然难与西门庆相比，只好当衣服，抵押他娘林太太的金镯子作为嫖资。李桂姐本是西门庆梳笼并一直包占着的，前段时间曾因李桂姐偷接南蛮子惹恼了西门庆，结果引得西门庆大闹丽春院，与老虔婆大骂了一场。后来李家好容易来求情，西门庆才原谅了她们。现在郑爱月又把李桂姐与王三官有情的消息告诉西门庆，故意往他敏感的部位捅上一刀。西门庆听了果然大怒，口中骂李桂姐："恁小淫妇儿，我分付休和这小厮缠，他不听，还对着我赌身发咒，恰好只哄我！"

郑爱月见西门庆果然生起气来，便又安慰他说："爹也别要恼，我说与爹个门路儿，管情教王三官打了嘴，替爹出气。"西门庆一听郑爱月要为自己出主意，报复王三官，自然满意，忙问有什么门路。这时郑爱月才说：

王三官娘林太太，今年不上四十岁，生的好不乔样，描眉画眼，打扮狐狸也似。他儿子镇日在院里，他专在家，只送外卖，假托在个姑姑庵儿打斋，但去就他说媒的文嫂儿家落脚。文嫂儿单管与他做牵儿，只说好风月。我说与爹，到明日遇他遇儿也不难。又一个巧宗儿：王三官儿娘子儿，今才十九岁，是东京六黄太尉侄女儿，上画般标致，双陆棋子都会。三官常不在家，他如同守寡一般，好不气生气死，为他也上了两三遭吊，救下来了。爹难得，先刮剌上了他娘，不愁媳妇儿不是你的。（第六十八回）

西门庆听郑爱月说得如此详细，一方面心里欢喜，一方面不免又起了疑心：难道你郑爱月儿也与王三官儿有一手？否则，为何知道得如此详细？于是便追问是听谁说的。爱月儿本来不愿说，见西门庆紧追不放，只好承认是听那个曾梳笼自己的南蛮子说的，因这南蛮子也与林太太有一手，所以她知道得很清楚。西门庆见爱月儿为自己出了这个好主意，感激不尽，愈发喜欢她了，说道："我儿，你既贴恋我心，每日我送三十两银子与你妈盘缠，也不消接人了，我遇闲就来。"爱月儿道："爹，你有我心时，甚么三十两、二十两，两日间掠几两银子与妈，我自恁懒待留人，只是伺候爹罢了。"西门庆执意说："甚么话！我决然送三十两银子来。"

郑爱月为什么替西门庆出这么个"刮剌上他娘"的馊主意呢？其一，正像郑爱月已经公开说明的，"管情教王三官打了嘴，替爹出气"。李桂姐是西门庆按月包下的妓女，银子早已支出去了，即使西门庆不上门，李桂姐也不该接客。既然王三官占下了本来属于西门庆的李桂姐，所以西门庆若能"刮剌上他娘"并他的娘子，使王三官后院失火，这当然会使西门庆出一口恶气了！其二，是郑爱月没有公开说明的，其实也是为她自己出口气。爱月儿与桂姐是同行，俗话说同行是冤家，她们要争夺同一个主顾，都想从西门庆手里抠出银子来，就必然有利害冲突。李桂姐自被西门庆梳笼后，每月有二十两包银的固定收入，趁西门庆不去的时候，又可以接别的客人，等于又多了一份收入，这样的好事谁不愿意有？但郑爱月自与西门庆有染之后，还没有受到这样的待遇，郑爱月心里能平衡吗？所以她要想办法扳平，最好能超过李桂姐。没想到她这个主意一箭双雕，西门庆既要去“刮刺他娘”，又要每月用三十两银子包起郑爱月来，分明比李桂姐每月还多十两呢！

西门庆自听了郑爱月的那些话，心里放不下，第二天便让玳安去打听那个专门扯媒拉纤的文嫂在哪里住，要他赶快找来面谈。玳安好不容易找到文嫂，领到家里来，西门庆便给了她五两银子，向她交代了来意。文嫂听了西门庆的意思，也打心里高兴，并向他介绍说：“若说起我这太太来，今年属猪，三十五岁。端的上等妇人，百伶百俐，只好三十岁的。他虽是干这营生，好不干的最密。就是往那里去，主大转伴当跟着，喝有路走，径路儿来，径路儿去。三老爹在外为人做人，他原在人家落脚？这个人说的讹了。到只是他家里深宅大院，一时三老爹不在，藏掖个儿去，人不知鬼不觉，倒还许说。若是小媳妇那里，窄门窄户，敢招惹这个事！”（第六十九回）据文嫂的介绍，林太太与人私通，喜欢把汉子招到自己家里，而不愿意到外面来。不过西门庆只要能得到女人，倒不在意是在什么地方。于是文嫂又到林太太那里，听林太太正为儿子王三官跟着一帮人眠花卧柳而发愁，正中下怀，于是假装为她出主意：“不打紧，太太宽心，小媳妇有个门路儿，管就打散了这干人，三爹收心，也再不进院去了。太太容小媳妇便敢说，不容定不敢说。”林太太虽然自己时常干偷汉子的营生，却经常为儿子的不端行为忧心忡忡，这也是个很有趣的矛盾。文嫂正是利用了她这种做母亲的“责任感”，乘机亮出了自己的真意，把西门庆的情况全面介绍了一番，还特地强调了“今老爹不上三十四五年纪，正是当年汉子，大身材，一表人物，也曾吃药养龟，惯调风情”，而且说明西门庆的一番仰慕之情。不想事情很顺利，林太太竟一口答应。就这样，西门庆与林太太得以成其好事。郑爱月的“先刮剌上他娘”的计谋，不想如此快就得逞了。

郑爱月是个妓女，以出卖肉体为生。她不但出卖自己的肉体，还暗中策划出卖别人的肉体，以实现自己的私欲。郑爱月的本意是要西门庆勾搭林太太，好给王三官一个难堪，也是间接给桂姐一点儿打击；然而没想到这种本意并未完全实现，因为对两个当事人——西门庆和林太太来说，这正是天上掉馅儿饼，求之不得的好事。西门庆还受了林太太的嘱托，第二天便把教唆王三官逛妓院的一帮无赖抓进衙门里，狠打了一顿。王三官也吓得没命，求林太太快去寻人情，结果林太太又趁机提到了西门庆，并让文嫂带着去见西门庆。虽然王三官也难堪了一时，即郑爱月说的“打自己的嘴”，但后来没想到竟认西门庆做了义父，关系非同一般起来——这肯定是郑爱月原先没想到的。但郑爱月的另一个目的总算达到了，西门庆从此与李桂姐断了来往，连李铭等也不准上门唱曲了。

水秀才的才学

应伯爵凭着与西门庆的特殊关系，再加上他插科打诨的本领，总能千方百计地讨西门庆欢心，所以他说过的话西门庆都听，他提出的要求西门庆都能满足。不过有一次却是例外，就是他向西门庆推荐的水秀才，没能受到西门庆的雇用，颇令人觉得意外。

事情的缘起是，西门庆当上理刑千户后，又结交了不少京城内外的朋友，还拜在蔡太师的门下做了义子，来往的书信便渐渐多了起来。西门庆好像并不识字，再说也没有那么多闲工夫，于是便想聘用一位秘书，专门负责往来书柬的收发，写写画画，这样也更符合他现在的身份。当他把此意向应伯爵说知时，伯爵便马上回答说："哥不说不知，你若要别样却有，要这个到难。怎的要这个到没？第一要才学，第二就要人品了。又要好相处，没些说是说非，翻唇弄舌，这就好了。若只是平平才学，又做惯捣鬼的，怎用的他？"（第五十六回）应伯爵从德与才这两方面来考虑，定下了录用的标准，基本上是符合西门庆的想法的，所以西门庆并没表示出什么异议。应伯爵紧接着就推荐了一个相识的秀才，是他祖父的朋友的孙子，有满腹的学问，人品几乎与孔孟相等，只是时运不济，应了几次举都没能考中。应伯爵在向西门庆介绍水秀才的情况时，一直运用调侃的语气，使人很难搞清他究竟是真心为水秀才找份工作呢，还是仅仅开一场玩笑，甚或干脆就是坏他的事？他先是说水秀才家里还有一百亩地，三四排房子，住得十分整洁。西门庆便说既有这么好的条件，何必出来坐馆？伯爵便又道地和房早被人家买走了，现在只还剩下一双空手；接着又介绍他还有个美貌的妻子，可惜偷汉子跟着人家跑了；有两个三四岁的孩子，又都出痘死掉了。兜了一个大圈子，最后还是说他光棍一条，是个一无所有的穷秀才。至于说到他的才学，伯爵顺口念了水秀才的一封来信，内容是一支小曲，说的是："书寄应哥前：别来思不待言，满门儿托赖都康健。舍字在边，傍立着官，有时一定求方便。羡如椽，往来言疏，落笔起云烟。"（第五十六回）写信求职却不规规矩矩地写，而是写了一支小曲，这是不礼貌的行为。可据应伯爵介绍，他与水秀才自小一起长大，又一块儿上学，同受老师夸奖，是极相知的同窗。既然他自托相知，以曲代信，倒也没有什么，所以应伯爵原谅了他，并未因此懊恼。然而西门庆却从中看出了问题，认为这是水秀才人品才学皆不足道的证据，说："他满心正经，要你和他寻个主子，却怎的不稍封书来，到写着一只曲儿，又做的不好。可知道他才学荒疏，人品散弹哩！"水秀才有无才学我们说不准，但他写信却写成一支小曲儿，起码是想炫耀一下自己的才学，让他的老同学应伯爵欣赏一下。在当时的社会里，正统的文人以经史时文作为自己的必修功课，科举考的也是这些内容，词曲小说都是他们不屑一顾的东西。看来水秀才是个俗文学爱好者，他丢掉了科举的正业，却走上了写曲的歪门邪道，连考几次都没有考中就是必然的了。不过水秀才写给老同学的这封求职信，竟使西门庆对他的第一印象不怎么佳。尽管伯爵又对小曲儿的内容逐字逐句地加以解说，认为他既表达得含蓄蕴藉，又非常生动，是绝妙的好作品。但西门庆这次没有轻信应伯爵，要求伯爵再拿些水秀才写的正经书札来看，再决定是否雇用他。于是伯爵又背诵了水秀才写的《哀头巾诗》："一戴头巾心甚欢，岂知今日误儒冠。别人戴你三五载，偏恋我头三十年。要戴乌纱求阁下，做篇诗句别尊前。此番非是吾情薄，白发临期太不堪。今秋若不登高第，踹碎冤家学种田。"（第五十六回）下面还有很长一篇赋体《哀头巾文》。这一诗一文均以一位老儒生的愤懑口气，哭诉大半生陷于科举泥淖不能自拔的痛苦遭遇。应伯爵把他的这两篇大作念给西门庆听，无非是想替他炫示一下文才，以求得西门庆的赏识。但没想到这一次西门庆颇长了一些眼光，不再盲目相信应伯爵的吹嘘之词，竟然回绝了，对伯爵说："他既前番被主人赶了出门，一定有些不停当哩。二哥虽与我相厚，那桩事不敢领教。前日敝僚友倪桂岩老先生，曾说他有个姓温的秀才，且待他来时再处。"就这样，水秀才没能当成西门庆的秘书。

水秀才后来究竟找到工作了没有，我们不得而知，后来的情节中也一直不再提起，只是到了西门庆死后，水秀才才又一次出现。西门庆纵欲过度，得病而亡，应伯爵等人凑了七钱银子，置办祭物，并请水秀才作了一篇祭文。“这水秀才平昔知道应伯爵这起人，与西门庆乃小人之朋，于是包含着里面，作就一篇祭文。”所谓“包含着里面”是指把西门庆与应伯爵这种小人间相互利用的关系写进祭文里，也就是说祭文是有寓意的。祭文中说：

故锦衣西门大官人之灵曰：维灵生前梗直，秉性坚刚；软的不怕，硬的不降。常济人以点水，容人以沥露，助人精光。囊箧颇厚，气概轩昂。逢药而举，遇阴伏降。锦裆队中居住，团夭库里收藏。有八角而不用挠掴，逢虱虮而骚痒难当。受恩小子，常在胯下随帮。也曾在章台而宿柳，也曾在谢馆而猖狂。正宜撑头活脑，久战熬场；胡何一疾，不起之殃？见今你便长伸着脚子去了，丢下子，如班鸠跌弹，倚靠何方？难上他烟花之寨，难靠他八字红墙；再不得同席而偎软玉，再不得并马而傍温香。撇的人垂头跌脚，闪得人囊温郎当。今特奠兹白浊，次献寸觞。灵其不昧，来格来歆。尚享。（第八十回）

这可真是一篇令人啼笑皆非的奇文！水秀才在祭文中名为悼念死者，实为死者的生殖器大放悲声。祭文一开始说是“维灵……”如何如何，下面却都是写的生殖器。水秀才当然知道西门庆的所作所为，知道他是一个千古淫恶之徒，所以把他比作生殖器，把他的灵魂比作生殖器，真是再恰当不过了！祭文中还把应伯爵这帮“常在胯下随帮”的“受恩小子”狠狠地讽刺嘲骂了一通，挖苦他们失掉靠山以后的悲凉心情与境遇。

水秀才在《金瓶梅》中是一个不显眼的人物，前后只出现了两次，而且并没有对他进行直接的描写，我们甚至构不成他一个完整的印象。但不可否认，他的这两次出场表现不俗。由此可以知道水秀才既是一个科举制度的受害者，又是一个愤世嫉俗的知识分子，尚保留着正直之心。他的哀头巾诗文是他对科举制度的控诉，发泄了胸中的愤怒，流露出对命运的慨叹。而他的这篇祭文深刻剖析了西门庆的性格本质，以巧妙的比喻概括了西门庆的灵魂，真是一针见血！这说明他是有深刻认识力的。至于他的才学，虽然屡试屡败，时文上可能缺些功夫，但他的诗文表明，他绝非不学无术之徒，只是他的专长与科举制度不相符合罢了。

温秀才斯文的后面

《金瓶梅》写尽了市井百态，也顺便写了几个文人，给人印象最深的是水秀才和温秀才，而以后者着墨更多。水秀才的才学我们已经通过他的“哀头巾”的一诗一文有所领略，可惜没被西门庆看中。关于温秀才，书中在他刚出现时这样介绍：

虽抱不羁之才，惯游非礼之地。功名蹭蹬，豪杰之志已灰；家业凋零，浩然之气先丧。把文章道学，一并送还了孔夫子；将致君泽民的事业，及荣华显亲的心念，都撇在东洋大海。和光混俗，惟其利欲是前；随方逐圆，不以廉耻为重。峨其冠，博其带，而眼底旁若无人；席上阔其论，高其谈，而胸中实无一物。三年叫案，而小考尚难，岂望月桂之高攀；广坐衔杯，遁世无闷，且作岩穴之隐相。（第五十八回）

这一段对仗工整的赋体对温秀才的人品才学等都作了介绍，语言夸张调侃，有开玩笑的成分。按照这里描述的，他是一个空有雄心大志而实际上一无所成的失意文人，精神状态和经济状况都不太好，早已灰心丧气，于是便破罐子破摔，随遇而安，完全失去了文人所常有的那份清高，变成了一个追逐利欲、不顾廉耻的市井之徒。如果说他还保留着某些知识分子的特点和标志的话，可能就只有头上的高帽子、腰中的宽带子，以及在人群里高谈阔论的坏毛病了。

介绍归介绍，我们在下文的情节里见到的温秀才，倒并非如此难堪，而是一个很有儒家风范的斯文忠厚的长者。他不但知书，而且识礼，说话斯文典雅，作风也是很严谨的。他对自己的主人西门庆十分尊重，称他作“老先生”，自己则谦称“学生”；即使对应伯爵，温秀才也尊称为“老先生”，毕恭毕敬，从无半点儿越礼之处。西门庆对温秀才也是很敬重的，来人请客总忘不了请他来作陪，并且不让应伯爵与他开玩笑，以免温秀才的儒家面孔挂不住。西门庆还常把温秀才带在身边，让他也认识了不少官吏豪绅等名人。西门庆这样做当然有附庸风雅的意思，但常与这位知识分子在一起，毕竟受到感染，素质似乎也提高了一些，起码在与温秀才谈话时，也常在白话中加几句文言，颇给人以文绉绉的感觉。

总而言之，温秀才在来到西门庆家之后的很长一段时间里，以他的儒雅君子之风赢得了大家的敬重，确实没给文人丢面子。但不久，他却意外地被人发现了肮脏的另一面，斯文典雅的面具一下子被撕了下来，一辈子的声名毁于一旦，并被西门庆赶出了家门。

事情是这样的：一日吴月娘正在打发大妗子回家，见小厮画童儿躲在门旁大哭不止，另一个小厮平安儿只顾扯他，画童儿却哭得更加厉害了。月娘觉得奇怪，送了大妗子出门便回来问平安儿："贼囚，你平白拉他怎的？惹的他恁怪哭。"平安儿回答说是温秀才那里叫他去。月娘又问画童儿为何不去，画童儿却又不言语。金莲在一旁骂画童道："这贼小囚儿就是个肉佞贼。你大娘问你，怎的不言语？"几个人正在这里问不出个所以然来，玳安骑着马过来了，问画童儿为何痛哭。平安儿说温师父叫他，不去，却在这里哭。玳安便说："我的哥哥，温师父叫你，仔细他有名的温屁股，一日没屁股也成不的。你每常怎么挨他的，今日如何又躲起来了？"月娘在一旁还没听明白，骂道："怪囚根子，怎么温屁股？"玳安故意不说。金莲在一旁早已听明白了是怎么回事，急忙叫过画童儿来，问他："小奴才，你实说，他呼你做甚么？你不说，看我教你大娘打你。"小厮一听要挨打，这才吞吞吐吐地说了出来。大家听了当然已经完全明白了是怎么回事。月娘听他说得不是话，连忙喝住："怪贼小奴才儿，还不与我过一边去！"月娘又气又恼，又怪金莲问了他："也有这六姐，只管好审问他，说的磣死了！我不知道，还当好话儿，侧着耳朵儿听。"事情已经很清楚了，原来温秀才背后干"南风的营生"。画童儿虽然还不甚懂是怎么回事，但显然不是他自愿的，而是被迫而为，却又没敢告诉主人。因为话是出自画童儿之口，他是受害者，所以大家就相信了，根本不需要进一步核实。温秀才的这种丑恶行为引起月娘和金莲的鄙视与愤慨。月娘当即骂道："他是个不上芦席的行货子，人家小厮与他使，却背地干这个营生！"金莲也附和道："大娘，那个上芦席的肯干这营生，冷铺睡的花子才这般所为。"接着几个女人又议论温秀才既有老婆，为何却要干这种营生，结果自然是不得而知，大家只好散了。其实金莲、玉楼提出这种疑问也很奇怪，因为她们应该知道，这种癖好与有无老婆是没有多大关系的。西门庆的妻妾丫鬟成群，不是也与书童儿有这种“营生”吗？而且金莲知道得一清二楚，还曾为此大骂过西门庆没廉耻，并将此事告诉了孟玉楼。那么她们现在为什么又假装奇怪呢？

当天傍晚西门庆从外边饮酒回家，说到朋友升职了，要让温葵轩写两篇作贺的文章送去。月娘刚听到这里，便打断他的话头说道：“还缠甚么温葵轩、鸟葵轩哩！平白安扎恁样行货子，没廉耻，传出去教人家知道，把丑来出尽了。”西门庆听了吓了一跳，忙问：“怎么的？”月娘这才把事情说了。西门庆一开始还不信，便把画童儿叫来，严加审问，这才弄清确是如此。西门庆这一气非同小可，骂道：“画虎画龙难画骨，知人知面不知心。我把他当个人看，谁知人皮包狗骨东西，要他何用！”更重要的是，画童儿不但暴露了他在作风上存在的问题，还连带透露了他曾泄露过西门庆的机密，险些误了官场上的大事。画童儿向西门庆交代问题时承认：“又某日，他望他倪师父去，拿爹的书稿儿与倪师父瞧，倪师父又与夏老爹瞧。”他说的“书稿儿”正是翟管家给西门庆来的一封信，信中透露夏提刑将要迁升到京师，空出的正理刑由西门庆顶缺。这是朝中传出的消息，十分机密。翟管家唯恐消息漏出去要生意外，所以信后叮嘱：“此书可自省览，不可使闻之于渠。谨密谨密。”后来不知消息怎么走漏了出去，使夏提刑得以到京中活动，险些把西门庆的正千户之缺给耽误了，翟管家好不埋怨西门庆的马虎。当时西门庆也觉得莫名其妙，到现在听画童儿交代，才恍然大悟，知道事情坏在温秀才身上，于是对月娘说："怪道前日翟亲家说我机事不密则害成，我想来没人，原来是他把我的事透泄与人，我怎得晓的！这样狗背石东西，平白养在家做甚么！"西门庆的原意是找个文化人做秘书，一来提高些身份，与其他官员们来往也好看些；二来也可以提高工作效率。现在竟然发现这位平时深受自己敬重的知识分子，不但干出了那种叫人难以启齿的丑事，而且还出卖自己家里的情报，这样的人当然一刻也留不得，于是叫平安儿立即通知温秀才赶快卷起铺盖滚蛋。

温秀才，这个《金瓶梅》中的知识分子代表，就这样丢了自己的饭碗。过了两日应伯爵又来，发现不见了温秀才，西门庆这才将端的告知。伯爵忙说："哥，我说此人言过其实，虚浮之甚。早时你有后眼，不然教调坏了咱家小儿们了。"而温秀才"自知惭愧，随携家小搬移原旧家去了"。

蒋竹山巧言骗婚

《金瓶梅》第十七回有“李瓶儿招赘蒋竹山”一节，写李瓶儿与蒋竹山的一段“闪电婚姻”，写得煞有趣味，可博读者一粲。

第十六回写李瓶儿与西门庆成其奸情，并与之约定：“我的亲哥，你既真心要娶我，可趁早些。你又往来不便，休丢我在这里日夜悬望。”谁知等了一日两日，竟不见动静；再等三日五日，仍没有消息。李瓶儿不知就里，十分纳闷儿，便一替两替叫冯妈妈前去打听，却连门也叫不开。妇人盼不来西门庆，火热的心就像被浇上一盆凉水，茶饭顿减，精神恍惚；眼见得形容黄瘦，饮食不进，卧床不起。冯妈妈只好请来了大街口住的大夫蒋竹山前来医病。这蒋竹山据书中介绍，“其人年小，不上三十，生的五短身才，人物飘逸，极是个轻浮狂诈的人”。蒋竹山如何“狂诈”，书中并未详细介绍，但他的医术不错，只稍稍诊视脉息，便详详细细道出了瓶儿的病症，竟与病情完全相符。吃了竹山开的药，瓶儿的病很快便好了。

谁也没想到，就是这么看了一回病，竟成就了李瓶儿与蒋竹山之间的一段短暂姻缘。李瓶儿病愈之后请竹山饮酒，以示谢意。而竹山与妇人看病时便见她生有姿色，已怀觊觎之心，此次闻知宴请，心中着实高兴。酒过三巡，竹山见妇人粉妆玉琢，娇艳惊人，便以言语挑之：

（竹山）因说道："小人不敢动问娘子青春几何？"妇人道："奴虚度二十四岁。"竹山道："又一件，似娘子这等妙年，生长深闺，处于富足，何事不遂，而前日有此郁结不足之病？"妇人听了，微笑道："不瞒先生，奴因拙夫去世，家事萧条，独自一身，忧愁思虑，何得无病。"竹山道："原来娘子夫主殁了，多少时了？"妇人道："拙夫从去岁十一月，得伤寒病死了，今已八个月来。"竹山道："曾吃谁的药来？"妇人道："大街上胡先生。"竹山道："是那东街上刘太监房子住的胡鬼嘴儿？他又不是我太医院出身，知道甚么脉！娘子怎的请他？"妇人道："也是因街坊上人荐举，请他来看。还是拙夫没命，不干他事。"竹山又道："娘子也还有子女没有？"妇人道："儿女俱无。"竹山道："可惜娘子这般青春妙龄之际，独自孀居，又无所出，何不寻其别进之路？甘为幽郁，岂不生病！"（第十七回）

从这一段蒋竹山与李瓶儿的对话中可以看出，蒋竹山是颇有心机，并很有谈话技巧之人。他装出一副漫不经心、"随便谈谈"的模样，先由问年龄开始，没谈到十句话，便切入了正题，劝起李瓶儿"何不寻其别进之路"来了！可以设想，蒋竹山原本打算只要瓶儿对这个问题吐口，他便会乘虚而入，可是妇人的回答与他想象的不同，说是“奴近日也讲着亲事，早晚过门”。这样的回答使竹山很失望。不过当他听说是要嫁给西门庆之后，故意做出万分惊诧的神态说：“苦哉，苦哉！娘子因何嫁他？小人常在他家看病，最知详细。此人专在县中包揽说事，举放私债。家中挑贩人口。家中不算丫头，大小五六个老婆，着紧打倘棍儿，稍不中意，就令媒人领出卖了。就是打老婆的班头，坑妇女的领袖。娘子早时对我说，不然进入他家，如飞蛾投火一般，坑你上不上下不下，那时悔之晚矣。况近日他亲家那边为事干连，在家躲避不出，房子盖的半落不合的，多丢下了。东京门下文书，坐落府县拿人。到明日，他盖这房子，多是入官抄没的数儿。娘子没来由嫁他则甚？”（第十七回）竹山的这番话说得是如此有根有据，合情合理，不由得瓶儿不信；尤其是说到陈洪犯事，西门庆受牵连之事，瓶儿这是第一次听到，使瓶儿有如大梦初醒，这才明白了西门庆为何不再露面。

之后的发展，竟然出人意料地又回到蒋竹山原先设想的轨道上来。李瓶儿觉得西门庆那条路已断，只有另寻门路，并提出“只像先生这般人物”的择偶标准。“蒋竹山不听便罢，听了此言，喜欢的势不知有无，于是走下席来，双膝跪在地下，告道：‘不瞒娘子说，小人内为（帏）失助，中馈乏人，鳏居已久，子息全无。倘蒙娘子垂怜见爱，肯结秦晋之缘，足称平生之愿。小人虽衔环结草，不敢有忘。’”（第十七回）就这样，二人交杯换盏，择日将蒋竹山倒踏门招了进来。

蒋竹山的求婚无疑是成功的，而且他还在不知不觉中使西门庆成了受害者，做了他的手下败将。当想到这一切的时候，蒋竹山一定会产生自鸣得意之感。不过，他的这种好心境没有维持太长的时间，便被李瓶儿的骂声搅乱了。原来竹山虽然外表“人物飘逸”，实则腰中乏力，房事上不济。而李瓶儿是在西门庆手里狂风骤雨都经过的，竹山虽弄了景东人事、美女相思套之类以助其功，仍不能使瓶儿称意，反骂他“你本虾鳝，腰里无力，平白买将这行货子来戏弄老娘家。把你当块肉儿，原来是个中看不中吃镴枪头，死王八”！瓶儿一气之下将蒋竹山赶到前面铺子里去睡，一腔心思又回到西门庆的身上。

与此同时，西门庆已得知李瓶儿嫁给蒋竹山的消息，他一面气恼瓶儿不该嫁给这样一个“矮王八”，一面策划阴谋捣毁蒋竹山的药铺，破坏这个刚刚建立起来的家庭。西门庆使用的手段与蒋竹山是完全不同的。蒋竹山对西门庆至多是偷偷地说他几句坏话，而西门庆对蒋竹山则是公开使用流氓手段。他先是找来了两个地痞无赖鲁华和张胜，用银子买通，要他们讹诈蒋竹山；接着又买通官府，颠倒黑白，硬诬竹山欠债不还，还把他打了个双腿流血。西门庆原本就没将蒋竹山看在眼里，他既无钱，又无势，是社会最底层的人物；而正是这么一个不值得一提的小人物，竟然乘其不备拐走了自己的心上人，这使西门庆恼火中间又夹杂着屈辱和仇恨，对蒋竹山的报复也必然凶狠残酷。果然，竹山不仅挨打破财，还被李瓶儿趁机赶出了家门。一场好不容易寻来的姻缘，最终化作了一场春梦。

太监的官场诀窍

《金瓶梅》第七十回写到朝廷考核各级官员的政绩，该升的升，该降的降。夏提刑和西门庆掌管的理刑所政绩显著，所以两人都得以提升。夏提刑升至京城，成为卤簿；西门庆则由副理刑转为正理刑。朝廷圣旨中是这样说的：

山东提刑所正千户夏延龄，资望既久，才练老成，昔视典牧而坊隅安静，今理齐刑而绰有政声，宜加奖励，以冀甄升，可备卤簿之选者也；贴刑副千户西门庆，才干有为，英伟素著，家称殷实而在任不贪，国事克勤而台工有绩，翌神运而分毫不索，司法令而齐民咸仰，宜加转正，以掌刑名者也。（第七十回）

且不说朝廷的这种评价是否符合二人的实际作为，单说这二人见到朝旨后，西门庆“心中大悦”，而夏提刑则“大半日无言，面容失色”。为什么夏提刑升了职却这样垂头丧气呢？

原来自古做官有“名”与“实”之分，有的徒有虚名而没有实利，有的名声不大却极实惠。一般来说京官是前者，地方官是后者。有的地方官被提拔到京城，表面上看是升迁了，但他在经济上的损失却是巨大的。夏提刑在地方上是理刑所正职，大权在握，有生杀之权，这使他成为当地最有实力的人物，经济上的好处是不言而喻的。但现在到京城做卤簿，纯属闲职，只办些朝廷出巡的仪仗事，根本没有什么权力，到时谁再给他送银子？所以夏提刑听了便沮丧起来。为了挽回局面，他趁到京城谢恩的机会，托林真人找到朱太尉，拐弯抹角地央求蔡太师，说宁愿再干三年理刑，而不想迁升卤簿。但是夏提刑的努力简直是白费，原来他升为卤簿，西门庆顶他的缺升为正理刑，西门庆原有的副理刑一职又被何太监的侄子何永寿占上了。如果夏提刑官复原职，等于把何太监的侄子顶下去。而这何太监的侄子安在理刑所是经宠妃刘娘娘转求朝廷传旨下来的，后台十分之硬，所以夏提刑只得认了。由此可见，在统治阶级内部，为了争得权力和利益，是很需要花费心力的。

何太监是很会办事的。他不但为侄子弄了一个官职，还及早地为侄子的进一步发展创造环境。他知道侄子虽然是皇帝爷点头安在山东提刑所的，但要在西门庆的手下，充当他的副职，所以便让人把西门庆请到宫里，敬他酒吃。接着又让侄儿何永寿亲自带上重礼，送到西门庆下宿的地方。后来又把西门庆请到家里，设宴招待，再三请西门庆费心。宴后何太监却不放他回去，要他留宿在自己家里，目的自然是联络感情，以免侄子以后在任上有不周之处。但西门庆还念着夏提刑的老关系，说："在这里也罢了，只是使夏公见怪的，学生疏他一般。"因为西门庆原来是下宿在夏提刑的亲戚家里，他怕中途迁到何太监家里会惹夏提刑见怪。但何太监到底是官场上见惯的人，所以说："没的说。如今时年，早辰不做官，晚夕不唱喏。衙门是恁偶戏衙门，虽故当初与他同僚，今日前官已去，后官接管承行，与他就无干，怎生这等说，他就是个不知道理的人了。今日我定然要和大人坐一夜，不放大人去。"西门庆说："老公公盛情，只是学生得罪夏公了。"何太监又说："没的扯淡哩！他既出了衙门，不在其位，不谋其政。他管他那里銮驾库的事，管不的咱提刑所的事了，难怪于你。"（第七十一回）不由分说派人把西门庆的行李都搬了来。何太监对官场的这两段议论虽然说得缺乏人情味，但却一针见血地点出了当时官场的实质；岂止官场，人与人的关系大多也不都是如此吗？所谓"人一走，茶就凉"，直到现在仍不失为人际关系的一种简练概括。何太监不但这样说，也是这样做的，对此他并不隐晦。试想，如果他的侄子不是到西门庆手下干事，他哪里会想到把这个土豪出身的理刑官请到自己家里大吃大喝呢？西门庆当然也明白这个道理，所以他也爽快地答应何太监要他关照侄子并帮助购房的要求。西门庆的运气真不错，夏提刑正要他帮助卖房呢。夏提刑提为卤簿，就要入京，房宅正好空下来，西门庆便直接答应给新去的何永寿。至于价钱，也好商量。西门庆对何太监说："他对我说来，原是一千三百两，又后边添盖了一层半房，收拾了一处花亭。老公公若要，随公公与他多少罢了。"西门庆又让玳安把此意转告夏提刑，夏提刑见是何太监要，也不敢多要银子，"既是何公公要，怎好说价钱！"结果只花了一千二百两银子就买了过来。后来西门庆又陪着何千户一齐到了任上，一路上风餐露宿，来家后又请酒招待，各方面照顾得无微不至。因为对西门庆来说，多一个何太监的关系是好事而不是坏事；虽然西门庆在京中已经有了翟管家，更主要的是有了蔡太师这样的关系，但再多一个何太监也不会多余。因为何太监并非平庸之辈，而有通天之术。他是宫中端妃马娘娘近侍，何永寿当上千户就是皇帝亲自批准的，何太监还亲口说皇帝刚刚赐给他一件蟒衣，而这种待遇恐怕不是一般人所能有的。

总之，这是一种交易，一种谁也不吃亏的官场交易。

图书在版编目(CIP)数据

《金瓶梅》的世相与人情/孟昭连著. --长沙:岳麓书社,2025.7.
ISBN 978-7-5538-2122-1

Ⅰ.I207.419

中国国家版本馆 CIP 数据核字第 2024ZH3883 号

《JINPINGMEI》DE SHIXIANG YU RENQING

《金瓶梅》的世相与人情

作　　者:孟昭连
出 版 人:崔　灿
责任编辑:周家琛　夏楚婷
责任校对:舒　舍
封面设计:付诗意

岳麓书社出版发行
地址:湖南省长沙市爱民路 47 号
直销电话:0731-88804152　0731-88885616
邮编:410006

版次:2025 年 7 月第 1 版
印次:2025 年 7 月第 1 次印刷
开本:890mm×1240mm　1/32
印张:14
字数:290 千字
ISBN 978-7-5538-2122-1
定价:88.00 元

承印:湖南省众鑫印务有限公司

如有印装质量问题,请与本社印务部联系
电话:0731-88884129